教育部人文社会科学重点研究基地
北京大学东方文学研究中心
主办

东方文学研究集刊

季羡林题

JOURNAL OF EASTERN LITERATURE STUDIES

王邦维 / 主编
林丰民 / 执行主编

社会科学文献出版社
SOCIAL SCIENCES ACADEMIC PRESS (CHINA)

目 录

作家作品研究

比较文学研究

文化研究

波斯文学专栏

作家作品研究

楼陀罗吒对梵语诗学发展的理论贡献 *

尹锡南 **

内容提要 楼陀罗吒是早期庄严论的集大成者，代表了早期梵语诗学发展中的过渡趋势。他在戏剧味论向诗味论过渡方面也做出了贡献。楼陀罗吒的庄严论和味论都对后世诗学家产生了深远的影响。他是连接早期与中后期梵语诗学的坚实桥梁之一。要书写一部客观的梵语诗学史或印度文论史，就必须重估楼陀罗吒的历史地位。

关键词 楼陀罗吒 《诗庄严论》 梵语诗学 庄严论 味论

9 世纪的楼陀罗吒（Rudrata）所著《诗庄严论》（*Kavyalankara*）与婆摩诃的诗学著作同名。《诗庄严论》共分 16 章。“运用庄严和避免诗病是庄严论诗学的基本原理，因此，也是楼陀罗吒的论述重点……显然，楼陀罗吒对庄严和诗病的论述比婆摩诃更为系统和深入。”① 庄严和诗病是庄严论的核心话语，楼陀罗吒围绕这两个关键词建构自己的诗学体系。他同时将婆罗多的味论纳入自己的诗学框架，显示了梵语诗学开始从庄严论转向味论的风头。“楼陀罗吒是第一位成功的体系建构者。”② 楼陀

---

* 本文属国家社会科学基金一般项目“印度文论史”（项目批准号：08BWW016）的阶段性成果。

** 尹锡南，四川大学南亚研究所。

① 黄宝生：《印度古典诗学》，北京大学出版社，2000，第 221 页。

② Edwin Gerow, *Indian Poetics*, Wiesbaden: Otto harrassowitz, 1977, p.239.

罗吒代表了独立发展的早期梵语诗学的一种过渡趋势。他的庄严论和味论都对后世诗学家产生了深远的影响。本文拟在国内外学者相关研究的基础上，对楼陀罗吒之于梵语诗学理论过渡与发展的重要贡献进行初步探索。

一　别具一格的庄严论体系

毋庸置疑，各种音庄严和义庄严是楼陀罗吒的第一个论述重点，它们在《诗庄严论》中占了近八章即全书一半的篇幅。精确而科学地计算楼陀罗吒论及的庄严数目并非易事，因为他在书中构造了梵语诗学史上第一个别致而复杂的庄严论或曰修辞论体系。事实上，他提出的义庄严比婆摩诃和优婆吒多了30多种，达到66种。如果再加上他所论述的5种音庄严，楼陀罗吒的庄严总数达到了71种。考虑到楼陀罗吒论及的66种义庄严中有8种是分头论述即重复归类的，他实际论及的义庄严应该是58种。即使如此，这也是早期梵语诗学中庄严的最高数目。

楼陀罗吒论述的庄严具体如下。音庄严5种：曲语（vakrokti）、双关（slesa）、图案（citra）、谐音（anuprasa）、叠声（yamaka）。义庄严66种，其中，共说（sahokti）、连珠（ekavali）等本事类庄严23种，明喻（upama）、奇想（utpreksa）等比喻类庄严21种，前提（purva）、独特（visesa）等夸张类庄严12种，矛盾（virodha）、曲语等双关类庄严10种。楼陀罗吒指出："本事类、比喻类、夸张类和双关类，这些就是种类不同的义庄严，再也没有其他的义庄严了。"（Ⅶ.9）[①] 值得注意的是，楼陀罗吒所论述的庄严中，有8种义庄严同时属于两个门类：共说、聚集、回答、奇想、前提、增益、矛盾、不相配。另外，曲语被同时视为音庄严和义庄严。楼陀罗吒舍弃了婆摩诃的很多种庄严，如夸张、有情、有味和祝愿等，但又保留了婆摩诃、檀丁、伐摩那、优婆吒等人论述过的一些庄严。他还用"jati"和"anyokti"来表达婆摩诃的自性（svabhava）和间接（aprastutaprasamsa）。楼陀罗吒熟悉上述四人的理论，他"从檀丁那儿继承了本事庄严（vastava），从伐摩那那里汲

---

① Rudrata, *Kavyalankara*, Varanasi: Chaukhamba Vidyabhawan, 1966, p.190.

取了比喻，从婆摩诃那里领悟了夸张，从优婆吒那儿学习了双关”。[①]楼陀罗吒将婆摩诃和檀丁等早期诗学四子的思想精华尽收眼底，融为一体，从而推陈出新，自成体系，引人瞩目。因此，说他是早期梵语诗学庄严论的集大成者，应不为过。

印度学者指出，某种程度上，楼陀罗吒的义庄严四分法包含了高低贵贱的级差意识。换句话说，本事类庄严是最低的基础等级的庄严，而比喻类庄严则将描述对象送上了审美的较高台阶，夸张类庄严则属更高层次的修辞，因为能否运用这种庄严与作家是否天才、其天赋大小有关。双关类庄严更是如此，它能赋予“每一层次的庄严以独特的美”。[②]

就音庄严来看，婆摩诃只论述了 2 种，即谐音和叠声；檀丁论述了 4 种，即谐音、叠声、隐语和图案，其中图案分牛尿、半旋和全旋 3 种；而楼陀罗吒的音庄严则删去了檀丁的隐语，论述了上述 5 种，他新增双关和曲语 2 种音庄严。这显示了他的创新意识。楼陀罗吒音庄严中的 15 种图案，很多是独创的（或至少是此前的诗学著作如《诗镜》中所未见的），其中有的为后世诗学家所采用，显示了其音庄严深远的影响力。例如，11 世纪的曼摩吒在《诗光》第八章论述音庄严时，不仅一开头便采纳了楼陀罗吒的双关曲语和语调曲语，还直接借用了后者的一些图案。其一是楼陀罗吒的鼓图案（murajabandha）：

> 成群的黑蜂抖动翅膀，忙忙碌碌，营营嗡嗡，
> 天鹅随处可见，国王勤勉，黑半月依然明亮。（X.85 注疏）[③]

其二是全旋图案（sarvatobhadra bandha）：

> 大地之精华！大眼者！欢乐者！坚定者！
> 增益者！但愿大地消除罪恶，摆脱灾害！（X.85 注疏）[④]

① K. Leela Prakash, *Rudrata's Kavyalankara: An Estimate,* Delhi: Indu Prakashan, 1999, p.92.

② K. Leela Prakash, *Rudrata's Kavyalankara: An Estimate,* Delhi: Indu Prakashan, 1999, pp.100–101.

③《梵语诗学论著汇编》（下册），黄宝生译，昆仑出版社，2008，第 741~742 页。

④《梵语诗学论著汇编》（下册），黄宝生译，昆仑出版社，2008，第 743 页。

楼陀罗吒的义庄严中，有36种是新增的，这包括：本事类庄严的聚集、不相配、暗示、连续、推理、有意味等14种；比喻类庄严的疑惑、解悟、反喻等9种；夸张类庄严的独特、借用、增益等7种；双关类庄严的真谛和貌似对立等6种。如果再加上新增的两种音庄严，他新增的庄严总数达到38种。这几乎等于婆摩诃整套的庄严数目，由此可见楼陀罗吒锐意创新的意识。这在古代印度的梵语诗学家中并不多见。

不过，楼陀罗吒和婆罗多、檀丁、伐摩那一样，也犯了形式主义的毛病。他为了凑足数目，有时把一些义庄严进行重复归类。例如，他把“共说”、“聚集”和“回答”同时归入本事类和比喻类，把“奇想”和“前提”同时归入比喻类和夸张类，把“增益”和“对立”同时归入双关类和夸张类，把“不相配”同时归入本事类和夸张类，也就是说，有8种义庄严是被重复论述的，当然，其分属不同类别的同一庄严的两种含义还是有所区别的。

楼陀罗吒四分法给名目繁多的庄严提供了科学系统的框架结构。“楼陀罗吒是第一个试图给庄严进行科学分类的人，他依据一些明确的原理如本事、比喻、夸张和双关进行分类。”① 还有学者指出：“在印度诗学的庄严发展或演化史上，楼陀罗吒不仅在时间上占据着核心的位置，还以恰当的主题对各种庄严进行归类，从而确立了一种流行的、更为持久的科学分类法。”② 楼陀罗吒分类法的直接受益者包括12世纪著有《庄严论精华》的鲁耶迦、13~14世纪著有《项链》的维底亚达罗、17世纪著有《味海》的世主等诗学家。例如，维底亚达罗的《项链》遵循楼陀罗吒和鲁耶迦等人的模式，从七个角度对72种义庄严进行分类，具体情况是：第一类庄严29种，以相似性（sadrsya）为基础；第二类庄严12种，以差异性（virodha）为基础；第三类庄严4种，以连贯性（srnkhala）为基础；第四类庄严以逻辑推理（tarkanyaya）为主，包括诗因和推理2种；第五类的9种庄严以句子推理（vakyanyaya）为主；第六类庄严8种，以惯用语（lokanyaya）为基础；第七类庄严以暗含义（gudhartha）为基础，包括微妙、借口、曲语、自性等8种。维底亚达罗认为：“诗是音和

① P. V. Kane, *History of Sanskrit Poetics,* Delhi: Motilal Banarsidass, 1971, p.152.

② K. Leela Prakash, *Rudrata's Kavyalankara: An Estimate,* Delhi: Indu Prakashan, 1999, p.91.

义结合的身体。身体怎会没有灵魂？韵就是诗的灵魂。”（I.13 及注疏）[①] 这表达了作者的韵论派立场。“维底亚达罗是鲁耶迦之后唯一一位捍卫韵论的人。”[②] 作为韵论的坚定支持者，维底亚达罗又遵循前人的庄严分类法，这无疑表明了楼陀罗吒庄严分类法的持久生命力。在《味海》中，世主将 71 种义庄严分为八类进行考察，它们各自的区分依据是：事物特征的异同、事物主要方面的相似性、事物之间的差异性、事物之间的对立性、多个事物描述的连续性、逻辑推理、句子推理、惯用语。

综上所述，楼陀罗吒的庄严分类虽然显得更为系统，但也显得更加烦琐机械。事实上，后期梵语诗学家特别是一些庄严论者如鲁耶迦、胜天和底克希多等人论述庄严的种类和内涵时，均未偏离楼陀罗吒庄严论体系，他们在楼陀罗吒庄严论的基础上推陈出新。曼摩吒和毗首那特等喜欢建立综合性诗学体系者也不例外。他们论述的很多庄严与楼陀罗吒的庄严名称相同，如借用、聚集、增益、连珠、原因花环等。例如，曼摩吒在《诗光》第一章中写道：“暗示义不像这样，即暗示义是居于次要地位的诗，是中品诗。不像这样指暗示义没有胜过表示义。例如：这位村中青年手持新鲜的无忧花束，少女一再朝他望去，脸色变得阴暗。”（I.5 及注疏）[③] 曼摩吒此处用来解说中品诗的诗歌就来自楼陀罗吒解说“暗示”（bhava）这一庄严的例子。（Ⅶ.41）[④] 这是楼陀罗吒独创但未得到任何一位后世诗学家认可的庄严，但其例句却存活在《诗光》中，这可谓一桩趣事。因此，这样的结论似乎有些道理：“作为预先昭示韵论精华的第一位古典文论家，楼陀罗吒值得赞赏。尽管他只在某种程度上被视为精彩韵论的最早先驱和前辈，但其功绩无论怎样赞颂都不为过。”[⑤] 印度学者通过研究得出结论：楼陀罗吒在《诗庄严论》中新增的 30 多种义庄严中，有 23 种为后来的诗学家所接受。它们是：①推理，②互

---

① Vidyadhara, *Ekavali*, Delhi: Bharatiya Book Corporation, 1981, p.21.

② Savitri Gupta, *Comparative and Critical Study of Ekavali,* Delhi: Eastern Book Linkers, 1992, p.189.

③《梵语诗学论著汇编》（下册），黄宝生译，昆仑出版社，2008，第 602 页。

④ Rudrata, *Kavyalankara*, Varanasi: Chaukhamba Vidyabhawan, 1966, p.208.

⑤ K. Leela Prakash, *Rudrata's Kavyalankara: An Estimate,* Delhi: Indu Prakashan, 1999, p.107.

相，③增益，④分离，⑤回答，⑥连珠，⑦原因花环，⑧借用，⑨有意味，⑩排除，⑪连续，⑫反喻，⑬敌对，⑭混淆，⑮淹没，⑯曲语，⑰独特，⑱不相配，⑲相违，⑳聚集，㉑同一，㉒递进，㉓回想。与之相反，波阇在其《辩才天女的颈饰》中新增了29种庄严，但大多无人认可。①

后期梵语诗学家不仅接受楼陀罗吒新增的20多种庄严，有的还借鉴他对庄严的四分法，这充分显示了楼陀罗吒对后来诗学家的深刻影响，某种程度上，他在某些方面对后人的影响甚至超过了婆摩诃和檀丁。有的学者认为:“后来的梵语诗学家依旧更倾向于接受优婆吒的庄严论。”② 如对楼陀罗吒之于后世诗学家的影响进行深入考察，这一说法似乎值得商榷。事实上，比起优婆吒，楼陀罗吒对后世梵语诗学家的影响似乎更加全面而深刻。楼陀罗吒是连接早期与中后期梵语诗学的坚实桥梁之一。因此，要客观书写一部梵语诗学史或印度古代文论史，就必须重估楼陀罗吒的地位。除了极少数学者外，楼陀罗吒的理论贡献和重要地位在目前的印度或世界梵学界没有得到普遍而足够的重视。

二 引人注目的味论思想

楼陀罗吒关于味的论述体现了婆罗多味论对庄严论者的深刻影响，也反映了楼陀罗吒顺应诗学发展潮流的智慧。婆摩诃认为，大诗表现人世真相，含有各种味。他意识到味的存在，但只是将“有味”列为庄严之一。檀丁、伐摩那和优婆吒对味的论述非常有限。楼陀罗吒则不同，他在《诗庄严论》中以四章论味，其内容占全书四分之一的篇幅。这显示了他对味的重视。“楼陀罗吒的《诗庄严论》和楼陀罗跋吒的《艳情吉祥痣》标志梵语诗学主流由庄严论向味论转折。”③ 作为早期庄严论的集大成者和“一传手”，楼陀罗吒的味论同样引人注目，值得深入探讨。

正如前述，楼陀罗吒味论的第一个显著特色是，它代表了印度古典

① K. Leela Prakash, *Rudrata's Kavyalankara: An Estimate,* Delhi: Indu Prakashan, 1999, p.93.

② 黄宝生:《印度古典诗学》，北京大学出版社，2000，第276页。

③ 黄宝生:《印度古典诗学》，北京大学出版社，2000，第303页。

文论早期的一种转向和过渡趋势。“在梵语诗学史上，楼陀罗吒第一次大胆地偏离了早期常规。他设专章论述味，因为在其先进的观念中，和一位女子的整体美一样，味也有一种自然而全面的本质特征。必须将味和美化诗的肢体的因素区分开来，诗的身体由语音和意义构成。”① 婆摩诃是最早将文学作品和印度教人生四大目的联系起来进行论述的梵语诗学家之一。他说：“优秀的文学作品使人通晓正法、利益、爱欲、解脱和技艺，也使人获得快乐和名声。”（I.2）② 楼陀罗吒进一步将认识人生四要与诗人的情味创作相提并论：“世上存在法、利、欲、解脱这人生四大目的，诗人应该结合味把它们组织到作品中进行表达。”（XVI.1）③ 不仅如此，他还将读者的审美能力或鉴赏情趣与人生四要、诗人创作等重要因素联系起来，这是对味论范畴的拓展。他写道：“心中充满情味的人，确实害怕那些乏味的经论。他们能轻松愉快地通过诗认识人生四要。因此，诗人应该努力创作饱含情味的诗，否则，人们还会陷入对经论的恐惧之中。”（XII.1–2）④ “充满情味的人”被注疏者解释为“喜爱艳情等味的人”。⑤ 其实，它还可以解释为情味丰富者（rasika）、知晓情味者（rasajna）和知音（sahrdaya）等新的概念。这些概念曾经在或许比楼陀罗吒稍微年幼的诗学家欢增的著作中出现。“因此，可以认为楼陀罗吒是最先提出知音读者（proper reader）概念的人。”⑥

楼陀罗吒味论的第二个特色是，在婆罗多八味说和优婆吒九味说的基础上，提出了第十种味即“亲爱味”（preyorasa）：“艳情味、英勇味、悲悯味、厌恶味、恐惧味、奇异味、滑稽味、暴戾味、平静味和亲爱味，这些全部应该视为味。”（XII.3）⑦ 在《诗庄严论》第十五章中，楼陀罗吒具体介绍了亲爱味的相关特征：“亲爱味以爱（sneha）为原质（常

---

① K. Leela Prakash, *Rudrata's Kavyalankara: An Estimate,* Delhi: Indu Prakashan, 1999, p.166.

②《梵语诗学论著汇编》（上册），黄宝生译，昆仑出版社，2008，第 113 页。

③ Rudrata, *Kavyalankara*, Varanasi: Chaukhamba Vidyabhawan, 1966, p.413.

④ Rudrata, *Kavyalankara*, Varanasi: Chaukhamba Vidyabhawan, 1966, p.372.

⑤ Rudrata, *Kavyalankara*, Varanasi: Chaukhamba Vidyabhawan, 1966, p.372.

⑥ K. Leela Prakash, *Rudrata's Kavyalankara: An Estimate,* Delhi: Indu Prakashan, 1999, p.165。“ proper reader”似乎还可译为“知音”“理想读者”“合格读者”等。

⑦ Rudrata, *Kavyalankara*, Varanasi: Chaukhamba Vidyabhawan, 1966, p.373.

情），它的主角态度友好，恪守戒律，品性高贵。”（XV.17）[①] 亲爱味的情由是同胞、伴侣和亲友等。亲爱味的情态是喜悦的泪水、温柔而幸福的目光等。

楼陀罗吒味论的第三个特色是，在某些地方大胆地发展了婆罗多的味论。在楼陀罗吒看来，除了常情外，其他的不定情得到充分发展，也能成为味。这就是说，他在继承婆罗多味论精华的同时，还打破了他的某些思想藩篱，因为婆罗多有关真情、不定情等的规定存在一些机械或模糊之处。《舞论》第十六章写道：“戏剧演员应该知道那些真情依靠各种表演用于一切味……演员应该通过大量的真情表演为主的味，不定情只是用来辅助为主的味。”（XVI.117–121）[②] 不过，问题依然存在，这也为楼陀罗吒的创新提供了机遇。“如果情由、情态与不定情的结合缺乏常情的核心，或他们的结合伴随流泪、出汗等等真情的表现但无常情的孕育，我们对此该做何判断？在这一点上，婆罗多《舞论》语焉不详。在梵语诗学史上，楼陀罗吒第一次澄清了这个问题并提供了答案。”[③] 楼陀罗吒假托前人明确地宣称：“老师们说，即使是忧郁等不定情，也能像甜蜜的艳情味等一样被人品尝，从而成为味。”（XII.4）[④]

楼陀罗吒味论的第四个特色亦即其味论的精华在于，承先启后地提出了颇有新意的艳情味论。事实上，正如前述，在提到十种味的名称时，楼陀罗吒继承了婆罗多的传统，将艳情味放在首位。他几乎以第十二至十四章即整整三章的篇幅论述艳情味。关于艳情味的定义和类别，他说：“艳情味具有男女之间的欢爱，以紫色为特征，来自于常情爱，它分会合艳情味与分离艳情味两种。会合艳情味来自于男女之间的相聚，分离艳情味来自于他们之间的别离，这两种艳情味又分为隐秘的和公开的两类。”（XII.5–6）[⑤]

楼陀罗吒先论述艳情味所涉及的各类角色即男主角、女主角、配角

---

① Rudrata, *Kavyalankara*, Varanasi: Chaukhamba Vidyabhawan, 1966, p.373.

② 《梵语诗学论著汇编》（上册），黄宝生译，昆仑出版社，2008，第 68 页。

③ K. Leela Prakash, *Rudrata's Kavyalankara: An Estimate,* Delhi: Indu Prakashan, 1999, p.167.

④ Rudrata, *Kavyalankara*, Varanasi: Chaukhamba Vidyabhawan, 1966, p.374.

⑤ Rudrata, *Kavyalankara*, Varanasi: Chaukhamba Vidyabhawan, 1966, p.375.

（包括使者、伴友和丑角）。这是其稍后论述的会合艳情味与分离艳情味的基础。

在楼陀罗吒看来，男主角可分四类：忠贞（anuknla）、谦恭（daksina）、欺骗（satha）和无耻（dhrsta）。这种四分法后来为胜财的《十色》所采纳。楼陀罗吒将配角（anunayaka）分为三类：使者（pithamarda）、伴友（vita）和丑角（vidnsaka）。他将女主角分为自己的女子、别人的女子和公共的女子（该角表演妓女）三类。这种三分法后来也为胜财所认可。所有女主角还可分为赴约的（abhisarika）和妒忌的（khandita）两类。“如此，已经讲述了男主角及其上、中、下三等恋人的全部特征。心中充满情味的诗人只要不违反上述规则，定能创作出理想的美好诗篇。”（Ⅻ.47）①

该书第十三章专论会合艳情味。楼陀罗吒先给会合艳情味下定义：“如果男女主角彼此之间情投意合，在花园里愉快地对视、谈话或嬉戏等，所有这些就是会合艳情味。”（XIII.1）② 在会合艳情味中，女主角表现出与地点、时间相一致的仁慈、恩爱和温柔等全部姿态。他指出：“优秀诗人应该敏锐地观察三界中互相联系的生灵本性，思考爱的真谛。只有在诗中如此描述这一切，诗人才能获得纯洁的美名。”（XIII.17）③

该书第十四章专论分离艳情味。楼陀罗吒对此进行分类：“这样，分离艳情味分为四类，它们分别以初恋、傲慢、远行和苦恋为特征。”（XIV.1）④ 所谓“初恋的（prathamanuraga）分离艳情味”是指男女主角一见钟情，但始终无法结合。他们将要经历《舞论》第二十四章所描绘的以死亡为结局的爱情十阶段：渴望、忧虑、回忆、赞美、烦恼、悲叹、疯癫、生病、痴呆和死亡。⑤ 这说明，楼陀罗吒所谓的初恋的分离艳情味大约相当于婆罗多论述的女性未能如愿的爱情。所谓“傲慢的

① Rudrata, *Kavyalankara*, Varanasi: Chaukhamba Vidyabhawan, 1966, p.387.

② Rudrata, *Kavyalankara*, Varanasi: Chaukhamba Vidyabhawan, 1966, p.388.

③ Rudrata, *Kavyalankara*, Varanasi: Chaukhamba Vidyabhawan, 1966, p.392.

④ Rudrata, *Kavyalankara*, Varanasi: Chaukhamba Vidyabhawan, 1966, p.394。笔者以为，为强调悲悯味与艳情味之间的复杂关系，此处的“苦恋的分离艳情味”（参见《梵语诗学论著汇编》（下册），黄宝生译，昆仑出版社，2008，第883页），似乎也可译为“悲悯的分离艳情味”。

⑤ 黄宝生：《印度古典诗学》，北京大学出版社，2000，第115页。

（mana）分离艳情味”是指女主角发现爱人与其他女子有染，表现出愤怒和嫉妒。这时，爱人应该以以下六种方式平息女主角的怒气。这六种涉及“傲慢的分离艳情味”的表演方式在一个世纪后胜财《十色》的第四章中出现。[①] 这是否意味着胜财对前辈学者楼陀罗吒的借鉴？所谓“远行的（pravasa）分离艳情味”是指男主角将要远游，或已经远行而将在某个特定的季节与时辰回家，这期间的爱情与此类味有关。

所谓“苦恋的（karuna）分离艳情味”是指一对恋人中的一方死去而引起另一方的悲恸之情。这种分离艳情味并不见于胜财等人的著作中。楼陀罗吒著作的注疏家纳弥娑图（Namisadhu）认为，有些诗学家将分离艳情味归入悲悯味中，但楼陀罗吒反对这么做，因为这两者差别很大。纳弥娑图为此解释道：

> 纯粹的悲悯味没有一丝艳情味，
> 苦恋的分离艳情味却正是艳情味。（XIV.1）[②]

为了说明楼陀罗吒所谓“苦恋的分离艳情味”的有效性或合法性，当代印度学者举出迦梨陀娑的名著《鸠摩罗出世》第四章中的一句诗为例。[③] 这句诗描写爱神的妻子罗蒂哀悼和绝望地呼唤被大神湿婆第三只眼所喷出的火烧为灰烬的丈夫：

> 恢复你的可爱形体，站起身来，再次指定
> 天生擅长甜蜜交谈的雌杜鹃，担任爱的使者。（Ⅳ.16）[④]

这句诗将罗蒂对化为灰烬但印在心底的丈夫爱神的深情表露无遗，虽为悲悯场景中的心声，但的确又将一种特殊的分离艳情味亦即瞬间便

---

① 《梵语诗学论著汇编》（上册），黄宝生译，昆仑出版社，2008，第465页。

② Rudrata, *Kavyalankara*, Varanasi: Chaukhamba Vidyabhawan, 1966, p.394.

③ K. Leela Prakash, *Rudrata's Kavyalankara: An Estimate,* Delhi: Indu Prakashan, 1999, p.173.

④ 采用黄宝生先生译文，参见黄宝生编著《梵语文学读本》，中国社会科学出版社，2010，第484页。

经历生离死别之痛后的刻骨思念生动地传达给读者。这种复杂的情感体验有时很难以某种术语概括，楼陀罗吒的睿智在于，他拓展了艳情味的表现领域，以适应阐释复杂情感的需要。

从某个角度看，楼陀罗吒将“苦恋”（karuna）视为分离艳情味的一种，这其实暗示了带有悲悯（karuna）色彩的这一特殊恋情仍然具有艳情味愉悦人心的本质。这似乎开了梵语诗学这方面的先河。例如，14 世纪的毗首那特在《文镜》中写道：“即使在悲悯等等味中，也产生愉快。在这里，知音们的感受是惟一的准则。”（Ⅲ.4）[①] 15~16 世纪的鲁波·高斯瓦明在其虔诚味论代表作《虔诚味甘露海》中写道：“尽管无知者和无教养者不假思索地将悲悯味等视为痛苦，而智者明白其中包含着浓烈的欢喜……假若这不是真的，那么，《罗摩衍那》之类的作品就会成为痛苦之因，因为悲悯味在其中随处可以感知。”（Ⅱ.5.123–126）[②]

楼陀罗吒将男女间缺乏共鸣的单相思称为“类艳情味”（srngarabhasa）。（XIV.36）[③] 如果说优婆吒是最早提出“类味”（rasabhasa）和“类情”（bhavabhasa）的梵语诗学家，那么，楼陀罗吒就是“第一位具体谈论类艳情味并予以阐释的人”。[④] 楼陀罗吒的贡献影响了欢增、新护、波阇等人的味论思考。“新护认为艳情味的模仿是类艳情味，而非真正的艳情味。类情由、类情态和类不定情激起虚妄的常情爱，由此产生类艳情味。”[⑤] 可见，如缺乏对楼陀罗吒味论的考察，观察梵语诗学中期的味论发展无疑将出现“盲区”，因为新护味论并非空穴来风，而是早有所本。

楼陀罗吒似乎还帮助梵语诗学家解决了一个理论上的难题，即类味或类艳情味是否合法或是否关乎文学美的问题。从他的思路可以看出，

---

① 《梵语诗学论著汇编》（下册），黄宝生译，昆仑出版社，2008，第 833 页。

② Rupa Gosvamin, *Bhaktirasamrtasindhu,* New Delhi: Indira Gandhi National Centre for the Arts, 2003, pp.382–384.

③ Rudrata, *Kavyalankara*, Varanasi: Chaukhamba Vidyabhawan, 1966, p.404.

④ K. Leela Prakash, *Rudrata's Kavyalankara: An Estimate,* Delhi: Indu Prakashan, 1999, p.179.

⑤ 黄宝生：《印度古典诗学》，北京大学出版社，2000，第 64 页。

文学中的爱不等于生活中的爱。用现代的语言来说是，诗中描写味是理想主义风格，描写类味或类艳情味则是现实主义路数。[①] 楼陀罗吒著作及其注疏者在论述类味和类艳情味的过程中，还贯彻了合适的原则。“这些思想后来成了欢增的文学理论基础。”[②]

楼陀罗吒还论述了艳情味之外的其他九味。例如，他指出，英勇味以常情勇为特征。它分成战斗、正法和布施三类。平静味以正确认识为特征，情由是正确认识外界事物，摒弃情欲。这些论述与婆罗多相差无几。楼陀罗吒再次强调味在文学创作中的重要性。他认为，诗中充满情味，才令人喜悦，因此，为使读者获得美的享受，诗人应认真思考如何正确地把握味。（XV.21）[③]

综上所述，楼陀罗吒在戏剧味论向诗味论或纯文学味论过渡方面做出了历史性贡献。他的很多思考具有丰富的理论价值，对此后诗学味论的进一步发展不无启示。总之，比之婆摩诃等前辈诗学家，楼陀罗吒对味的阐发更进了一步。不过，更加重要且更有新意的味论还得由新护等人来完成。

三　其他方面的相关思考

楼陀罗吒对诗即文学的功能的看法与婆摩诃没有什么太大的差异。在他看来，诗能给诗人昭示重要的正法，使其获得最高的人生意义。诗还能给诗人带来财富，消除灾难，无比吉祥。（I.7–8）[④] 楼陀罗吒和婆摩诃、伐摩那一样，也对诗的成因进行了探索。能力（想象力）、学问与实践这三者仍然是楼陀罗吒关注的核心。后来的诗学家如维底亚达罗继承楼陀罗吒等人的思想，将想象力（能力）、学问（学养或知识）和

---

① K. Leela Prakash, *Rudrata's Kavyalankara: An Estimate,* Delhi: Indu Prakashan, 1999, p.184.

② K. Leela Prakash, *Rudrata's Kavyalankara: An Estimate,* Delhi: Indu Prakashan, 1999, p.185.

③ Rudrata, *Kavyalankara*, Varanasi: Chaukhamba Vidyabhawan, 1966, p.412.

④ Rudrata, *Kavyalankara*, Varanasi: Chaukhamba Vidyabhawan, 1966, pp.6–7.

练习（创作实践）视为诗歌的三大成因。（I.12）[①] 楼陀罗吒把能力分为天生的和后天习得的两种，后者来自学问，但前者更为优秀。（I.16–17）[②] 他说："吠陀颂诗、语法、技艺、世俗规范、词语、词义的认识、能分辨是否在诗中使用它们，这就是全部学问。"（I.18）[③] 他指出，诗人应该勤奋学习一切知识，接近善士，并坚持不懈地刻苦练习写作。（I.20）[④]

楼陀罗吒在不同的地方分别提到了四种风格，即般遮罗、罗德、高德和维达巴。[⑤] 他在伐摩那三种风格的基础上，增加了罗德风格。他依据的是复合词多寡而非诗德论述风格。他从句义表达的角度论述诗德。

楼陀罗吒把味和风格相联系，把风格视为营造诗歌情味的重要因素。他写道："维达巴和般遮罗风格应合适地运用在亲爱味、悲悯味、恐怖味和奇异味中，而罗德和高德风格则应合适地运用在暴戾味中。"（XV.20）[⑥] 这一句中出现了"合适"（aucitya）一词。楼陀罗吒是第一位明确使用"合适"这一诗学概念的梵语诗学家。他在《诗庄严论》第二章第三十六颂和第三章第五十九颂分别论述谐音和叠声庄严时，要求诗人根据作品内容，准确地把握合适运用的原则。第十五章再次强调合适的原则，这表明他对合适原理的高度重视。这对以后的安主构建较为完备的合适论体系不无启迪。

楼陀罗吒也论述了诗病问题。他继承了檀丁的辩证法，认为叙述者在进行必要模仿的情况下出现的几乎所有诗病都可被视为转化的诗德。

楼陀罗吒在《诗庄严论》最后一章即第十六章中论述了文类。他认为："诗、故事和传记等作品可分两类：想象诗和非虚构诗。这两类诗各自可分为大诗和小诗。"（XVI.2）[⑦] 这种分类法在婆摩诃和檀丁那里是没有的。

---

① Vidyadhara, *Ekavali*, Delhi: Bharatiya Book Corporation, 1981, p.18.

② Rudrata, *Kavyalankara*, Varanasi: Chaukhamba Vidyabhawan, 1966, p.11–12.

③ Rudrata, *Kavyalankara*, Varanasi: Chaukhamba Vidyabhawan, 1966, p.12.

④ Rudrata, *Kavyalankara*, Varanasi: Chaukhamba Vidyabhawan, 1966, p.14.

⑤ Rudrata, *Kavyalankara*, Varanasi: Chaukhamba Vidyabhawan, 1966, pp.21, 405.

⑥ Rudrata, *Kavyalankara*, Varanasi: Chaukhamba Vidyabhawan, 1966, p.411.

⑦ Rudrata, *Kavyalankara*, Varanasi: Chaukhamba Vidyabhawan, 1966, p.413.

在楼陀罗吒看来，想象诗的题材和人物来自诗人的想象，而在非虚构诗中，题材和人物角色全都取自历史传说和往世书等。（XVI.3–4）[①] 这说明，所谓的“非虚构诗”其实在本质上还是一种“想象诗”，因为历史传说和往世书往往也是空灵奇妙的想象产物。由此可见，楼陀罗吒将文学作品视为虚构与非虚构作品，的确是对古典文类学的重要贡献，但这种姿态仍旧有别于现代意义的文类二分。

客观地看，自楼陀罗吒的《诗庄严论》问世以后，具有繁琐形式主义色彩的庄严论虽然还在缓慢地发展，但是其逐渐衰落已成定势，并且，除了世主等极少数人外，再也不能产生更多的具有创见的庄严论者，相反，味论和韵论在9世纪后获得普遍关注。“楼陀罗吒对味的重视可能是受当时梵语诗学领域正在崛起的味论派的影响。”[②] 这是梵语诗学发展的必然规律，也符合文学理论发展的一般规律。因为，庄严论重视文学作品的语言修饰，忽视考察更为重要的作者与读者的审美情感，它让位于味论和韵论便是一种历史的必然。

回过头来全面审视楼陀罗吒及其学说，他对整个梵语诗学史的贡献有必要被重新评估。“楼陀罗吒特别重视味论，为欢增及其杰出的追随者们创造了一种思想基础，使其强调味韵论或情感暗示论的重要性。”[③] 事实上，楼陀罗吒的一些新观点对于后世诗学家的启迪引人注目。例如，他提出的味合适论、“暗示”庄严等对欢增构建自成体系的韵论存在深刻的影响。他提出的许多新庄严，纷纷为后世诗学家所采纳。曼摩吒、毗首那特、鲁耶迦、维底亚达罗和世主等人便是借鉴或继承楼陀罗吒庄严论的典型例子。楼陀罗吒的味论对胜财和毗首那特等后世诗学家的影响在迄今为止的探讨中尚未得到足够的重视。楼陀罗吒味论的历史影响，略举一例便可说明。

前边说过，楼陀罗吒在论述分离艳情味时，将之一分为四：初恋、傲慢、远行和苦恋。再看看500年后即14世纪的毗首那特在《文镜》中写下的相似句子：“它又分成初恋、傲慢、远行和苦恋四种。”

---

① Rudrata, *Kavyalankara*, Varanasi: Chaukhamba Vidyabhawan, 1966, p.414.

② 黄宝生：《印度古典诗学》，北京大学出版社，2000，第277页。

③ Tapasvi Nandi, *Sahrdayaloka: Thought-currents in Indian Literary Criticism,* Vol.1, Part 1, Ahmedabad: L.D. Institute of Indology, 2005, pp.38–39.

（Ⅲ.187）[①] 这里的“它”指分离艳情味。楼陀罗吒对后世的味论影响由此可见。

印度学者指出：“只有当我们深入了解楼陀罗吒对后世论者的影响后，才能认识他的卓越成就。欢增、王顶、鲁耶迦、曼摩吒、雪月、毗首那特和世主，也就是说，几乎所有重要的梵语诗学家都在其著述中借鉴了楼陀罗吒的著作。楼陀罗吒是一位先驱人物，为每一位诗学家阐释、划分和描述各种庄严提供灵感。他的味合适论（rasaucitya）在许多诗学家心目中占据着卓越的位置。总之，在理解古典梵语文学的所有方面，他始终是我们的最佳向导。”[②] 不言而喻，这种“先驱人物”和“最佳向导”的断言，是对楼陀罗吒理论贡献及其重要历史价值的当代定位。

① 《梵语诗学论著汇编》（下册），黄宝生译，昆仑出版社，2008，第 883 页。

② K. Leela Prakash, *Rudrata's Kavyalankara: An Estimate,* Delhi: Indu Prakashan, 1999, p.200.

再论奈保尔的“抵达”之“谜”*

黄怡婷**

内容提要 在奈保尔的半自传体小说《抵达之谜》中，两条主线交错重叠：作家的自我携带了太多来自殖民地的混乱的信息，而英国则在时间的流逝中留下了复杂的历史印记，当两者聚到一起时，那是一种说不清楚的迷茫和迷思。本文结合奈保尔的生平及其创作，试图阐明这两条主线，以得出何为作家自己的“抵达”之“谜”。

关键词 奈保尔 抵达之谜 印度 英国 特立尼达

1987年，著名印度裔英国作家奈保尔出版了以散文笔法写成的小说《抵达之谜》。这部作品主要讲述奈保尔的作家之旅和他在英国威尔特郡乡间庄园的见闻和感想，作品中两条主线交错重叠：作家的自我携带了太多的来自殖民地的混乱的信息，而英国则在时间的流逝中留下了复杂的历史印记，当两者聚到一起时，那是一种说不清楚的迷茫和迷思。可以说，在奈保尔所有作品中，《抵达之谜》是一部极其独特的“小说”，它欲表达的是作家自己的“抵达”之“谜”。

---

* 笔者曾在《东方文学研究集刊》（第6集）上发表题为《自我与世界的重新塑造——在遗迹中寻找“抵达”之“谜”》的论文。本文是对奈保尔《抵达之谜》的另一个视角的论述。

** 黄怡婷，中国社会科学院外国文学研究所。

一 到英国去，当一名作家

1932年，奈保尔出生在特立尼达，祖上是印度契约劳工移民，属印度婆罗门种姓。作为印裔移民的第三代，奈保尔虽然是在印度教家庭中出生并长大的，但在特立尼达这个复杂的殖民地社会环境之中，他接受的是英式殖民教育，尤其是在他就读的特立尼达最好的中学——女王中学，学生们被全盘灌输了“只有英式教育是最好的”这样的想法。曾任特立尼达三届总理的埃里克·威廉姆在《内心的渴望：一个总理的教育》一书里就曾指出：“我所受的教育与特立尼达以及西印度群岛完全脱节。”整个学校制度的中心就是岛国奖学金。获得奖学金者，被视为“超群之才”，而“在公众心目中，他们之所以超人一等，就是由于他们受过英国文化的熏陶，鄙视西印度文化”[①]。身处这样的环境，少年奈保尔的梦想自然也是到英国去，到英国最好的大学读书去，留在英国过英国人的生活。对此，奈保尔就曾公开说过：“我从来没想过要留在特里尼达。当我在四年级的时候，我……就写下了一句誓言，要在五年后离开特里尼达。我在六年后离开了，但到英国后许多年……我还会被回到了赤道地带的特里尼达的噩梦惊醒。”[②] 对于许多生活在殖民地或后殖民社会的人们而言，离开他们落后的祖国，前往一个先进的殖民宗主国，在那里定居并取得成功，是他们的共同心愿。

在家庭教育方面，奈保尔的父亲也早早地培养起奈保尔对英语文学，尤其是对英国文学的兴趣。从奈保尔的童年时代起，他的父亲就时常把他叫到身边，“读给他听自己特别喜欢的一些英国文学作品的片段”[③]，比如莎士比亚的戏剧《尤利西斯·凯撒》中的几个片段，狄更斯的作品《大卫·科波菲尔》《雾都孤儿》等。很快地，奈保尔就发现自己喜欢上了父亲所介绍的这些英国文学作品。经过大半生的文学创作

---

① 埃里克·威廉姆：《内心的渴望：一个总理的教育》，杭州大学外语系英语组译，上海人民出版社，1976，第35~37页。

② Mel Gussow, “Writer without Roots, ” *New York Times*, December 26, 1976, http://www.ny-times.com/books/98/06/07/specials/naipaul-roots.html.

③ 谈瀛洲：《奈保尔：无根的作家》，《中国比较文学》2002年第1期，第106页。

之后，奈保尔在1999年的作品《阅读与写作》中回忆自己的写作历程时，也曾提到他父亲在他童年时代广泛而持续的文学作品阅读，促使他在自己脑中形成了“自己的英国文学选集”[①]，建构起他心目中的英国形象，也让他产生了对遥远国家的憧憬。应当说，浓厚的家庭文学气氛的熏陶，对奈保尔日后走上作家之路，起到了巨大的推动作用。

二　牛津岁月：“抵达”之后的深深失望

1950年，奈保尔获得特立尼达政府奖学金。拿着这笔奖学金，奈保尔可以选择任意一所英国的高等学府，完成为期四年的学业。奈保尔选择了牛津大学。

18岁，奈保尔从此远离家乡。初次乘坐大型豪华客机，因被美丽的泛美航空公司空姐尊称为“先生”而飘飘然；在纽约威灵顿饭店吃了最后一餐印度教徒式的晚饭；从纽约到南安普敦的船上，无聊男女们极尽癫狂轻浮，让他感到难以接受；甚至他还被作为有色人种隔离到一个单独的舱室，虽然他宁愿去拥挤的普通舱室和白人呆在一起……奈保尔说：“我耻辱的是，为了实现当作家的愿望，我满怀激情和希望地踏上这次旅程，想不到，在他们的眼里我竟然如此低下，与我对自己的看法存在如此大的差别，与我想为自己获得的待遇相去甚远……”[②] 巨大的心理落差就此产生，前往英国之旅开始蒙上一层迷蒙的面纱。他心仪的那片梦想奇境是否就在彼岸？

遗憾的是到达伦敦入学牛津之后，这种落差非但没有随着奈保尔对英国生活的适应而渐渐缩小，反而让奈保尔越发地感到眼前的伦敦与自己心目中的那个伦敦完全不是一回事儿，自己与伦敦是那么地格格不入。对奈保尔来说，少年时代所受到的英式殖民教育、长年浸淫其中的英式殖民统治，还有家庭教育的熏陶，使得奈保尔深深向往英国尤其是伦敦这个完美世界的代表。他努力奋斗，勤奋苦学，为的便是有朝一日能够成为这完美国度中的一员。他说，从小他就“时

---

① V. S. Naipaul, “Reading & Writing,” *The New York Review*, February 18, 1999, p. 13.

② V. S. 奈保尔：《抵达之谜》，邹海仑、蔡曙光、张杰译，浙江文艺出版社，2004，第138页。

刻想象着这个世界”，“想象着这个完美世界是在一个很遥远的地方，也许是在伦敦”[①]。现在，终于“这个大世界……就在伸手可及的地方！”[②] 于是到了伦敦，他每天都要外出游览。在游览当中，他特别注意寻找有着恢宏气势的地方，比如维多利亚堤坝公园和特拉法尔加广场，去感受这些地方的辉煌灿烂。或许在他心目中，这些有着宏伟气势的地方便是伦敦作为世界中心的体现；从某种程度上说，也是对他多年努力的肯定。可每次游览结束回到自己租住的小房间后，奈保尔就开始觉得这种感觉变调了。他说：“我慢慢感到，恢宏气势已经成为历史，此次我来英国看来不是时候，我来的太晚了，无法找到原先的英国，她已不再是我想象中的那个帝国的中心模样（她就像一个省城，一个远离帝国的边缘角落）。”[③] 而牛津大学这所历史悠久的世界顶级大学也没让他打起精神来，他把它叫作“二流的乡下大学”[④]。同时，教授们讲授的英国文学作品还让他感到了一种无法逾越的距离感。在特立尼达时，虽说“所有的文学都是外国的”[⑤]，但是凭着对英国的憧憬，它们还是为他提供了一种“幻想”，对他保持着一种难以抗拒的魅力，吸引着他前往这些文学作品所描绘的那个“日不落帝国”。可如今真正身处其中，他才发现他离所有这些文学中的或者现实里的英国社会和英国人的生活还遥远得很。他虽然身处在繁华的闹市，精神上却难以在这一片热闹中寻找到归依，无论走到哪里，只觉得自己是一个“局外人”。他的理想与行动、想象性的建构与现实都脱了节[⑥]，心中设想了千万次的美好“抵达”步步落空，并开始觉得自己陷入一

---

① V. S. 奈保尔：《抵达之谜》，邹海仑、蔡曙光、张杰译，浙江文艺出版社，2004，第144~145页。

② V. S. 奈保尔：《抵达之谜》，邹海仑、蔡曙光、张杰译，浙江文艺出版社，2004，第115页。

③ V. S. 奈保尔：《抵达之谜》，邹海仑、蔡曙光、张杰译，浙江文艺出版社，2004，第143页。

④ V. S. 奈保尔：《抵达之谜》，邹海仑、蔡曙光、张杰译，浙江文艺出版社，2004，第143页。

⑤ V. S. Naipaul, *Jasmine, The Overcrowded Barracoon and Other Articles*, London: Andre Deutsch, 1972, p. 23.

⑥ Timothy F. Weiss, *On the Margins: The Art of Exile in V. S. Naipaul*, Amherst: The University of Massachusetts Press, 1992, p. 95.

种“失望和无家可归、四处漂泊的感觉”[①]。

这种感觉持续存在于奈保尔整整四年的牛津生活之中。从牛津毕业之后，进入社会自谋生计的奈保尔觉得自己更被排挤到了英国社会的边缘。他为BBC做自由撰稿人，每天窝在一间狭小昏暗的工作间里写稿子，尝试着在伦敦寻找合适的大都市的素材。[②]“这真是一个讽刺！”[③]他这样自嘲。最初，他觉得作为一名作家，他只要去找到他在书上曾经看到过的和已经知道了的东西就行了。然而，这种有意识地将人与创作内容的分离在现实创作中被证明是徒劳无益的。他是一个来自英国殖民地的有色人种，这是不可否认的；想要摆脱自己与生俱来的边缘身份，而在创作中将自己伪装成一个大英帝国的传统子民，只会让自己陷入更加尴尬的境地而无法自拔。日子就这样一天天地过掉了。英国的生活始终没法让奈保尔从中寻找到适合自己写作的对象，倒是来自远方家乡特立尼达的声音在他的脑海中变得越来越响亮——“突然有一天，我的眼前豁然开朗，我茅塞顿开……我非常简练、快速地写下了我记忆中最普通的事情”[④]。

三　往昔的价值：“抵达”的重新开始

“每天早晨起床后，哈特就会坐在自家后面阳台的栏杆上，朝着街对面喊道：‘你那儿怎么样了？波加特？’”[⑤]在奈保尔住在西班牙港那个大杂院的那段时间里，哈特问候波加特的这句话每天早晨都会在院子上方回响，也牢牢地印在了少年奈保尔的脑海里。在《一部自传的开场白》中，奈保尔说他在到达英国五年之后，就从这里开始写下关于西班牙港的记忆。从此，记忆的闸门一发不可收拾，他的创作也从此步上快车道。“经过细察的‘波加特’的那声叫喊听起来意味深远。”[⑥]波加特

---

① V. S. 奈保尔：《抵达之谜》，邹海仑、蔡曙光、张杰译，浙江文艺出版社，2004，第149页。

② V. S. Naipaul, *Finding the Center*, New York: Alfred A. Knopf, 1984, p. 22.

③ V. S. Naipaul, *Finding the Center*, New York: Alfred A. Knopf, 1984, p.149.

④ V. S. Naipaul, *Finding the Center*, New York: Alfred A. Knopf, 1984, p.163.

⑤ V. S. 奈保尔：《一部自传的开场白》，匡咏梅译，《世界文学》2002年第1期，第83页。

⑥ V. S. 奈保尔：《一部自传的开场白》，匡咏梅译，《世界文学》2002年第1期，第95页。

作为一个来自印度南部的契约劳工后裔，一个生活在西班牙港的西印度人，他“便以一种特殊的印度渊源”[①] 和奈保尔母亲的家族联系起来，和19世纪大英帝国时期的印度移民潮也有了关联，还有更久远以前这些契约劳工的印度家庭和他们日渐淡化的印度记忆，再往前还有殖民时代的印度和奴隶制的特立尼达，甚至还有加勒比海的邻国委内瑞拉……作品一部又一部地诞生了。

《神秘的按摩师》《埃尔韦拉的选举权》《米格尔大街》《毕斯瓦斯先生的房子》等一批早期作品全都是以奈保尔在特立尼达18年的生活体验为基础写成的。其中，《神秘的按摩师》和《米格尔大街》以荒诞、喜剧的笔触描写了特立尼达印度人聚居区里常常发生的典型事件和人物。而《埃尔韦拉的选举权》则以讽刺的口吻描写了发生在海岛上的一次混乱不堪的选举，其情形很容易让人联想到当时特立尼达发生的政坛动荡。如果说这三部作品主要着手于从外部描写特立尼达的社会形态，重在以一种异国情调来吸引读者的眼球，作家的个人意志和个性并没有得到特别充分的展示，那么为奈保尔赢得国际声誉的《毕斯瓦斯先生的房子》则奠定了奈保尔毕生文学创作的基调。

《毕斯瓦斯先生的房子》是一部为纪念作者已故父亲而创作的小说，书中的主人公毕斯瓦斯先生部分地以奈保尔的父亲为原型。他与奈保尔的父亲一样，出生于一个甘蔗种植园劳工家庭，祖上来自印度，属于印度教最高贵的婆罗门种姓，然而生活困窘。长大之后，他入赘到一个印度教大家族，成为其中微不足道的一员。后来，他带着家小脱离这个大家庭来到西班牙港，努力摆脱妻子娘家施加在他身上的种种枷锁。如同奈保尔的父亲一样，他奇迹般地谋得了一个记者的职位，并如愿以偿地购得了一幢房子，虽然这房子破破烂烂，根本不值他出的价钱。终其一生，毕斯瓦斯先生都在追求拥有一所自己的房子，仿佛有了独立的住所，便有了自己独立的身份。正是在对毕斯瓦斯先生追求个人独立身份过程的描写中，奈保尔逐渐展露了他所关注的焦点，那就是反思过去，发掘自己的内心想法。小说中，奈保尔首先对毕斯瓦斯先生的奋斗历程进行了思考，肯定他作为一个挣扎在贫困线上的小知识分子为改善

① V. S. 奈保尔：《一部自传的开场白》，匡咏梅译，《世界文学》2002年第1期，第96页。

自己和家庭的生存条件所做的努力，但同时也批判了他身上的那种“临时性”[①]——现在的一切都是临时的，未来会更好，这种“临时性”成为他懒惰的借口，实际上未来并没有得到多大的改善。终其一生，毕斯瓦斯先生都在这种“临时性”中度过。对此，奈保尔借毕斯瓦斯先生儿子阿南德之口说出了自己的看法：阿南德尖刻地对父亲说，当他到了父亲的年龄的时候，不想跟父亲一样。和奈保尔一样，阿南德后来得到了赴英留学的奖学金，得以离开这个残破的家，拥有一番完全不同的人生经历。除此之外，奈保尔还在小说中展示了自己对脏乱落后环境的独到描写。在他的笔下，特立尼达仿佛就是一个到处破破烂烂、拥挤不堪的地方，生活其间的人们过着猥琐而混乱的日子，一切都笼罩在一层令人压抑的灰色调当中。这种带有强烈倾向性的环境描写就像他在《抵达之谜》中对旅游胜地的一番品评。他在赴英的轮船上遇到一位妇女与他大谈刚刚游玩过的某个发展中国家的美景，这番话响在他的耳朵边，他的心里却生出了与这位妇女完全不同的一番感想，他的眼睛看到的是美景背后的贫民窟。正是在这样的行文之中，奈保尔的文学风格逐渐成形，他的个性也得到越来越鲜明的展现，他笔下的一字一句都书写着他对自己人生经历的感受。这其中有迷惘，有奋争，有颓丧，有欣喜，也有沉思，我们很难以一些简单的词汇来概括出奈保尔对自己人生故事的复杂感受，但阅读他的作品，我们能从中体会到所有这些情绪所凝结成的流淌在字里行间的情致。

随着年纪渐长，阅历愈加丰富，奈保尔笔下流淌出的个性和观点也随之起了变化。从20世纪60年代开始，为了更多地认识自己，他进行了一系列游记的创作，包括《中间通道》、《黄金国的失落》、《在信徒中间：在伊斯兰地区的旅行》、“印度三部曲”，等等。在早期的旅行作品中，奈保尔常常不加掩饰地对这些前殖民地国家进行毫不留情的批判。失望阴郁的情绪、落后肮脏的环境，还有愚昧贪婪的贫民时时出现在这些作品的字里行间，以致像萨义德这样同样来自东方的移民学者对奈保尔大加鞭挞，认为他是“西方国家的代言人”。以他著名的“印度三部曲”中的第一部《幽黯国度：记忆与现实交错的印度之旅》（以下

---

① 谈瀛洲：《奈保尔：无根的作家》，《中国比较文学》2002年第1期，第107页。

简称《幽黯国度》）为例，他确实展露了他对这个存在于遥远记忆中的母国的深深失望。一方面，他从自己的印度祖上口中听到的是一个梦幻般的美丽国度，有着悠久的传统，令人心之向往；另一方面，“只在书本上见识过的东方”[①]又给了他一个极其脏污混乱的印象。他对这片土地始终有所期待，然而初次造访，他发现自己时时刻刻都得承受来自这个奇异世界的冲击——他与这里的人们相貌、衣着相似，可是他与他们的一切都格格不入，他觉得恐慌而难以适应。刚到印度，他眺望着泰姬玛哈旅馆背后的落日，心里想的是：“如果孟买只是这段航程中我们经过的许多港口中的一个，高兴时上岸走走，探险一番，不高兴时就待在船上，不去理睬它，那该多好啊。”[②]而一年后坐在离开印度的午夜飞机上，他写道：“印度属于黑夜——一个已经死亡的世界、一段漫长的旅程。”[③]他更为这本游记的尾声取名为“奔逃”。想象与现实的强烈反差使他对印度抱着极其消极的看法，无怪乎印度的评论家在面对他的这本书时也采取了较为负面的态度。虽然在书中，奈保尔对自我的分析和监视一刻也没有停止，但正如海伦·海伍德所言，在这本书中印度的失败似乎在于它“没能满足奈保尔自己对它的期待”[④]，就好似这本书的副标题——“记忆与现实交错的印度之旅”——所言，作者所希望达成的“家园重构”，其实更多地建立在他自己的主观分析而非客观的见闻之上。奈保尔本人在采访中谈到《幽黯国度》时，也提及他写这本书的目的是要表达他自己对这个世界的看法，并非要攻击印度。他说：“我认为它是我的不幸的一个记录。我不是在敲打任何人，实际上它是一个令人极为感伤的体验。”[⑤]

到了 1977 年写作《印度：受伤的文明》时，他已经接受并适应了印度给他的“陌生感”，能够以客观冷静的态度来探究印度人的生活、印度的现实社会状况，以及贯穿其中的古老传统；与此同时，在前一本

---

① V. S. Naipaul, *The Enigma of Arrival* , New York: Vintage Books, 1988, p. 153.

② V. S. 奈保尔：《幽黯国度：记忆与现实交错的印度之旅》，李永平译，生活·读书·新知三联书店，2003，第 9 页。

③ V. S. 奈保尔：《幽黯国度：记忆与现实交错的印度之旅》，李永平译，生活·读书·新知三联书店，2003，第 401 页。

④ Helen Hayward, *The Enigma of V. S. Naipaul: Sources and Contexts*, Palgrave, 2002, p.130.

⑤ 法鲁克·德洪迪：《奈保尔访谈录》，邹海仑译，《世界文学》2002 年第 1 期，第 116 页。

书中常有的歇斯底里的情绪爆发几乎不见了。与《幽黯国度》一样，他在这本书中对所探访的地方、遇见的人和参观的项目进行惯常性的描述，从中生发出他对这些人和事的观感，并借此评论印度在20世纪70年代“紧急状态”下的社会骚动及其历史缘由。从这些描述中可以看到，从第一次访问印度到写出这第二部印度游历作品，奈保尔对印度的谴责越来越温和，但他对印度传统的批评似乎愈加严厉了。在他看来，印度传统的宗教哲学观使得这个国家在面对20世纪激烈的国际竞争时，非但无力做出快速反应，而且使得生活在现代的印度人民“不得不让一个曾经生机勃勃的文明顺应失败的事实，顺应智性枯竭的事实”①，整体退回到“古老印度”的迷思之中。奈保尔的这个观点很明显地体现在了他对甘地的看法上。在《幽黯国度》中，他认为甘地的眼光独到，能够站在传统的印度经验之外对这个古老的国家做出充满睿智的评价。为此，他还把尼赫鲁与甘地做对比，强调尼赫鲁就过分亲近印度文化，这导致他自己常常陷入一种对印度传统的狂热。到了写作《印度：受伤的文明》时，他就不再站在高高在上的位置上去俯视观望印度全民对“甘地主义”的追随，而是以自己“紧急状态”亲历者的身份，以“平视”的眼光审视当时的社会状态，并由此批判了甘地倡导的以非暴力不合作为先导的印度社会改革。他认为甘地的目光始终向内而非向外，他的“自我专注……构成他力量的一个部分。……但自我专注总是伴随着一种盲目”②。这种盲目使得他对释放出来的社会力量无力进行有效管理，“无谓地延长了独立斗争”③，并且使“人之为人的知性缺失了”④。最终他成了印度现代社会道德和信仰的化身，他所拥有的“政治创造力”和所倡导的那么多“现代型思想”⑤反而被人们所忽略。也就是说，在奈

① Feroza Jussawalla, *Conversations with V. S. Naipaul*, Jackson: The University Press of Mississippi, 1997, p.39.

② V. S. 奈保尔:《印度：受伤的文明》，宋念申译，生活·读书·新知三联书店，2003，第88页。

③ V. S. 奈保尔:《印度：受伤的文明》，宋念申译，生活·读书·新知三联书店，2003，第88页。

④ V. S. 奈保尔:《印度：受伤的文明》，宋念申译，生活·读书·新知三联书店，2003，第140页。

⑤ V. S. 奈保尔:《印度：受伤的文明》，宋念申译，生活·读书·新知三联书店，2003，第141页。

保尔眼中，甘地最终被纳入印度传统的印度教宗教和哲学体系，成为一种象征，而不再是引领印度现代社会变革的活生生的人。这是甘地的悲哀，也是印度的悲哀。在这里，奈保尔对同一人物和社会事件的评价差别如此之大，体现出他“在不同时期对时间的不同看法或对事件的不同认识程度，它们之间的对比常常是成熟与幼稚、了解事物的真相与被蒙在鼓里之间的对比”[①]。

这种认识的转变同样体现在了 11 年后诞生的印度游历作品——“印度三部曲”的最后一部《印度：百万叛变的今天》中。1988 年，年近花甲的奈保尔再次造访印度，写下了这部类似于当代印度口述史的作品。所谓口述史是指作者以叙述者的个人经历和观点为基础，对历史信息进行记录、保存和阐释；它包罗万象，既可以是对当下事件的目击描述，也可以是传诵千年的古老传说、神话和歌谣等。在这本书中，绝大部分的内容是被采访者的叙述，其中包括他们的人生经历、宗教及政治见解，以及他们对父辈或祖上生活的追忆。因此，读者摊开这本书，看到的不仅是奈保尔眼中 20 世纪 80 年代的印度社会百态，更重要的还有印度人对印度社会长达半个世纪的发展演变的看法。这种写法自然而然地淡化了奈保尔的主观看法，更多地强调了他作为观察者的角色。该书出版后不久，就有评论家发文谈到了奈保尔的这种转变：“奈保尔先生前两本关于印度的书极具个性，而且往往会愤怒至极。这一次他总体上更温和、更富有同情心，成了一名与祖先的故国私下媾和的观察者，这里的多样性使他变得谦卑，流露出赞美之情。”[②] 奈保尔在采访中谈到这本书时也说：“我想印度最好让印度人民的经历来界定，既不像在第一本书（《幽黯国度》）那样，写自己对作为印度人回到印度的感受之反应，也不像第二本书（《印度：受伤的文明》）那样试图对所见所闻进行分析。”他不再对采访对象冷嘲热讽，没有将他自己与印度人之间的理解差异做荒诞的喜剧处理，而是耐心地倾听他们的声音，哪怕他们的观点在他看来并不容易被接受。在进行采访的同时，他还反复审视自己与印度的精神和文化联系，探讨自己身为印度后裔与印度人民所共同享有的精神和

① 申丹：《叙述学与小说文体学研究》，北京大学出版社，2001，第 202 页。

② Janette Turner Hospital, “A Country Still in the Making,” *New York Times*, December 30, 1990.

文化财产。这种持续不断的反思，又一次改变了他对圣雄甘地的看法。在1990年的一次采访中（同年《印度：百万叛变的今天》出版），他用积极而肯定的语气说："我崇拜……他是个神话般的人……他是这样一个人，每逢我想到他的生活，都会感动得泪流满面、泣不成声。"[①] 很难说在写作"印度三部曲"的这三个阶段，奈保尔对甘地的三种不同评价哪一种更具有价值，它们都是奈保尔在当时的情境之下发出的心声，是他不断思考的结果，是他自己心境的一种反射。

奈保尔从1963年的"逃离"印度到1977年能够对印度社会的现状进行冷静分析，并从中看到"真实的新开端的可能"[②]，再到1988年写下"重返印度"，并且摆脱了他"作为印度裔的神经质，驱散了将我与我祖先历史阻隔开来的黑暗"[③]——他花了20余年的时间慢慢调适自己，发现自己，从而渐渐改变自己对世界的看法，并使自己能够与故国印度进行互动。这是他放眼世界、审视自己的成果，是他作为作家的成熟，而这种成熟为他的作品带来了有一种独特的魅力，让读者愿意跟着他一起成长，并且发现他眼中那个独一无二的世界，欣赏其中不经意间流泻出的个人心绪。或许这正是奈保尔作为一个人，作为一个从事写作职业的人的成功之处。也正是在这种对自我、对过去、对周围环境的不断反思中，奈保尔走出了一条适合自己的写作道路，并以此在英国站稳了脚跟，实现了他最初的梦想——到英国去，当一名作家，做一个体面人。从这个意义上说，奈保尔实现了他在现实生活中的"抵达"。

四　困惑："抵达"背后重重的"谜"

经过十余年的笔耕不辍，奈保尔作为一个作家在英国算是站稳了脚跟，但这只是他职业人生的成功抵达。对他个人而言，这种"抵达"远

---

① Andrew Robinson, "Andrew Robinson Meets V. S. Naipaul," *The literary Review*, October, 1990.

② V. S. 奈保尔：《印度：受伤的文明》，宋念申译，生活·读书·新知三联书店，2003，第213页。

③ V. S. 奈保尔：《印度：百万叛变的今天》，黄道琳译，生活·读书·新知三联书店，2003，第516页。

远不是他思考自身的结束，甚至带来更多说不清道不明的困惑。

早在懵懂的童稚时光，奈保尔所在的印度人社区中，许多老印度人心心念念的就是有朝一日要回归印度，他们认为自己在特立尼达的这一大段日子只是人生中的一个过渡阶段，他们最终是要回归故国的。而且奈保尔是听着印度古代的神话传说，在印度教传统生活中长大的孩子。这些一方面加强了他与故国印度的联系，另一方面也削弱了居住地特立尼达对他的影响。这体现在他后来创作的作品中就是他从来不说自己是“特立尼达人”，而是将像他这样的印度移民称为“居住在特立尼达的印度人”。到了少年时代，他受到的殖民教育又使他深深向往英国，觉得那个有着“世界中心”地位的遥远国家才是他最终的归属地。因此，虽然在特立尼达生活了 18 个年头，他却从来没有想过要彻底融入这片殖民地土地；即使生于斯长于斯，特立尼达的一切仿佛早已融入了他的血液，是他身上不可分割的一部分，但从他的个人意愿上说，他并不愿意当一个特立尼达人。对这个国家，他缺少一种发自内心的归属感和赤诚的热爱。从 20 世纪 60 年代他的第一部加勒比地区旅行作品《中间通道》和 1999 年出版的《父子之间：家庭通信集》中，我们可以清楚地看到他对特立尼达的疏离乃至拒绝。1949 年 11 月 24 日奈保尔在写给留学印度的姐姐卡姆拉的信中说：“我呆在特立尼达的日子已快结束了，只剩下 9 个月了。之后我将离去，绝不再回来，我相信一定如此。”之后他果然没有再踏上这块他一心一意想要远远躲开的土地。即使是父亲病重去世的那段时间，他也没有应家人的要求回去和父亲见上最后一面。虽然在牛津求学的日子里，他也常常想家想到痛苦不堪，说“‘好像是昨天才离开’，并且‘每一处景物都清晰地刻在心中’，但这只是对家人的思念而不是对土地的深情，也就是说，很早，奈保尔就已经不知不觉地陷入人与土地的分离的状况之中。”[①] 1954 年，他的父亲去世之后，奈保尔给母亲写了这样一封信，拒绝了家人要求他回特立尼达定居的要求：“我认为我不适应特立尼达的生活方式，如果要我在那里度过一生，我会死掉。那地方太小，价值观念都是错误的。它

① 梅晓云：《文化无根：以 V. S. 奈保尔为个案的移民文化研究》，陕西人民出版社，2003，第 106 页。

是微不足道的。”[①] 而在《中间通道》第二章中，他则探讨了独立之后特立尼达所进行的现代化建设。在他看来，特立尼达人颇为自豪的现代文明只不过是对西方前宗主国的一种精心模仿，表明了其政治的独立并没有带来经济和文化上的自立，特立尼达人民受奴役的现状并没有得到根本扭转。他尤其失望于这个海岛上的人们仍然生活在对自己的历史全然无知的情况之下，生活在对海岛以外世界的幻想之中，即使知道“社会存在问题，可是……却没有尝试对问题进行评价。特立尼达太微不足道……”[②] 综观奈保尔的作品中涉及特立尼达之处，他对自己的家乡自始至终都没有较为积极的评价。他的这个消极态度决定了特立尼达对他几乎没有什么向心力。他写它是因为它是他生命中必须正视的一部分，但不是他值得骄傲眷恋的那一部分。特立尼达始终不是奈保尔的根，它只是他书写自己绕不开的一节。

少年时代，除了特立尼达，另一个对奈保尔影响很大的文化应当是印度文化。他生长在深受印度教文化熏陶的大家庭中，熟知印度教神祇和印度古代神话故事。在他的脑海中，作为特立尼达印度人精神圣地的印度，其象征是祖母房内宗教画上那白雪皑皑的山峰，无比地圣洁美丽。但亲历印度，他却遭遇现实与想象的断裂，在自己虚幻的记忆与迥然相异的印度社会现实间痛苦挣扎。在《幽黯国度》的末尾，他说一年印度之旅给他留下最深刻印象的是临走前一位萍水相逢的朋友送的一块印度布料。回到伦敦的公寓中，他展开这块布料，知道他一旦动了这块布料，它“就会开始伸展，一路绵延到整个桌面、整间房子、乃至于整个物质世界，直到这整套戏法被人拆穿”[③]。于是他明白在这一年的旅程中，他曾经多么地接近消极的、崇尚虚无的印度传统文化，它已经变成了他的“思维和情感的基石”[④]。然而，“一旦回到西方世界——回到那个只把‘虚幻’看成抽象观念、而不把它当作一种蚀骨铭心的感受的西方文化

① V. S. Naipaul, “May 3, 1954, To Mother, ” *Between Father and Son: Family Letters*, New York: Alfred A. Knopf, 2000, p.53.

② V. S. Naipaul, *The Middle Passage*, New York: Vintage, 2002, p. 36.

③ V. S. 奈保尔:《幽黯国度：记忆与现实交错的印度之旅》，李永平译，生活·读书·新知三联书店，2003，第402页。

④ V. S. 奈保尔:《幽黯国度：记忆与现实交错的印度之旅》，李永平译，生活·读书·新知三联书店，第403页。

中”，他就发觉印度精神悄悄地从他身边溜走了，并且成了一个他“永远无法完整表达、从此再也捕捉不回来的真理”[①]。到了1990年，写作《印度：百万叛变的今天》时，他在近30年的时光中慢慢学会调适自己，改变自己的眼光来看待这个同样在不停变化着的世界，对故国印度的态度渐渐趋于理解和包容。然而，正如前文所述，奈保尔谈及这本书时，曾说过“印度最好让印度人民的经历来界定”，这已经是他所能做到的极限了。我们没法指望他满怀激情，像个土生土长的印度人那样充满眷恋地看待印度，书写印度；他能够对在印度看到的种种不习惯的事物保持客观冷静的叙述，就已是读者能够期待的最大范围了。因此，即使花了很大力气去了解印度社会和印度人民，奈保尔对他祖先生活过的这个故国还是不可避免地保持了一段距离。印度对奈保尔来说，是他寻找记忆、发现自我的过程中一个极其重要的站点，但也无法成为他的归宿。

自己的出生地和祖先的故国都没能成为奈保尔漂泊心灵的归宿，而英国这个奈保尔最后的居住地也难以让这个游子一颗四处漂泊的心真正地安定下来。在《抵达之谜》中他这样叙述自己到达英国不久后的感受：“我时刻在想象着这个世界。当我自己身处伦敦时，却发现这个世界并不像我向往中的世界那样完美。在特立尼达岛，我童年时曾想象这个完美世界是在一个很遥远的地方，也许是在伦敦。现在，当我到了伦敦，我想象这个完美世界是存在于另一个时段，一个更早的年代。我在心理上或者是情感上也经历了同样的变化过程。”[②] 住在威尔特郡的庄园中，最令他陶醉的是能体现帝国遗风的人和事。在庄园的诸多仆人中，奈保尔最欣赏的便是园丁杰克。奈保尔说他的步态“笔直、轻松而又优雅”，说他的花园“平整、簇新、正规”，说“他与四季和他的风景和谐一致”[③]。到庄园附近的史前巨石阵去散步时，他常常觉得“杰克和他的花园、鹅群、小屋……似乎都是从文学、古代和周围的景物中衍生出

① V. S. 奈保尔：《幽黯国度：记忆与现实交错的印度之旅》，李永平译，生活·读书·新知三联书店，第403页。

② V. S. 奈保尔：《抵达之谜》，邹海仑、蔡曙光、张杰译，浙江文艺出版社，2004，第144~145页。

③ V. S. 奈保尔：《抵达之谜》，邹海仑、蔡曙光、张杰译，浙江文艺出版社，2004，第20页。

来的"[1]。在这里，史前巨石阵是过去，周围的景物是眼前，过去衍生于眼前，而眼前又通过文学的想象与过去紧密相连，且因为这联系，眼前这普普通通的一切在奈保尔眼中有了谜一样的诱惑。谜，既有迷蒙的感受，又有死亡和遗迹中隐藏的诱惑：完美。的确，在作者眼里，杰克完美得犹如大英帝国——奈保尔所向往的前朝的那个国家——的最后一个子民。他走了，一个时代也就结束了。于是"衰败"渐渐成了作者笔下频繁出现的字眼。但"衰败"这两个字由奈保尔的笔下写出又不像是一种哀叹，作者只是用这个词来表达他当下身处的生活环境，而且他还挺欣赏这样的一种状态。比如，他说自己所居住的这栋房子的"完美状态早在似乎四十或五十年以前就达到了"，现在他喜爱它是因为它还延续着当年的那种"美景"，而这就是"一种完美"了。[2] 此处，庄园成了大英帝国强盛时期的化身，虽然它如今已破落不堪，但它的存在便表明了曾经有过的辉煌；而奈保尔借着说这房子，毫不掩饰地表达了自己对大英帝国巅峰时代的向往。与此相对的是，面对真实的英国，他则抱着这样的看法："1950 年，我一来到英国，其想象力就失去了作用。当我面对现实的世界，英国文学不再是世界性的了，自那时起它已不再是我想象的主题。"[3] 在这里，奈保尔很清楚地表明了当下的英国并没有令他特别眷恋之处。他的心思早已飘到了半个世纪前的那个帝国时代，那个无法再现的年代才是他心之向往的所在。

因此，无论是贫穷混乱的特立尼达和印度，还是曾经魂牵梦萦的英国，奈保尔都和它们保持了一定的距离。他在职业目标上的成功"抵达"并没有为他带来一片心灵的栖息地。相反，他作为一名作家的成熟，为他带来了更多的关于自身的困惑。青少年时代单纯地想描绘这个世界的梦想在纷繁复杂的社会现实面前一再遭受挫折；然而这些接连不断的挫折又为奈保尔提供了适合他自己的写作素材，最终成就了他的作家梦。但作为一个"人"的奈保尔，还在不停地漂泊，"抵达"对他而言或许是一个永不可能实现的目标。

---

① V. S. 奈保尔：《抵达之谜》，邹海仑、蔡曙光、张杰译，浙江文艺出版社，2004，第 20 页。

② V. S. 奈保尔：《抵达之谜》，邹海仑、蔡曙光、张杰译，浙江文艺出版社，2004，第 55 页。

③ V. S. 奈保尔：《抵达之谜》，邹海仑、蔡曙光、张杰译，浙江文艺出版社，2004，第 191 页。

村上春树作品中的俄狄浦斯主题

——以《舞！舞！舞！》《神的孩子全跳舞》《1Q84》为例

唐　卉*

内容提要　古希腊俄狄浦斯的悲剧一直是后世文学创作的重要素材，村上春树借用这一主题，结合日本传统的恋母叙事进行了当代书写。《舞！舞！舞！》《神的孩子全跳舞》《1Q84》三部作品通过独特的恋母表述，或隐或显地对存在于日本社会与历史深处的“恶”进行披露，谋求用现代手法刻画人物内心深处隐藏的弑“父”情结，这样的文学表述不仅体现了传统文学中恋母的内部情感诉求，也表达了关注当下、否定战争、质疑父权制度中暴力因素的历史意识。

关键词　村上春树　俄狄浦斯主题　历史意识

古代日本在由母系社会过渡到父权社会时遗留下了“病根”，内在的惶恐不安似乎构成日本恋母文学群体的“病原”。在谈及这一根深蒂固的“国民疾病”时，著名的心理学家河合隼雄感叹：“我们可以想象，一个从未经历过父权宗教的民族，要想挺身抗拒‘神圣的母亲’该是何等艰难。”① 从表面上看，日本文学中的恋母作品理应属于广义的俄狄

*　唐卉，中国社会科学院外国文学研究所。

①　河合隼雄:『母性社会日本の病理』、東京：中央公論社，1976、第54頁。

浦斯研究范围，然而，仔细辨析，独特的恋母心结并不完全等同于弗洛伊德所定义的俄狄浦斯情结。日本式俄狄浦斯主题往往模糊人伦纲常、情感禁忌，明确地指向一种个人“退行”（たいこう），即希望回归幼儿时代，重新返回母胎之中。[①] 也就是说，这种欲望并不以现实中的母亲作为关注对象，而是刻意塑造一个“虚拟母亲”的替代品出来。因为变回胎儿的理想永远无法达成，所以需要在现实生活中寻觅一个恋母的载体，这个载体可以是一些日常用品，比如根、瓮、壶、土、罐、碗等，也可以是与母亲年龄相仿、长相相似、名字相同的女性。总体来说，在日本文学中，对于生母所产生的俄狄浦斯欲望体现为男主人公受到母亲的“替身”或与母亲“相似人物”的“诱导”。从这一角度出发，可以发现，日本文学存在着两种恋母倾向：一种是对“代理母亲型”文学创作的执着，如谷崎润一郎和志贺直哉的作品中所体现出来的观念；另外一种是对“类似母亲型”文学书写的执着，从夏目漱石、川端康成、大江健三郎和中上健次的作品中可以品评出来。[②] 不管怎样，母亲的形象神圣也好，邪恶也罢，她总是或隐或显地存在于文学构想之中，对个人乃至民族由于长久压抑情感而引发的疾病起到疏泄和治疗的作用。

当然，对于文学家而言，进行自我治疗和灵魂拯救的最佳方式就是创作。自神话文献《古事记》问世以来，日本文学一直徜徉在怀念昔日母亲的记忆里，编织着内心世界里回归根国和缔造永恒的“恢宏之梦”。这样的梦境一直延续到当代文坛的代表人物之一村上春树（1949—）的身上。

一

20 世纪 70 年代末到 90 年代初，“村上热”席卷日本列岛，村上春树这个名字俨然成了一个小说神话时代的符号和标识。在 1995 年 1 月

① 关于“退行”的说法，最早提出的是加拿大的日籍教授鹤田欣也。参考ブラッド・アンベリ『想像界再訪——村上春樹の「母」的「向かう側」』、実村文訳、載平川祐弘、萩原孝雄編『日本の母——崩壊と再生』、東京：新曜社，1997、第 154 ～ 155 頁。

② Rebecca L. Copeland, “Mother Obsession and Womb Imagery in Japanese Literature,” *Translations of the Asiatic Society of Japan*, Fourth Series, vol. 3, 1988, p. 131.

9日发行的日本报刊《每日新闻》上，岛森路子给予村上春树高度的肯定，认为他“一直在书写现实神话”[①]。随后村上作为现实神话小说家的知名度一路飙升，甚至被认为是日本现代社会一位呼风唤雨、具有萨满职能的作家。因为单从小说的影响力来讲，村上已经贴近与原始社会中的萨满巫师所充当的心理治疗师相同的角色，不仅关注自己的潜意识和洞悉着每一位读者的内心世界，而且穿梭往来于一个社会抑或一个时代的“恢宏之梦”[②]之中。

从早期的代表作品“鼠”之三部曲（《且听风吟》《1973年的弹子球》《寻羊冒险记》）、《挪威的森林》（1987年）、《舞！舞！舞！》（1988年），短篇小说《猎刀》（1985年）、《神的孩子全跳舞》（1999年），中期作品《拧发条鸟年代记》（1992~1995年）、《斯普特尼克恋人》（1999年），到长篇小说《海边的卡夫卡》（2002年）以及《1Q84》（2009年），村上一直在现实与神话之中游走，在存在与不存在之间摇摆，塑造了一个又一个充满悲剧色彩且颇具母性的女主人公形象，以及渴望成长却永远与社会保持一定距离、单纯如少年的男主人公形象。特别是在《海边的卡夫卡》中，村上借用古希腊杀父娶母的俄狄浦斯原型描绘了一名在梦境中杀死父亲并与母亲交媾的15岁少年，将俄狄浦斯主题进行了堪称淋漓尽致的日本文学现代书写。村上结合传统视域和后现代语境中所运用的独特的恋母表述，借由其作品随着时间的推移或隐晦或彰显地对存在于日本社会与历史深处的“恶”进行披露，谋求用现代手法刻画人物内心深处隐藏的弑“父”情结，这样的文学表述不仅体现了传统文学中恋母的内部情感诉求，也表达了关注政治、否定战争、质疑父权制度中暴力因素的“理性思辨”[③]。基于此种考虑，本文尝试将以上提到的与此相关的村上作品纳入俄狄浦斯主题中探讨。

本文将重点论述村上作品中的人物弑父（父殺し）和恋母（母恋

---

① 『毎日新聞』1995年1月9日。

② 石橋泰:「村上春樹『神の子供だちはみな踊る』について——心理学的な観点から」、『山梨英和大学紀要』Vol. 2、2004、第A1～A13頁。

③ 日本文学缺乏理性思辨，情感表述丰足而理论阐释贫弱。村上春树力图突破传统，借用西方悲剧原型和哲学理论去书写俄狄浦斯主题。在理性思辨一词上打引号，旨在表明村上的这种努力；然而，在日本传统思维和西方现代思想的交会中，村上此类作品仍然以晦涩、暧昧的风格更加倾向于感性表述，而不是理性思辨。

い）现象，按时间先后纵向分析这些现象的发展轨迹。通过传统继承、个人经历和西方影响这三条主线，本文尝试说明村上春树作品中俄狄浦斯主题形成的条件和特色，并着重考察其作品的动态发展特征：由初期作品中朦胧而间接地展现男主人公对母亲般女性的依恋，发展到后期毫不掩饰地表达儿子对母亲的“邪念”；另外，从对父亲的避而不谈到双手沾满父亲的鲜血、最终完成了亲手屠父[①]的质的飞跃。从俄狄浦斯主题研究考察村上春树的作品，或许可以为更好地理解村上小说乃至日本恋母文学传统提供一个有效的途径。

二

早在大江健三郎《同时代的游戏》问世的同一年即1979年，村上春树便凭借其处女作《且听风吟》登上了日本文坛。与《同时代的游戏》所遭受到的冷遇尴尬相反，《且听风吟》一举拿下了第二十二届群像新人文学奖，并广受好评。虽然作为民主主义者的大江和自称彻底的个人主义者的村上在创作风格上迥异，抱持的立场不同，但是如同俄狄浦斯对自己身份的苦苦追索，大江和村上也不约而同地“都在深入探讨记忆与历史、传奇与故事的问题，都继续深入到情感的黑暗森林，追问作为个人、作为世界公民、作为日本人的他们到底是谁”[②]。除此之外，两位作家在各自的作品风格中还有一个共同点，那就是在继承传统又不照搬传统、借鉴西方又映照日本本土的写作初衷下，有意靠近和完成杀父娶母的主题，将俄狄浦斯主题放置于日本的当今社会，赋予作品鲜活的生命，叩问人类未来的命运。

村上在进入文坛之前一直在寻觅治疗自己“疾病”的良方。他回忆说：“要问我为什么开始写起了小说，究竟为什么我也说不太清楚。就是在某一天里突然想写点东西罢了。现在回头去想，那应该说是一种自我

---

① 文艺评论家安藤礼二认为，村上作品中的弑父或杀“王”的举动，是作者试图以独特的方式升华大江健三郎曾认真关注的20世纪90年代问题体系，实属对日本近代体制的反抗。见河出书房新社编辑部汇编《村上春树〈1Q84〉纵横谈》，侯为、魏大海译，山东文艺出版社，2012，第9~20页。

② 杰·鲁宾：《倾听村上春树——村上春树的艺术世界》，冯涛译，上海译文出版社，2006，第243页。

治疗的阶梯。”[①] 通读村上的作品，可以找到记忆与治疗这一对关键词。东京工业大学教授井上义夫认为，村上之所以选取记忆和治疗作为小说创作的目的之一，是因为当前的社会物欲横流，新旧势力左右派系之争甚嚣尘上，为了唤醒那些日趋麻木的人群，文学治疗与心灵救赎成为必不可少的手段。[②] 不可否认，村上之所以书写现实神话皆因为日本特殊的年代，而村上本人的特殊经历和个人记忆亦成为其直接的推动力。虽然特立独行的村上在创作伊始便刻意地拉开与日本传统文学的距离，以自由的“洋派”之姿寻求一个能在世界文学中立足的支撑点，然而他在文学治疗和试图唤醒记忆的过程中，仍然脱离不了传统的文学空间。

有学者认为，即便日本的现代小说与传统意义上的作品存有很大程度的差别，但是从本质上来看它们始终一脉相承，正如光源氏从藤壶身上看见了母亲的面容，在紫姬的身上追忆自己逝去的爱恋一样，藤壶、紫姬等一系列的恋母替身如同遭遇了命运魔咒（木霊）的回声，[③] 回声不仅出现在小说中，而且体现在作家本人身上。川端康成、大江健三郎、村上春树等人似乎都在这样的回声中书写不同风格的小说。如果说，《同时代的游戏》中“死人之道”暗示了回归母亲胎内的愿望达成之路，[④] 那么村上春树在《拧发条鸟年代记》（1994 年）第一部《贼喜鹊篇》第九章中的一段文字则表达了一段回归母亲子宫的体验，这段体验来自作家的童年记忆：村上两三岁时曾经跌入一条小溪并被冲向一条开着口的暗渠，这一次恐怖的阴道记忆（Matrix）令村上终生难忘。[⑤]《贼喜鹊篇》中的《暗渠外加绝对的电力不足》就生动地描述了这一场景。作品中的人物对这段经历记忆犹新，根据村上成名后的一次访谈，可以了解到小说中人物的回忆在一定程度上就是村上本人的回忆，这段回忆无可争议地成为村上创作俄狄浦斯主题的源泉之一。正如《1973

① 村上春樹、河合隼雄:『村上春樹、河合隼雄に合いにいく』、東京：岩波書店、1996、第 66 頁。

② 井上義夫:『村上春樹と日本の「記憶」』、東京：新潮社、1999、第 5 ～ 7 頁。

③ 上田正行:「川端から大江へ」、金沢大学『国語国文学』2003 年 3 月第 28 号、第 107 ～ 114 頁。

④ 霍士富:《大江健三郎文学的时空美学——论〈同时代的游戏〉》,《外国文学评论》2009 年第 1 期，第 130 页。

⑤ 井上義夫:『村上春樹と日本の「記憶」』、東京：新潮社、1999、第 86 ～ 87 頁。

年的弹子球》所描述的那样："一连好几个月好几年，我总是一个人一直坐在深水游泳池的底部。温暖的水，柔和的光，以及沉默。以及沉默……"① 对暗渠以及黑暗刻骨铭心的记忆影响着作家的创作，它如同根植于作家心灵内部的梦境，时常萦绕在村上春树的脑海中，成为他无意识创作的一部分。

标志着村上告别初期三部曲的长篇小说《舞！舞！舞！》（1988 年）便是从这样一个梦境开始的。

> 午夜梦回，又是海豚宾馆。
>
> 酣睡中，我总是被那里包含着。就是说，我是作为某种持续状态被那里包含着的。梦境明显地在提示这种持续性。梦里的海豚宾馆，形状弯弯曲曲，非常细长。由于过为细长，与其说是宾馆，看起来倒更像是个带有屋顶的长桥。那座长桥从太古开始便细细长长地绵延至宇宙的终极。我，被那里包含着。那里，有人在流泪，为我流泪。
>
> 宾馆本身包含着我。我可以清晰地感觉出它的心跳和体温。我，在梦中，是宾馆的一部分。
>
> 便是这样的梦。②

海豚宾馆在日文中叫作「いるかホテル」，按照英文的音译，又叫"多尔芬"（Dolphin）宾馆。日文「いるか」这个词的语义双关，既表示"海豚"，又有"有吗？存在吗？"之意。显然，村上着力运用了这两层意思。海豚宾馆的命名，一方面体现出村上对大海的向往，对深水的迷恋，另一方面是对也许存在也许不存在的记忆世界的探索。还有一点值得注意：海豚的英文名"Dolphin"与古希腊德尔菲神庙"Delphis"

---

① 『村上春樹全作品 1979－1989 ①風の歌を聴け・1973 年のピンボール』、東京：講談社、1990、第 145 頁。本文中有关村上春树的作品的中文译文，主要根据日文原文译出。除了新出版的《1Q84》和尚未在中国问世的文本外，包括《且听风吟》《1973 年的弹子球》《舞！舞！舞！》《寻羊冒险记》《挪威的森林》等长篇小说以及《神的孩子全跳舞》等短篇小说。译文在原文的基础上皆参考和借鉴林少华、施小炜先生的中译本，在此特作说明。

② 村上春樹：『ダンス・ダンス・ダンス』（上）、東京：講談社、1989、第 5 頁。

发音相似，[①] 而“Delphis”派生自希腊文“Delphys”，原意是女性的子宫。[②] 由是，海豚宾馆那“弯弯曲曲，非常细长”的形状，它的“心跳和体温”“我被包含其中”这些语句就不难理解了。村上用梦境拉开小说的帷幕，海豚宾馆显然是一个意象。从梦心理学的立场来看，人类心灵最不寻常的本领就是编造意象。通常，母亲的母性行为有重要缺失，或母亲长期缺席，就会形成病态的恋母情结。[③] 虽然，对于弗洛伊德通过心理临床试验而命名的恋母情结或者俄狄浦斯情结，村上春树始终表示反感，以至曾直言不讳地道出：“所谓精神分析这样的东西着实令人厌恶”，精神分析本身“感觉就像没有敲门就登堂入室，随手打开别人家里的冰箱后扬长而去一般”[④] 。然而，海豚宾馆的意象不还是没能绕出梦之解析的框架吗？阐述《舞！舞！舞！》这样的作品还是脱离不了精神分析的，因为作为异度空间在“我”面前出现的海豚宾馆也好，梦境、栖身、流泪、心跳、体温等这些词汇也罢，似乎正明确地描述着胎儿和母胎的联想。[⑤]

同一种联想也在村上自己的回顾中出现，“中学二、三年级的时候，我和朋友们一起去看电影，有时候自己一个人去看”，“进入高中时，和女孩约会也一起去看电影”[⑥] 。对于电影院和看电影，村上春树是情有独钟的，他总是在黑暗中盯视着银幕。电影之于村上究竟意味着什么呢？给他带来怎样的联想呢？村上在随笔中解释说：“杜鲁门・卡波蒂在一篇小说中把电影比作宗教仪式。如此说来，我也未尝没有那样的感觉。一

① 希腊德尔菲的港口基尔哈出土了大量的陶器，发现者把陶器中频繁出现的海豚（在希腊语中写作“dolphinos”）装饰称为德尔菲的图腾，并把它和德尔菲联系起来。具体内容参见保罗・麦克金德里克《会说话的希腊石头》，晏绍祥译，浙江人民出版社，2000，第 37 页。

② M. Eliade, *A History of Religious Ideas*, Volume I, Chicago: University of Chicago Press, 1978, p. 271.

③ 安东尼・史蒂文斯：《秘密的神话——梦之解析》，薛绚译，生活・读书・新知三联书店，2009，第 129 页。

④ 村上春樹：『ウォーク・ドント・ラン』、載井上義夫『村上春樹と日本の「記憶」』、東京：新潮社、1999、第 185 頁。。

⑤ 井上義夫：『村上春樹と日本の「記憶」』、東京：新潮社、1999、第 185 頁。

⑥ 村上春樹：「遙か暗闇を離れて」、載井上義夫『村上春樹と日本の「記憶」』、東京：新潮社、1999、第 185 頁。

个人在黑暗中孤零零地同银幕对峙，总好像自己的灵魂被搁置到了临时性场所。而在接二连三跑电影院的时间里，竟开始觉得那种感觉对于自己的人生恐怕是必不可少的重要因素，这就是所谓‘电影中毒’。”[①] 电影之于村上是临时的黑暗和一场宗教仪式，通过电影院里这种临时性的仪式，村上联想到现实生活中长久持续的仪式，“结婚并开始工作的同时，颜色急速地褪去，最后完全地消失不见了。迟早我们——世间绝大部分人——都不得不告别那令人怀念的温暖而又临时的黑暗，开始步入另一种黑暗之中。这就如同胎儿开始处于暂定的子宫的黑暗处，而十个月后不得不离开的情形一样”[②]。村上春树的这段文字透露出，暗渠里的黑暗也好，电影院里的黑暗也罢，都曾勾起村上对于胎内映像的回忆，正是有这样的回忆贯穿作品，才得以保证村上有关俄狄浦斯主题创作的长期性和其主题表述的稳定性。因为婉转的恋母意象是村上诸多作品中无法回避的主题。

1999年短篇小说《神的孩子全跳舞》问世。村上在这部短篇中，将儿子的恋母心理表露无遗。男主人公叫作善也，没有父亲。平日里，母亲对儿子表现得异常亲近，即使在善也上了初中、性方面开始觉醒之后，母亲也毫不顾忌地一身内衣有时甚至赤身裸体地在家中走来走去。每当夜半感到寂寞时，母亲便会几乎一丝不挂地来到儿子房间钻进被窝，“并像小猫小狗似的伸手环抱住善也的身体”[③]。为了抑制自己的冲动，善也不得不保持一动不动僵硬的姿势。由于生怕同母亲的关系陷入万劫不复的境地，善也拼命地寻找女朋友。上高中时他便用打零工赚来的钱涉足有违良俗的场所。他那么做，与其说是为了解决性欲，倒不如说是出于恐惧心理，对母子间过分的情谊感到畏惧。善也觉得该在适当阶段离开家独立生活，但是离开母亲又令他相当苦恼。上大学的时候想，工作后也想过，但由于母亲百般阻挠，年逾25岁的善也仍然未

① 村上春树随笔系列《村上朝日堂的卷土重来》，林少华译，上海译文出版社，2004，第15页。

② 村上春樹：「遙か暗闇を離れて」、載井上義夫『村上春樹と日本の「記憶」』、東京：新潮社、1999、第185頁。

③ 村上春樹：『神の子供だちはみな踊る』、『村上春樹全作品 1990－2000 ③短篇集Ⅱ』、東京：講談社、2003、第160頁。

能离开家，未能离开母亲。

这种一对一相处的母子关系模式，始终左右着善也的生活。成年后的善也拒绝了女友希望结婚的要求，理由是自己是神的孩子，所以不会与任何女人结合。这种明显地排除婚姻、解构家庭的想法与善也的恋母不无关系。善也时常设想，如果时间能够倒流，现在的自己可以遇到年轻时代的母亲的话，会发生什么呢？恐怕母子二人仍会同样深处混乱的泥沼不能自拔，会毫无间隙地投合，互相贪求，即使受到报应也在所不惜。[①] 村上用善也这个人物揭示具有恋母情结的男人的普遍心理。至少，在恋母的过程中有痛苦，也有快感，越是严令禁止的，越令人好奇，越会令人产生一尝禁果的冲动，善也虽然名字叫作“善”，但是他逐渐明白这与善恶无涉，它关乎的只是伦理问题，只要母子乱伦的结果没有实践，那么恋母的情怀是成立的，也是可以表达的。当母亲的一名追求者田端先生临终前向善也坦诚自己一直渴望善也母亲的肉体，并因此向他表示歉意时，作为“神之子”的善也也禁不住抒发出了自己多年来对生母的欲望：

> 其实无须道歉。因为怀有邪念的不单单是你。作为儿子的我直到现在还遭受着那种不可告人的胡思乱想的折磨。善也很想就这样把内心话整个儿地吐露出来。……善也默默地握着田端先生的手，一直这样久久地握着。他想把胸中的想法传递给对方：我们的心绝非铁石。石头或许有一天会粉身碎骨，面目散去。但心不会崩毁。对于那种无形的东西——无论是善还是恶——我们完全可以互相表达。神的孩子全跳舞。[②]

小说中的“父亲”始终没有正面出现，寻父失败的善也最终放弃了对父亲的幻想，同时也丢掉了信仰。随着自我意识的觉醒，成年男子在现实中已很难再继续接受那种同社会共识不相容的教团特有的清规戒律

---

① 村上春樹:『神の子供だちはみな踊る』、載『村上春樹全作品 1990－2000 ③短篇集 II』、東京：講談社、2003、第 171 頁。

② 村上春樹:『神の子供だちはみな踊る』、載『村上春樹全作品 1990－2000 ③短篇集 II』、東京：講談社、2003 年、第 172 頁。

了。[①] 但原因不仅如此。在最为根本的方面，使善也彻底远离信仰的是父亲那一存在，其实父亲可以忽略不计，只要相信自己是神的孩子就够了。这里的“父亲”不属于生物学意义上的血亲，而是某一秩序的制定人、掌管者，“每个社会集团都有各自固有的‘局部的父亲’，可冠之以‘神’或‘天’的名称，也可称之为‘绝对精神’或‘贯穿历史的铁律’，还常常化身为‘君王’或‘预言家’的人格化形态”[②]。虽然明白眷恋自己的母亲是一种邪念，但是善也并没有苛责自己。通过“跳舞”这一具有象征意义的动作，任时光流逝，尽情地表达出自己内心深处的恋母情结。或者更确切地说，善也这个人物代表了希望逃避现实的年青群体，他们可以待在母亲的身边，做“永远长不大的少年”。村上所表达的正是长久以来，一向不问罪责、逃避担当的日本式解脱，这也是村上基于日本传统之上的恋母主题表述。

2009 年 5 月 30 日，村上发表了长篇小说《1Q84》。小说第二章的开头描写男主人公天吾最初的记忆，这段记忆与朦胧的恋母心结分不开。标题为“有点别的想法”（ちょっとした別のアイデア）。究竟是怎样的想法，作者漫不经心地拉开神秘的帷幕：

> 天吾最初的记忆是在一岁半的时候。他的母亲脱下衬衫，解开白色内衣的肩带，让不是父亲的男人吮吸乳头。婴儿床上躺着一名婴儿，那恐怕就是天吾。他把自己当作第三者注视着。或许那是他的孪生兄弟吧？不，不是的。待在那里的大概就是一岁半的天吾自己。这一点他从直觉上确信无疑。婴儿紧闭双眼，正在熟睡，发出轻微的呼吸声。对天吾来说，那是人生最早的记忆。大约十秒钟的情景，在意识的墙壁上烧上了鲜明的印记。没有前方，也没有后路。如同遭遇大洪水袭击的街上的尖塔，那记忆就那么孤立着，在浑浊的水面上一直伸着头。[③]

---

① 石橋泰:「村上春樹『神の子供たちはみな踊る』について——心理学的な観点から」、『山梨英和大学紀要』2004 年、第 A1 ～ A13 頁。

② 内村树:《脱离“父亲”的方位》，载河出书房新社编辑部汇编《村上春树〈1Q84〉纵横谈》，侯为、魏大海译，山东文艺出版社，2012，第 32 页。

③ 村上春樹:『1Q84』(Book 1)、東京：新潮社、2009、第 30 頁。

这段记忆伴随着天吾的成长，一有机会，他就会询问周围的人：你能想起的人生最初情景是在几岁的时候？对于很多人来说，那是四岁或五岁时候的事，最早的也就是三岁。比这个时间再早一些的回答一个也没有。好像孩子对自己周围的情景，当作具有某种程度的逻辑性（原文作“論理性”）的东西来看待，并能够加以认识，似乎至少也要在三岁以后。在此之前的阶段，所有的情景都只是作为还无法理解的混沌状态映入眼帘。在那之前，世界虽然客观地存在，但是在孩子的脑子里就像一锅稀粥，稠稠糊糊地缺乏骨骼，无从捕捉。一切在脑中都不会形成记忆，只是从窗外一闪而过。① 显然，村上春树清楚地明白这一点，那么强调天吾一岁半的记忆意味着什么呢？勃兰特・安贝利（Brand Anbery）主张用拉康的“镜像阶段”② 理论来分析村上春树。拉康的镜像阶段意味着主体开始的阶段，彼时，身体的感觉零零碎碎，直到被时间和空间的统一感所定位。但是镜像阶段还包含希腊神话中自恋的美少年那喀索斯（Narkissos）试图与自己同一化的阶段。换言之，与其说主体认识了自己，还不如说主体认识的只是自己的分身。关于两者关系的故事——本身与分身的戏剧由此展开。于是，意识不是要与自己的分身保持距离，而是要逐渐融入自己的分身。③ 也就是说，作为“他者”的主人公就像拉康所形容的幼儿那样，为了获取自己的真实感觉而去提供一定的认识土壤，分身便成为认识自己的一个必要的假设存在物。天吾便在用“他者”的角度观察自己的一个分身。分身一旦确立，那么认识自我的角度也被悄然置换，记忆的真实性与虚假性正如一枚硬币的两面，同时存在，构成一个亟须确认的整体。于是，天吾在自我认识的同时思考自己与母亲的关系：

不是父亲的男人在吮吸母亲的乳头意味着什么？一岁半的幼

---

① 村上春樹:『1Q84』(Book 1)、東京：新潮社、2009、第 30 ～ 31 頁。

② Jacques Lacan, *Ecrits*, *A Selection*, Harmondsworth, Penguin, 1977, pp.1–7。转引自ブラッド・アンベリ『想像界再訪——村上春樹の「母」的「向かう側」』、実村文訳、載平川祐弘・萩原孝雄編『日本の母——崩壊と再生』、東京：新曜社、1997、第 154 ～ 155 頁。

③ Anika Lemaire, *Jacques Lacan*, London: Routledge and Kegan Paul, 1977, p. 81.

儿当然是无法作出判断的，这一点毋庸置疑。所以，如果天吾的记忆是真正存在的，恐怕他也是未加任何判断，只是将目睹的情景一五一十地刻印在视网膜里吧。就如同照相机只是将物体作为光和影的混合物，机械地记录在胶卷上一样。而且伴随着意识的成长，那个得以保存且固定下来的影像开始被一点一点地解析，于是其中所包含的意义也被赋予出来了。但是那种事情在现实中果真能够发生吗？婴幼儿的脑子里真的可能保存那样的印象吗？

抑或那只是虚假的记忆吧？一切都是他的意识在日后出于某种目的性的企图而随便臆造出来的吧？记忆的捏造——天吾连这一可能性也充分地考虑到了，但是最终得出结论：应该没有这种可能性。因为作为臆造的事情，记忆也过于鲜明了，有太强的说服力了。那里具有光线、气味、心脏跳动。这些实际存在的感觉是绝对的，总觉得不是虚假的。而且假定那一情景是实际存在过的，那么各种事情就都能解释得通，不论是从逻辑上，还是从情感上。[①]

时隔多年，村上对恋母主题中的童年记忆始终难以释怀。人在长大成人后，无论是性格取向还是情感状态都与懵懂时期的最初记忆密不可分。不管小说中的主人公天吾如何努力克服，仅仅十秒左右的鲜明影像常常会不期而至，既无丝毫预兆，也无片刻迟疑，没有敲门的声响。最初的记忆渗入人的无意识，或者说人总是无意识地珍藏着最初的记忆，它无时无刻不在影响和干预人的行动。在乘电车的时候，在黑板上写计算公式的时候，在吃饭的时候，在和别人面对面谈话的时候，那最初的十秒影像都会突然造访天吾。

犹如无声的海啸席卷而来。发觉的时候，已经阻挡在了他的眼前，手脚完全麻木，时光暂时停滞，周围的空气变得稀薄，无法顺畅呼吸。周围的任何人、任何事，一切都变得和自己毫无关联，液体的墙壁把他全身吞没。虽然世界被黑暗所闭锁，但是感觉依然存在，意识并未变得淡薄。只不过铁轨的转辙器被扳了过来。意识反

① 村上春樹:『1Q84』(Book 1)、東京：新潮社、2009、第 30 ～ 31 頁。

而部分地变得敏锐。没有恐惧。但无法睁开眼睛，眼睑被沉重地闭上了，周围的响声也远去。而那熟悉的影像又一次在意识的屏幕上投射出来。身体的各处沁出汗来，能感到衬衫的腋下洇湿了。全身开始微微地战栗，心跳加速，力度加大。①

心跳、呼吸、意识……这些词汇让人联想起《舞！舞！舞！》中海豚宾馆的意象，通过这些感觉上的体验，村上强调了最初的记忆在天吾身上引发的后遗症。村上刻意把这种后遗症现象放大，凸显人在无意识下的一种特殊状态。天吾的情况正是在记忆萌芽的时候看见了母亲哺乳的场景，由此引起心理上的悸动，一直影响到他成年后的生活。无论村上对弗洛伊德精神分析法是多么不屑一顾，但是不可否认，这一段描述在一定程度上体现了心理的不正常状态来自于幼年时期的感性体察，合乎精神分析法的解释。只不过村上运用的是文学的表述形式，避免了直露而生硬的理论阐释方式。

可以说，在这部小说中男主人公天吾是带着婴儿时代的最初记忆出场的，而这最初的记忆和对母亲的依恋密不可分。母子亲密的关系一直影响着天吾日后在社会中的人际交往。在和别人同席而坐的场合，天吾都会做出头晕目眩似的摇晃举动，但过一会儿就会恢复正常。在“发病”的时候，他从衣兜里取出手帕，捂着嘴一动也不动。他抬手向对方示意，没事，不用担心。有时 30 秒就能结束，有时要持续一分钟以上。年幼时与母亲的亲密关系属于一种自然的行为，“它通过与母亲身体的同一化完成”②，没有任何外部的强力，“它渗透到我们内部深处，仿佛以我们自己希望的形式从内侧施以统治”③。这一切与成人后的外部压力形成鲜明的对比。从以下文字可以看出，最初记忆对成年时期的天吾所患有的强迫症倾向造成的一定影响，记忆中的自然状态愈是舒适，现实

① 村上春樹:『1Q84』(Book 1)、東京：新潮社、2009、第 32 頁。

② 斋藤环:《识字障碍的巫女会梦见吉里亚克人吗？》，载河出书房新社编辑部汇编《村上春树〈1Q84〉纵横谈》，侯为、魏大海译，山东文艺出版社，2012，第 81 页。

③ 斋藤环:《识字障碍的巫女会梦见吉里亚克人吗？》，载河出书房新社编辑部汇编《村上春树〈1Q84〉纵横谈》，侯为、魏大海译，山东文艺出版社，2012，第 81 页。

中的人为境况愈是难挨。

> 其间，相同的影像如同录像带处于回放状态，自动地反复播放。母亲解开内衣的肩带，一个来路不明的[①] 男人吮吸变硬的乳头。她闭着眼睛，大口大口地喘息，令人怀念的母乳气味淡淡地弥散。对婴儿来说嗅觉是最敏感的感官。嗅觉可以向他传达很多东西，有时可以教会他一切。听不见声响，空气变成黏稠的液体状态。能够听到的只是自己柔弱的心音。
>
> 他们说：看这个。他们说：就看[②] 这个。他们说：你在这里，你除了这里，哪里也去不了。这些话在一遍又一遍地重复。[③]

如果说《舞！舞！舞！》开篇关于海豚宾馆的象征还算隐晦的话，那么《1Q84》这段场景则将恋母抒写大胆地往前推进了一步。虚与实交错、过去与现在相叠，自我被拆成两半，它们互相需求，却无法融合。“退行”的欲望是如此强烈，那里的世界有呼吸，有心跳，有体温，然而残酷的现实堵住了所有回去的道路，“除了这里，哪里也去不了”。外部的喧嚣与内部的静谧构成一对难以调和的矛盾，精神在内外的拉扯之间趋向分裂，看似在回忆过去，实际上在描述现代人当下的困境。

三

表面看来，笼罩在恋母文学的框架之下，或许村上存有更大的野心也未可知。男主人公的名字为何叫“天吾”，仅仅是作者信手拈来，不带有任何特殊意义的一个随意符号吗？天与人，一个是广袤无垠的外部空间，一个是谨小慎微的内部个体，历史的记忆杂糅了无数个体的记忆，而个人的记忆又是如此的微不足道，往往被宏大的民族记忆的洪流裹挟着往前。然而每一个微若尘埃的个体，在自我认识中又拥有无限

---

① 原文使用的是连接语「どこか」，意思是哪里。表示确定或不明的场所。这里将儿子与母亲的关系进行陌生化处理，也就是抹掉约定俗成的社会关系。——引者注

② 着重号由原文作者所加。——引者注

③ 村上春樹:『1Q84』（Book 1）、東京：新潮社、2009、第 32~33 頁。

的力量，可以用独特的视角编织个人的记忆乃至民族的历史。这是一种“去客观”手法，与笛卡尔“我思故我在”的观念相似。因为一岁半时的记忆存在，或者说一岁半时的“我”仍然活在成年后的天吾脑中，这种影像被延展、拉长，其实，恋母叙事仅仅是一个表象，它渗入对过去的思考和反观。天吾无法与最初的记忆拉开距离，无法客观地思考。同样，个人也无法规避历史记忆的强力，无法冷眼旁观地审视。不管是否愿意，历史的记忆都已经如萌芽时期的记忆，深深地植根于个人的意识当中。

历史记忆包罗万象，个人的、家庭的、民族的、国家的无不囊括于其中。村上作品中的俄狄浦斯主题，从一定角度来说，是在历史长河里捞取一些失落的记忆片段，用于心灵慰藉。日本东京大学教授藤井省三认为，日本自20世纪初以来，有一些作家用文学的方式来表达强烈的历史意识：“一位是夏目漱石，他的历史意识是对日本近代终结的预感。……另一位是村上春树，他的历史意识体现在从当代日本返回过去而呈现出的‘历史的记忆’。”[①] 从当代返回过去，村上的恋母记忆得以升华，融化于整个民族对远古记忆的依附与怀念之中。

古希腊的俄狄浦斯为了逃避杀父娶母的诅咒，颠沛流离，最终仍旧受到命运的捉弄，触犯人伦大忌，上天无路入地无门，痛苦万分。村上巧妙地借用这一主题，对过去发生的历史事件进行撷取、过滤、清算、反思。在信仰缺失、道德滑坡、无所畏惧的现当代，心灵失去方向，更感彷徨和迷茫，村上文学世界中的俄狄浦斯主题，在追忆历史、叩问未来命运的同时，也在用独特的村上式文字对日本当下的社会困境中的人们进行治疗和救赎。

① 藤原省三:「グローバリゼーションなかの村上文学と日本表象」、国際交流基金『遠近』2006年夏季号、第162頁。

流水意象与井上靖文学

赵秀娟*

内容提要 流水意象在井上靖文学中具有多重表意功能与特定审美效应，同时表现出丰富的哲学意蕴与文化内涵。井上靖将流水意象与作品的时空叙事结构联系起来，隐喻历史发展与人类的世代承继，表现历史时空观以及人生感慨。流水的物理特性与时空变换的特点相通，因此作为自然与历史的象征在深层意义上隐喻人类历史的发展。井上靖在作品中用流水意象推动时空叙事，通过其无限性来彰显人类的有限性与渺小，表现对生命价值的追求以及对永恒自然的超越志向。

关键词 井上靖 流水意象 日本现代文学

井上靖文学在日本战后文坛独树一帜，其创作以孤独冷彻的诗意格调与寂寥之美见长，同时浸透着一种恬淡而知性化的人生求索精神。在井上靖文学中，以江河湖海为基础自然物象的流水意象十分多见。流水意象在井上靖文学中不仅表现出多重表意功能与特定审美效应，而且带有丰富的哲学意蕴与文化内涵。在众多对流水意象的塑造中，作者表现出对时光流逝、历史变迁的慨叹，同时由对个体生命的关注

* 赵秀娟，北京理工大学外国语学院。

上升到对整个人类命运的思考，对生命意义与永恒宇宙进行宏观审视及理性思考。

一

井上靖对流水意象情有独钟，创作过众多有关流水意象的诗歌与随笔。在这些作品中，河流为最常见的物象，间以湖泊与江海。在随笔《站在河岸边》中，作者曾一口气描写了46条河的形形相相，表达出独特的流水情结。在井上靖笔下，流水意象首先是一种优美而撼动人心的自然风景。

> 犀川四季皆美。秋日，散落在河滩上的阳光清冷幽美，冬日又似流自于皑皑白雪覆盖的山峰肌肤，水面的色彩变为青黑色，甚至一朵水沫都令人顿感严酷。从春到夏，流经浅滩的水声幽美至极，用“淙淙”一词来形容最为贴切。……由少年至青年，故乡的河流承载了我心中太多的梦想。换言之，那年少时期的感伤、梦想与希望均以最纯粹的形式融入了这些河流。①

> 每次邂逅时，濑户内海都会给我留下不同以往的美好印象。这明朗静谧的风景想必为人预备了无数魅人表情。②

在宁静优美的同时，流水意象又是悠长岁月的代名词，是历史情感积淀的载体。流水意象与人的生活息息相关，甚至影响到人类历史的发展过程。亘古不变的流水浩浩荡荡百转千回，充满着吞噬一切的力量，过去的岁月与人生却随滔滔江水一去不复返。

> 汽车迅疾驶上俯瞰多瑙河的山坡，在蜿蜒的车道上穿梭。位于广袤田野中的多瑙河离我们时近时远，令人心情舒畅。平原上点缀

① 井上靖:《美丽的河川》，载《井上靖全集》(26)，新潮社，1997，第220页。

② 井上靖:《濑户内海之美》，载《井上靖全集》(26)，新潮社，1997，第175页。

着红色房顶的教会，还有白色墙壁的院落。从这里眺望多瑙河，简直美到极致。这一切都令人联想到一个词：“悠久！”[①]

历史曾经数度涂改过河西走廊的地图。然而用另外一个角度来看，可以说黑河也曾涂改过这里的地图。黑河每次改变河道，就有人类被迫放弃所居住的城市，移居他乡。除去角乐古城以外，这里理应还有许多城市，也许它们至今还被深埋于地下。[②]

阿姆河在古代历史上的作用恐怕重要得令人无法想象。由于其河道改变频繁，流域内的许多城市兴亡不定。无论在哪个时代，阿姆河都左右着众多岸边城市的兴衰。[③]

流水意象代表着一种自然威力，推动了历史的兴衰更替，因此人类存在与流水意象的交融便带有了独特的含义。在随笔《站在河岸边》中，作者写到沙漠中的塔里木河。

我们借了一条小船，向着河中央驶去。从河的中央眺望码头的时候，这个大沙漠中央的码头呈现出一种难言的寂寞。那20人左右的人群显得非常渺小无力，使人感觉到人的营生是如此的渺小和无奈。人群、码头，看上去都让人怀疑是否真实存在的事物。一切似乎像幻觉一般。[④]

在此类主题的作品中，作者频繁地使用了“寂寞”这一词，通过将浩然宁静的河流与岸边生活着的人类加以对比与映衬，凸显出人类的单薄渺小，人生如诗般的空幻。

---

① 井上靖:《多瑙河》，载《井上靖全集》（26），新潮社，1997，第459页。

② 井上靖:《黑河》，载《井上靖全集》（26），新潮社，1997，第399页。

③ 井上靖:《阿姆河》（一），载《井上靖全集》（26），新潮社，1997，第440页。

④ 井上靖:《站在河岸边——历史之河、沙漠之河》，载《井上靖全集》（26），新潮社，1997，第413页。

> 十年之前，我有幸曾在武汉地区目睹长江东流。放眼望去，它并不像河流，更像是黄浊的泥石在涌动，以万夫难挡之势滚滚而来。然而，在同一日，相同地点的岸边，我看到有几位女子在江边洗菜。那时，对于我来讲，长江完全变成了另外一番模样。我心中不禁感慨，在亘古流逝的大河之畔，渺小人类的生活至今还在继续着。如此看来，长江本身就是悠久的化身。虽然同样那般黄浊，却再也无法将其看作单纯的泥流。这滔滔巨流从古延续至今，岸边人类的生活也同样延续至今。[①]

作者在随笔与散文诗中将流水意象以诗化的方式表现出来，凝练地表现出这种寓意颇深的抽象含义，这些描写让人可以深刻感知生命本质的多重含义。

二

井上靖对流水意象的钟爱，在其小说作品尤其是历史小说创作中也多有显现。从自然角度来看，流水意象在作为优美风景的同时，不仅蕴含着丰富的审美内涵，表现人的自然情怀与人生态度，同时也代表着一种具体而宏大的自然力量。这是流水意象的具体含义与基础含义。水是生命之源，古代人类往往缘水而居。流水的存在对于古代人类的生存与发展有着不可忽视的重要性，对文明的兴衰发展也有着至关重要的意义。作者将流水意象与作品的时空叙事结构联系起来，隐喻历史发展与人类的世代承继，表现历史时空观以及人生感慨，寄寓了深沉的人文关怀与哲学蕴涵。

罗布泊在作品《楼兰》中是生命繁衍、文明兴衰的源头。

> 登上城墙远眺，罗布泊湖面静如一块蓝绸。岸边湖水碧绿怡人，远处逐渐过渡为深蓝色。北岸绵延着一片广阔茂密的树林，白杨树丛中点缀着些许怪柳和灌木，如同色彩斑驳的天然条纹状织

---

① 井上靖:《佐渡之海》，载《井上靖全集》(26)，新潮社，1997，第62页。

物。南岸丛生着大片的芦荻，几条小河注入湖中。由于芦荻遮挡，看不见河水的流动。城郭四周纵横交错着许多河渠，在北面密林外，水渠四通八达，绵延数里，水渠之间是肥沃的农田。①

通过这些文字，千百年前古代楼兰人的生活跃然纸上，那些被尘封在古老岁月中的回忆片段，天空、白云、树木、湖水，农田，如同一片片脉络分明的叶子从时空中悠然落下，消失在莽莽苍苍的湖面上。湖水流动的岑寂，慰藉着生命的沧桑。但是，井上笔下的河流并非总是如此美丽怡人。河流可以孕育生命，也可以毁灭生命。河道干涸使居民丧失赖以生存的基础，河水泛滥可以使部落瞬间消失。

小说《洪水》中的库姆河是毁灭人们劳作结晶的元凶。作品中对突如其来的洪水之威力有如下生动描写。

索劢勒住马，向那边望去。他看到一种流动的黏稠状的东西从遥远的平原对面，宛如喷流的黄色熔岩般，徐徐扩展而来。它以一种沉重而坚实的方式移动着，缓缓地吞噬着平原。……那是洪水。无疑只能是洪水。黄浊的洪水如同长着几条令人恐怖的长腿，时缓时急地向平原包围过来。……在那翻滚着黄浊波涛的尽头，可以看得见部分城墙以及水面上露出的望楼的一角。索劢不会看错，那无疑是自己昨天还住过的亲手修筑的城邑。耕地和民宅恐怕已经完全淹没在泥海之中了。②

从这里可以充分领略到洪水作为巨大自然力量的体现，有着何等凶猛的威力。它可以顷刻间摧毁人类多年来含辛茹苦的劳作成果，使得一切都荡然无存。

在作家井上靖的历史小说创作中，河流不仅是人类赖以生存的源流与可以淹没一切的凶恶存在，也从侧面反映出历史的兴衰更替中人类生存的有限性与飘忽不定。同时，作者将这种情绪深化为对人类有限存在

---

① 井上靖:《楼兰》，载《井上靖全集》(5)，新潮社，1995，第539页。

② 井上靖:《洪水》，载《井上靖全集》(6)，新潮社，1995，第102~103页。

的喟叹及对永恒的向往，用理智和知性来进行自我调整，表现出坚强乐观的积极精神以及对人生的超越志向。作家将文学思想寄托在对流水的描写中，抒发自己对人生的感怀。井上靖将文学比喻为“一条干涸的白色河床”，通过流水意象来呈现飘忽不定的人生与变幻无常的命运。在其历史小说创作中，流水作为一种重要文学意象，在表现由情节发展而引起的时间推移与空间转换方面起着极其重要的作用。在河水流动、水道改变的过程中，时光流逝，地点变更，人类命运随之呈现出清晰的轨迹。

三

对于作家井上靖来说，流水意象不只是一种具体物象，更具有十分丰富的象征意义。这与其物理属性有着内在联系。流水具有流动性、连续性以及过滤性的特质。这一点与时间以及空间发展变化的特点是相通的，因此作家常常在作品中用流水意象推动时空叙事，表现时空结构的变化，并在深层意义上隐喻人类历史的发展。

日本自古以来就有借助流水意象来表达宇宙间物体永不止息之变化的文化理念。“流水无返期”，寓意时光流逝。亀井胜一郎曾言：“日本人将人生无常寄托于水之流动的倾向，古已有之。”① 自《万叶集》始，面对河流阐发人生无常感怀的日本文人屡见不鲜。鸭长明曾感叹：“河水时刻流逝，永无止息，但此水已非彼水。水上的泡沫且消且长，永不停滞。世人及居所亦同此理。”②

无独有偶，井上靖在作品《化石》中的描写与其有着惊人的相似之处。

> 河水不分昼夜，时刻不停地流动着。人类也在连续不断的生与死的循环交替的过程中，重复着生生流转之相，向前发展着。世人不分老幼，不管幸福与否，都不过是河里的一朵浪花，在沉沉浮浮中瞬间闪烁而已。在人类这一宏大的河流里，个人的生死仅是刹

---

① 亀井胜一郎：《日本人的美与信仰》，大和书房，1969，第 72 页。

② 鸭长明：《方丈记》，岩波书店，1979，第 1 页。

那间的事，无足轻重。然而河流仍旧永无休止地向前流动着。[①]

流水因其流动性的特性会引起水道改变，引发部落的搬迁甚至消亡。流水意象在井上靖作品中作为新旧交替、无常变化的隐喻与表征，在叙事结构中诗意地表现空间变化与移动。在这一意义上，水流的流动性具有改变历史发展走向的重要作用。井上靖在随笔中曾经多次抒发对流水的这种感触。

> 这条河最让人惊叹之处在于其源远流长，至今河水还持续流淌不息。虽然曾经注入加斯比海，曾几何时，又改变河道流向了阿拉尔海。若干个国家与城市，因它而衰亡；若干个国家与城市因它而兴起。世上没有别的事物能够如此静静地改变历史。[②]

井上靖似乎对河流这种无时无刻不在变化的流动性深有感触。在作品中，他常常将人类的迁徙移动，世代更替，岁月流逝，以及历史发展都以滔滔不绝的流水意象来表现，突出对世事无常的情感抒发。

其次，水流还有一种与流动性密不可分的特点，即连续性。这与时间的本质相通，在作品叙事结构中可以表现时间的流逝推移与空间的移动转换。流水无穷无尽的连续移动伴随着人生命运走向、历史朝代交替。例如在其散文诗《漆胡樽》中，有这样的描写：

> 在除了星星与月亮之外别无一物的沙漠之夜，有一些如同大河般移动的民族集团。他们的生活是一种豪放的祭祀仪式。族里的年轻人还保留着用舞蹈求爱的习惯，血腥的战斗欲萦绕着音乐的节奏。络绎不绝的骆驼背上都负有装满水的黑漆角型器物。这种器物并无名字。[③]

---

① 井上靖:《化石》，载《井上靖全集》（7），新潮社，1996，第186页。

② 井上靖:《阿姆河》，载《井上靖全集》（1），新潮社，1995，第203页。

③ 井上靖:《漆胡尊》，载《井上靖全集》（1），新潮社，1995，第30页。

这里描写了古老遥远的异民族在迁徙过程中的孤寂感。

作者在对空间移动的描写中，常常把具体的人类迁徙与移动作为人类存在的显著特征，与永恒之相联系起来，同时在运用诗化的语言表现这些情景时，也使人内心产生某种共鸣和真实的感动。井上的历史小说作品往往将这种漂泊与迁徙中的孤寂感觉升华到诗的境界。例如在作品《苍狼》中，有这样一段描写：

> 成吉思汗不时地回首望望部队的后半部分，亲眼领略部队的行进状态。在月光照耀下，刀尖反射出朦胧的光芒。草原上便流贯着一条光的长河。①

这些都是作家在进行作品空间结构转换的瞬间特写中对流水意象的巧妙运用，通过对流水这一文学意象的自如运用，表现出超越时空的立体思维。

水之流动似乎永无止息。百川奔流入海，百转千回，息息相通，生生流转。水流与人生的隐喻关系典型地体现在井上靖对孔子名句“逝者如斯夫，不舍昼夜”的理解中。

> 在论语所收录的孔子言论中，我最喜欢的就是“逝者如斯夫，不舍昼夜”这句话。②

> 这句话的意思很明确。河流不分昼夜，时刻不停地流淌着。然而流淌着的不只是河流，还有同样时刻不停息的时间。今天很快变成昨天，昨天又会变成前天，就这样，一切都不断地成为过去。同样地，人类世代交替。父生子，子又生孙，不断生息繁衍下去。这一切，都像河水一样一刻不停地逝去。……这句话在不同的时代有着很多不同的解释。……这句话的深处，在夹杂着些许悲凉的同时，

① 井上靖:《苍狼》，载《井上靖全集》(12)，新潮社，1996，第548页。

② 井上靖:《孔子的话语》，载《井上靖全集》(23)，新潮社，1997，第681页。

蕴涵着无论在什么时代，都要相信人类，相信人类创造的历史，肯定人类的思考方式。①

对孔子这句话的理解体现了井上靖在流水意象中寄托的深刻思考，而这些思考不仅夹杂着他对人生的感慨，更表露出一种在世事无常中肯定人生的态度。

此外，流水的可过滤性特质赋予流水意象在文学中最重要的作用。水本身具有净化和冲洗作用，在日语中有“付诸流水”（水に流す）的说法。在日本传统的神道中，有一种由神官主持的祭祀仪式，内容就是祛除罪孽，将人的罪恶随水冲走。而时间也具有类似的特质，它拥有可以过滤和净化一切事物的强大力量。在时间的流逝中，所有的恩怨兴亡都经过岁月洗礼而变得透明、富有诗意。从时空观来看，流水本身具有过滤和净化的作用，因此具有纯净和永恒的寓意，在历史小说作品的时空表现中成为抽象意义上的永恒象征。

当作品中的流水意象被加入人的因素时，这种含义就更为突出。河流与人的关系就象征着人与自然、人与永恒存在的事物的对比。叹吾生之须臾，羡流水之永恒。人与河的共生，包含着人类对自然的有意识的利用与改变，同时也有流水对于人的重要性。人和河，即短暂与永恒的交相辉映。

井上靖在与尾崎秀树的对谈中，提到在中国旅行时，曾经看到长江边有女子在清洗瓦罐，并被这一景象深深地打动的事。长江之水亘古不变地流淌着，而在岸边生活的人们也在生生不息地劳作。看到这些，作者感到了很强的诗意，以此为主题创作了若干首诗歌。井上靖在随笔中对此有十分明了的描写。

我常听说长江流动的景象会因季节不同而富有变化。当我站在长江岸边时，首先感到的是一种壮大的涌动感，像是黄土滚滚而来，又像是能量的汹涌澎湃。然而，当在这宏流的岸边，几个女人刷洗瓦罐的情形映入眼帘时，宏大的长江之流便有了别样的色彩。

① 井上靖:《我喜欢的词汇》，载《井上靖全集》(23)，新潮社，1997，第757页。

这种景象让人不禁心中感慨：在由上古至今不断流淌的大河岸边，渺小的人类的生活与上古时丝毫未变，时至今日仍然在持续着。这样一想，长江的潮流便是悠久的象征。①

在这种景象中，象征着永恒流转的河流与岸边劳作着的渺小人类形成了鲜明的比照。这一如诗的画面给作家以深切感动。

流水本身无论其多么秀美，也无法令人心潮澎湃。只有在岸边有人类的生活来映衬时，这流水才令人感到美之灵动。当我目睹江边洗濯的女子时，洛东江突然令人感到美得无以言喻。与其说因为它是异国风景，不如说正因为在此情此景中，我感到一种永恒与瞬逝之物的交错。②

时光如水，生命易逝。然而生命虽短暂却可以延续，“人生代代无穷已”说明了生命在另一种意义之上也可以永恒而无限。诗人对宇宙自然、人生生命的理解达到了一个哲学高度，表现出强韧的生存意识。流水意象所蕴含的绝不仅是自然之永恒无限，而且包括生命的永恒无限。

古时建造的人工设施（都江堰）现今已经与自然融为一体。那无数岛屿、堤岸、主流、分流以及分流的分流，眼前的一切都已成为自然之一部分。即便如此，当初建造者的意志，时至今日仍然蕴涵于这自然之中。③

千古兴亡多少事，悠悠，不废江河万古流。滚滚东流之水，寄寓了诗人关于时空无限与人类历史的无限遐想。流水意象在井上作品中是时空观的重要表现，具有表征悠久与无限永恒的深层含义。井上靖在作品中常常描写在宏观的历史进程中，作为个体生命的人与象征着无限广大

① 井上靖：《与“永远”相接触》，载《井上靖全集》（23），新潮社，1997，第457页。

② 井上靖：《河流的故事》，载《井上靖全集》（26），新潮社，1997，第235页。

③ 井上靖：《岷江》，载《井上靖全集》（26），新潮社，1997，第386页。

自然的流水之间的鲜明对照。

流水延伸向远方的奔腾姿态激起作者的审美意识，牵引着他感知深层的情感思绪。时空无情，生命有限。大江东去的波澜壮阔，潮涨潮落的起伏交替，水的流动本身就包含着新旧相交之意。作者描写流水意象时最常使用的词是“美丽”、“孤寂”与“悠久”。“悠久”即指自然历史之悠久，而“孤寂”是指对人类存在的感慨，“美丽”的则是人与河互相交融、相互依存的和谐景象。这三个关键词点出了人与自然、人与历史之间的关系，凸显出人在无限时空中的有限存在，在漫长历史中的渺小。

流水意象的三种含义并非各自孤立的，而是互相交叉、互相联系的。其中无论哪一种意象表现，都离不开人的存在，均与人类活动有着密切关联。井上靖认为，令人难忘的风景中，必定镶嵌着人类的身影。纯粹的景观再加上由人类引发的对人生的感动，才能真正打动人的心灵，成为“使人难忘的风景”。他曾表示要“相信永远，相信人类，相信人类创造的社会”[①]，以理性积极的心态去面对人生中的一切。这种勇于面对现实的积极人生态度及柔韧的生存意识恐怕正是作家井上靖从流水意象中汲取的最大力量。

四

流水意象在井上靖创作中是自然与历史的象征，带有永恒的时空含义。在作品中，河流因其流动性与连续性成为人生无常的表征，作者在永不止息的流水意象中寄托了对人世无常的感叹。另外，河流有冲刷污秽的净化作用，且因其生生不息的特性，与时空无限性相通，成为永恒自然的象征。井上靖在文学中通过其无限性来彰显人类的有限性与渺小，表现对生命价值的追求以及对永恒自然的超越志向。

流水意象的多样蕴涵，丰富了作者对生命的解释。在广袤无边的宇宙里，在漫漫的时空长河中，生命意义上的穷尽意味着在变幻莫测的人生中，寻找一种心灵慰藉，唯有如此才能感受到时空无限中生命那种葱

① 井上靖:《难忘的风景》，载《井上靖全集》（23），新潮社，1997，第1946页。

郁的美丽，才能在负重旅行的尘世中，获得灵魂的解脱。在井上笔下，真实的生活在河边。城市据河而守，民众依河而生。河因人有生机，人因河得以存续。人类文明诞生于河流，岁月时光也于河流的流动中流逝。与河流奔腾的姿态相比，人类的生存与生命显得如此飘忽不定。河流的流动影响着人类历史的发展，甚至可以说，那澎湃的流水竟是历史本身。人与河流的对比即成为短暂和永恒的象征。在新旧交替不断进行的过程中，历史向前发展，人类更新换代，时空转变，岁月流逝。在亘古的岑寂沧桑中，生命本身也只是路过。

阿拉伯现代诗歌与神话

张洪仪 *

内容提要 神话是人类早期智慧的结晶，当代世界文学常常借助神话表达人类生存所面对的诸多问题。中近东地区是古老文明的主要发祥地，这一地区产生过许多美丽的神话。例如两河流域、尼罗河流域、腓尼基、犹太以及阿拉半岛都有许多美丽的神话流传于世。这些神话对当代阿拉伯诗人的创作题材和风格产生了极大的影响。阿拉伯近现代诗人对神话的利用颇为令人瞩目，值得深入探讨。本文从当代阿拉伯几个著名诗人的诗歌作品入手，看他们如何将诗歌与神话互文，如何从中借鉴形式，表达自我，阐释世界。同时，本文也揭示了由神话与当代诗歌互文所造成的语言晦涩，以及风格的朦胧。

关键词 阿拉伯 近现代诗歌 神话

神话对于阿拉伯与世界其他地区一样是一个太过熟悉的话题。阿拉伯人的祖先——世界上最古老的民族之一——闪米亚人堪称神话的鼻祖。他们的神话故事可以追溯至5000~6000年以前。两河流域著名的史诗《吉尔伽美什》(*The Epic of Gilgamesh*)，是人类最古老的史诗，完

* 张洪仪，北京第二外国语大学阿拉伯语系。

成于公元前2150～公元前2000年，以楔形文字刻录在泥板之上流传至今，其中“创世纪”的故事、“大洪水”的故事直接影响了中近东一带各大宗教经典对于历史的解读。闪米亚人对太阳、月亮和群星等天体的崇拜以及对大自然冬去春来、循环往复的感悟，使他们编造出最早的神话，这些神话传至西方，演化出美轮美奂的古希腊神话。

近代以来，阿拉伯著名诗人无不怀着对神话的崇敬，自觉或不自觉地将神话作为自己的诗歌话语。因为神话与历史相连，与民族的根基、心灵、血脉相连，映衬着民族的精神世界；因为神话包含了历史、英雄、信仰、伦理、价值等许多美好的东西，所以古老的神话是人类的第一个精神栖居之所。为了超越悲哀，战胜痛苦，面对死亡，为了创造更美好的生活，人们创作了神话。那就好像是一面窗，人们从中看到了光明和快乐，获得了内心与外在的和谐与平衡，完成了梦想、想象和记忆的思维过程。一般来说，人类摆脱现实有两个基本途径：一是革命，推翻黑暗的现实；另一个是梦想。革命常常姗姗来迟，有成功，有失败，有流血，有牺牲；而梦想只需要闭上眼睛。这足以让我们理解为什么阿拉伯历代多诗人。也许，诗歌只有和神话互文共存，才能表达对残酷现实的反叛，质疑不公正的命运，才能阐释现实生活中难以破解之谜，游历于形而上的空间，不被世俗所淹没，不被金钱所收买。而同样，当神话被重新融进当代诗歌时，不仅被赋予了新的含义，也仿佛得到了重生，再一次获得了美的灵魂，洋溢着神秘与神圣。

神话在当代诗歌中的再造，或者说诗歌与神话的互文，是近代以来新的美学尝试。至美的艺术有一个重要的前提：不受任何话语的制约。这无疑十分困难。因为诗人无力摆脱他所处的社会现实，而这个社会是有色的。能在多大程度上保存诗的超现实性，在很大程度上决定了诗的品位和诗人的层次。阿拉伯很多当代诗人在生命的不同时期遭受过不公、屈辱、人格的践踏，甚至被驱逐出本土，浪迹天涯。现实可能扼杀了诗人的梦想和激情，可能阻碍了诗人的创作自由，但是，神话是一个超然的主题，神话人物的经典性、丰富的象征意义和悠远深邃的启迪效果简直成了诗人的避难所。

阿拉伯的现实无论在哪个方位、哪个层面上都面对重重的危机，阿拉伯人的内心对过去的留恋无比强烈，对未来的世界无比憧憬。这种情愫面对充斥现实的黑暗、腐败、苦难和愚昧而与日俱增，难以消解。人们无法忘记神话与历史中的英雄们，无法忘记他们感天动地的壮举。

阿拉伯诗歌中神话的源头甚多，不胜枚举。首先，来源于本民族上古传说，如《吉尔伽美什》史诗中主人公吉尔伽美什和好友恩奇都励精图治、斩妖除怪的故事，被誉为古埃及之父的奥祖利斯与其妻子伊西斯不朽的爱情故事，闪族的土地与丰收之神奥什塔尔、坦木茨（艾杜尼斯）[①] 死而复生的故事，伊斯兰教经典中先知圣贤的故事。其次，来源于本土民间传说，比如台德穆尔的帕尔玛拉摆脱罗马统治追求独立的故事、朱宰玛·艾布拉什的复仇故事、辛尼玛尔筑起高楼大厦却遭恩将仇报的故事，以及《一千零一夜》的山鲁亚尔、山鲁佐德、阿里巴巴、七次出海的辛迪巴特的故事。最后，来源于希腊史诗中伊利亚特、奥德赛的故事，以及来源于古代腓尼基的凤凰重生、来自犹太的圣经故事等。传说中的英雄在诗人的笔端再次呈现，表达着苦难与奋斗、痛苦与幸福、爱与恨、生与死、人与人、人与自然等这些人类精神世界永恒的主题，抨击着罪恶、贪婪、暴戾、迷失、沉沦、背信弃义及战争等泯灭人性的丑行。当代阿拉伯诗歌与神话的互文，使诗歌饱含深邃的哲理，富于尖锐的批判精神，极大地提升了诗歌的价值和在世界文学中的地位。

一　神话成就阿拉伯大诗人

许多阿拉伯诗人带着本土的神话求学、思索、创作，有的以此拿到理想的学位，有的甚至以此驰名世界。

哈利勒·哈维（黎巴嫩诗人，1919—1982）的诗集《灰烬之河》和《笛与风》完成于英国留学期间，那正是阿拉伯 1956 年战争结束、1967 年战争在即之时，特立独行的诗人对分崩离析的阿拉伯现实只有一个字——“不”。他的诗充满了悲剧色彩，一遍遍地呼唤沃土之神坦木茨赶快苏醒，赶快带着春天回归大地。他仿佛预见了 1967 年以及其后阿拉伯人在战场上一系列的失败。同时，这两部诗集和与阿拉伯相关的

① 两河流域不同时期神话中的土地与丰收之神，每年冬天死去，来年复活，带来万物复苏。

哲学论著成就了他剑桥大学的博士学位，使他蜚声诗坛。

也门诗人阿卜杜勒·阿齐兹·麦高利赫（1937—）以古老也门行侠仗义的大英雄赛弗·本·吉耶金[①]和美女国王拜尔吉斯[②]为题进行研究和创作，在埃及爱因夏姆斯大学获得了博士学位。

阿拉伯自由体诗歌先驱之一阿卜杜勒瓦哈布·白雅贴（伊拉克诗人,1926—1999）的作品《盗火者自传》[③]借用了古希腊普罗米修斯上天盗取火种的故事。普罗米修斯虽然满足了人类的需求，但因此而得罪了宙斯，受到了严惩。诗人自比普罗米修斯，感叹世道黑暗，天下大乱，需要有英雄挺身而出，献出勇气与智慧。他由此诗一举成名，甚至后来还若干次得到诺贝尔文学奖提名。

黎巴嫩诗人优素福·哈勒（1917—1987）在1948~1955年担任联合国公职期间涉猎诗歌创作，先将艾略特的《荒原》翻译成阿拉伯语，然后出版了《美国诗选》。他深受美国诗人影响，大量引用基督教人物故事，大胆创新创作形式与内容，并创建了黎巴嫩《诗刊》，组织了“坦木茨学会”，成为当时诗歌界的领军人物，并且使贝鲁特成为“诗歌之都”（塔哈·侯赛因语）。这个学会是对阿拉伯诗坛影响最大的学会，后来享誉世界的叙利亚诗人尼扎尔·格巴尼（1923—1998）和艾杜尼斯（阿里·艾哈迈德·赛义德，1930—）都曾属于这个学会。

埃及的自由体诗歌一般来说十分本土化。这是因为纳赛尔革命之后产生的中生代诗人不像复兴时期第一代诗人那样，较少有留学海外的经历。其代表人物之一萨拉赫·阿卜杜·萨布尔（1931—1981）只有短暂的在印度担任普通外交官的经历。但是，他因博览群书而受益于阿拉伯古代游侠诗人、伊斯兰苏菲派诗人、法国诗人波多莱尔、德国诗人里尔克、英国诗人叶芝和济慈、美国诗人艾略特以及印度的哲学家与诗人。20世纪60年代，他将西班牙诗人、戏剧家加西亚·洛尔卡的《叶尔玛》搬上埃及的舞台，其诗剧《等待的公主》几乎与洛尔卡《贝尔纳达·阿尔瓦之家》的故事如出一辙。并且，他深受洛尔卡思想影响，所创作的

① 阿拉伯中世纪民间文学中杀富济贫、行侠仗义的传奇人物。

② 也门古国的女王。

③ 阿卜杜勒瓦哈布·白雅贴:《诗歌全集》，黎巴嫩贝鲁特：阿拉伯研究与发行公司，1995，第371~380页。

诗文、戏剧无不带有浓重的悲剧色彩。他的诗歌、诗剧、评论等创作等身、丰富多彩，而且很多作品借用神话，充满哲理性和想象力，他也因此成为新诗运动以来埃及阿拉伯诗歌集大成者。

巴勒斯坦抵抗文学的代表者马哈茂德·达尔维什（1941—2008）被誉为“将诗神话化，将神话诗化”的诗人。他的诗中神话无处不在，《等待归来》引用了《奥德赛》中奥德修斯所率领的希腊军队在回家途中因为激怒了海王波塞顿而遇到海难，迟迟找不到回家的路，在海上漂流的故事。诗中，他把自己和祖国巴勒斯坦比作盼望回归的奥德修斯，虽然自己历尽苦难，母亲投海自杀，妻子被逼离散，但是他仍执着地等待，坚信等待一定会有结果。诗人晚期在巴黎接受了心脏手术，术后昏迷了两天，之后创作了一首名为《壁画》的诗，描述了与死亡对话的感受。诗中他一会儿将自己化作《吉尔伽美什》史诗中的吉尔伽美什，为奄奄一息的好友恩奇都寻找治病救命的仙草而焦虑万分；一会儿又化作恩奇都，虽然死亡在即，但是仍然沉静、豁达、乐观，仍然遥望未来，畅想幸福。正是这种创作方式，深深地打动了全世界的读者。

阿拉伯近现代诗歌创作表明，现代诗人通过对神话美的挖掘，从文化遗产中获得了很多典型的意象，并将其融入作品加以重塑，让历史的英雄重新站立，让精彩的故事熠熠闪光，从而使作品获得征服的魅力，也使诗人跻身于世界诗界名流。

二　神话赋予诗新的形式

阿拉伯诗歌是在20世纪50年代开始由格律诗向自由体诗歌转变的，公认的先行者是三位伊拉克诗人——白德尔·沙克尔·赛亚布、阿卜杜勒瓦哈布·白雅贴和女诗人娜吉克·梅拉依凯（1923—2007）。而后，自由体诗歌迅速在阿拉伯世界形成潮流。

古代诗歌的语言形式严谨而高雅，犹如高山仰止，令人赞叹。然而在接受赞叹之余，诗人却不知一旦脱离了这样的创作形式，拿什么取而代之。在从格律到自由体的发展初期，习惯了传统格律的诗人们虽然迫切地想要打破旧有的形式，但是在创作的时候，总是捉襟见肘、踌躇不前。因为自由体诗歌到底应该是什么样子、怎样才是，谁也不知道，既找不到感觉，也找不到恰当的形式。甚至有些人只是将格律诗加以拆分，重新排列而已。诗人们在对西方诗歌的翻译过程中，发现翻译的诗文很难纳入阿拉伯的格律，只能变为艺术散文。而这种散文虽然没有了格律的规整，却表现出另一种美学风格，语言更清晰，句式更简洁，修辞手法也更丰富。特别是西方现代诗歌中大量的神话给他们以启迪，爱讲故事的阿拉伯人从中看到了光明，找到了得心应手的工具。他们迅速地将新诗与神话融合，发现神话可以使语言简单质朴而贴近生活，形式流畅而随意，又不失丰厚的内涵，绝不像街谈巷议那样粗俗、毫无美感。而神话生动的情节、美妙的联想、深刻的哲理也唤起了读者与听众的兴趣，让他们忘却了对格律的关注，随即完全接受了诗的改变。

阿拉伯自由体诗歌旗手、伊拉克诗人白德尔·沙克尔·赛亚布善于利用神话使自己的诗文活泼、灵动、跳跃、充满活力，完全打破了韵律的规整与呆板。他在《辛迪巴特城》这首诗中，将怨恨和讥讽倾注于两河流域古老神话中那个代表着春天，象征万物复苏、五谷丰登的神艾杜尼斯（坦木茨），写道：

难道这是艾杜尼斯，人类之祖？
让大地如此荒芜、贫瘠、空廓？
难道这是艾杜尼斯？
哪里有光明，哪里有硕果？
花儿不再绽放，镰儿不再收割，
黑色的田野没有水灌溉，变得饥渴。
要等多久？男人在呼喊，女人在呻吟，
艾杜尼斯，你的英雄伟业可曾完结？
难道死神让你变得落魄？
你低着头空手而来，
面对的却是沾满鲜血的铁拳，
和屠刀霍霍。
是今天，还是明天，
什么时候他重生，

什么时候他带给我们快乐？

（网络版《白德尔全集》之《辛迪巴特城》）

此时，诗人完全不受格律的制约，不拘泥于旧有的形式，只是道出自己的心声。就像是朋友之间坦诚的交流，或者是诗人内心的独白，曾经的沃土之神艾杜尼斯带给两河流域丰收和喜悦、光明和希望、鲜花和果实，但是今天却那样落魄，任凭寒冬肆虐，土地荒芜，人民遭受痛苦。诗人呼唤他，你到哪儿去了？该回来了，快重生吧！在《1956年的梦境》这首诗中，他将东西方的神话中受尽折磨的人物一一列举，描写自己饱受病魔困扰、难以摆脱的绝望心境：

如夜的沉寂中落在奥林匹亚山上的孤鹰，
我的灵魂被你载上了九天。
如加尼米德被你抛下深渊，
一去而不返。
如坦木茨和基督正在代人受过，
可怜可怜我吧，神鹰啊，
我的灵魂已饱受摧残，
假如能化成一缕风，那将多么超然。

（网络版《白德尔全集》之《1956年的梦境》）

几句诗文提到了多个神话人物，变作雄鹰的孤独的宙斯、被抛下深渊的加尼米德、被野猪疯狂撕咬的坦木茨、被捆绑在十字架上的基督耶稣，这一个个神话人物饱受折磨和摧残而难以摆脱，让人深刻地感受到患病的诗人痛苦不堪，而完全忘却了格律这件事。

同样是自由体诗歌开拓者的白雅贴也积极地探索在伊拉克、阿拉伯、伊斯兰的文明成果中那些诗的意境。他发现东西方历史的记忆十分相似，人类的英雄总是在所处的时代中勇往直前，敢于担当，才创造出辉煌，而永恒的神话无不闪烁着英雄之光。《吉尔伽美什》最早探讨了生与死的问题。诗人面对爱妻阿伊莎之死痛苦万分，借用这部史诗的精髓编织起自己的情丝，让人分不清哪里是史诗的原型，哪里是诗人的再创作：

没有光芒，没有生命，
这美妙的自然啊，注定了人要死亡，
而她独擎着火把，掌管着四季的交替。
（《纪念阿伊莎》，载阿卜杜勒瓦哈布·白雅贴《诗歌全集》，黎巴嫩贝鲁特：阿拉伯研究与发行公司，1995，第344页）

而《吉尔伽美什》史诗主人公在寻找长生不死之药的过程中也说过十分类似的话：

你所欲求的生命不会重来，
当神要将人抛弃，
死亡的命运由他掌控，
只有他不会死去。
（穆萨·吉纳德：《诗歌与神话》，伊拉克巴格达：文化事务总局出版社，2008，第356页）

坦木兹与奥什塔尔也出现在他的诗文里：

巴比伦城永远，永远陷入了黑夜，
废墟上只有狼在嚎叫。
泥土遮住了她哀伤的双眼，
岁月之足将她踩在脚底，
她期待着，期待着复活。
复活之神奥什塔尔啊，起来啊，快去把水缸装满。
（《巴比伦归来》，载阿卜杜勒瓦哈布·白雅贴《诗歌全集》，黎巴嫩贝鲁特：阿拉伯研究与发行公司，1995，第 515页）

同时代的女诗人娜吉克·梅拉依凯也是利用神话的高手，由于她长期受希腊戏剧影响，所以更多采用希腊神话，维纳斯和阿多尼斯[①] 这两

① 希腊的美貌与罪恶之神，与两河流域的土地与丰收之神艾杜尼斯不是一个神，象征意义也不同。

个希腊神话形象常常出现在她的诗文里。在《紫罗兰河》这首诗里，她告诉我们，维纳斯由大海的泡沫而来：

> 我的心里生出了诗，
> 就好像来自大海泡沫的维纳斯，
> 像花儿一般浮在水面，
> 发辫似涟漪，
> 睫毛像文字。

神话中维纳斯苦苦追逐美貌俊男阿多尼斯，却遭冷遇，原来想派遣爱神丘比特向阿多尼斯射出爱之箭，但是却误派出野猪杀死了他。传说象征爱情的玫瑰花的颜色正是由阿多尼斯的鲜血浇灌而成。因此，诗人娜吉克把阿多尼斯当成悲惨命运的象征：

> 哦，阿多尼斯，假如你还生活在这大地，黑暗将遁去，光明将重现，哦，假如你在这黑暗的世界再留一留，将发现幸福不只是短暂的梦幻，哦，阿多尼斯，假如你长存于这人世，你的俊美定会让人们迷醉流连。
>
> （娜吉克·梅拉依凯：《娜吉克诗歌选集》，埃及：埃及图书总机构，1999，第108页）

如此，20世纪中叶阿拉伯自由体诗在文体建设上迈出了可喜的第一步。尽管自由体诗歌引发的争论至今还没有平息，到底新诗是否需要一定的形式规范，是否需要有相对定型的诗体，无论是诗人还是评论家都莫衷一是；但是诗人将神话引入自己的创作从而获得轻松感和自由感，将诗与神话互文所获得的哲理性和超越时空的魅力，一度压倒了创作者与读者对于音乐美和视觉美的形式追求。

三　神话是诗人的精神寄托

形式的启迪只是一个方面，而以神话来表达自我才是诗人真正的诉求。诗人们会把神话人物从传统故事的框架之中解脱出来，赋予其新的内涵。或者说，诗人干脆把自己作为神话人物的替身，以神话中人物的命运影射自己的命运，以神话中的族群影射自己的民族，以神话的结局预言民族未来的发展。由此，神话不再是历史的画卷，而演变成当代正在上演的一幕幕活生生的悲喜剧。

受疾病折磨的白德尔·沙克尔·赛亚布不得不终日面对“生与死”，如何从一种存在走向另一种存在，在《今天他远行》这首诗里，他借用《一千零一夜》辛迪巴特这个形象：

白天，辛迪巴特走了，
他的灯熄灭在火红的地平线，
你坐在那儿等着他远行归来，
大海在你身后咆哮，狂风怒吼，雷鸣电闪，
他不会回来。
难道你不知道他被海神抓走，
关在血水和贝壳筑成的岛上那黑漆漆的城堡？
他不会回来，
你走吧，他不会回来。

（网络版《白德尔全集》之《今天他远行》）

诗人此时已经快走到生命的终点，病痛折磨得他痛苦不堪。辛迪巴特每一次出海都会回来，带回大笔的财富，令全家人欢天喜地。而诗人白德尔为辛迪巴特这次出海设定了难以逾越的障碍、必死无疑的结局。因此，他的辛迪巴特不会回来，因为他走上了死亡之旅。他借此想要告诉妻儿不要对他抱有期待。

白雅贴酷爱两河流域的女神奥什塔尔，既用她来象征两河流域的涅槃再生和伊拉克祖国的复兴，又用她来比喻自己的爱人。他赞颂奥什塔尔说：

你是个小姑娘，是个智慧的女人，
在旭日的光芒里你踏浪而来。

然后伴着岁月离去、返回，
死去、复活，重现于大地。
你是那跨越时光的火凤凰，
窃来生命之火，点燃每一个轮回。

（《巴比伦归来》，载阿卜杜勒瓦哈布·白雅贴《诗歌全集》，黎巴嫩贝鲁特：阿拉伯研究与发行公司，1995，第 515页）

奥什塔鲁特[①] 在幼法拉底河上哭泣，
在水里找遗失的戒指、死去的歌，
哭离去的坦木茨。
小船上的炊烟啊，
那个冬天里阿伊莎曾回来，
花园里只有一棵光秃秃的柳树。
她，站在幼法拉底河边哭泣，
用眼泪浇灌亡灵的卫士，
那是死去的爱头顶上的王冠。

（《纪念阿伊莎》，载阿卜杜勒瓦哈布·白雅贴《诗歌全集》，黎巴嫩贝鲁特：阿拉伯研究与发行公司，1995，第344页）

他把自己和妻子阿伊莎的爱情比作奥什塔尔和坦木茨之爱，一个死去了，另一个陷入永久的孤独与悲伤，不停地在幼发拉底河边哭泣，边哭边寻找爱的遗迹和爱的记忆。这悲伤最终将使他化作一尊爱的卫士的塑像，成为人类爱的典范。白雅贴如此将神话形象与现实紧密相连，使两者水乳交融，密不可分。

埃及诗人艾迈勒·顿古尔（1940—1983）是一个正直的知识分子，愤世嫉俗。1967年埃及战败之后，他对埃及现状极为不满，对政府常持批评态度。他启灵于《古兰经》里关于强大的伊拉姆国[②] 的故事，在一首名为《移居到内心》的诗中与那个古国对话，将其融入现实的世界。

① 奥什塔尔的别称。——引者注

② 古代也门阿德人依山而建的国家，其宫殿高大宏伟，但阿德人不听从先知胡德的劝告，背离正道，安拉用狂风将其毁灭（见《古兰经》（黎明章），第6~8句）。

那是一个落后的、被失败的乌云所笼罩的、充满失落感的、在痛苦与饥饿中煎熬的、沉寂得将要死去的国度：

我呼喊，战败的祖国啊，
不要从我的脚下撤离，
那样一切将失落，
历史上的居住者曾将它高高矗立，
将失落，它的名称和伟绩！
我呼喊，没有声音，
我呼喊，只有土地的脉动，一片沉寂，死神
在空气中游荡，
盘旋在我的脑际。
我倒下，又恐惧地站起，
我痛哭，直到泪水在水坑里打转，
我痛哭，直到激动的情绪平息，
我痛哭，直到泪水凝成的字符深深地钻进土地的记忆。
我茫然回转，
顺着铁丝网和斑斑血迹，
还有正在流淌的血滴，
寻找那我抛弃了的城市。
我看不见
我的城市在哪？
宏伟的伊拉姆城啊，伊拉姆城，
群氓的国度啊，曾经光荣的国度！
回答我的是：一页书，一杯咖啡，一个亲密的女伴，
还有一个声音，来自古老的留声机。

（《移居到内心》，载艾迈勒·顿古尔《顿古尔全集》，埃及开罗：麦德布里出版社，2005，第301页）

诗人为国家的前途和命运无比焦虑，他的表达异常急切，那个在历史上雄伟而坚固的古城伊拉姆正在崩塌，正在陷落。诗人倾力呼唤，却

没有回答的声音；诗人循着铁丝网和血迹去寻找，却什么也没有看见；他面对着人群大声疾呼，人们却依然悠闲自得，不以为然。最终，一个英雄的国度、强大的国度变成了一个古老的字符和留声机里的故事。诗人在塑造现代神话的过程中完成了自己的自白。

巴勒斯坦的悲剧是20世纪阿拉伯人最深的痛，因此成为巴勒斯坦以及阿拉伯各国诗人长久驻足的主题。诗人们把祖国的悲剧提升到存在、精神和历史的层面，用各种各样的方式加以再现，强化了民族归属感和这种归属的历史与现实意义，充分地表达了一个被历史的、宗教的、种族主义的歪理剥夺了土地、历史与存在的人民真实的心灵感受。他们将神话粉碎、融化、重铸，将其象征意义与自己和民族的切身感受相融合，让神话的精髓注入自己的精神存在，成为自身的一部分，从而创作出充满真实生命体验、能够直抵读者内心的作品。马哈茂德·达尔维什的系列长诗几乎离不开这个主题，在《喘息的泡沫》和《野兽之吼》两首诗中，他用伊卡洛斯这个古希腊神话意象充分体现了这一思想。

> 他们是你的真神，伊卡洛斯①，
> 他们是三位一体的你，
> 他们是你父亲强健的翅膀，
> 用你的灵魂带着他们飞，
> 伊卡洛斯，飞吧，飞向更高，
> 呼吸吧，别担心，
> 在水的深处有敌人在觊觎，
> 敌人正等待着炙热的阳光。

诗人从古希腊艺术家代达罗斯之子伊卡洛斯坠入大海替父赎罪的故事中获得灵感，深刻地展现了巴勒斯坦现实的悲剧与悲剧的现实。巴勒

① 古希腊神话人物，代达罗斯之子。代达罗斯是希腊伟大的艺术家，因嫉妒杀死了自己的学生。代达罗斯厌烦了克里特，为了逃离，他用蜡将鸟的羽毛拼成两副翅膀，看上去像天生的一般。他把翅膀缚在自己和儿子伊卡洛斯身上，然后就像鸟一样飞了起来。伊卡洛斯因为飞得太高，强烈的阳光融化了封蜡，羽翼散开，从他的肩上滚落，他一头栽落下去，掉入汪洋大海。而伊卡洛斯的死正是上天对代达罗斯害死自己学生的惩罚。——引者注

斯坦就是现实中的伊卡洛斯，他年轻、勇敢、奋不顾身地朝着太阳的方向——自由的方向飞。但是命运使然，由于父亲的罪孽，他的翅膀被阳光融化了，他落入大海而死，成为父亲的替罪羔羊。而身在苦难中的巴勒斯坦人正如伊卡洛斯一般，在为全人类赎罪，为法西斯对犹太人犯下的累累罪行赎罪。

你渴望着大马士革的清泉，
你的翅膀将承载迁徙之重，
在祭坛前你高声疾呼：
黏结我翅膀的蜡就要化了，
发誓去忏悔吧，
他们夺走我的性命，救赎你的灵魂。
大马士革，我记起你就像孩子记起母亲的乳房，
铁蹄远去，
你已恢复了生机，而我却仍在水火之间。

“你”是追求正义的巴勒斯坦人民，“大马士革”象征着战争洗礼后新生、富有的文明国家——西方各国。战争的烟云散尽，西方国家依然如故，和平、安宁、繁荣、昌盛、充满了生机。而那个为此付出生命代价的伊卡洛斯却已经被忘记，他在受难，挣扎在水深火热之中。的确，巴勒斯坦的悲剧并不归咎于巴勒斯坦人或者犹太人自身，而归咎于历史、宗教、文化、政治的复杂原因，然而，当大战尘埃落定，人们安享和平幸福的时候，又有多少人能公正客观地看待巴勒斯坦问题呢？

四　神话使诗歌意境朦胧

由于神话的加入，诗人们的表达更加自由畅快，有意无意地摆脱传统的逻辑，疏远严格的阿拉伯语言规范，使具体的句、段基本上处于无序状态，诗文字面的意义被奇特的意象所掩盖，诗人真实的意图隐匿在话语之外，正如现代绘画中所谓的“空故纳万境”，很多作品在“虚实

相生”中表现出含蓄、空蒙、缥缈的意境，而只有“虚”“空”“飘”才能超越有限的现实。但是，这使得很多读者望而生畏，就连阿拉伯读者也常常为之困惑。但正是这种复杂、晦暗和抽象才真切地展现出现代人内心世界的复杂和多变。

哈利勒·哈维在《辛迪巴特第八次出海》中写道：

> 七次出海，我无所获，
> 没得主的恩惠、好的生意。
> 曾在妖魔鬼怪的魔掌中挣扎，
> 身上被扒得一干二净，
> 拼命窥察山洞漆黑的缝隙。
> 我讲着人们关于我的故事，
> 谁又知我把难处早已隐去。
> 我追着，追着，
> 追着什么，我已忘记。

从诗文中可以知道，他就是历尽千难万险的辛迪巴特，明明载着财富而归，却觉得一无所获，他还要出海去追，去找，但至于找什么，他似乎知道，却又不知道。诗歌的语言似是而非，明白又不明白。

哈利勒·哈维在《冰河》这首诗的前半部分描写冰河一片死寂的景象，比喻东方文明、阿拉伯祖国已经死去，已经化为乌有，在后半部分描写后冰河时代，使用了菲尼克斯[①]这个象征重生的形象。

> 就是上天之主，
> 也无法让米蒂娜[②]的血脉流淌，
> 只有火，烈火能让她重生，
> 吞下我们的骨灰，
> 平静地等。

① 古代西亚传说中的不死鸟，也叫作火凤凰，每500年一个轮回，将自己烧死，然后获得重生。

② 菲尼克斯的别称。——引者注

让我们遭受火狱的煎熬，
什么赐予我们重生？

如果读者完全不了解谁是米蒂娜，她有什么故事，可能如坠云里雾里，看不清诗人的真正意图。

艾杜尼斯（叙利亚诗人，原名阿里·艾哈迈德·赛义德，1930—）虽然身居海外，却仍被公认为阿拉伯诗歌大家。他非常善于利用神话丰富自己的创作，关于他的诗与神话关系的研究者和研究成果甚多。而且，他绝不仅局限于两河流域苏美尔、巴比伦、腓尼基、古希腊神话，还将范围扩大到宗教、历史、文化人物与事件，有时候将真实的历史也变成神话，比如被绑在十字架上的基督耶稣、创建后倭马亚王朝的阿卜杜·拉赫曼·达黑勒、苏菲主义殉道者米赫亚尔……《米赫亚尔之歌》是他最负盛名的作品，充满了对世间万物、人世万象的悬疑与盘诘，完全将自己置于苏菲神秘主义的语境之中：

我找寻意义，
拼命地寻找我自己，一种力量
告诉我，我会摧毁世界，
告诉我，我会创建世界。

诗文充满了语义的断裂：什么是意义？我和意义有什么关系？一种什么力量致使我去摧毁，去重建？可以认为：摧毁与重建的背后暗喻着邪恶与善良，旧的世界充满了腐朽、邪恶与欺骗，新的世界则充满了善良和美德，诗人在新与旧、善与恶的思辨之中，将自己当作一个宁愿自我受难的苏菲主义英雄，即使粉身碎骨，也要去寻找光明，寻求龌龊的红尘与至美的神界的统一。

在另一首《错误的语言》中，他说道：

烧掉我的遗存，我说，我愿意，
明天，我的青春不再有墓地。
我登上真主与魔鬼之上

我的路，我走得太远，
远离了真主与魔鬼。

这极端神秘的话语超越了人的普遍思维模式，他告诉我们：他到达了一个人类无法企及的地方，直接地、毫无阻隔地面对安拉。按照宗教的解释，这是现世的人不可能实现的。苏菲主义则认为，只有人内在的知觉、人的精神，才有可能抵达大千之谜和绝对真理——真主安拉。如此看来，艾杜尼斯的诗文无不充满了奇异、独特乃至语意的荒诞。

在《米赫亚尔之歌》里，他还有这样的诗句：

唯一的土地，
我栖居着恶毒的话语，
我活着，我的脸面对着自己，
我的脸是我的路。
……
土地啊，
我能否看清你的眼睛，
你，你就是土地。

这是米赫亚尔说的话，简单的词汇、结构，丰富的暗示，多重的、几乎是无限的意义。土地，包含着天空、空气，也许包含整个物质的世界；词汇、话语则是生灵、存在与创造，甚至是语言之外的所有形而上的世界。土地就是这块土地，然而我的栖居之地却是话语，是诗。诗人究竟如何依从？诗人的犹豫，正是诗的巨大魅力，诗的本质正是要表达这样的冲突和矛盾，如此诗歌才更富有创造力。

的确，有些诗人和研究者从理论的层面并不认同遗产的回归，认为借助遗产不是创作，但这并没有阻碍诗人们以不同的方式关注遗产，而且他们最精粹、最透彻、最深邃、最富人性意义的作品，往往启灵于遗产并与遗产互文。诗人白雅贴曾在自己的诗集前言中说道："我一直试图将'此在'与'存在'相融合，将有限与无限的时间以及所处的现实相融合，从而超越之。我很久以来苦苦地寻找，想找到艺术的面具或者替身，而我发现这替身就是历史、历史的意象与象征，即神话。”[①] 当代著名诗人艾杜尼斯也说：“遗产既不是创作的源头、创作的主题，也不是包围着我们的周边环境，人性主义是否在场才是核心与动因，而其他都在其次，包括遗产在内。我们怎么能屈从于边缘性的东西呢？不能。我们必须与核心同行，伴随着，面对着。当我们写诗，我们首先要对创作而不是遗产负责，诗在先而遗产在后，要让遗产服务于诗歌创作，服务于我们自己的诗歌经验。我们并不把遗产放在第一位，而仅仅在意诗性在那一历史片刻的存在，我们只对诗的存在负责。由此可以看出我们与守旧派的根本区别。他们的作品只是旧的不能再旧的画面，而我们，却在用遗产创造崭新的画面。”[②]

正是这样，诗人，不仅借助神话，而且其本身也是神话的创作者，神话正是诗人找到的最为恰当的方式，让自己与自然的法则和谐相处，让自己与绝对的永恒衔接。诗人们仅仅是利用神话，汲取其中美的因子，而并不在历史的场景中驻留，甚至也许只有一瞥而已，便回到创作本身，探寻美的当代视角和人的处在本身。神话往往只是一把钥匙，将诗人的创作导向审美的空间，导向梦想和想象的空间，超越现实去构建新的时空。我们发现，阿拉伯当代诗之美正体现于诗人对传统的继承与发展，对个体的某种超越，而这成为一种全人类得以共享的成果。同时，这也表明，神话在东西方文化的交流和碰撞中凸显出穿越时空的魅力。

管窥阿拉伯诗歌，处处是美的享受。美是人类永恒的愉悦，与日俱增且永不消亡；美总是为人类保留着一份宁静，让他们能够梦想，能够宁静地呼吸。现代阿拉伯诗人正是这样，在巨大的灾难与痛苦面前，他们借助遗产，将历史的时空与现代相连，以诗意的语言创造着一段又一段快乐和美丽。而神话中不屈服于命运的精神则使人从中汲取力量，引导人们走向未来。

---

① 阿卜杜勒瓦哈布·白雅贴:《我的诗歌创作体验》，黎巴嫩贝鲁特：欧达出版社，1968，第156页。

② 引自艾杜尼斯《稳定与变化：阿拉伯创新与继承研究》（第三卷），贝鲁特萨基出版社，2001，前言。

为尊者讳?

——赫梯国王苏皮鲁流马一世的后传研究 *

李　政　尹蔚婷 **

内容提要　赫梯国王苏皮鲁流马一世的后传实际上就是他本人的大事记。然而，这部大事记编撰于他的儿子穆尔什里二世时期，成为迄今发现的赫梯历史上唯一一篇后世为先王一人修史的文献。这部大事记以宣扬和歌颂为目的，记载了主人公在位期间的突出业绩，刻意回避了他的一些恶行。至今，赫梯学界尚没有任何从传记文学的编撰这个角度进行探讨并分析赫梯人是如何为先人立传的成果，这值得思考和探讨。

关键词　苏皮鲁流马一世　大事记　后传　传记　为尊者讳

一

《苏皮鲁流马一世的大事记》很可能书写在至少七块泥板上，是流传于世的赫梯历史上的一篇重要的历史文献。① 这篇文献的题记直接点

* 本文系教育部高等学校人文社会科学重点研究基地——东方文学研究中心“古代近东传记文献与传记文学研究”项目的阶段性研究成果，项目批准号为14JJD750004。

** 李政，北京大学东方文学研究中心；尹蔚婷，北京大学外国语学院。

① 根据抄本A的题记记载，这篇文献很可能也曾书写在青铜板上。这是目前已知赫梯历史上最早的青铜板铭文。

明了文献的名称，即《苏皮鲁流马一世的大事记》，指明了它的核心思想和内容。

该文献是以第三人称“我的父亲”的称谓叙述的。赫梯学界一致认为，它是由苏皮鲁流马一世的儿子赫梯国王穆尔什里二世在位期间编撰和完成的。穆尔什里二世国王是苏皮鲁流马一世的次子，他早年跟随父亲东征西讨，参与了父亲主导的诸多军事活动。因此，他回顾并比较详细地叙述了先父一生中突出的业绩，① 他的记载中相当一部分也是穆尔什里二世本人亲身的经历。②

这篇大事记以写人为线索，以时间的先后为顺序，叙述了苏皮鲁流马一世的征战岁月和他的突出业绩。尽管文献的第一块泥板残缺，但是通过现存文本的书写风格和内容来看，我们认为，穆尔什里二世对他的父亲的记载很可能始于他的父亲即位之前，也就是说，开始于穆尔什里二世的祖父、苏皮鲁流马一世的父亲在位的时代。虽然现存的残片看不到苏皮鲁流马一世那时的身份，但是他很可能已经是一位重要的将领。

大事记记载了苏皮鲁流马在小亚细亚半岛地区征战的情况。苏皮鲁流马在他父亲的统领下先后取得了在半岛的中部、北部和东部地区军事上的胜利，多次重创了不断侵犯的来自北部地区的卡什卡游牧军队和他们的援军，抓获了难以计数的俘虏。

> 他在[……]前面继续设置了一个埋伏，他杀戮来到的敌人。[卡什卡人]聚集了九支部落群体。[我的父亲夺走了]他占有的东西。每个人逃到他自己的城池。当我的父亲率领大量的士兵到达时，敌

---

① H. G. Güterbock, “The Deeds of Suppiluliuma as Told by his Son, Mursili II,” *Journal of Cuneiform Studies*, Vol. 10, 1956, pp. 75–98, 107–130.

② Mark W. Chavalas, *The Ancient Near East Historical Sources in Translation*, USA: Blackwell Publishing Ltd., 2006, p.235。学者们认为，苏皮鲁流马一世的大事记很可能在其在位时期已经存在，不过，他统治时期撰写的文献没有流传于世。此外，他们还认为，关于苏皮鲁流马一世的长子阿尔努旺达二世的一篇文献流传下来一些残片，记载了苏皮鲁流马一世的统治业绩。据此，赫梯学界一些学者认为，穆尔什里二世的这篇《苏皮鲁流马一世的大事记》很可能依据了他之前的这两个版本，但确切的是这篇文献是在赫梯国王穆尔什里二世统治时期完成的。

人卡什卡害怕了，他们放下了武器。[①]

文献前后多次记载了苏皮鲁流马征服卡什卡人的内容，这与卡什卡人不断侵扰赫梯人有着密切的关系：

> 我的父亲把敌人从中赶出，加固了[……]城、玛那兹亚那、卡里木那和[……]城，并重新确立了它们，使它们再次成为赫梯帝国的一部分。当他安定了伊什塔哈拉地区，他回到哈吐沙过冬。[②]

苏皮鲁流马跟随他的父亲远征半岛东部的哈亚沙国，与哈亚沙的王在库马哈这个地方交战，而且很可能取得了军事上的胜利。哈亚沙国统治者最终在苏皮鲁流马一世在位时期被迫签订附属条约，哈亚沙国成为赫梯帝国的附属国。[③]

很可能在半岛西部阿尔查瓦地区各国统治者挑起战争的情况下，苏皮鲁流马勇敢地主动向他的父亲请战，远征阿尔查瓦各个敌国，并同样取得了辉煌的胜利：

> [我的父亲]对我的祖父[说]：["噢！我的主，派]我去打击阿尔查瓦敌人。"[因此，我的祖父派我的父亲]打击阿尔查瓦敌人。当我的父亲[……]x–x，他[……]在喀什哈。阿丽那太阳女神、赫梯雷雨神、军队之雷雨神、战场的伊什塔尔神行进在我父亲的前面，我的父亲打败了阿尔查瓦[敌人……]，敌人的士兵大量地战死……[④]

---

① A. Götze, *Keilschrifturkunden aus Boghazköy*, Berlin, 1927, Vol. 19, Text Nr. 11, Col. IV, line 3–11；H.Otten and Ch. Ruster, *Keilschrifttexte aus Boghazköy*, Leipzig/Berlin,1974, Vol. 22, Text Nr. 12.

② F. Hrozny, *Keilschrifttexte aus Boghazköy*, Leipzig/Berlin,1921, Vol. 5, Text Nr. 6, Col. I, line 40–50。根据上下文，这里的敌人指代卡什卡人。

③ 文献这部分残缺不全。但是，我们认为，苏皮鲁流马一世将女儿下嫁给哈亚沙国统治者胡卡那的事件很可能见于这篇文献。现存于世的赫梯条约中包括了这篇苏皮鲁流马一世与哈亚沙国统治者胡卡那的附属条约。这是现存双方关系史上的唯一一篇条约。该地区在赫梯帝国时代很可能完全处于赫梯国王的统治下。

④ H. G. Güterbock, *Keilschrifttexte aus Boghazköy*, Leipzig/Berlin, 1963,Vol. 14, Text Nr. 3, Col. III, line 38–45.

这篇大事记详细叙述了苏皮鲁流马在阿尔查瓦地区军事上的胜利。他先后在胡瓦那城遭遇了六支部落军队，在尼 [⋯] 和沙帕兰达城遭遇了另外七支部落，但是，他打败了他们，敌人的许多士兵都战死了。他还攻打了占据在吐帕兹亚和阿穆那山的另一支阿尔查瓦敌人，不仅击溃了敌人，而且抓获了当地居民和牛羊等战利品。同样在图瓦努瓦城，苏皮鲁流马取得了军事上的胜利。尽管在提万查他遭受一支人数更为众多的敌人的攻击，但是苏皮鲁流马凭借他的战车兵和六支马队的支援，迫使敌人放弃了他们的财产，逃向高山。

苏皮鲁流马在叙利亚北部地区卡尔开米什城一带的军事活动成为他的英雄事迹中一个十分重要的内容。这个时期，他很可能已经登基为王，成为新一代赫梯国王。[①] 众所周知，对卡尔开米什的占领和控制是这位赫梯国王在叙利亚北部地区取得的军事上的最大胜利，这个胜利为赫梯帝国的建立奠定了重要的基础，开创了赫梯帝国时期赫梯国王统治叙利亚地区的一个新时代。他的儿子穆尔什里二世在这里也倾注了相当多的心血。卡尔开米什国很可能在这一时期处于与小亚细亚半岛东部相邻的米坦尼国王的控制下，大事记简单描述了苏皮鲁流马一世为了卡尔开米什向这一时期近东的强国米坦尼挑战的过程：

> [⋯⋯] 当我的 [父亲⋯⋯]，他向米坦尼国王派遣了一个信使并且这样写给他：[⋯⋯我] 来到 [⋯⋯] 前面，我攻打卡尔开米什城，我向你这样写道："来吧！让我们一起战斗。"但是，你没有来 [战斗]。现在 [⋯⋯]，来吧，让我们战斗。[⋯⋯] 但是，他逗留在 [瓦苏卡尼城]⋯⋯ [②]

米坦尼国王在都城按兵不动，苏皮鲁流马一世率军挑战，先后在阿吐里沙、吐胡普尔普纳和阿尔米那三座城设防，接着征服了吐玛那的所

① 遗憾的是，大事记很可能没有具体交代苏皮鲁流马的继位这个事件，包括它的大体年代，如发生在哪些事件的前后等内容。

② 瓦苏卡尼城是米坦尼国的都城，位于美索不达米亚的西北部，具体位置不详，至今尚未发现。H. Ehelolf, *Keilschrifturkunden aus Boghazköy,* Berlin,1944,Vol. 34, Text Nr. 2, line 11–22.

有地区并且重建和规划了这个地区，使它再次成为赫梯帝国的一部分；不久，阿尔兹亚城、卡尔开米什的（其他）所有国家以及穆尔姆里卡城向苏皮鲁流马一世求和，只有卡尔开米什城固守并拒不投降。

在苏皮鲁流马一世被告知胡里特人已经包围了在穆尔姆里卡的赫梯人的步兵和战车兵的情况下，苏皮鲁流马一世招募步兵和战车兵对抗胡里特人。他在塔尔帕城检阅了他的步兵和战车兵，接着派遣他的儿子阿尔努旺达和兹塔——禁卫军之首从泰卡拉玛直接攻击胡里特人的国家，他们打败了敌人。与此同时，苏皮鲁流马一世去了卡尔开米什城并且将该城完全包围起来。经过长达七天的围困，苏皮鲁流马一世在第八天终于征服了卡尔开米什城。他控制了下城的居民，掠获了银、金和青铜工具并把他们带到赫梯。他本人带回到宫殿的俘虏共计3330人，而赫梯人带回的则不计其数。接着，他将卡尔开米什地区和卡尔开米什城分封给他的儿子沙里－库苏赫统治，并使他成为一个具有权力的王。在这场战役胜利后，苏皮鲁流马一世回到了赫梯并在那里越冬。

这篇大事记记载的另一个重要内容是古埃及女王安科塞那蒙的求夫事件。穆尔什里二世详细地叙述了这个事件的始末，它是在他的父亲征战卡尔开米什城并且他的两位将军鲁帕基和塔尔浑达－查尔玛在叙利亚中部取得对阿姆卡城的胜利后发生的。穆尔什里二世写道，赫梯人的军事胜利震慑了埃及人，他的父亲因此收到了埃及女王的一封来信，① 埃及女王在信中向赫梯国王倾诉了她的不幸并请求赫梯国王派子与她完婚。②

苏皮鲁流马一世听到这个请求，立即召集贵族议事会，并说道："这样的事情在我的整个生命里从未发生过。" ③ 他于是派遣大臣哈吐沙－兹提去埃及调查情况。在赫梯国王的大臣回来后的证实和埃及女王

① F. Hrozny, *Keilschrifttexte aus Boghazköy*, Leipzig/Berlin,1921, Vol. 5, Text Nr. 6, Col. III, line 5–6。现存的这篇赫梯文献的残片未见古埃及女王的名字，根据赫梯与古埃及历史，这个女王很可能指的是安科塞那蒙（Anchesenamun），即图坦卡蒙/阿蒙诺菲斯四世的妻子。

② 这封信这样写道："我的丈夫死了，我没有儿子。他们说，你有许多儿子。如果你给我你其中的一个儿子，他将成为我的丈夫。我不愿意从我的臣民中挑选并使他成为我的丈夫……我惧怕。"文献见 F. Hrozny, *Keilschrifttexte aus Boghazköy*, Leipzig/Berlin,1921, Vol. 5,Text Nr. 6, Col. III, line 10–15。

③ F. Hrozny, *Keilschrifttexte aus Boghazköy,* Leipzig/Berlin, 1921, Vol. 5, Text Nr. 6, Col. III, line 16–19.

以及埃及信使不懈的请求下，苏皮鲁流马一世最终善良地相信了埃及人并说道：

> 赫梯和埃及很长时间以来早已是朋友了。现在，基于双方的利益，这个也将在他们之间进行。这样，赫梯和埃及将继续作为朋友。①

然而，不幸的是，苏皮鲁流马一世派往埃及的儿子查那查被害身亡。当他听说后悲痛万分，向诸神控诉道："噢，诸神，我没有伤害他们，然而埃及人却对我这样，他们进攻了我的国家的边界。"

遗憾的是，泥板在这里破损。我们无法看到穆尔什里二世接下来是如何记述他父亲的情况的。根据现有其他史料的记载和赫梯学家们的研究，苏皮鲁流马一世对埃及人的军事报复虽然取得了一时的胜利，但是瘟疫在军中爆发，他本人也很可能在不久后死于这场瘟疫。

这篇大事记的内容大体可以分为两个阶段，即苏皮鲁流马在他的父亲统治时代的事迹和他成为国王之后的业绩。他的足迹遍及整个小亚细亚半岛中部以及相邻的大部分地区，甚至两次远征叙利亚地区，取得了与当地诸多邦国以及埃及人势力对抗的胜利。在半岛东部和叙利亚地区建立起附属国统治，特别是在叙利亚北部的卡尔开米什开创了封侯统治这一新型体制。从现有残片的内容来看，大事记叙述具体翔实，主人公的一些重大事件都见于这篇文献，遗憾的是，文献残缺严重，不少内容缺失。但是，我们有理由相信这是一篇比较全面记载苏皮鲁流马一世一生的重要文献。②

这篇大事记的写作手法的确也凸显了传记作品的色彩。文献以时间或者说苏皮鲁流马本人的成长经历为序，展现他的业绩，穆尔什里二世在文中更多地采用了"我的父亲"的表达形式，虽然语法上是第三人称的形式，但是文献显然具有第一人称的表达效果，凸显出穆尔什里二世与他的父亲的密切关系，也更加加强了整篇大事记的传记效果。

---

① H. G. Güterbock, *Keilschrifttexte aus Boghazköy*, Leipzig/Berlin, 1963,Vol. 14, Text Nr. 12, Col. IV, line 38–40.

② 当然，这篇历史文献是认识赫梯帝国初期赫梯国家发展的重要资料，也是研究赫梯与周边地区以及邻国关系的重要文献。

另外，大事记虽然以记述史实事件为核心，但每一个事件的表述不仅有情节叙述，而且多次采用对话和引语等形式，进一步表现了苏皮鲁流马一世这个传主的个人形象，特别是人物内在形象表现得比较突出。

在赫梯人不断受到卡什卡人的骚扰和打击下，许多人惨遭杀害，与此同时，苏皮鲁流马的父亲在病，在此情况下，文献有着这样一段对话：

> 但是，[当]我的祖父听说了[……]，因为我的祖父仍在生病，我的祖父这样说："谁将去呢？"我的父亲回答道："我去。"（因此）我的祖父派遣我的父亲去了。①

在面对小亚细亚半岛西部地区的敌人时，穆尔什里二世运用同样的方法刻画了他的父亲：

> [我的父亲]对我的祖父[说]：["噢！我的主，派]我去打击阿尔查瓦敌人。"[因此，我的祖父派我的父亲]打击阿尔查瓦敌人。……我的父亲打败了阿尔查瓦[敌人……]，敌人的士兵大量地战死……②

我们从穆尔什里二世引用的他的父亲与他的祖父之间的对话中看到，苏皮鲁流马一世是一个勇挑重担和英勇的父亲，是一个拥有胜利者形象的父亲。

此外，穆尔什里二世还通过其他表达方式深入展现他父亲勇敢的一面。首先，穆尔什里二世引用他父亲的话，刻画了他父亲挑战强国米坦尼国王的情节：

> [……]当我的[父亲……]，他向米坦尼国王派遣了一个信使

① H. G. Güterbock, *Keilschrifttexte aus Boghazköy*, Leipzig/Berlin, 1963,Vol. 14, Text Nr. 3, Col. III, line 7–11.

② H. G. Güterbock, *Keilschrifttexte aus Boghazköy*, Leipzig/Berlin, 1963,Vol. 14, Text Nr. 3, Col. III, line 38–46。（这里的译文省略了其中一部分内容。）

并且这样写给他：[……我] 来到 [……] 前面，我攻打卡尔开米什城，我向你这样写道："来吧！让我们一起战斗。"但是，你没有来 [战斗]。现在 [……]，来吧，让我们战斗。[……] 但是，他逗留在 [瓦苏卡尼城]，他没有 [……]，没有来战斗。我的父亲去那里追击他，[……]。①

其次，他从叙述敌我力量的对比这个角度进行展示：

在早上，我父亲从提万查那冲到这个地区，他的战车兵和六支马队正在从后方支援他。当我父亲正在奋力前进时，他很快遭遇到那支敌人的全部力量。我父亲投入战斗。……他打败了那支敌人。②

同样，穆尔什里二世通过引用敌人的话，勾画出他的父亲不畏艰难和敢于面对敌人挑衅的一面：

他（苏皮鲁流马）后来回到祖库基山，在阿吐里沙和吐胡普尔普纳二座城设防。当（赫梯人）加固城防时，敌人在不断自吹："下到阿尔米那地区，我们将不会让他（苏皮鲁流马）回去。"但是，当他（苏皮鲁流马）完成设防城的事情，他（苏皮鲁流马）进入阿尔米那，没有任何敌人能够在战斗中抵抗他（苏皮鲁流马）。③

我们认为，这些内容和表现形式鲜明地表明穆尔什里二世在大事记中有着非常明确的人物特征和形象刻画的动机。因此，这样的思想当然与整个这篇文献内容的取舍有着直接的关系。这样，我们在这篇文献很可能就看不到苏皮鲁流马一世国王的另一面。有意思的是，他的这个儿

① H. Ehelolf, *Keilschrifturkunden aus Boghazköy*, Berlin, 1944, Vol. 34, Text Nr. 2, line 11–24.

② H. G. Güterbock, *Keilschrifttexte aus Boghazköy*, Leipzig/Berlin, 1963,Vol. 14,Text Nr. 3, Col. IV, line 26–34.

③ F. Hrozny, *Keilschrifttexte aus Boghazköy,* Leipzig/Berlin, 1921, Vol. 5,Text Nr. 6, Col. I, line 1–8.

子穆尔什里二世的另一篇著名的文献《瘟疫祷文》却不得不暴露出他的父亲苏皮鲁流马一世行恶的一面。

二

穆尔什里二世在大事记中鲜明地指明了他的父亲是一位英雄，概括了他的父亲一生中在军事上取得的胜绩。然而，他对父亲的总结显然停留在一个胜利者的姿态上，没有对他的父亲整个一生中的所有大事进行全面的回顾和交代，也就是说，穆尔什里二世很可能没有全部记载他父亲的不幸遭遇，而且特别刻意回避了他父亲一生中的所谓的作恶事件。

首先，苏皮鲁流马一世实际上是通过叛乱或者说图谋夺取王位的。他废黜了他的兄弟——年幼的吐塔里亚，登上了王位。根据穆尔什里二世在他的《瘟疫祷文》中的记载，穆尔什里二世承认，他的父亲错待了吐塔里亚，这导致所有的王子、贵族、数千个指挥官和哈吐沙的官员站到苏皮鲁流马的那边。他们已经向苏皮鲁流马发誓，抓住并杀害了吐塔里亚。此外，苏皮鲁流马的支持者还杀害了站在吐塔里亚国王一边的那些兄弟们。穆尔什里二世在文献中直截了当地指出："我的父亲杀死了这个吐塔里亚，我的父亲因此后来为流血事件举行了仪式。"他还进一步指出，由于吐塔里亚的流血事件，他的父亲死了。王子、贵族、数千个指挥官和投靠他父亲一边的官员因为这件事也死了，而且这件事也影响到整个赫梯帝国的发展。我们认为，面对瘟疫的沉重打击，穆尔什里二世在这里很可能坦白了他的父亲的这个恶行。①

根据穆尔什里二世的《瘟疫祷文》，苏皮鲁流马一世即位以来很可能没有履行向玛拉河②举行献祭仪式这个宗教义务。在他的儿子穆尔什

① A. Götze, *Keilschrifturkunden aus Boghazköy*, Berlin,1926, Vol. 14, Text Nr. 14, Obv. line 16–22，第一篇祷文（文本A）："但是，当我的父亲错待了吐塔里亚，所有的王子、贵族、数千个指挥官和哈吐沙的官员站到我父亲的一边。因为他们已经（向他）发誓，他们抓住了吐塔里亚，杀害了[吐塔里亚]。此外，他们杀害了站在他一边的他的那些兄弟们。[……]他们被发配到阿拉什亚。他们对他[……]，[……]和主们违背了誓言。"

② 玛拉河就是幼发拉底河。

里二世看来，这成为苏皮鲁流马一世遭受瘟疫打击的另一个原因。① 毕竟宗教义务的履行与否在他们看来与神灵是否发怒有着密切的关系。似乎玛拉河的献祭仪式与他父亲的对外军事活动有一定关系。

在与埃及人的关系上，穆尔什里二世在这篇他的父亲的大事记中展现的是苏皮鲁流马一世的善良、友好和正义的形象。然而，穆尔什里二世在他的《瘟疫祷文》中不得不承认双方关系的破裂是他的父亲和赫梯人违背誓言的结果。他调查了双方之间曾经缔结的《库鲁什塔玛条约》，并承认了是他的父亲突然违背誓言，没有履行对雷雨神的承诺，派遣步兵和战车兵，在阿姆卡国向埃及人的势力范围进攻。② 在他的儿子被害之后，他的父亲变得仇恨起来，前往埃及疆域，进攻埃及人的地区，杀死了埃及人的步兵和战车兵。

由于这篇大事记残缺不全，我们当然不能妄下结论，认为这篇文献没有提及苏皮鲁流马一世时代发生的瘟疫以及他本人的死亡与这场疾病的关系。然而，首先，现存的残片的确看不到苏皮鲁流马一世在叙利亚远征时该地区瘟疫爆发的情况。其次，从整个文献的写作基调来看，至少，在我们看来，他的儿子穆尔什里二世很可能不会在这里将瘟疫的发生直接归咎于他的父亲。但是，穆尔什里二世在他的《瘟疫祷文》中将瘟疫爆发的原因与他的父亲联系起来，做出了这样的交代：

> 那时，赫梯的雷雨神，我的主在诉讼中支持了我父亲，因此，他（苏皮鲁流马）打败了埃及的步兵和战车兵，他杀死了他们。当俘获的战俘被带往赫梯时，瘟疫在战俘中爆发了，他们开始大量地死亡。当战俘被带到赫梯，战俘把瘟疫带进赫梯，从那时起，在赫

---

① A. Götze, *Keilschrifturkunden aus Boghazköy*, Berlin, 1926, Vol. 14, Text Nr. 8, Obv. line 9–12，第二篇祷文（文本 A）：“我发现了两篇过去的泥板文献，一篇关于玛拉河的祭祀，先前的国王们 [履行] 了玛拉河仪式，但是，自从我父亲的时代，赫梯的人们一直在死亡，我们从未再履行玛拉河（祭祀）[仪式]。”

② A. Götze, *Keilschrifturkunden aus Boghazköy*, Berlin,1926, Vol. 14,Text Nr. 8, Obv. line 13–20，第二篇祷文（文本 A）：“第二块泥板记载了库鲁什塔玛（城）。赫梯的雷雨神是如何把库鲁什塔玛的人们带到埃及人的疆域，雷雨神是如何就他们与赫梯人签订条约的。此外，他们被置于赫梯雷雨神的誓言下。尽管赫梯人和埃及人被置于赫梯雷雨神的誓言下，赫梯人拒绝接受（条约），赫梯人突然违背了誓言。我父亲派遣步兵和战车兵，他们在阿姆卡国进攻了埃及人疆域的边界地区。”

梯，人们一直在死亡。[①]

显然，这场瘟疫的爆发与苏皮鲁流马一世率军攻打埃及人有着直接的关系。穆尔什里二世在这里试图表明瘟疫的爆发是他的父亲一手造成的，而这一切与他没有关系。所以，在这篇祷文中，穆尔什里二世还说道：

> 噢！赫梯雷雨神，我的主和诸神，我的主们——它是这样的情况：人们经常犯罪，我父亲犯了罪，违背了赫梯雷雨神、我的主的诺言。[②]

因此，穆尔什里二世在他的父亲的大事记之外历数了他父亲的罪恶和不幸，除了篡夺王位，杀害先王，苏皮鲁流马一世还忽略了玛拉河的祭祀活动，撕毁了条约，违背了对神灵的誓言从而遭受瘟疫打击。《瘟疫祷文》中所有这些与苏皮鲁流马一世有关的内容与《苏皮鲁流马一世的大事记》形成了鲜明的对照，毕竟《苏皮鲁流马一世的大事记》和穆尔什里二世的《瘟疫祷文》都是在后者统治时期编撰和完成的，这使得我们不得不思考穆尔什里二世回顾和总结他的父亲苏皮鲁流马一世大事记的目的和行文内容取舍的意图。

结　语

正如这篇大事记中第三块泥板的题记部分所写到的："第三块泥板，苏皮鲁流马，大王，英雄的业绩。"[③] 这个题记清楚地表明这篇文献创作的基本目的——展现一个英雄的业绩。因此，穆尔什里二世以歌颂和赞扬他的父亲为出发点，构思和编撰了这篇文献。但这样，他势必陷入"为尊者讳"的境地，而且很可能在有意回避先王一生中罪恶的一面，

---

① A. Götze, *Keilschrifturkunden aus Boghazköy*,Berlin,1926,Vol. 14,Text Nr. 8, Obv. line 25–31，第二篇祷文（文本 A）。

② A. Götze, *Keilschrifturkunden aus Boghazköy*,Berlin,1926,Vol. 14, Text Nr. 8, Rs. line 10–11，第二篇祷文（文本 A）。

③ A. Götze, *Keilschrifturkunden aus Boghazköy*, Berlin,1927,Vol. 19,Text Nr. 10, Colophon.

其结果是，篡权者的形象被英雄和无辜者的形象取代。所以，这是一部有选择性的回忆录、一部有选择性的传记文献。穆尔什里二世为他的父亲立传显然是有目的的。这样，我们认为，这篇文献不仅是一篇以传为传的传记文献，而且充分地表现出穆尔什里二世已经形成的比较成熟的“为尊者讳”的思想。这篇大事记和穆尔什里二世的《瘟疫祷文》的确为我们了解赫梯国王如何看待和评价他们的先王提供了丰富的材料，值得我们进一步思考。

另外，这篇文献的编撰和问世证明了赫梯文献编撰中后传的存在。后世国王在他们本人的文献中追溯先王的写作手法十分常见，如铁列平国王追溯了之前的哈吐沙建都以来的所有的赫梯国王，并以十分简略的手法概述了先王们的业绩。但是，从严格意义上说，只为一位先王单独树碑立传的，至今仅有这一篇，而且这很可能是迄今为止赫梯历史上唯一的一篇。①

我们已经指出，这篇文献成文的大体年代在公元前1340年，虽然是在赫梯新王国时期，但是从人类文明发展的整体来看，应该说，它是人类早期文明发展阶段出现的一篇传记文献。我们认为，这样的定位是有必要的，也是恰当的。准确定位是客观分析、认识和评价这篇文献价值的基础或者说前提。我们不能苛求一定历史阶段的产物，只有这样，我们的认识才是客观的并且反映出事物发展的一般规律。正是在这个意义上，这篇大事记的存在已经突破了单纯的传记价值的探讨。

① 当然，这篇文献的出现并非偶然，当时在世国王为自己立传和后世国王追溯先王业绩的情况已经普遍存在。

“盘龙参”、“偶人”与死生敬畏

——论深泽七郎《陆奥偶人》

郭晓丽 *

内容提要 《陆奥偶人》是深泽七郎以日本东北地方自古以来的杀婴习俗为题材所作的小说。作家采取了由古及今的写法，以“盘龙参”这一和歌中意蕴丰富的关键词统摄全文，继而借用“陆奥偶人”等渗透民众生活的文化意象，刻画出背负着死亡的罪而生存着的众生相。本文在细读小说文本的基础上，对盘龙参、陆奥偶人等在时间和生活中积淀下来的文化意义做出了考察，继而分析了深泽七郎借此对日本民族共同文化心理的利用及独特演绎。对死的悼念，即是对生的敬畏，小说圆熟地写出了杀婴题材背后的阴暗而又温暖的日本民俗之心。

关键词 深泽七郎 盘龙参 陆奥偶人 生死

深泽七郎（1914—1987）一直被视为日本近代文坛的异端者。1956年10月，时任东京日剧音乐厅吉他手的深泽七郎，以小说《楢山节考》获第一届中央公论新人文学奖，震惊文坛。小说选取了日本民间传说中广泛存在的“弃老”题材，讲述了一个穷僻山村中的老太太阿林“主动”上山赴死的故事。在此作品之后，深泽七郎一直以处于社会底层的

* 郭晓丽，中国海洋大学外国语学院日语系。

庶民为写作对象，著有《笛吹川》《风流梦谭》《千秋乐》《盆栽老人及其周边》等作品，即物写实，表现了庶民真实的生存状态和情感。深泽七郎的创作丰富了日本文学的内涵，可视为对以“知识分子文学”为正统的日本近代文学的一种解构。

《陆奥[①]偶人》是深泽七郎又一部以民间风俗为题材的小说。与《楢山节考》中的弃老习俗相对，该小说围绕日本东北地区自古以来的杀婴习俗而展开。叙事者“我”的家中来了一位带着东北口音的男子，邀“我”去他们村子里看一种罕见的植物“盘龙参”。七月底盘龙参开花时，“我”来到了深山中的男子家里，赏花之后，不经意间亲身经历了村里至今仍在延续的杀婴事件。“我”深感人生之无常，内心震撼不已。该小说发表于1978年6月的《中央公论》，是深泽七郎晚年的代表作。小说的题材是“死”，透过死亡挥发出的却是对生命的敬畏之情。“深泽氏已臻于‘虚无’的成熟，这么说或显用词古怪，但他确实已经迈向了超越生与死的某个远方。”[②]

1979年，深泽七郎通过自家印刷厂，以“梦屋书店”的名义自行出版了《陆奥偶人》。按照幼年时候的夙愿，深泽把小说装帧成经书般的折叠样式，与小说内容可谓相得益彰。1980年该小说获川端康成奖，但深泽七郎拒绝接受，并在杂志《新潮》（1980年6月）上发表了《关于辞退川端奖》一文称，“我认为受奖这一行为是犯了佛教五戒之一的杀生罪”[③]，把别人挤下去，自己获奖，相当于杀生。同年12月，中央公论社将该小说与《秘戏》等七篇小说，以《陆奥偶人》为名出版了单行本。1981年，中央公论社决定授予《陆奥偶人》谷崎润一郎奖。谷崎润一郎是深泽七郎极为尊崇的作家，加之深泽与中央公论社之间的渊源很深，深泽决定接受该奖。在《谷崎奖获奖感言》（《中央公论》1981年11月）中，深泽讲述了自己自幼以来患眼病的经历之后说：

---

① 陆奥（みちおく），其发音是从“みち（道）のおく（奥）”转化而来的，是日本旧时地名，包括陆奥、陆中、陆前、磐城、岩代这奥州五国，相当于现在的青森、岩手、宫城、福岛四县。广义上“陆奥”也指日本整个东北地区。

② 大久保典夫:「生と死の彼方へ　温雅な文体による祈りに似た希求」、『日本読書新聞』1981年2月26日。

③ 深沢七郎：「川端賞辞退について」、『深沢七郎集　第八巻』、筑摩書房、1997、第215頁。

> 我所有的感觉，都和盲人是一样的。当被强行带入文学奖这一可怕的房间中时，我觉得这不是我该去的地方。但是，这种感觉可能只是我个人性的。最近我逐渐认识到，待在我自己感觉自由的房间中，这或许会让别人感觉到不自由。此次，思虑过后，我决定迈入这一不自由的房间。谷崎润一郎的小说《春琴抄》写出了强烈的盲人之感，让我感动不已。谷崎名义下的文学奖，终归与我的目盲有相通之处。[①]

拒绝川端奖却接受谷崎奖，深泽七郎一贯按自己的想法行事，不受俗规约束。这一事件也让媒体津津乐道。中国杂志《外国文艺》（1982年第1期）也在“外国文艺动态”栏目上刊发了题为《日本作家深泽七郎拒绝川端奖却接受了谷崎奖》的评论，可见其影响之广。

本文拟以《陆奥偶人》这一题材独特的小说为文本对象，首先在考察“盘龙参”这一关键词的文化内涵的基础上，分析以其意象统摄全文的叙事技巧；进而围绕由“盘龙参”引出的“杀婴”习俗，结合日本民俗中屏风、分娩、产婆的两义性以及陆奥偶人的文化内涵，分析深泽七郎在小说中对日本民族共同文化心理的利用及独特演绎。深泽七郎以今思古，由古至今，在面对生死这一永恒的人类主题时，展现出背负着死亡的罪而生的众生相。对死的悼念，即是对生的敬畏，《陆奥偶人》以杀婴题材表达出了这一真实庄重的情感。

一　扭曲、高贵的盘龙参

就表层故事来看，小说可以分成前后两个部分。前一部分围绕罕见的植物“盘龙参”（もじずり）而展开。在二月里一个星期日闲散的午后，一位自称是打工者的三十几岁的男子不请自来。他因为看了“我”在地方报纸上刊发的风土记之类的文章，误以为“我”是历史学者。男子想把他们家乡的盘龙参移植过来，却因为“我”这里的土质不宜种植而不得不放弃。男子邀请“我”在七八月份深山盘龙参开花时，去他们村里

① 深沢七郎：「谷崎賞受賞の言葉」、『深沢七郎集　第八巻』、筑摩書房、1997、第217～218頁。

赏花。七月底，“我”搭乘朋友儿子的便车，历经曲折到了男子家中，看到了盘龙参花。夜里，“我”宿在男子家中。自此，故事进入后一部分，由之前的日常世界自然而然地进入了非日常的“异界”。“我”耳闻目睹了一系列奇怪的事：村子里的人们行事都毕恭毕敬，尊称邀“我”前来的男子为“老爷”，每当有家人临产时，都会来“老爷”家中借屏风。而男子称这都是因为祖上罪孽深重。在“我”亲眼看到产子的家中燃着线香且屏风倒置之后，男子把一切和盘托出。村子里自古以来有把初生婴儿溺亡的习俗。他家的一位先祖是产婆，多次做过这种事情。这位先祖在晚年砍断了满是罪孽的双臂，逝后被后辈以画像供奉起来。村子里现在仍延续着这一做法，在行此事时必会把男子家的屏风借去，倒置于产妇身旁。后一部分以推理小说式的叙述，逐步显现偏僻深山村庄的“杀婴”习俗，而前一部分中的“盘龙参”再未出现。但前后两部分故事之间并无割裂，而是有机地配置在一起。“盘龙参”的意象，统摄全文，由古及今，由形而意，浑然天成。下面将对“盘龙参”在文本中的意义做一考察。

在小说开头，看着“我”不知盘龙参为何物而满脸困惑时，男子引用了《小仓百人一首》中的和歌来解释：

> 陆奥信夫纹，谁人乱我心。
>
> （陸奥のしのぶもじずり誰ゆゑに、乱れそめにし我ならなくに）

这首和歌是《小仓百人一首》中的第十四首，选自《古今集》。作者是河原左大臣（822—895），即嵯峨天皇的十二皇子源融。他在成年后被降为臣籍，赐姓源氏。该和歌吟咏的是秘而不宣的相思之情，这是平安时代恋歌中非常流行的主题。对可望而不可即的高贵之人（抑或是他人之妻）的爱慕，让这位男子内心纷乱不已，如同衣服上错综的陆奥印染花纹一般。这首和歌表达了为恋情而苦恼的男子的怨愤之心，成为暗恋主题和歌的代表作品，被广泛传唱。以在原业平为主人公的《伊势物语》的第一段《初冠》也引用了这首和歌。一般认为，此和歌中的“しのぶもじずり”一词，应该指主人公穿在身上的衣物。根据《岩波古语词典》，“しのぶもじずり”对应的日语汉字有“忍綟摺・信夫綟摺”，意同“しのぶずり（忍摺・信夫摺）”，指“用力拧出纺织品花纹的一种方法。也指那种褶皱纹样的衣服。拧住一种名为骨碎补的植物的叶茎并将其涂在布料上，可形成拧曲的纹样。另一说法是指奥州信夫郡所产织物的纹样”[①]。和歌以衣物的纹样之乱来比喻自己心情之乱。如同佐伯彰一所说，即使不知“しのぶもじずり”究竟为何种样态，“作为比喻性的序词，放在‘乱’之心的前面，即使是外行人也会清晰感觉到，那复杂扭转的印染花纹自古传至今日，依然给人深刻印象，与陆奥地方的本土性相契合，一直为人所珍重”[②]。

在《陆奥偶人》中，最初引用该和歌的男子，对“しのぶもじずり”的理解并非如此，而是认为它指的就是长在家乡深山中的植物盘龙参（もじずり）。盘龙参有着绿色的花蕾，开粉红色的花，初开时带些白色，花茎扭扭曲曲，纷乱盘旋。在这里，盘龙参的盘曲之态，与“しのぶもじずり”花纹的紊乱之意是相通的。男子又称“しのぶ”也是一种真实存在的蕨类植物，即骨碎补。这引起了“我”的共鸣，马上想到了东京夏日人们倒挂在屋檐下的骨碎补（つりしのぶ），望去让人顿生凉爽之感。[③] 带着东北口音、脸庞被晒得黝黑发亮的质朴的男子，用典雅的和歌引起了“我”对“もじずり”的兴趣。男子对和歌、植物的感觉，都是日常性的，富有生活情趣，也赋予了古时和歌不同一般的趣味。在男子和“我”的一唱一和之间，作家深泽七郎独特、真实的感受力跃然纸上。

另外，男子言谈中体现出来的古雅趣味，看似与现实生活中的身份并不相符，让人费解。这种氛围延续到“我”在男子村中的所见所闻，包括村人们毕恭毕敬的举止、男子妻子的古朴真诚等，亦真亦幻，让读者在不知不觉之间，走入了一个不同于浮躁的现代世界的“异界”。小说中用来交接古今的意象，正是男子用来指称盘龙参的“しのぶもじずり”一词，在和歌中意为信夫纹样。使用该词义的，还有《奥州小路》中芭蕉的名句。旅行至福岛县信夫郡乡下的芭蕉，在偏僻的山间小道上

① 大野晋、佐竹昭広、前田金五郎編『岩波　古語辞典　補訂版』、岩波書店、1990、第644頁。

② 佐伯彰一：「物語の生れる場所——冥界下りのヴィジョン」、『新潮』1981年5月、第206頁。

③ 一茶：「水かけて　夜にしたりけり　つりしのぶ」。

寻到了有名的“文知折石”（もじ摺の石），听到了关于石头的传说，即兴吟出了“早苗（さなへ）とる手もとや昔しのぶ摺（ずり）”一句，意为：远处稻田中少女们正在插秧，她们娴熟的动作不禁让人联想起古时这里的妇女们染制信夫纹时的动作，引人思念！① 感今怀古，融古今的感动和情趣为一，是芭蕉在《奥州小路》中常用的典型手法。深泽七郎在《陆奥偶人》中，袭用了《奥州小路》的这一精妙技法，以传唱至今的名词佳句为底蕴，构建起了与读者相通的“共同想象力”的“场”。恬淡、日常性的生活趣味与古雅之情相对照，刺激了读者的好奇心和想象力，让读者紧紧跟随“我”的行踪，进入盘龙参之乡的“异界”。

历经曲折之后，在男子家的后山，“我”终于见到了开花的盘龙参。男子之前已强调了盘龙参对生长条件的严苛要求：要在地下水位低、排水好的地方，且不能有强烈光照，最好是在背阴处或者树底下。男子那里的盘龙参就是生长在松树伞形的树冠底下。乍看上去，与其说花儿很美，不如说它珍奇。

> 扭扭曲曲的花茎，有二十厘米长的，也有才抽出三五厘米的，看上去清秀淡雅，让人觉得有些像杂草。在弯弯扭扭的穗状花梗上密密麻麻长满了细小的花蕾，由下而上次第开放。上面的花蕾白中带蓝。花儿的颜色并非鲜明的粉红色或紫色，而是类似于二者混合之后的奇妙色彩。这种淡雅色彩的感觉，莫非是雾气缭绕带来的？这种类型的土地大概是非常罕见的。扭曲盘旋的花穗，颜色淡雅，静静的爱恋，静静的苦闷，默默的哀怨，默默的嫉妒，“陆奥信夫纹，谁人乱我心”，这首和歌的作者河原左大臣，据说是位高贵的王子。虽然是男性，却在和歌中隐藏了那高贵身份之下的一颗羞耻之心。这种美不仅珍奇，而且高贵。②

珍奇和高贵，这是“我”反复强调的盘龙参给人的直接感觉。这种

① 现代汉语的译文由笔者根据井本農一、堀信夫、村松友次校・訳『日本古典文学全集 41 松尾芭蕉集』、小学館、1972、第 353 頁译出。

② 本文引用的《陆奥偶人》小说原文由笔者根据『深沢七郎集 第六卷』、筑摩書房、1997 译出。

感觉来自于盘龙参扭曲盘旋的花梗，以及淡雅清秀的奇妙色彩，这些让人联想起和歌中所表现的静默的感情，以及歌人暗藏的羞耻之心。这营造出一种幽暗、独特的氛围，为小说接下来所要讲述的杀婴习俗做好了情绪上的铺垫。盘龙参的盘曲、扭曲，象征着杀婴习俗的扭曲和可怕。盘龙参的生长条件极为苛刻，仅能在罕见的土壤中生存，犹如人类极为有限的生存条件，让人们只能把多生的孩子溺死。在这一习俗中生还下来的村人们，无一不承受着罪，如同盘龙参花的静默，带着羞耻之心和不为人知的感情，毕恭毕敬、小心翼翼地活着。另外，需要注意的是，“我”又强调了花儿之美的高贵，这可以看作对与死亡擦肩而过的“生”之赞美，意味着对“生”的肯定和敬畏。

以今思古，由古至今，这种写法不仅表现在盘龙参的意象上，也表现在对杀婴事件的描述上。深泽七郎借用日本旧时的杀婴传统，让它在远离现代社会的深山村落中重演，进而将其罪意识类推到现代习以为常的人工流产等现代版杀婴事件上。透过对杀婴风俗的描写，作家深泽七郎以圆熟的笔调，写下了自己对如何“生”这一重大命题的思考。

二　忏悔与怀念：生之状态

如上所述，在文本中起推进行文功能的“盘龙参”，不仅唤起了读者的文化想象力，也确定了小说整体上的氛围和感情基调。如同绐秀实所分析的：“在作品的后半部分，虽然这种山草消失不见，但‘もじずり’自始至终支配着作品语言的磁场。”[①] 絓秀实重视文字本身在文本中的增殖力，这里的“もじずり”，不是指植物盘龙参，而是指由盘龙参盘曲的姿态所引申出的“扭曲”之意。在小说中，深泽七郎通过“我”看到盘龙参时的直接感觉，以及村子里人们的怪异行径等，强化了这一意义。见到男子古朴的妻子以及古旧的住宅后，“我”问及男子是否有孩子。当男子回答说有一男一女两个孩子，因为体育锻炼暑假没有回家时，“我”暗忖道：“体育啊排球啊之类的，总觉得和‘もじずり’的这家

① 絓秀実：「いろはにほへと——深沢七郎「みちのくの人形たち」を読む」、『群像』1982年5月、第474頁。

人不沾边儿。”这里的“もじずり”，既指他们家里种着的盘龙参，更指这家给人的如同盘龙参般扭曲的感觉。“扭曲”的男子家，是整个村落生存方式的代表，亦可以说是人类生存状态的代表。进入第二部分，围绕着极端的“杀婴”事件，融合屏风、产婆、人偶等意象，深泽七郎勾画出一副超越生死的人世图景。

如同盘龙参吸引“我”来到村子一样，“屏风”让“我”逐渐接近杀婴习俗。如前所述，“老爷”的尊称，村人们过于恭敬的言谈举止，直至后来连续有两家要生产的人家来“老爷”家借屏风，都让“我”满腹疑团。后来“我”跟随老爷到了生产的人家里，虽听到这家说“母子都很顺当”，却闻到了线香的味道，看到绘有山林的屏风被倒置在产妇身旁。日本传统的佛教式葬仪讲究行“反事”（逆さごと），即认为死后的世界与现在这个世界在各个方面都是完全相反的，故逝者枕头旁的屏风要倒立，为逝者擦洗身体的水讲究反着倒水（与一般顺序相反，是把热水倒入冷水中），逝者和服左右衣襟的顺序也要颠倒过来（与一般的右上左下不同，而是把左边的衣襟放在上面）等。深泽七郎的母亲是佛教日莲宗的忠实信徒，其去世时就有屏风被倒置在身旁。

在小说中，倒置的屏风成为村子里人们杀婴行为的象征，本应迎来的新生，逆转成了未生先死。这是村子里自古流传下来的习俗。早先因为孩子太多，每家都会杀掉婴儿。现代可以用避孕药或者人工流产，但这个深山村子依然沿袭着以前的习俗。

> 在刚生下来的婴儿发出第一声啼哭之前，就是在还没有呼吸的时候，就把婴儿浸入产盆的热水中，使其停止呼吸。如果婴儿呼吸之后就成了杀人了。当然在这里也并不是为了避免杀人罪，而是从黑暗到另一处黑暗，就是采用了这样一种方法。

男子家供奉至今的一位先祖，曾经做过产婆，受人之托多次做过此事。自感罪孽深重的产婆在晚年切断了自己的双臂，三年之后即亡。而至今村民们在行事时，都会使用男子家的屏风。“因此，我们家至今仍然背负着先祖的罪。”倒置的屏风和至今仍受供奉的先祖佛像，成为村子里人们杀婴行为的象征性承受者，承受了所有的罪。如同大久保典夫所说，

“被称为‘老爷’的男子家佛坛深处的佛像——模仿那位曾经做过产婆的先祖所画的、失去了双臂的佛像，正是罪恶深重的人类存在的原型”[①]。

杀婴，选择了婴儿分娩这一时刻。日本民俗学认为，分娩是此世与异界交会的危险时刻。

> 分娩不能仅靠此世，必须要靠与异界的交涉才能完成。因此，分娩既被视为神圣的事情，同时也被认为是不洁的，必须与日常生活隔离开来。因为这是超出了此世的日常性秩序的事件，对此同时存在两种相反的看法，但这两种看法如同盾的表里两面，指的是同一事物的两面性。这一事实，也体现在与分娩直接相关的、处于掌握婴儿生存权立场上的产婆的性质上。一方面，产婆作为照顾婴儿和产妇的女性，有接生婆、稳婆、收生婆等多种称谓，她把婴儿从异界接生到此世，确保婴儿在此世生存；另一方面，在杀婴等情况下，她又具有把刚刚出生的婴儿送回异界的力量。[②]

一方面，产婆被认为是产神的侍者，是神圣的，承担着保护婴儿不受异状侵扰的宗教性功能。但另一方面，与此相反，分娩被认为是污秽的，有些地方认为产婆职业低贱，通常由身份低下的妇女或流浪者来担任。需要注意的是，在婴儿出生这一介于生死之间的特殊时刻，杀婴与否的决定权，一般而言并不在产婆，而在于婴儿的家人。小说《陆奥偶人》对此也有所交代，男子的做过产婆的先祖，都是在别人的要求下才会杀婴。但这一行为的罪过，却由产婆象征性地承担下来，不断累积，以至于小说中的那位先祖，不惜自断双臂以求赎罪。另外，正因为产婆承受了这种罪过，男子一家世代受村民尊敬，被毕恭毕敬地尊称为“老爷”。这是村民们自行忏悔的表现，也体现出对于死亡的敬畏之情。

小说中分娩的两面性，最直观地体现在屏风的倒立与否上。据“老爷”称，村子里凡是生产的人家，必定会来借用屏风。但并不都是倒立

---

① 大久保典夫：「生と死の彼方へ　温雅な文体による祈りに似た希求」、『日本読書新聞』1981年2月26日。

② 坪井洋文等：『日本民俗文化大系　第十巻　家と女性：暮しの文化史』、小学館、1985、第250頁。

的。也有正立屏风的，用以把生产场所和别的地方隔开。倒立与否，由生产那家的人们商量决定。在屏风的一正一倒间，生死异界。奥野健男评价说：“老爷家那幅描绘着山林图案的屏风，可以看作在出生的污秽中也会现身助力的产神，即在分娩时前去迎接的山神（女神）的象征，这与日本自古以来的民俗信仰是一致的。”① 日本民俗学认为，产神有与分娩直接相关的神和并不直接相关的神之分。前者有山神、笤帚神、勺子神、地藏等。“这些神是生与死的媒介，就某种意义而言不属于此世，作为介于此世与异界之间的神被供奉着。”② 如同产婆的两面性，这些往来于人世和异界之间的产神也具有两面性，需要好生供奉。

综上所述，屏风、产婆、产神等，都具有生死两面性，在分娩这一特殊过程中，每时每刻都存在着生与死的转变，生死只在一念之间，其界限不再清晰。即使是人为造成的死亡——杀婴，也会被认为是把孩子送到其原来所在的国度，以期尽快得到超度。但这毕竟是罪，是触犯神灵的事情，因此在某些寺庙的匾额上画有菩萨勒住要杀婴的女性的脖子的图景。偶然生存下来的人，以杀死他人为代价，背负着沉重的罪活着，一边悔过，一边悼念。人类的这种生存状态，在《陆奥偶人》中通过“我”见到陆奥偶人（こけし）时的感受表达出来。

“こけし”是日本东北地区特有的一种木质乡土玩具，仅由圆圆的脑袋和圆筒状的身体构成，没有手和脚，用简单的色彩在木偶身上勾画出眼、鼻、口和花纹等。“こけし”大致成形于江户时代晚期，据说是当地的木匠师傅们为了向山神祈祷子孙繁盛，而用旋床把梾木、日本厚朴等木头削制成人偶，作为象征物供奉在神祠或神龛上的；之后逐渐扩散开来，成为东北地区农家或商贩家的孩子们的玩具；以前多在东北的温泉疗养地作为特产出售，大人们也可以用来按摩肩膀。

东北六县有 70 多个玩偶产地，根据风格不同分成福岛县的土汤，宫城县的弥治郎、远刈田、鸣子，秋田县的木地山等多个系统，共有 200 多位优秀的木匠师傅从事人偶的制作。其中，关于弥治郎系“こけし”的起源，有如下传说：在明治三十六年（1903 年）有两个孩子接连

① 奥野健男：「書評『みちのくの人形たち』」、『群像』1981 年 3 月、第 265 頁。

② 坪井洋文等：『日本民俗文化大系　第十巻　家と女性：暮しの文化史』、小学館、1985、第 252 頁。

去世，于是人们把“こけし”放入这两个孩子的棺木，乞求不再出现夭折之事。[①] 在人偶身上，人们表达着对孩子健康成长的祈愿，同时也寄托了对已经夭折的孩子的赎罪之心。如同阿部正路所言：“在无数的‘こけし’背后，不断涌动着的阴暗而又温暖的民俗之心显现出来。”[②]

在日语中，“こけし”对应的汉字，因地方而异。根据人偶的形状和木质，有“木形子”“小芥子”“木削子”“小笥子”等多种写法。在《陆奥偶人》中，深泽七郎却把“子消し”作为“こけし”的对应汉字，取杀婴之意，并以此作为小说标题。深泽七郎把人偶没有手脚的形象特征，与因为杀婴的罪孽而自断双臂的产婆形象，以及“老爷”家中的一双儿女的形象结合起来。当“我”见到“老爷”家中双手紧贴着身子两侧、低着头站着的两个孩子时，总觉得他们那种难以区分性别的面容似曾相识。男子的妻子认为“孩子一个就足够了。我娘家没有孩子，女孩儿是要送出去给娘家的”。“送出去”的说法，如同随便丢掉一个不需要的物件一般。老爷家的这一对孩子，成为偶然生存下来的孩子们的代表。当“我”看到了车站商店里摆放着的“こけし”人偶时，马上想到了老爷家里的那两个孩子。

> 人偶没有手臂。那两个孩子眼睛朝下看着，和这些用一笔画出眼睛的人偶一模一样。两只眼睛像是闭着，又像是朝下望着，是用一笔画出的。人偶也和那两个中学生一样，分不出是男孩还是女孩。那表情，多么灵动啊。那两个中学生，还有这人偶，无论是形态还是神情，都和那位没有双臂的先祖一模一样。
>
> 并排立着的人偶们的脸，就是那些在倒立屏风后面消失了的孩子们的脸，他们在眼睛还没有睁开的时候，就被浸入产盆，双眼永远无法睁开了。制作这人偶的人，应该最懂得这没有悲哀，也不感到寂寞的神圣面容吧。他们也许是仿照倒立屏风后面的孩子的样子制作的，希望把他们留在自己身边，一起生活下去吧。或许是像那位失去双臂的先人一样，因为追悔倒立屏风的深重罪恶，想要再现孩子们的灵魂吧。

---

① 石上堅：『日本民俗語大辞典』、桜楓社、1985、第 563 頁。

② 阿部正路：『日本近代民俗文学論』、おうふう、1998、第 150 頁。

圆头圆身、没有手脚的木偶，成为未生先死的孩子们的象征物。人们在这些超越了悲喜的木偶身上，寄托了对于逝去孩子们的感情，一边悼念，一边忏悔。这也是人们生存的常态。生死只在屏风的一正一倒之间。小说还写到一位带着女儿的母亲买走了一个人偶，或许会将其供在佛龛上，用来怀念自己打掉的孩子，并祈求家人的安康。这正是阿部正路所称的“阴暗而又温暖的民俗之心”的典型写照。

在小说结尾处，公共汽车上所有乘客的脸，在“我”眼中都变成了人偶。包括老爷家的一双儿女，以及主妇、少女、老年人、工人等普通乘客在内的所有人，都有可能在未生之时就消失在倒立屏风的后面。生，只是一种偶然。“我”的耳边，想起了净琉璃《送别》(いろは送り)的唱词，这是为早逝的幼子烧香时的唱词。

识字幼子早逝去，此世光阴俱无常。

愁似山河能越否，唯叹我梦如朝露。

（いろは書く子の散りぬるは、この世のひかりつねならむ、憂き山河をこえぬるも、こええぬも、この世の夢は露ならむ）

唱词把日本人自幼耳熟能详的识字歌《伊吕波歌》(いろは歌)[①] 嵌入其中，在世间无常的喟叹中，悼念早逝的婴孩。《伊吕波歌》的深层意义是涅槃经的偈语：“诸行无常，是生灭法，生灭灭已，寂灭为乐。”《陆奥偶人》以配上太棹三味弦的《送别》结尾，庄严肃穆，吸引读者进入与了然于心的《伊吕波歌》同质的空间。人生无常，但如同花田清辉所说的：“人世可能确实是虚幻的，如同‘梦’一般。但是，我们凡人，即使已经透彻地领悟到这点，也还是要深深陷入那个‘梦’中去，注定不得不忙忙碌碌地度日。虽然懂得了，却无法罢手。”[②] 在《陆奥偶人》中，深泽七郎通过极端性的杀婴事件，把目光对准了在无常之世背

① 《伊吕波歌》是用 47 个平假名做成的七五调四句和歌，每个假名使用一次。作于平安中期以后，旧时作为字帖和字母表使用。歌的内容为：“いろはにほへとちりぬるを、わかよたれそつねならむ、うゐのおくやまけふこえて、あさきゆめみしゑひもせす。”

② 转引自絓秀実「いろはにほへと──深沢七郎「みちのくの人形たち」を読む」、『群像』1982 年 5 月、第 471 頁。

负着罪行活着的人们。

在杀婴事件中，深泽七郎着重刻画了人们的罪意识。做过产婆的先祖，因为罪孽深重砍掉了自己的双臂。借给村人屏风的“老爷”一家，至今仍然背负着先祖的罪。村子里的人们，因为自己的罪行，行事小心翼翼，对“老爷”一家毕恭毕敬。制作偶人的匠人们，以及失去过孩子的母亲，借着与未生先死的婴孩合为一体的陆奥偶人，怀念自己的孩子。看到这一切的“我”，也想起了自己以前曾经致人打掉过孩子的事，再没有力气去看那些并排立着的偶人。通过因死亡而引起的罪意识的不断叠加，深泽强调了悄然消逝的生命的可贵，体现出对生的重视。婴儿们的未生先死，换来了另一部分人的生。在生死面前，每个人都是平等的。因他人的死而活着的人们，应该，也必定会怀着对生死的敬畏，努力地活下去。这是民众生活心理的本真状态。

与深泽七郎交游甚密的横尾忠则，读了《陆奥偶人》之后，感受到了“奇妙的平静”。

> 有了这种感觉后，我对现实事物的看法也发生了变化。我开始觉得，所有的事物好像都在以亲切的感情对待我，这是不可思议的一种现象。……人活着，本身就是业。活着就是造罪。这是无可奈何的事情。那也就只能这样啦。我觉得深泽的小说如是说。我自己，也有可能会遭到在倒立屏风内被除掉的命运。只不过是偶尔这样生存了下来而已。生就是这样的，死也就是这样的。读了这个故事，心情放松下来。①

在领悟了死亡之后，背负着罪，怀着温暖的希求继续生活，这是《陆奥偶人》杀婴题材背后的真实主题，可以说，《陆奥偶人》不愧为深泽七郎晚年的圆熟之作。

---

① 横尾忠则：「「本物」のゾクッとするような凄さ 深沢七郎著『みちのくの人形たち』」、『波』1981年3月、第39頁。

比较文学研究

中世纪蒙古与中亚、印度文化交流中的本土化选择

——以亚历山大寻找生命泉水传说为例*

宝 花**

内容提要 如今人们普遍承认成吉思汗是全球化体系的开创者，中世纪蒙古帝国促进了东西交通和文化交流。蒙古地区被称为“煮民间故事的大锅”，广泛吸收了不同民族的故事母题、文化因素，同时将其不断地本土化，其中一个典型的例子就是亚历山大寻找生命泉水的故事。传说故事在游牧民族思想史、文化教育中起到过重要作用，民间故事的历史人类学考察可以揭示当时人们的意识形态、价值观和文化选择。14世纪初成文的蒙古文亚历山大传说，采用中亚民族亚历山大寻找生命泉水故事的母题，同时运用印度佛教教义对故事情节和中心思想加以改编，影响着当时蒙古族的价值观念、意识形态，充分说明蒙古地区和中亚、印度文学、思想的交流与融合，以及蒙古族思想史的发展脉络。

关键词 蒙古 亚历山大传说 文化交流

* 本文是国家社会科学基金项目“蒙古文《索勒哈尔奈故事》的文化背景研究”（12CZW087）、内蒙古自治区高等学校科学研究项目“蒙古文《索勒哈尔奈故事》与波斯文亚历山大传说的比较研究”（NJSY12018）的阶段性成果。

** 宝花，内蒙古大学民族学与社会学学院、中国社会科学院民族学与人类学研究所。

一 中世纪蒙古与外来文化的广泛交流

中世纪蒙古帝国时期，蒙古民族开始和各种不同的文化产生直接联系，包括中国、印度—吐蕃、阿拉伯—波斯和中亚地区的各种文化。尤其是忽必烈汗在位的35年间，实际上欧亚大陆都统一在同一个政治主权之下，通过驿站（ürtege）即马背上的交通网络相互联系。人、思想、信息和经济贸易通过这个网络系统可以在各国之间自由交往和交流。

被称为“方形字”的八思巴文具有跨民族、跨国家的性质，该文字系统的开创和引进，鼓励并促进了帝国内部多民族文化的交融。在阿塞拜疆（Azerbaijan）的篾剌合（Maraghah）建立的天文观测站也成为各国科学交流的平台。这个著名的天文台由伟大的天文学家纳昔剌丁·徒昔（Nasir ad-Dīn at-Tūśi，1201—1274）负责。不同国家的科学家在此聚集交流，从那时起，阿拉伯—波斯和中国天文学家之间也开始发展出密切的合作关系。1267年忽必烈汗邀请伊朗天文学家贾马里丁札马鲁丁（Jamal ad–Dīn）到他的大都来。这位天文学家带来了伊利汗国君主旭烈兀送给他哥哥忽必烈汗的天文观察仪器。著名的中国天文学家郭守敬（1231—1316）及其伊朗合作者贾马里丁札马鲁丁，在帝国首都兴建了一座天文台，而且他们的研究成果也是很可观的。经济、商业、人文交流方面还有更多的例子。所有这些事实反映当时已经出现了比游牧的“野蛮人军事征服所带来的毁坏和大屠杀”更重要的一点，那就是一些国际化进程，这在某种意义上可以和当今的全球化相比拟，它使人们和国家之间的联系变得更密切、更协调了。①

在文学交流方面，佛教文学从不同文字被译成蒙古文。不少蒙古人精通汉语，能用汉语写作，他们在文学创作和翻译工作中起到了积极作用。蒙古地区与周边民族和国家都建立了合作关系。1307年左丞相孛罗铁木儿（Bolodteműr）献给海山汗一本用蒙古文译出的名著《孝经》。蒙古人对古罗马亚历山大的故事也多有知晓。蒙哥汗的大臣穆罕

---

① Shagdaryn Bira, “Mongolian Ideology of Tenggerism and Khubilai Khan, ” in *Popular Culture in Asia: Globalization, Regionalization and Localizatio*, Beijing, 2005.

默德·牙老瓦赤（Mahmūd Yalavach,《元朝秘史》将其音译为“牙剌洼赤”,《圣武亲征录》将其译为“牙鲁瓦赤”）曾给他的国王献上伊斯兰世界翻译的罗马亚历山大的故事，而且蒙哥汗对此感到非常喜悦。亚历山大大帝的故事被认为是在 14 世纪早期被译到蒙古地区的。

美国著名伊朗学者宝依勒（J. A. Boyle）著有《亚历山大传说在中亚》(*Alexander Romance in Central Asia*)、《亚历山大与蒙古人》(*Alexander and the Mongols*)，分别发表在《中亚研究》(*Zentralasiatische Studien* 9, 1975, pp.265–273）和《皇家亚洲学会杂志》(*Journal of the Royal Asiatic Society*，1979，pp. 123–136）上，① 其广泛研究了古罗马、埃塞俄比亚、叙利亚、波斯、阿拉伯、回鹘地区流传的亚历山大传说，却并未提到蒙古地区。20 世纪初吐鲁番发现的蒙古文文献有力证明了亚历山大传说在蒙古地区的传播。

二　亚历山大传说传入蒙古地区

20 世纪初，德国探险队在我国新疆吐鲁番发现了一批文献资料，② 现收藏于德国科学院东方学图书馆。其中编号为 TID155 的文献的开头和结尾部分用回鹘文、中间部分用回鹘体蒙古文书写，共 17 叶 34 面。7b–13a 面有回鹘体蒙古文的一则民间故事，佚名，无标题，文本残缺不全，尤其前面部分文字遗失极其严重，但通过拼凑其能识别的字词，可以得知该故事的大概情节。

上古时期，在呼罗珊地区密西尔城里，有一个名为索勒哈尔奈的人，他活了几千年。有人告诉他如果得到上天的恩赐获得生命水，他将永存人世。于是索勒哈尔奈派人四处搜寻生命之水，但未能获得。索勒哈尔奈与 50 个同伙一起越过一座桥，最终受上天之命，唯独索勒哈尔奈走上须弥山顶，看到四面八方的海洋、陆地以及周围的群山。随后他

① J. A. Boyle, “Alexander Romance in Central Asia,” *Zentralasiatische Studien* 9, 1975, pp. 265–273; J. A. Boyle, “Alexander and the Mongols,” *Journal of the Royal Asiatic Society*, 1979, pp.123–136.

② E. Haenish, *Mongolica der Berliner Turfan Sammlung. II. Mongolische Texte der Berliner Turfan Sammlung in Faksimile, Abhandlungen der Deutschen Akademie der Wissenschaften*, Berlin, 1959, pp.39–48.

看见山上悬吊的一根绳子，想要顺其而下，但遭到大鹏金翅鸟的劝阻。第二次，索勒哈尔奈制作了一条小舟，装载食物及航海必备品，慢慢潜入海底，遇见了一个神人或天使。那个（神）人告诉索勒哈尔奈如此冒险的危险性和不祥之兆，再三劝导索勒哈尔奈赶快返回陆地。从海里出来以后，索勒哈尔奈又前去日落的地方，与太阳一同潜入黑暗，走了两年。当他即将要走出黑暗世界的时候，一个隐身人给了索勒哈尔奈满满一杯生命水。索勒哈尔奈问他的伙伴们自己是否应该喝下生命之水，有些人希望他喝，因为它是上天的恩惠；有些人却困惑，不知道如何是好；其中有一个英明的大臣告诉索勒哈尔奈说："喝了生命水便会得到永无止境的寿命，直到天崩地裂都不会死去，因为生命之水是死亡的阻碍。当所有的民众都死去了，没有侍从你的公众时，独自一个人活在世上有何用途？你若仍不后悔，那么你可以喝生命水。"听了这番话，索勒哈尔奈说，"如果是这样，喝了它又有什么用呢"，就把手中的生命水泼在一棵柏树上，从此以后柏树就变得四季常青、永不枯萎。最后索勒哈尔奈返回密西尔城，宣称：上天创造大地以来，曾有过多少个国王；从今往后又将会有多少个国王出生？而唯独我被赐予和享受了 3000 年的生命，这一生中遇见了世上所有的公民（世上没有未被我看见的人）。他悉数了自己潜到海底、登上须弥山顶峰、前往太阳降落的地方、在黑暗中走了两年、第三年获得永恒水、幸活整整 3000 年的种种奇遇，说自己是目前世界上唯一的国王，也从未有过像他一般享福的国王，嘱咐人们在他死后将他的遗体在大地上巡行一周。先让 1000 个少女献上金银珠宝，随后选派 1000 名二三十岁的摔跤手、歌手和杰出的琴手，让 1000 个白发老人走在其后，向天祈祷，手持矛剑。"让我的手露在（棺材）外面，如果能够进入……珠宝将会保护这些少女；如果能进入……上天会保佑这些白发老人。人生下来必将会死去，即使活了 3000 年也必定要死去，不管是什么时候（或早或晚）都将死去。从前曾有过多少个国王，今后又将会有多少个国王诞生？哎，人在世的时候该尽情享受生活，死去了没什么用途。"故事就这样结束。

因为这个故事的主人公叫作索勒哈尔奈，所以学者们通常称之为《索勒哈尔奈故事》（*Sulharnai-yin tuguji*）。索勒哈尔奈在阿拉伯语中作"zulgarnain"，意为"头上（有）双角的"。

三　蒙古文亚历山大传说的翻译底本问题

有关蒙古文亚历山大传说《索勒哈尔奈故事》的研究，从 20 世纪中期已经开始，国际上著名的蒙古学家都非常关注该文献。因为它是 14 世纪为数不多的蒙古文献之一，它在蒙古古代文学中占有举足轻重的地位，对它的深入研究对中古蒙古语、蒙古古代文学和蒙古民族思想史等诸多领域的研究来讲都具有重要的学术意义；而且，目前发现的蒙古文亚历山大传说只有《索勒哈尔奈故事》，它是唯一一个写本，对它的原文进行深入研究是非常有必要的。亚历山大传说在中亚各国广泛流传，不同文本间的比较研究将有利于理清不同民族文学文化间的交流。因 13 世纪蒙古人的西征和伊利汗国的统治，蒙古与阿拉伯—波斯文化曾有过频繁接触和广泛来往。蒙古文学关系史、蒙古文学比较研究中最重要的，同时也是研究最薄弱的是蒙古文学与阿拉伯—波斯文学间的关系，《索勒哈尔奈故事》的比较研究将是一个很好的切入点。

综观前人的研究，学者们基本都假定《索勒哈尔奈故事》为亚历山大传说的“翻译”异文，以往的研究主要集中在它的“翻译底本”问题上，通过不同民族亚历山大寻找生命泉水传说与《索勒哈尔奈故事》的母题比较，试图找出蒙古文亚历山大传说的出处。

1957 年，旅居美国的著名蒙古学家尼古拉·鲍培（Nikolaus Poppe）教授发表《蒙古文亚历山大故事》（*Enie mongolische fassung der Alexandersage*）一文[①]，首先断定上面提及的文献为古罗马亚历山大大帝寻找生命水传说的异文，将其转写成拉丁字母并附德文翻译。呈·达木丁苏荣院士在《蒙古古代文学一百篇》[②] 中引用鲍培教授的转写本及相关研究结论，简要介绍历史人物亚历山大大帝以及 10 世纪以来阿拉伯、印度、突厥语族民族文学作品中关于他寻找生命泉水的传说故事。

美国蒙古学家柯立甫（Francis Woodman Cleaves）于 1959 年发表长篇学术论文《亚历山大故事的早期蒙古文异文》（*An Early Mongolian*

① Nikolaus. Poppe, “Enie mongolische fassung der Alexandersage,” *Zeitschrift der Deutschen Morgenlandishchen Gesellschaft*, 1957, 107, pp. 105–129.

② 呈·达木丁苏荣编《蒙古古代文学一百篇》，内蒙古人民出版社，1982。

Version of the Alexander Romance）[①]，将蒙古文亚历山大故事与叙利亚、希腊、埃塞俄比亚流传的异文，以及阿拉伯文《亚历山大传记》、波斯文《列王纪》中有关亚历山大的传说进行广泛比较，意图找出蒙古文《索勒哈尔奈故事》的翻译底本，但最终没有得出确切的结论，只是假定曾经有过回鹘文的亚历山大故事，蒙古写本大概译自（现仍未找到的）回鹘文传说。其根据有二：首先，故事中出现众多突厥语借词；其次，故事写本出土时被夹在大量的回鹘文文献中间。

国内研究《索勒哈尔奈故事》的成果有道布先生整理、转写、注释的《回鹘式蒙古文文献汇编》[②]，双福研究员的相关论著[③]，高校教材《中古蒙古语》中的相关论述及格·那木吉拉教授的论文[④]。

双福主要从文献的角度进行分析，认为“14世纪初期”只是《索勒哈尔奈故事》某一变体被抄录的时期，而非该故事最初被翻译成蒙古文的时期。他认为，《索勒哈尔奈故事》是目前发现的最古老的回鹘体蒙古文文献，大概在上古蒙古语到中古蒙古语的过渡时期被卫拉特人翻译成蒙古文。他还提出故事中所体现的“长生天崇拜”和“陪葬习俗”是西方文化对蒙古文化的影响和渗透的表现，并对索勒哈尔奈留下的遗言和《黄金史纲》《蒙古源流》中所记载的成吉思汗的遗言进行比较，认为《索勒哈尔奈故事》的思想内容影响了成吉思汗和蒙古贵族的思想意识。双福在其《上古蒙古语研究》的第八章专门探讨了《索勒哈尔奈故事》，同时注意到连接故事后面的三叶文字的内容，认为其引自《别解脱戒经》，宣扬“不做孽、不杀生、制止心欲”等佛教思想的这25段诗为《索勒哈尔奈故事》的末尾诗。

《中古蒙古语》则笼统地说“《索勒哈尔奈故事》译自阿拉伯、波斯

---

① Francis Woodman Cleaves, “An Early Mongolian Version of the Alexander Romance,” *Harvard Journal of Asiatic Studies*, 1959, Vol. 22, pp. 1–99.

② Dobu, *Uyiγurjin mongγol üsüg-ün durasqaltu bicig-üd*, Ündüsüten-ü heblel-ün horiya, 1983, pp. 419-466.

③ Shonhor, “Uyiγurjin bičig-ün oldaburi eča ali ni hamug un ertern-ü hi büi?—Sulqarnai-in Tuguji-in tuhai sudulul,” *Mongγol hele bičig*, 1985.06, pp.32-43; Shonhor, *Erten ü Mongγol helen-ü sudulul*, Öbür mongγol-un surgan hümüjil-ün heblel-ün horiya, 1996, pp. 617-657.

④ G. Namjil, “*Sulqarnai-in Tuguji-in* ehe johiyal-un mösgilge,” *Mongγol hele udha johiyal*, 2004.05, pp. 27-31.

文”，《蒙古文学发展概要》认为“《索勒哈尔奈故事》于13世纪末14世纪初被译成蒙古文”，但均没有做具体考证。

格·那木吉拉教授的《〈索勒哈尔奈故事〉原文追溯》一文通过蒙古文《索勒哈尔奈故事》与阿拉伯、突厥民族的相关传说记载及民间故事的比较研究，阐述其多元文化性质，得出的结论基本与柯立甫一致，即认为蒙古文《索勒哈尔奈故事》的源头很可能在突厥民族中。

伊朗学者萨伊德·侯赛因·萨弗依（Said Husain Safui）在其《亚历山大与伊朗文学》(*Iksandaru Idabiyeti Iran*)[①] 中认为，亚历山大去往黑暗世界寻找生命泉水的故事最初从叙利亚发端，通过阿拉伯，传到波斯地区。该著作对亚历山大故事在中亚地区传播路线的把握及论述比较清晰。但目前在学术界，关于该故事在波斯、突厥和蒙古地区的传播，学者们尚未有确切、一致的结论。

四　蒙古文亚历山大传说的叙事结构

众所周知，在对《索勒哈尔奈故事》进行文本分析的时候，必须要参考相关的平行文本，因为从故事主人公的名字到故事讲述的情节内容，我们可以得知它与阿拉伯—波斯等中亚地区亚历山大寻找生命泉水的故事都着密不可分的联系。鲍培、柯立甫、呈·达木丁苏荣和格·那木吉拉等学者曾经从不同的角度系统而深入地研究过蒙古文《索勒哈尔奈故事》，提出了各自的见解，但他们在研究方法上都侧重于历史—地理学派的比较研究，根据研究的需要把《索勒哈尔奈故事》的情节母题一个个拆开，与其他民族的类似故事母题进行比较，忽略了母题之间的联系和故事整体结构，且关于蒙古文《索勒哈尔奈故事》故事的源头，至今仍未得出确切的结论。

因此，我们有必要转换思维模式，从另一个角度观察《索勒哈尔奈故事》，分析该故事讲述了什么内容，其叙事结构是什么，当时蒙古族为何接受亚历山大传说，这样的故事传达了怎样的思想和价值观念，多民族文化交流中蒙古族是如何选择和完成本土化的。与此同时，作为广

① Said Husain Safui, *Iksandaru Idabiyeti Iran*, Tehran, 1985~1986.

泛流传、著名传说故事的东方变体，对蒙古文《索勒哈尔奈故事》的整体结构研究也是非常必要的。

蒙古文亚历山大传说的故事情节构成了“缺乏（永恒的生命）—获得（生命水）—矛盾（饮用与否）—化解（坦然接受死亡）”的基本结构。

索勒哈尔奈“被上天赐予了几千年（的生命）”，“征服了整个世界，见过所有的公民”，但他仍不满足于此，想要永远活在世上，因此他唯一的遗憾就是，终究有一天要放下生前所拥有的一切，离开人世，而获得生命水是弥补他缺憾的唯一办法。故事中“生命水”的功能乃是使人获得永恒的生命、最大限度地享受人生，即它可谓是人们“欲望”“对生活的追求”“享乐主义”的代码。意图获得“生命水”，就是想获得永无止境的生命，体现了对生活的不懈追求和欲望。在故事主人公看来，生活就是享福，获得永恒的生命是他的终极追求。故事因“稀缺”[①]和对它的“追寻”而开展。

根据故事内容，生命之水在极远之地。故事主人公索勒哈尔奈为了寻求生命水，历经种种困难，登上须弥山，潜入海底，前往黑暗世界。每次启程前，索勒哈尔奈都要召集民众告知冒险行程，大臣们都想方设法阻止他。我们可以得知，寻找生命水的行为是对“常态”的超越，是违反“禁令”、跨越“边界”的，都是“危险”的灾难性行为。

但主人公索勒哈尔奈不顾危险、不惜一切代价去寻求永恒的生命，最后在黑暗世界的出口被赐予了生命水。在此，“生命水”的获得，似乎与个人的智慧、才能没有直接关系，而是由上天赐予的身外之物，是不能强求的。

永恒的生命（获得生命水），并不能解决一切矛盾和难题。索勒哈尔奈虽然被赐予了生命水，却没有足够的智慧去判断和决定是否应该饮用它。当一位英明的大臣告诉他“喝了生命水便会得到永无止境的寿命，直到天崩地裂都不会死去，因为生命之水是死亡的阻碍。当所有的民众都死去了，没有侍从你的公众时，独自一个人活在世上有何用途”时，索勒哈尔奈才感悟“永恒的生命将成为死亡的阻碍（长生不老将是

---

① 普罗普:《故事形态学》，贾放译，中华书局，2006；普罗普:《神奇故事的历史根源》，贾放译，中华书局，2006。

比死亡更可怕的绝望）”，不再觉得离开人世是一种遗憾，不再奢望永恒，坦然接受死亡、留下遗言，故事中的矛盾才得以化解。

由此我们认为该故事否定了索勒哈尔奈追寻生命水的“超常”“冒险”的行为，因为“这边”的、人们（包括索勒哈尔奈）生活和行动的世界是安全的，而索勒哈尔奈想要去往的、违反禁令即将要进入的世界则是危险的。也就是说，自然生命才是安全的，超出它获得永无止境的寿命，将会变成一个灾难性的事件。任何事情都有尺度和自然规律，包括生命；超越生命的界限，获得永恒的生命是危险的。

在故事结尾，矛盾的化解，不是因为生命水的获得，而是对生命水的理解的转变。因此我们可以得知，主人公索勒哈尔奈真正稀缺的，并不是生命之水或永恒的生命，而是对它的正确理解，能够弥补该缺憾的是智慧（对生命意义和自然规律的正确理解），而不是物质（让人获得永恒生命的泉水）本身。

五　蒙古文亚历山大传说的主题选择与价值观念

毫无疑问，亚历山大寻找生命泉水故事的主题来源于古罗马，并在中亚各民族中广泛流传。然而，前人的研究证明中亚民族亚历山大传说并没有如此完整的故事情节。到目前为止，我们发现与蒙古文《索勒哈尔奈故事》最为接近的是波斯文亚历山大传说。然而，二者仍在故事情节、叙事结构等多方面存在较大差异。① 蒙古文《索勒哈尔奈故事》中寄存生命水的地方不确定，故事主人公登上须弥山，潜入海底，前往黑暗世界，最后在黑暗世界的出口被赐予了生命水；而在波斯文亚历山大传说中，意图得到生命水就必须前往黑暗世界，能使人永远活在人世（光明）的元素藏于黑暗世界，是很明显的光明与黑暗、生存与死亡的二元对立关系。② 蒙古文《索勒哈尔奈故事》中唯独索勒哈尔奈受到上天的恩赐，“被动”地获得了生命水，充分肯定了索勒哈尔奈的特殊身份；而在波斯文传说中生命泉水是一种客观存在，拥有“宝石”的人才能够识别它，“主动”争取它的前提条件是必须具备识别生命泉水的能力。亚历山大始终没有能够获得生命泉水，意味着他的能力、智慧有限。③ 在蒙古文《索勒哈尔奈故事》中，主人公求得生命水以后听取他英明大臣的劝导，感悟到不管活了多少年，人最终必定要死去，便把生命水洒掉了，即否定了自己最初的意愿；波斯文传说中亚历山大的助手获得了生命泉水，饮用后获得永恒的生命。由此我们可以得知《索勒哈尔奈故事》与中亚亚历山大传说虽然在“生命水”“黑暗”“鸟”等情节方面有一定的相似之处，但在叙述结构、故事结尾等更多方面有很多差异，这也是在以往的研究中，学者们未能找到蒙古文《索勒哈尔奈故事》翻译底本的原因所在。

那么蒙古文《索勒哈尔奈故事》从何而来？为何而被写作？人们为什么讲述和传播该故事？当时人们通过该故事表现和传达怎样的价值观念和思想意识？我们认为它可以反映当时蒙古族在与不同民族交流过程中的文化选择与本土化过程，蒙古文《索勒哈尔奈故事》的题材虽然来自中亚广泛流传的亚历山大寻求生命水的传说，但并不是简单的翻译，而是结合蒙古族传统民间故事的叙事模式（经历三次磨难，最终取得圆满结局）和“生活苦难”“一切为空”的佛教教义而改编的。

不仅上一节的叙事结构分析可以反映这一点，吐鲁番出土文献《索勒哈尔奈故事》原文后面的三叶蒙古文也可以证明。前人很少关注《索勒哈尔奈故事》与后面三叶文字之间的联系，唯独双福研究员详细考察了它，并提出“这是《索勒哈尔奈故事》的末尾诗”。三叶蒙古文主要讲述：“人生下来以后因为有欲望，会走进困境。人应该重视学问，不说谎，不偷盗。”其最后一句话与前面的《索勒哈尔奈故事》中索勒哈尔奈感悟的内容互为表里：“人若无知、愚蠢，即使生活一万年，（也不如）做有知智者，寿命的长短和死亡都无关紧要。”其主题与前面的《索勒哈尔奈故事》相同，都明显体现了佛教思想。后面的这段文字将“寻求永恒生命”与“愚蠢无知”联系在了一起，很显然是把索勒哈尔奈当作不晓世情、不懂“人生必死”的反面例子来讲述的。我们也许可以用《苏巴喜地》的故事后加训言诗的模式来理解它，即用故事（《索勒哈尔奈故事》）解释佛教箴言诗的主题（“人生必死”“生活苦难”“应通过苦行摆脱现实痛苦”等）。

也就是说，索勒哈尔奈虽然受到上天的恩赐，活了3000年，拥有一切，但“愚蠢无知”，多次冒险去寻求生命水，奢望永生不死。他缺乏的不是寿命，而是智慧。通过英明大臣的劝导，他才感悟生命有限、生活苦难、一切为空、人生必死。是大臣道出了真理，他才是真正的智者，索勒哈尔奈不是最聪慧、最英明的。而大臣的道理和后面三叶文字讲述的佛教教义如出一辙，索勒哈尔奈听取大臣的建议，说明他充分肯定和接受了佛教思想。

一言以蔽之，中世纪蒙古族在与其他民族进行文化交流的过程中，有选择地发展和竭力利用了它们各自的长处，不断地进行本土化改编。蒙古文《索勒哈尔奈故事》选题于中亚广泛流传的亚历山大寻找生命泉水的故事，用蒙古民间故事的叙事模式和印度佛教教义加以改编，否定“享乐生活”“追求现实幸福”的价值观，强调“人生必死”“一切为空”“生活其实是痛苦”的佛教观念。

插图本阿米尔·霍斯陆《五部诗》中的图文关系浅析*

贾 斐**

内容提要 印度波斯语诗人阿米尔·霍斯陆于13~14世纪创作的《五部诗》是目前现存带插图、手抄本版本最多的伊斯兰文学经典之一。这些插图主题丰富，表现的文本内容可归类为宗教、战争与狩猎、爱情和生死。本文试图从这四类主题中选取有代表性的文本以及插图，分析插图对文本的展现，重点是插图对文本的呼应以及超出文本的再创作。其后分析阿米尔·霍斯陆的《五部诗》与内扎米的《五部诗》因文本上的不同而在插图上的区别。

关键词 阿米尔·霍斯陆 《五部诗》 文学插图 图文关系

印度诗人阿米尔·霍斯陆·迪赫拉维（Amīr Khusraw Dihlavī①）（1253—1325）于1298~1302年创作了波斯语叙事诗集《五部诗》（*Khamsa*）。从印度文学历史上看，阿米尔·霍斯陆是中世纪印度文学转型时期最重要的代表人物，他用多种语言创作的多种文体的作品，不仅影响了印度地区的波斯语文学，同时也开启了印度语言文学的发展历

* 本文受教育部人文社科重点研究基地北京大学东方文学研究中心2013年度重大项目“印度古代文学的文本与图像研究”（编号：13JJD750001）的资助。

** 贾斐，对外经济贸易大学外语学院。

① 本文对波斯语的转写采用IJMES（International Journal of Middle East Studies）转写系统。

程，而这部《五部诗》则是他文学创作的巅峰之作。这组由一部箴言故事集和四部古典浪漫故事集组成的诗集前承内扎米·甘扎维（Niẓāmī Ganjavī）的《五部诗》，后接哈珠·克尔曼尼（Khājū Kirmānī）的《五部诗》以及努鲁丁·阿卜杜·拉赫曼·贾米（Nūr ud-Dīn ‘Abd ur-Raḥman Jāmī）的《七宝座》（*Haft Awrang*），在整个波斯语文学史上具有很高的价值。阿米尔·霍斯陆效仿前人萨迪（Sa’dī）、内扎米，而他之后的哈菲兹（Ḥāfiẓ）又受到了他的影响。

在伊斯兰文学创作中，文本书写与插图（又称“插画”）装帧相辅相成，宝贵的文学价值会带动对该作品的抄写、插图以及收藏。伊斯兰文学作品中被作为插图对象次数最多也最重要的作品分别有菲尔多西（Firdawsī）的《列王纪》（*Shāhnāma*）、内扎米的《五部诗》、民间故事集《卡里莱与笛木乃》（*Kalīla va Dimna*）、贾米的《七宝座》以及霍斯陆的《五部诗》。综合学者约翰·塞勒（John Seyller）以及芭芭拉·布兰登（Barbara Brend）的统计，目前系统比较完整的《五部诗》插图本有 67 种之多，无插画的手抄本有 44 种。[①] 现存最早的阿米尔·霍斯陆《五部诗》插图本保存于塔什干阿布·雷罕东方学中心[②]，约完成于 1370~1390 年，共有 37 幅插图。插图保存最完整、最精美的《五部诗》是由巴蒂摩尔沃尔特斯艺术博物馆[③]及纽约大都会艺术博物馆[④]分别收藏的插图本，这套手抄本由莫卧儿帝国阿克巴大帝（The Great Akbar, 1556~1605 年在位）下令制作，约完成于 1597~1598 年，该版本现存 211 页手稿，其中包括 29 幅插图，至少有 13 位画家参与了插图的绘制过程。单本插图数量最多的则是都柏林切斯特·比替图书馆[⑤]收藏的于 1436 年完成的阿米尔·霍斯陆《诗歌选集》（*Dīvān*），其中《五部诗》部分有 48 幅插图。目前阿米尔·霍斯陆《五部诗》插图本收藏数量最多的当属伊斯坦布尔托普卡比博物馆，共有 13 个版本[⑥]。

① 更具体信息请参见贾斐《阿米尔·霍斯陆的〈五部诗〉及其艺术价值》，载穆宏燕主编《东方学刊》，河南大学出版社，2014，第 201~202 页。

② Abu Raihon Institute of Oriental Studies, Tashkent, No. 3317.

③ Walters Art Museum, Baltimore, 624.

④ Metropolitan Museum of Art, New York, 13.228.26–33.

⑤ Chester Beatty Library, Dublin, Persian 124.

⑥ Topkapi Saray Museum, Istanbul, H.796, H. 898, R. 1021, H. 795, H.1008, H.676, H.801, H.799, H.798, H.800, H. 797, Revan 1029, H. 866.

一 《五部诗》中的四大主题

阿米尔·霍斯陆的《五部诗》包括《圣光普照》（*Maṭla'-al-Anvār*）、《西琳与霍斯陆》（*Shīrīn va Khusraw*）、《马吉侬与蕾丽》（*Majnūn va Laylī*）、《亚历山大宝鉴》（*Āyīni-yi Sikandarī*）以及《八天堂》（*Hasht Bihisht*），所有插图涉及文本中的150~200个场景和主题，其中《西琳与霍斯陆》和《八天堂》所对应的插图主题数量最多，约有40个，《马吉侬与蕾丽》的插图主题数量最少，仅有20个左右。画师在面对这部著作的17894个对句（Bayt）时，如何选择用作插画主题的文本部分？根据以往的理论，画师或者会受到传统的影响，即选择在类似的文本中常被选择作为绘画主题的部分；或者选择在内容上最具有代表性和表现力的文本情节；或者选择最符合赞助者审美，迎合赞助者绘制插画意图的文本部分；又或者由专人指定文本应插图部分。

在确定需插图文本内容后，画师又该如何进行下一步的绘图？学者约翰·塞勒根据不同时期、不同作者的插图资料初步推断，除非赞助者指定要求画师复制某部作品，通常情况下，由于创作时间的间隔以及作品的分散收藏状况，画师在确定主题后的整个绘画过程中，受到先前画师或其他作品的影响较小，只是在有限的个人浏览阅历中凭借印象进行选择。而画师在进行构图及细节填充时，由于受到个人文学素养的限制，极有可能只根据一个故事梗概来创作，因此会出现不同版本的插画主题相同，在细节上却千差万别的情况。① 本文认为，这里的故事梗概，就是该插画所对应的文本部分的核心内容。如果画师确实是依照故事梗概进行绘图的，那么不同插图版本之间相同或相似的部分就是所谓的核心内容，而不同的部分往往就是细节，是画师的个人创作。这种注重文本核心要素，而在细节上适当控制的方式，有助于不同地区、不同时代的画师在细密画这种已经高度程式化的艺术形式上拥有足够的创作空间，从而传递出时代、文化和个人信息。而这种保留核心元素的插图

① John Seyller, "Pearls of the Parrot of India: The Walters Art Museum 'khamsa' of Amīr Khusraw of Delhi," *The Journal of the Walters Art Museum*, 2000, Vol.58, pp. 105–115.

构思，反过来又有利于文本的传播。因为无论阅读者对文本故事的了解程度是一字不差还是模糊印象，都可以从这样的插图中一眼认出所对应的文本，从而使该文本成为经典。另外，虽然插图是基于画师对所插画文本的了解程度所作的，但这种方式的流传一定程度上也反映了抄本赞助者的默许。

《五部诗》所包含的五部作品，虽然主人公、故事情节各异，各时期的插图作品在主题选择上又受到多种因素的影响，但从结果来看，最终选择出来的插画主题依然可归类在四个领域：宗教、战争与狩猎、爱情和生死。下面将从《五部诗》的五部作品中选取在这四个主题方面的代表文本及其插图，分析该插图对文本的呼应情况，总结该文本在插图中的经典元素体现，以及画师的再创作部分。

1. 宗教

依据文学惯例，《五部诗》的五部作品在开篇部分都会首先对真主及先知的经历进行描述和赞美，其次对赞助者和作者的精神领袖——苏菲大师内扎姆丁·欧利亚（Niẓām-ud-Din Awlīyā）进行歌颂。一些《五部诗》的插图本只会对作品中描写先知登宵（Mī'rāj）的部分进行插画创作。五部作品中的第一部——《圣光普照》的插图中，最常被描绘的主题是开篇的宗教内容。这与伊斯兰绘画艺术的传统有关，先知登宵是伊斯兰插图史上最早出现的绘画主题之一，同时也是细密画中极为常见和重要的主题。另外，伊斯兰绘画特别是细密画插图中的每一部分都有固定的含义和画法，描绘熟悉的主题也是大多数画师潜意识的选择。从文本内容来看，除词汇修饰外，作者对宗教经典并无逾矩的诠释，因此在《五部诗》的登宵插图中，可见到蒙面的先知由天使处获得布拉克（Burāq）[①]，或骑着布拉克，由大天使哲不拉伊来（Jibrayil）带领，在其他几位天使以及云朵的环绕下，升到七层天上。这一部分的插图是不同版本相同主题的插图中，相似度最高的一个主题。

《圣光普照》的第四个故事，一位穆斯林在前往麦加朝圣的途中遇到另一位前往索姆纳特寺庙朝拜的婆罗门，婆罗门全身趴在地上前进，

① 先知在登宵夜前往天堂的坐骑。其形象在由阿拉伯宗教经典传入波斯细密画的过程中，已固定为长有人类面庞、鸟类翅膀以及类似马的身躯的形象。

穆斯林询问婆罗门为何如此前进，婆罗门回答，当我的心决定要去朝圣的时候，我的心也可以像脚一样行走。穆斯林于是也弃鞋前进。作者最后点题，虽然这位婆罗门的做法未必妥当，但是找到正确的目标非常重要。阿米尔·霍斯陆所生活的德里苏丹时期，突厥人带来的伊斯兰教与当地的印度教信仰并存，同时苏菲主义在上层社会拥有稳固的地位。作者本人在热情表达自己的苏菲之爱的同时，对传统的伊斯兰教教义以及印度教也有深刻的理解，他的作品中也多次体现了对不同宗教、不同文化以及不同阶层的包容态度。诗人曾经写道："对他（主）的爱带我们来到圣地，同是朋友（真主）的仰慕者，无须分辨是教徒还是异教徒。"① 以阿布·雷罕东方学中心所藏插图本（ARBIOS 3317）中的这一主题插图为例，画师安排两人在一棵大树下相对而立，右侧的婆罗门在服饰上与左侧的穆斯林并无差异，两人均头戴圆形的白色包头，长袍由中间敞开，腰部缠有腰带，然而画师以黑色的皮肤、鹰钩鼻和偏小的比例暗示出婆罗门。沃尔特斯艺术博物馆（WAM 624）的这一幅则更好辨认：左上角的穆斯林在赶路途中望向右侧的婆罗门，婆罗门正回望身后的穆斯林，两人似乎在交谈，婆罗门匍匐前进，裸露的上身已染上尘土。这个穆斯林与婆罗门相遇故事的插图数量不多，但文本和插图都是体现作者对待不同宗教平等态度的经典作品。在主要描写伊斯兰教如何影响人类生活的《圣光普照》中，还可以找到很多类似的体现作者信仰的文本主题及插图。

2. 战争与狩猎

阿米尔·霍斯陆作为虔诚的苏菲教徒，一生却从未停止过为宫廷效力，在辗转停留的九个宫廷之中，他曾随军出行，也曾歌颂君王的军事功绩，他本人甚至在战场上沦为俘虏。这些个人经历也必然影响《五部诗》中有关战争的描写。五部诗集的插图中，均可见到战争或狩猎的插图，但与战争相关的插图数量最多的是《亚历山大宝鉴》。这部作品中插图数量最多的一幕是，亚历山大与中国可汗决定在战场上进行双人对决，最终亚历山大将可汗从马上拉下来，并高举在空中。对这一幕的刻画，不同的版本之间既有传承，又存在不同。大部分细密画的战争场面

① M. Safdar Ali Baig, "Amir Khusrau, his Beliefs and the Sufi Tradition," *Life, Times & Works of Amir Khusrau Dehlavi*, New Delhi: National Amir Khusrau Society, 1975, p. 202.

在构图上通常为两支队伍位于画面的左右两侧，脚下的地面呈斜坡状，也就是俯视视角，从而尽可能多地展现人物形象，这一点从地上的植被排列可看出。在地面上方、版面的十分之一处会现出地平线，以上部分涂成对比色以代表天空。苏富比（Lot 181 12.4.76 Sotheby's）收藏的亚历山大大战可汗图中，出现了战争场景的另外一个经典元素，在版面上方出现两个轴心朝内的对称四分之一扇形，后面对应站立着前方布景中出现的军队的士兵，作为观战者。画面的正中间，一左一右是两位骑马举剑的战斗者，他们的穿着完整，马匹也在重甲保护之下，唯一可以看到左侧的战斗者双眉皱起，这代表害怕或担忧，我们可以猜测这位是可汗，而另一位占上风者为亚历山大。托普卡比博物馆（R. 1021）的这一幅则没有强调双人对决，右侧的一队士兵均高举兵器，指向左侧的对手，而左侧的部队则已经反身逃走，其中一位回头张望，身后的队友则紧皱眉头，另一位队友则抬起双臂，拉紧缰绳，塑造出紧张的气氛。

除了在战场上刻画君王和勇士的形象外，另一个经常用来表现主人公英勇气概的场景就是狩猎。《八天堂》由于有八个故事场景，故事中又套着故事，因此密集的情节造就了众多的插画主题。其中“巴赫拉姆（Bahrām）与迪拉拉姆（Dilārām）一同狩猎”的插图共有21个版本，是这部作品中被插画次数最多的主题。国王巴赫拉姆宠爱一位中国少女迪拉拉姆，他常常带着少女参加自己最喜欢的狩猎活动。一次在迪拉拉姆的怂恿下，国王展示了自己的射击技艺：他同时射中公羚羊和母羚羊，令它们撞击在一起，从而使得公羚羊仿佛没了角，而母羚羊仿佛长了角一般。原本期待赞美的国王却听到迪拉拉姆说，这不是真主赐予的天赋，而是后天练习的魔力。国王一气之下将她驱逐。托普卡比博物馆（H.798）的这一幅巴赫拉姆狩猎图，保留了经典的野外元素：起伏的山坡、草丛、地平线、天空以及点缀的几棵树。巴赫拉姆位于图左，正拉满弓箭，准备射向右侧的公羊，公羊似乎已经中箭倒地。与传统巴赫拉姆狩猎图的不同之处在于，以往位于国王身后跟随狩猎的迪拉拉姆，在这个版本中，位于图右国王的对面，坐在马上双手交叉，注视着国王，似乎显示出从事态外观察事件发生的神情。另外，国王身旁还牵着一只黑白花狗，地平线处站立着一位男子，高举右臂。这些都是文本中未提及的元素。在其他版本中，巴赫拉姆则为反身射击的姿态，这凸显了国王的技巧。

3. 爱情

《五部诗》的五部作品均涉及爱情这一永恒的文学主题:《圣光普照》中有对真主的爱，有同性之间纯洁的爱;《亚历山大宝鉴》中，亚历山大与女扮男装上战场的中国女子卡尼夫（Kanīfū）恩爱的场景是该部诗集中被插画次数最多的一幕;《八天堂》除了主线故事中巴赫拉姆和迪拉拉姆的感情，还有俄罗斯公主讲的爱情故事；但最重要的还是《西琳与霍斯陆》和《马吉侬与蕾丽》这两部浪漫爱情故事。

《西琳与霍斯陆》讲述的是波斯国王霍斯陆和亚美尼亚王族美女西琳曲折的爱情故事。整个文本被描绘次数最多的是“霍斯陆与西琳在狩猎场上相遇”的一幕，共有 15 个版本。霍斯陆在听说了西琳的美名后，策马赶往亚美尼亚，巧遇正在打猎的西琳，两人四目相视后便坠入爱河。托普卡比博物馆（H.898）收藏的这一幅与文本中的情节略有出入。两人相遇在空旷的室外平地上，上方的地平线呈圆弧形，深色的天空上半部被划出三块文本框，正好写着霍斯陆见到西琳时的心情:“阴郁的生命一下充满了希望，仿佛阴霾的大地被阳光笼罩。”① 平地的左侧是站立的霍斯陆及身后的马匹，右侧是屈膝的西琳和马匹，两对角色的位置完全对称。画面中西琳正在向霍斯陆伸手行礼，霍斯陆正伸出双手，似乎要扶起西琳。在文本中，两人于野外相遇，并不相识，西琳看到霍斯陆之后便转身离开，直到霍斯陆来到西琳的宫殿前，西琳才俯身迎接，并亲吻了霍斯陆的脚。因此这幅插画的场景似乎是一系列情节的融合，将两人相认的情节转移到了狩猎场上。

《马吉侬与蕾丽》则讲的是阿拉伯男孩吉斯（Gays）与波斯少女蕾丽于学堂相识相恋，但迫于家族压力无法在一起，吉斯因而变得痴癫，被人称作马吉侬，最终双双殉情的悲惨爱情故事。这个故事被选作插画的主题数量最少，但是“蕾丽来到野外与马吉侬相见”的场景是整部《五部诗》中最著名同时也是插画版本最多的一幕，共有 22 种。这一幕讲述的是蕾丽在梦中见到马吉侬，醒来后抑制不住思念，前往荒野

---

① Amīr Ahmad Ashrafī ed., *Khamsa-yi Amīr Khusraw Dihlavī*, Shaghayegh Books, 1983, p. 271.

寻找早已离群索居的马吉侬，两人在荒野中重逢并短暂相聚。或许是由于这一幕被描绘的次数最多，这个主题现存的插图在构图和构成元素上保持了一定的连贯性。画面布景设定在野外，沉睡的马吉侬蓄着蓬松的短发，上身赤裸枯瘦，下身只穿着到膝盖的深色短裤或袍子。蕾丽则穿着精美的衣服跪在马吉侬身边，将马吉侬的头放在自己膝盖上。稍远处是蕾丽的骆驼，两人身边安静地围绕着鹿、羊和狮子等动物。切斯特·比替图书馆（Per.163）和俄罗斯国家图书馆（Dorn 394）所收藏的有关这一主题的插图惊人地相似，连动物休息的位置都基本一致，唯独不同的是前者版本中的马吉侬已醒了过来。而美国大都会艺术博物馆（13.228.34）和沃尔特斯艺术博物馆（W. 624）的版本则有着另外一种相似：除了在构图、比例方面相似以外，蕾丽的骆驼均没有在画面中出现，而两人的状态也改为隔着一些距离，礼貌地坐着交谈。这一对插图的不同之处在于后者由于创作时间更晚，因此远景刻画更丰富细致，同时还在蕾丽身后添加了两棵柏树。竖立的柏树因在波斯文学中常被用来比喻爱人颀长的身材，因此已被引申为爱情的代表。

4. 生死

《五部诗》的所有作品中均有重要的文本插图涉及生死这一主题。在文学命题中，关于哲学和宗教的讨论往往与生死有关，拥有悲剧结局的爱情故事也显得更伟大，连亚历山大在军事途中也忍不住深入海底，一探自己的命运。但《五部诗》中涉及这一主题最多的应属哲理故事诗集《圣光普照》。下面的两个故事是《圣光普照》中被描绘次数最多的两个故事。这部诗集的第十三个故事讲述了国王在一次狩猎中，不慎将在田中熟睡的少年误看作一只鸟而一箭射死。闻讯赶来的母亲对着儿子的尸首伤心痛哭。羞愧的国王在这位母亲面前摆放两个盘子，一个装满金银珠宝，一个放着国王的宝剑，她可以选择金钱补偿，也可以用宝剑取国王的性命。母亲觉得国王的死无法挽回儿子的生命，也不应该因为国王的过失而要求赔偿。霍斯陆借此指出作为君王应该拥有的美德。史密森尼博物馆（S1986.56）收藏的版本中，中箭而亡的儿子躺在母亲的脚下，正面朝上，身体略显僵硬。母亲站立在画面左侧，面容因为保存不佳已有些模糊，右侧的五位男子中，最前方的国王戴着皇冠，其余四位随从则包着头巾。国王一手贴着胸口，一手指着他与母亲中间的两个盘子，其中一个看不到所盛物，另一个则放着匕首。四位随从有的看向母亲，有的看向死者。而收藏在沃尔特斯艺术博物馆（W. 624）的版本也保留了这些基本要素，但在细节上略有不同。母亲身后还有三位悲伤的少年同伴，被误射的男子斜躺在一块田埂旁，连同他的母亲和同伴都被画成了西方人的形象：金黄色的头发、深邃的眼睛、浓密的毛发、挺拔的五官，并身着西方服饰。而国王及他的侍从则穿着印度紧身袍，缠着头巾，蓄细长胡须。两位主角中间的两个金盘里，一个堆满金块，一个空着，国王正将宝剑递给妇人，妇人则低头摊手，眼露悲伤。

《圣光普照》中第十七个故事的情节相对简单和静态。美貌的年轻男子在花园中与老者相遇，老者羡慕男子的年轻，男子却嘲笑并询问老者低头垂背是否在找什么，老者回答，他在寻找一枚叫作年轻的钱币，总有一天，谁都会丢掉。文本对花园中鲜艳的植物进行了大量描述，如花园中茂盛的绿地、柳树、柏树、水仙和郁金香，并借植物终会凋零暗示生命的轮回。因此这个故事的插图往往是一位身穿鲜艳衣服的年轻人和一位穿深色衣服的老者在一片郁郁葱葱的花园中交谈的情景，比如托普卡比博物馆（H.1008）和法国国家博物馆（Ancien fonds 259）的藏品，画面正中是两棵高大挺拔的柏树，柏树上还缠绕着杏花枝，柏树左侧是少年和他的朋友，右侧则是年迈老者，老者发须苍白，身形佝偻。众人下方则有一条溪水流过。两人被树木隔开，正暗示了生命就如树木般轮回，有华茂之时，也有凋零之时。所有的元素均是文本中所提到的，但如何进行构图则是画师个人的巧妙构思。

二　阿米尔·霍斯陆与内扎米的《五部诗》的对比

11 世纪晚期至 12 世纪中期，蒙古人入侵伊朗的军事行为导致一批伊朗文人逃到印度宫廷寻求庇护，至此开启了印度波斯语文学的发展。13 世纪突厥王朝在德里建都，印度波斯语文学的中心由拉合尔转移至德里，而在这里，阿米尔·霍斯陆体会到了波斯文学在阿拉伯和非阿拉伯伊斯兰国家中的重要性，他很好地吸取了父亲家庭中的突厥文化养分以及母亲家庭中的本地文化养分，他的诗歌在设拉子、巴尔赫和布哈拉广为流传。他向最优秀的波斯诗人和经典作品学习，作为宫廷诗人，他模仿安瓦里、哈冈尼的颂体诗，学习叙事诗时，他向内扎米的《五部诗》致敬。但可以看到，诗人创造了自己的特色，并始终试图超越前人，因此在两部伟大的诗集之中，有相似之处，但更多的是不同。而文本上的不同自然导致插图上的不同。虽然内扎米在阿塞拜疆写成《五部诗》，阿米尔·霍斯陆的《五部诗》在印度写成，两者的创作时间也相差100多年，但两位诗人的同名作品由于文学上的成就均受到读者广泛且长期的喜爱，这两个版本的《五部诗》各自拥有不同风格、不同画师绘制的大量插图，从而使两部作品插图的对比成为可能。鉴于资料有限，本文仅从文本的不同进行对比。

两部《五部诗》中，阿米尔·霍斯陆的《五部诗》在情节上与内扎米版本差别最大但也最成功的就是《八天堂》。《八天堂》模仿内扎米的《七美人》（*Haft Paykar*）而作，但除了借鉴《七美人》的故事框架外，巴赫拉姆在七个宫殿中听到的故事皆不相同。两部故事相同的框架是：国王巴赫拉姆因热衷打猎，大臣便设计为国王修建七座宫殿，请来七国美女，为国王轮流讲故事，以提醒他君王应有的美德与责任。两部诗集在这个框架部分均有大量插图作品，且可大体分为两类，一类是巴赫拉姆站在七座集中的宫殿面前，宫殿的拱顶被涂成不同的颜色以作区分，另一类则是巴赫拉姆分别与七座宫殿中的美女相会，每个宫殿的内外装饰都被涂成这位公主所代表的颜色。由于故事框架基本相同，两位作者的《五部诗》又常常被合抄在一起，因此《八天堂》和《七美人》关于这部分的插图极容易被混淆，但一些细微的文本细节不同，仍可帮助在一些插图中区分出是出自哪位作者的《五部诗》。巴赫拉姆星期六前往的第一个宫殿，在内扎米的版本中被称为“黑色”，而阿米尔·霍斯陆称之为“麝香色”，内扎米的“黄色”是阿米尔·霍斯陆的“藏红花色”，内扎米的“绿色”是阿米尔·霍斯陆的“宝石翠绿色”，内扎米的“红色”是阿米尔·霍斯陆的“石榴色”，内扎米的“蓝色”是阿米尔·霍斯陆的“紫罗兰色”。因此从宫殿的颜色可以区分插图所来源的文本，如美国大都会艺术博物馆（13.228.7）收藏的《七美人》七幅宫殿图中的蓝色宫殿，在沃尔特斯艺术博物馆收藏的《八天堂》的三个版本中（W.622，W.623，W.657）中则变为紫色宫殿，其中W.623的版本在石榴色宫殿外还画有石榴树加以强调。

另外一个因文本不同而造成插图有区别的情节存在于阿米尔·霍斯陆的《马吉侬与蕾丽》与内扎米的《蕾丽与马吉侬》（*Laylī va Majnūn*）中。马吉侬深爱蕾丽，却被蕾丽家族拒绝的消息，引起了马吉侬族人的不平，于是两个部落开战。在内扎米的版本中，马吉侬于战斗开始时就在一旁观战，因此马吉侬是这一情节插图中不可或缺的角色。而在阿米尔·霍斯陆的版本中，马吉侬由于拒绝暴力解决问题，一开始并未出现在战场上，当他听说自己族人预谋伤害蕾丽时，才立刻赶往战场要求自己的族人放弃争斗。因此在托普卡比博物馆（H.796）和切斯特·比替图书馆（Per.163）收藏的两部落开战图中，均未看到马吉侬，显然可以确定插图对应文本来自于《马吉侬与蕾丽》。而在伍斯特艺术博物馆（1935.22）的版本中，赤裸上身的马吉侬出现在两个部落中间，并用手牵住了其中一匹领头马的缰绳，这则是来自马吉侬赶来劝说的部分，与《蕾丽与马吉侬》中马吉侬在一旁观战的姿态依然有所区别。

在前面提到过的《八天堂》开端故事中，国王巴赫拉姆因侍女迪拉拉姆未赞美自己的射击技巧而将她流放。少女被流放到森林时遇老者指点，老者教她勤练琴艺。最终国王被迪拉拉姆用琴技即可控制动物的能力震惊，并意识到自己先前的自大而改变心意将迪拉拉姆接回宫。在内扎米的《七美人》中，则是侍女法特纳（Fitni）用同样的话惹怒国王后，日日怀抱同一头小牛练习爬山，当小牛长大后，少女依然可以抱着成年牛健步如飞，从而使国王回转心意。这里阿米尔·霍斯陆所修改的细节，显然是出于诗人本人对音乐的偏爱。这一幕的插图大多是在荒野之上，一位少女跪地手抚竖琴，一位男子在一旁倾听，两人身边围绕着平和的动物。而在大都会艺术博物馆（13.228.28）收藏的这幅插画中，除了上面的固定框架外，画师还展示了自己的绘画技巧。原诗形容迪拉拉姆高超的琴技可以令动物沉睡或醒来，这幅插图中的动物并无统一的姿态，至少共有 11 种动物被迪拉拉姆的琴声吸引而来，甚至包括在波斯绘画传统中不常见的豺狼、梅花鹿、浣熊、松鸡等动物，其中画师还用正面视角画出一只在水边洞穴口趴着的狐狸。波斯绘画的肖像塑造经历了从最初的侧身正脸，到侧身侧脸，再到侧身四分之三脸的画法，却很少出现正面全脸、目光直视观者的画法。这些细节的填充使得整个文本故事更优美生动。

除了文本不同造成的插图区别外，还有印度文化在波斯绘画艺术中的渗透。蒙古国王在印度的宫廷里，最初只是要求工匠沿袭波斯文学及绘画传统，因此最常制作的插图文本依然是菲尔多西的《列王纪》、内扎米的《五部诗》以及萨迪的《蔷薇园》；随着蒙古宫廷的进一步本地化，莫卧儿王朝时期，宫廷要求翻译印度梵文作品，因此进一步出现了《罗摩衍那》和《摩诃婆罗多》的手抄本以及插图本。新文本的出现影响了画师在创造插图形象时的想象力，画师根据文本描述所绘制出的人物形象有了新的肤色、长相及装饰。洛杉矶现代艺术博物馆（M.73.5.601）收藏的内扎米《五部诗》插图中，国王和他的随从肤色偏黑，都长了朝下的细长胡须，有了印度人的容貌特征。而沃尔特斯艺术博物馆（W. 624）收藏的整部阿米尔·霍斯陆《五部诗》的插图中，在几处有国王参与的场景中，无论是身在宫廷，还是远在荒野，国王的身边都会出现扛着用布包裹的宝剑或背着弓箭和剑鞘的近臣。这并非文本之中所描述的细节，同时也不是传统波斯细密画中会出现的固定元素，而是印度文化所带来的影响。这正是插图在诠释文本以外的重要意义。画师在描画出故事中已经讲述的情节之外，还会添加一些日常生活情节使画面更加和谐完整，而他们所添加的细节一定与画师生活年代的社会风俗一致。这就是插画在文本之外的再创造。因此还是在沃尔特斯艺术博物馆 W. 624 的这个版本的《八天堂》的一幅插图中，王子正直视着高塔中的一座神龛。一位印度教神灵伸出四只手。在另一个故事中，国王获得一个护身符，以检测自己的爱人是否真诚，护身符的形象也与印度教神灵的造型相似。

阿米尔·霍斯陆的《五部诗》由于重要的文学价值以及丰富、经典的情节而常常成为插画对象，从作品完成 70 年后的 14 世纪一直到 17 世纪，《五部诗》的插图本既有来自设拉子画派、赫拉特画派的版本，也有阿克巴时代和贾汉吉尔时代的作品，还有出自细密画大师贝赫扎德之手的版本。这些精美的插图又增加了抄本的价值，令《五部诗》的收藏和传播更加广泛。就目前的《五部诗》插图情况来看，大部分插图基本体现了文本的情节，使得阅读者对文本有更直观的理解，而画师在此之外补充或修改的情节则为后来的收藏者展示出绘画创作时的社会文化环境，同时使文本的故事情节不被架空，而更加具体和生活化。

当代中国纪伯伦研究的新发展和影响*

马　征**

内容提要　20 世纪 90 年代以后，中国的纪伯伦研究达到了从未有过的广度和深度，它带动了阿拉伯裔美国文学这一新的研究领域的诞生，并由此生发了外国文学和阿拉伯流散文学与文化领域的理论与文化研究的深化。本文从作品研究、生平与传记研究、接受反应研究和文化研究四个方面，深入探讨了当代中国纪伯伦研究的新发展、存在的问题和未来发展的潜力与空间。

关键词　纪伯伦　阿拉伯裔美国文学　阿拉伯流散文化

1999 年，在第一次哈利勒·纪伯伦国际研讨会上，中国著名纪伯伦译介专家伊宏提交了论文《哈利勒·纪伯伦在中国》。该文简明扼要地总结了哈利勒·纪伯伦在中国的译介史。伊宏先生指出：20 世纪 20~90 年代，中国已基本完成了纪伯伦全部作品的翻译。应该说，该文的概括是恰当的。20 世纪 90 年代以来，由于译介的繁荣，深入系统的纪伯伦学术研究得到了不断发展。20 多年来，中国至少出现了 16 篇纪伯伦专

---

* 国家社会科学基金项目“阿拉伯裔美国文学研究”（项目批准号 12CWW037）；河南大学教育部人文社科重点研究基地“黄河文明与可持续发展中心”国际合作项目“伊斯兰文化的‘全球化’和‘地方化’研究”。该文是在笔者 2012 年 5 月 3~5 日在美国马里兰大学主办的“在全球化和冲突的时代阅读纪伯伦：第二次国际纪伯伦会议”上的发言稿中文版的基础上修改和扩充而成的。

** 马征，河南大学黄河文明与可持续发展研究中心。

题研究硕士学位论文、3篇博士学位论文和2部专著，中国的纪伯伦研究达到了从未有过的广度和深度。除此以外，中国的纪伯伦研究还带动了阿拉伯裔美国文学这一新的研究领域的诞生。而纪伯伦个案研究，也生发了外国文学和阿拉伯文学教学和研究领域的一系列理论探讨。

大体来讲，当代中国纪伯伦研究的新发展主要表现在以下四个方面。

一 对纪伯伦作品研究的进一步深化和拓展

虽然纪伯伦文学在中国的译介长盛不衰，但针对这位具有世界影响的文学“大家”，中国纪伯伦学术研究的成果远远不够，他经常被当作东方的骄傲，作为与泰戈尔齐名的“东方智者”，得到翻译者和批评者的颂扬和褒奖。这其中，富有感情色彩的颂扬多，客观科学的学术研究少。[①] 20世纪90年代以后，关于纪伯伦文学的研究，越来越向客观、理性、深入的学术化方向发展。这些研究成果几乎涉及纪伯伦的全部文学作品，达到了从未有过的广度和深度。

就纪伯伦的单部作品来看，在中国读者和学术界引起较大反响的是《先知》和《泪与笑》，这除了由于原作本身极高的美学价值和思想意义外，还与它们高水平的汉译有密切关系。

《先知》的经典汉译者冰心先生是一位享有盛誉的中国作家，她擅长散文创作，而且具有基督教的教育和成长背景，因而她的《先知》译本古雅清丽，弥漫着纪伯伦文学中浓浓的宗教神韵，成为《先知》十余种汉译本中最经典的版本，带动了中国读者对纪伯伦文学的了解和接受。除此之外，它也成为研究者进行研究的主要文本依据和基础。近年来，除了一些论文探讨《先知》的思想与艺术形式，关于《先知》汉译本翻译层面的探讨，还吸引了国内少数英语语言文学研究者的注意。

五年来，中国至少有三篇论文研究《先知》的死亡观、韵律美和作品中蕴含的生态思想。此外，《先知》汉译本吸引了一些英语语言文学研究者的注意，出现了一些讨论《先知》的冰心译本和其他译本的论

① 马征:《文化间性视野中的纪伯伦研究》，中国社会科学出版社，2010，第30~32页。

文。其中较突出的是2011年黄少政发表的《纪伯伦诗歌语言特点及翻译对策——以〈先知〉〈沙与沫〉为例》，该文指出《先知》和《沙与沫》重要汉译本的失误，提出纪伯伦汉译要符合其自由诗体的语气、韵味和内在节奏，符合纪伯伦“圣经体”的风格，这样才能进一步推进中国的纪伯伦翻译的发展。2012年，黄少政将自己多年潜心研究纪伯伦散文诗的论文成果结集出版为《〈先知〉、〈沙与沫〉新译》，从翻译技巧上对比研究不同的纪伯伦散文诗汉译版本，探讨了以往纪伯伦文学汉译中的不妥和缺漏。[①] 另外，2011年6月，甘丽娟出版的《纪伯伦在中国》一书，不仅对《先知》在大陆和台湾的译介进行了专章讨论，而且其中对钱满素、肖聿、冰心《先知》翻译的语言层面的探讨也颇富启发性。[②]

《泪与笑》由中国阿拉伯语言文学专家仲跻昆先生翻译，由于译者爱好诗歌创作和朗诵，该诗作的汉译本读来朗朗上口，极富韵律的美感。汉译《泪与笑》中的个别篇目被收入中国初中权威语文课本，一些老师和研究者撰文发表自己对《泪与笑》的认识，其中也不乏学术性的研究成果。

另外，还有一些论文探讨纪伯伦的英语文学作品。例如：《〈大地之神〉：生命意义的对话》[③]《重建生命的神圣——纪伯伦〈人子耶稣〉中耶稣形象的隐喻意义》[④]《圣经文体：纪伯伦英语文学的文体研究》[⑤] 和一篇关于《疯人》和《先行者》的研究论文。2000年以来，关于纪伯伦作品研究的视角越来越多样化。一些论文讨论他散文诗的思想和美学特征，一些研究者关注纪伯伦作品中的生态观、宗教观或苏菲思想。例如：《生态艺术家纪伯伦——试论纪伯伦的生态思想》[⑥]、《试论纪伯伦超越宗

① 黄少政：《纪伯伦诗歌语言特点及翻译对策——以〈先知〉〈沙与沫〉为例》，《青海师范大学学报（哲社版）》2011年第5期。

② 甘丽娟：《纪伯伦在中国》，中国社会科学出版社，2011，第65~84页。

③ 马征：《大地之神：生命意义的对话》，《山东师范大学学报（人文社科版）》2007年第1期。

④ 马征：《重建生命的神圣——纪伯伦〈人子耶稣〉中耶稣形象的隐喻意义》，《国外文学》2008年第3期。

⑤ 马征：《圣经文体：纪伯伦英语文学的文体研究》，载王邦维主编《东方文学经典：翻译与研究》，北岳文艺出版社，2008。

⑥ 郭洁：《生态艺术家纪伯伦——试论纪伯伦的生态思想》，《社科纵横》2008年第3期。

教的宗教观》[①] 和《"纪伯伦风格"及其与苏菲思想辨析》等。

从跨文化的视野对纪伯伦文学进行的比较研究也无形中深化了纪伯伦文学研究。林丰民是最早对纪伯伦进行跨文化比较研究的学者。1992年，他在北京大学完成了最早的关于纪伯伦与闻一多的平行比较的硕士学位论文。1993年，他以"凤鸣"为笔名，在国内重要外国文学期刊《国外文学》上发表《纪伯伦与闻一多创作的主旋律：爱、美与死》[②]，该文以平行比较的方式，首次探讨了纪伯伦与闻一多创作主题的共通性。除了将纪伯伦与中国作家进行比较，他还是首位将纪伯伦与西方作家进行比较的中国学者。2002年，林丰民发表《惠特曼与阿拉伯旅美诗人纪伯伦》[③] 一文，比较了纪伯伦与惠特曼在语言运用、韵律感、色彩运用、叛逆精神和神秘主义特征等方面的相近之处，他认为惠特曼文学影响了纪伯伦的文学创作。另外，20世纪90年代以来，国内还出现了四篇将纪伯伦与中国现代著名作家鲁迅进行比较的论文。

2006年6月，马征完成并通过了中国第一篇纪伯伦专题博士论文《西方语境中的纪伯伦文学创作研究》，该论文吸收了美国纪伯伦研究者关于"纪伯伦的英语文学是美国文学遗产的一部分"的观点，进一步实证性地考察了纪伯伦文学的创作和发表与西方现实语境的密切关联。在思想上，该论文从现代西方语境中"神圣的失落与回归"这一论题出发，论述了纪伯伦文学的"神圣"母题与现代西方思想语境的契合与差异。该论文第一次研究了西方现实和思想语境与纪伯伦文学的密切关系，被多位论文评审专家认为在该领域具有"开创性"价值。

此后，马征继续在北京师范大学进行博士后研究，继续深化完成了关于纪伯伦研究的博士后研究报告，并在此基础上出版专著《文化间性视野中的纪伯伦研究》（中国社会科学出版社，2010）。该书从阿拉伯—伊斯兰文化与西方文化的关系视角出发，对纪伯伦的生平和创作进行了系统深入的研究。至此，打破纪伯伦身份的"东方"定位，从阿拉伯—伊斯兰文化与西方文化的关系视角研究纪伯伦，成为中国当代纪伯伦研究的一个重要

---

① 张丽娜：《试论纪伯伦超越宗教的宗教观》，《语文学刊》2009年第6期。

② 凤鸣：《纪伯伦与闻一多创作的主旋律：爱、美与死》，《国外文学》1993年第3期。

③ 林丰民：《惠特曼与阿拉伯旅美诗人纪伯伦》，《国外文学》2002年第1期。

特征。这样一种研究特征，进一步带动了中国的阿拉伯裔美国文学的研究。

在中国的阿拉伯裔美国文学研究中，马征做出了开拓性的尝试。2011 年至今，她在国内重要的学术期刊、报纸和学术会议上发表或宣读了《阿拉伯裔美国文学：超越“东西方”》①《当代英语世界对爱敏·雷哈尼的挖掘和研究》②《阿拉伯裔美国文学：研究现状与价值》《哈利勒·纪伯伦：阿拉伯裔美国文学的奠基者》③《阿拉伯裔美国文学：一个有待拓展的新课题》④《阿拉伯裔美国文学：研究现状与价值》⑤《第二次移民浪潮中的当代阿拉伯裔美国文学：独特的美学特征和文学传统》⑥ 等文章。显然，由纪伯伦的跨文化研究生发的阿拉伯裔美国文学研究，在当代中国仍是一个有待发展的新领域。

事实上，纪伯伦研究的跨文化视野提示我们：对阿拉伯—伊斯兰文学与西方文学的关系进行研究，对阿拉伯—伊斯兰流散文学进行研究，是阿拉伯文学研究中一个无法忽视的重要研究方向，这是由阿拉伯文学、文化独特的历史与现状决定的。

阿拉伯世界处于东西方“中间”地带的独特的地理特点，使阿拉伯—伊斯兰文化与欧洲文化在历史上有着密切的关系。事实上，在历史上，阿拉伯—伊斯兰文化与欧洲文化并非“泾渭分明”的，而是常常交融在一起的：古希腊文化包含了土耳其的地中海沿岸，据推断，欧洲最早的诗歌作品《荷马史诗》的作者便来自土耳其沿岸；中世纪欧洲的骑士文学来源于西班牙南部的安达卢西亚岛，而当时的安达卢西亚是阿拉伯帝国疆域的一部分；《一千零一夜》的最终成书也涵盖了它在欧洲的流传历程。而 19 世纪末期以来，伴随着英、法侵入阿拉伯世界，阿拉伯

① 马征：《阿拉伯裔美国文学：超越“东西方”》，《文艺报》2011 年 6 月 1 日。

② 马征：《当代英语世界对爱敏·雷哈尼的挖掘和研究》，《外国文学动态》2011 年第 2 期。

③ 马征：《哈利勒·纪伯伦：阿拉伯裔美国文学的奠基者》，《文艺报》2012年4月16日。

④ 马征：《阿拉伯裔美国文学：一个有待拓展的新课题》，《外国文学动态》2012 年第 2 期。

⑤ 该文是 2011 年 6 月 24~25 日在中央民族大学的“英美文学最新动态”学术会议上的发言。

⑥ 马征：《第二次移民浪潮中的当代阿拉伯裔美国文学：独特的美学特征和文学传统》，《文艺报》2015 年 3 月 11 日。

众多现代国家成为法国和英国的管治区，现代以来的阿拉伯知识分子多自幼接受法语和英语教育，同时，20 世纪 50 年代以后阿拉伯世界的战乱与动荡不安的局势也引起阿拉伯世界向欧洲（尤其是法国和英国这两个宗主国）和美国的移民大潮，这些都使阿拉伯英语和法语流散文学成为当今阿拉伯文学中不可忽视的一股潮流，也使阿拉伯英语和法语流散文学研究必然成为重要的研究类型。

此外，结合翻译的深入探讨也是进一步深化纪伯伦文学作品研究的一个不可缺少的重要维度。虽然纪伯伦文学的汉译已形成高潮且每年均有为数不少的新的选集出版，但如果深入地看，其作品的翻译仍存在着一些明显的问题。这其中的原因大概有两点：首先，纪伯伦文学的翻译所依据的版本较为复杂，除了纪伯伦原创的英语作品和阿拉伯语作品，还有纪伯伦的阿拉伯语翻译作品和英语翻译作品，这两种语言的翻译作品，有的由纪伯伦本人翻译，有的由其他译者进行翻译，所依据版本的差异甚至使国内对纪伯伦同一部作品的翻译差异很大。以由短句、格言和小故事组成的《沙与沫》这部作品的译本为例，单是最早的冰心译本和较新的黄少政译本之间便有多处短句和格言的内容不一致的情况。冰心先生和黄少政教授的翻译都依据了英文版本，但仅仅是像这样的内容差异便有多处，更何况那些来自不同语种版本的纪伯伦作品呢？

从译文上看，冰心先生的译文惯用“直译”手法，极个别处结合“中国化”的词语译法，例如《沙与沫》的第二百七十七条格言的最后一句，冰心先生将之译为“在各人的心灵里，都有一座供奉我的心灵的庵堂”。“庵堂”的译法，颇为“中国化”，但也传神地体现了作品的意旨：在这个笼罩着“神意”的世界里，众生平等。

此外，还有一个更为重要的因素导致了纪伯伦文学翻译的错谬现象，那就是纪伯伦文学的哲理性很强，有着较强的隐喻性特征，而各个作品之间有着很强的互文性，如果要更好地翻译纪伯伦文学作品，必须首先要把握纪伯伦文学的整体思想和美学特征，也就是说，优秀的纪伯伦文学的翻译者，同时也应该是一名能深入理解纪伯伦文学作品的研究者。

在笔者看来，在进行纪伯伦作品的翻译实践时，对于纪伯伦的文学作品应尽量采取“直译”而不是解释性的“意译”，让读者自己去品读，而不是译者通过自己的理解来做解释性的翻译，这样会更符合包括纪伯伦文学在内的哲理性作品的特点。就纪伯伦文学而言，语言简单平易，意味却深长悠远，采用直译法，尽量做到“不释、不增、不删”，反而更能令读者感受到原本就简单平易的纪伯伦文学，并进而从中体会到深意。

二　纪伯伦生平与传记研究

纪伯伦生平与传记研究，是当代中国纪伯伦研究新发展的第二个方向。

由于曲折丰富的生活和情感经历，纪伯伦的日记及其与玛丽·哈斯凯尔、梅雅·齐雅黛、努艾曼、雷哈尼等恋人、朋友的书信集，在中国流传广泛。早在1994年，由伊宏主编的《纪伯伦全集》已收录了纪伯伦的书信集。伊宏先生专门讨论了纪伯伦的文学世界、艺术世界和情感世界。2001年，后来引介了著名旅法阿拉伯诗人阿多尼斯作品的译者薛庆国翻译出版了《纪伯伦爱情书简》[①]，收录了纪伯伦写给玛丽和梅雅两位恋人的共计209封爱情书信。其中，译序《爱，如蓝色的火焰一般》细致剖析了纪伯伦与玛丽和梅雅的两段恋情，文笔细腻，评价到位，很值得一读。2004年，李唯中翻译的《纪伯伦情书全集》出版，该书收录了纪伯伦与玛丽之间的通信和二人的日记。

20世纪90年代以后，对纪伯伦心理和精神世界的研究越来越客观深刻，也越来越具有心理和哲学的深度。1995年，黎跃进发表《纪伯伦：“异乡人”的哀伤与幸运》[②]，该文深刻分析了纪伯伦旅居他乡的“异乡人”的心态及其在文学创作中的反映，是较早联系纪伯伦的文学创作对其创作心理进行深刻剖析的论文。2002年和2005年，马征相继发表了两篇纪伯伦创作心理研究论文：一篇为《〈折断的翅膀〉与作者的精神世界——纪伯伦“自恋人格”分析》[③]，该文运用弗洛伊德的精神分析方法，分析《折断的翅膀》这部“不重视情节、更注重人物心理状态”的

① 《纪伯伦爱情书简》，薛庆国译，河北教育出版社，2001。

② 黎跃进：《纪伯伦：“异乡人”的哀伤与幸运》，《衡阳师专学报（社会科学版）》1995年第1期。

③ 马征：《〈折断的翅膀〉与作者的精神世界——纪伯伦“自恋人格”分析》，《青海师范大学学报（哲社版）》2002年第1期。

作品所折射的作者的“自恋人格”特征；另一篇是《“理想自我”与纪伯伦的文学世界——早期波士顿生活对纪伯伦文学创作的影响》[①]，该文运用纪伯伦英语传记资料，探讨了早期波士顿生活纪伯伦先知“理想自我”的形成，及其对纪伯伦文学创作的影响。在专著《文化间性视野中的纪伯伦研究》中，马征通过探索纪伯伦生命中的两个“不寻常”事件——放弃婚姻与独特的死亡观，来研究他作品中的“神圣”主题。2004年，蔡德贵发表《纪伯伦的多元宗教和哲学观》[②]，探讨了纪伯伦对伊本·西拿、安萨里和尼采等东西方哲学家的认识，并深入论析了纪伯伦的多元宗教和哲学观。

值得一提的是，当代纪伯伦英语传记的发展引起了中国学者的注意。马征在参加北京大学教育部重大项目“东方作家传记文学研究”、对纪伯伦传记文学进行研究时，发表了《当代纪伯伦英语传记文学简析——兼议研究型传记文学的历史性和学理性》[③]一文，该文对当代两部纪伯伦英语传记代表作《哈利勒·纪伯伦：他的生活和世界》《哈利勒·纪伯伦：人和诗人》进行了比较和论析。该文认为，当代纪伯伦传记不同于早期纪伯伦英语传记描述中将纪伯伦“神秘化”的倾向，表现出客观中立的学术立场。而两部作品各有所长，在纪伯伦传记研究中形成了互释互补的关系：前者的突出特点是历史性强，在美国、阿拉伯、法国等“现实”语境中“展现”纪伯伦的生活和创作，立足点是纪伯伦“其人”；后者的突出特点是学理性强，在西方基督教文化与阿拉伯—伊斯兰文化的“思想”语境中“探析”纪伯伦的生活和创作，立足点是纪伯伦“其作”。[④]另外，她还译出了《哈利勒·纪伯伦：他的生活和世界》的译序，并对该文进行评介。这两篇文章都收录入北京大学《东方作家传记文学研究》。2011年，马征在全国阿拉伯文学年会上宣读论文《英语纪伯伦传记的发展及其对中国纪伯伦传记写作的借鉴》，进一步提出：中国纪伯伦研究要借鉴当代英语纪伯伦传记成果，以客观中立的学

① 马征:《“理想自我”与纪伯伦的文学世界——早期波士顿生活对纪伯伦文学创作的影响》,《东方丛刊》2005年第4期。

② 蔡德贵:《纪伯伦的多元宗教和哲学观》(上、下),《阿拉伯世界》2004年第5~6期。

③ 该文在2007年12月15~16日的北京大学“东方作家传记文学研究”会议上宣读。

④ 马征:《文化间性视野中的纪伯伦研究》，中国社会科学出版社，2010，第307~308页。

术立场、综合多样的研究方法和学理性探究的学术视野介入纪伯伦的传记写作。近年来，国内纪伯伦英语传记的翻译也取得了一定的进展，中国社会科学出版社已经获得《哈利勒·纪伯伦：他的生活和世界》的翻译版权，该书35万字的译稿已完成，这部涵盖了大量书信、图片等第一手资料的当代纪伯伦英语传记文学的奠基之作，有望在今明两年出版。①

纪伯伦的人生，在历史、思想和文化的三个维度有着标本性的意义。其一，纪伯伦的个人奋斗经历，是一部早期阿拉伯移民在美国的奋斗史，他的移民原因和经历、移民后的生活和学习环境，是早期阿拉伯移民的典型写照。在他被贫穷、疾病和死亡追随的短暂生命岁月里，我们能感受到一位移民在异域他乡痛彻心扉的无奈，更能感受到一种“置之死地而后生者”的决绝。其二，现代主义者的人生，便是他们的思想、他们的文学、他们的艺术。纪伯伦是一位彻头彻尾的现代主义者，他的人生是思想、是文学、是艺术——是现代主义的注解。其三，在文化的意义上，纪伯伦的人生、文学与艺术，交相辉映着西方人对那“圣经所述”之“东方”既熟悉又遥远的怀恋与好奇，这一经久不息的文化想象，在根本上成就了纪伯伦的人生、文学和艺术。

对于纪伯伦“其人”的研究，就像一座“博物园”，里面有历史的丛林、思想的幽径和文化的奇珍，而我们刚刚推开这园子的大门。更为重要的是，由于纪伯伦人格的复杂性、西方的东方想象对其人格发展的影响等诸多因素，纪伯伦传记研究更具有文化探讨的价值。

三　纪伯伦在中国的接受与影响研究

纪伯伦在中国有长达89年的译介历史，从20世纪20年代至今，在大陆、台湾和香港，经过了三次译介高潮。而且纪伯伦文学最早的汉语译介者多为矛盾、张闻天、刘廷芳、冰心等名家，包括施蛰存、林锡嘉、席慕蓉、傅佩荣、林清玄、艾青、舒婷等大陆和台港的众多中国现当代作家，他（她）们或者声称自己热爱纪伯伦文学，或者其作品中表现出明显的受纪伯伦影响的痕迹。因而，纪伯伦在中国的译介和传播，

① 该信息来源自该传记的译者马征，2015年10月7日。

是中国纪伯伦研究中不可回避的问题，而且目前这个研究领域还在不断地拓展和深化，仍然具有非常大的研究空间。

从1999年开始，中国学者葛铁鹰（笔名盖双）在刊物《阿拉伯世界研究》上开辟“天方书话”专栏，讨论中国人特别是文化名人与阿拉伯文学的关系，其中有两篇涉及纪伯伦在中国的接受研究。一篇是《从〈先知〉到“小朋友”——冰心与阿拉伯的一段缘分》，该文梳理了中国作家冰心及其创作与阿拉伯文学的关系，并考证出冰心的译本是《先知》在“世界上最早的译本”。[①] 另一篇是《高山流水遇知音——再说纪伯伦及其作品在中国》，作者挖掘了刘廷芳、赵景深、施蛰存和冰心等纪伯伦作品的早期译介者鲜为人知的译介佳话。[②] 2008年和2009年，马征发表了两篇涉及中美纪伯伦形象的论文，具有代表性的是她在2008年发表的《文化想象与作家形象——中美“纪伯伦形象”比较研究》[③]，该文讨论了中美纪伯伦形象形成的不同途径和文化原因，对中国读者了解纪伯伦在美国的接受状况，并从历史文化的视角重新深入理解纪伯伦在中国的接受状况有所助益。

2010~2011年，甘丽娟完成并出版了自己的博士论文《纪伯伦在中国》[④]，这部著作系统梳理了纪伯伦在中国的译介和研究现状，就纪伯伦在中国的接受研究来讲，该作是目前最系统、全面、深入的一部著作，这代表着纪伯伦在中国的接受研究达到了新的高度。尤其重要的是，这部著作首次挖掘了纪伯伦在中国台湾的译介和研究状况，探讨了纪伯伦对中国现当代作家作品的影响问题，并进一步指出了该领域的创新性和学术延展性。

2012年5月3~5日，马征应邀参加了在美国马里兰大学举办的“在全球化和冲突的时代阅读纪伯伦：第二次国际纪伯伦研讨会”（Reading Gibran in an Age of Globalization and Conflict：The Second International Conference on Kahlil Gibran），并做专题发言《当代中国纪伯伦研究的

① 葛铁鹰：《天方书话——纵谈阿拉伯文学在中国》，首都师范大学出版社，2007，第56页。

② 葛铁鹰：《天方书话——纵谈阿拉伯文学在中国》，首都师范大学出版社，2007，第183~188页。

③ 马征：《文化想象与作家形象——中美“纪伯伦形象”比较研究》，《东方丛刊》2008年第2期。

④ 甘丽娟：《纪伯伦在中国》，中国社会科学出版社，2011，第198页。

新发展和影响》，发言引起了其他与会学者的强烈关注和众多提问。此次会议上还有来自其他国家的学者做了《波斯语中的纪伯伦》《纪伯伦在意大利》等接受研究的发言。作为一位在世界范围内拥有广泛读者的作家，对其作品在不同文化中的接受和影响研究，尤其是在比较文学与文化研究的视野中展开的深入的文化接受语境的探讨，是一个有趣且有学术价值的研究领域，而对中国现代作家与纪伯伦文学影响关系的梳理和深入探讨，也是一个非常具有潜力的研究领域。

四　由纪伯伦个案研究所生发的学科及其理论思考

由纪伯伦个案研究所生发的关于外国文学个案研究的方法和视野、中国的外国文学史教材的建构、传记理论、阿拉伯—伊斯兰文学研究等学科及其理论问题，显示出纪伯伦研究为中国学术界所带来的一定的启示意义。马征除了在她的专著中对这些问题进行了较系统深入的论述外，还在国内刊物上发表《文化间性：外国文学个案研究方法的更新——由纪伯伦研究谈起》[①]《外国文学的宗教学视角：必要性和现实性》[②]《文学史重构与外国文学个案研究——以汉语和英语世界的纪伯伦研究为例》[③]《纪伯伦传记的发展及其对中国研究者的启示——兼议“研究型传记”的理论与实践》[④] 等多篇论文，对相关理论和学科问题进行深入探讨。在她看来，纪伯伦研究提示中国研究者：要在不同文化关系的视野中研究具有“跨文化”属性的作家；要关注外国文学研究的宗教学视角；要反思外国文学史写作的“东西二分法”；要重视阿拉伯—伊斯兰文学与西方文学的关系研究等。

在这些问题中，值得一提的是关于“阿拉伯流散文学及文化研究”

① 马征：《文化间性：外国文学个案研究方法的更新——由纪伯伦研究谈起》，《东方论坛》2012 年第 2 期。

② 马征：《外国文学的宗教学视角：必要性和现实性》，《大学生 GE 阅读》2011 年第 5 期。

③ 马征：《文学史重构与外国文学个案研究——以汉语和英语世界的纪伯伦研究为例》，《汉语言文学研究》2011 年第 2 期。

④ 马征：《纪伯伦传记的发展及其对中国研究者的启示——兼议“研究型传记”的理论与实践》，载刘曙雄、赵白生、魏丽明等《东方作家传记文学研究》，北京大学出版社，2012，第 224~231 页。

这一在当代阿拉伯向欧美的移民大潮中越来越凸显的文学与文化课题，以及如何在阿拉伯流散文学与文化的视野中重新审视纪伯伦文学。

由于特殊的地理位置，阿拉伯文化在历史上处于“东西方之间”的文化枢纽地位，阿拉伯文化的一个重要特征是“文化间性”（interculturality）。在历史和现实中，西方人从自己的视角出发，通常将阿拉伯文化归入“近东”或“中东”，中国读者甚而简单地将阿拉伯归入“东方”之列。但事实上，阿拉伯文化是一种具有很强包容力的文化，要从历史上考察阿拉伯文化和美学（文学）传统，无法避免地要考量土耳其和伊朗文化，要深入研究阿拉伯流散文学和文化，要不可避免地考量西方接受视野的“反作用”，要不可避免地考量西方的“近东”或“中东”想象对包括纪伯伦在内的阿拉伯流散作家写作的或隐或显的深刻影响。

另外两个重要的“中东”文化类型土耳其和伊朗，与阿拉伯文化有着密切的亲缘关系。公元 7 世纪后的 600 多年时间里，原本强大的波斯帝国被阿拉伯帝国统治，波斯人在伊斯兰教中觅得组织架构与人生意义，从阿拔斯王朝开始，波斯元素强烈影响了阿拉伯帝国的政治与文化；[①] 而13世纪末期以后建立的奥斯曼土耳其帝国，曾统治了整个中东世界 500 多年，土耳其人是突厥人和属于欧洲人种的地中海原始居民的混血后裔，突厥人曾受到萨满教、佛教等东方宗教的影响，在公元 10 世纪从中亚向西迁徙的过程中，突厥人接受了伊斯兰教，据英国中东史研究专家伯纳德·路易斯的观点，伊斯兰教彻底改变了突厥人的文化：

> 突厥式的伊斯兰教在开始之初，就有一个明显的特色，那就是突厥人系以毫无保留的诚挚投入这个新教。改宗的突厥人把民族认同深深地沉植在伊斯兰教当中，连阿拉伯人与波斯人都远远不及。……除了少数民谣，世系传说的断简残篇，突厥人在前伊斯兰教时代的文明、国家、宗教、文学，皆被抹杀，遗忘殆尽。甚至连“突厥”这个专称，也成了“穆斯林”的同义语，对突厥人来说是如此，西方人来看也是一样。突厥人忠于伊斯兰教的那股热诚和郑重，

① 伯纳德·路易斯:《中东——自基督教兴起至二十世纪末》，中国友谊出版社，2004，第 55、76 页。

没有别的民族能比得上。[①]

以伊斯兰教为核心的波斯文化、阿拉伯文化和土耳其文化在历史上的三次大规模融合，使这三个族裔的文学、历史、音乐、艺术和民俗有着很强的相似性，如果将波斯、土耳其文化与阿拉伯文化截然分开，将无法分析阿拉伯文化的历史、发展和现实。历史学家艾哈迈德·爱敏忠实地指出了这一事实：

> 阿拉伯散文的鼻祖木干法尔是波斯人，阿拉伯语法的开山祖西伯威息是波斯人，《诗歌集》的著者艾布·法拉吉、医学家伊本西拿也是波斯人，数学家花拉子密，天文学家、地理学家比鲁尼……是中亚人……但是这些学者都受过阿拉伯教育的巨大影响，精通阿拉伯语；他们的著作都是用阿拉伯语写作的，而且都是在“伊斯兰旗帜”下产生的，都打上了“伊斯兰精神”的烙印。[②]

的确，离开了对波斯、土耳其等文化的考量，便无法考察阿拉伯文化在历史发展过程中不断塑成的传统的表现与特点。例如，考察阿拉伯文学的谚语与格言传统，《果园》《四类英才》这样的波斯名著是不得不探讨的重要成果；研究阿拉伯医学、科学和哲学，又怎能忽略生于波斯、活动于伊拉克的医生、炼金学家、化学家、哲学家和学者“拉齐兹”（Razes，穆罕默德·伊本·扎克里亚·阿－拉齐 محمد بن زكريا الرازي，865—930）？又怎能忽略以拉丁语名字“阿维森那”闻名于欧洲的医生、哲学家、天文学家、化学家、地理学家、逻辑学家、考古学家、数学家、物理学家、诗人和科学家伊本·西拿（پورسینا，980—1037）？如果将这些在伊斯兰帝国时期赫赫有名、却出生于波斯的学者排除出阿拉伯文化传统，又怎能具体全面地研究阿拉伯文化的源流和发展呢？而考察阿拉伯文学中的苏菲主义，又怎能忽视中世纪波斯文学——这一苏菲主义鼎盛期的文学呢？又怎能忽略定居于土耳其的苏非神秘主义者鲁米？……

① 伯纳德·路易斯：《中东——自基督教兴起至二十世纪末》，中国友谊出版社，2004，第88页。

② 艾哈迈德·爱敏：《阿拉伯—伊斯兰文化史》（第一册），商务印书馆，1982，第7~8页。

更为重要的是，阿拉伯、波斯、土耳其在历史和文化上的亲缘关系影响了西方人的文化想象，西方人对波斯、阿拉伯、土耳其等文化的想象常常合而为一、彼此混淆，风格的神秘、繁复与华丽，是 18 世纪以来的西方人对这些族裔的文学和文化经久不息的浪漫主义想象，这在很大程度上影响了现代阿拉伯、伊朗、土耳其作家对自身创作风格的选择。举例来讲，阿拉伯裔美国文学的苏菲神秘主义传统、被西方人认可和接受的纪伯伦、帕慕克、马哈福兹、阿多尼斯等当代阿拉伯、土耳其作家作品中浓重的苏菲神秘主义特征的产生，除了与这些作家的母体文化有关，恐怕更重要的原因是西方人始自 18 世纪对海亚姆、鲁米等包括了阿拉伯、波斯、土耳其的“中东”诗人与哲人的接受与期待视野。

事实上，不只是西方将阿拉伯、波斯、土耳其等亲缘文化看作一体，甚至在中国文化传统中，阿拉伯、波斯和土耳其等文化也并不是截然分开的。例如，中国的少数民族回族便是阿拉伯、波斯等具有亲缘关系的伊斯兰文化流传于中国后不断“地方化”的结果，回族文化的外来源头文化，不仅包括阿拉伯文化，而且包括波斯文化。举例来讲，中国回族的清真寺通常设有“伊玛目”和“阿訇”，“伊玛目”是阿拉伯语单词的音译，原意是“领拜人”，后世也引申为学者、领袖、表率、祈祷主持人等；而“阿訇”则来自于波斯语，其意是“老师或学者”，而在中国大多数清真寺中，“伊玛目”和“阿訇”同作为受尊重的宗教领袖和师长，其职能与界限并没有明显的区别，这样一种“伊玛目”与“阿訇”兼有的状况，显然是阿拉伯、波斯的伊斯兰文化共同流散到中国的结果，我们如果要研究伊斯兰文化在中国的传播与流散，又怎能将阿拉伯、波斯文化分开呢？

因而，不仅是历史造就了阿拉伯、伊朗、土耳其等文化的亲缘性，这些文化在流散与传播过程中“被认为”“被看作”的一致性，也增加了这些文化尤其是阿拉伯、伊朗、土耳其等流散文学与文化在“地方化”过程中发展的一致性。土耳其和伊朗等其他中东族裔作家的作品，是探讨阿拉伯流散文学与文化的历史与现实时不可或缺、也难以回避的重要视野。这提示我们，在流散文学和文化的视野中进行纪伯伦研究时，不能规避与波斯文学交织在一起的阿拉伯文学传统，不能忽视西方以“中东”“近东”为一体的文化想象对纪伯伦文学的深刻影响。

印度文艺理论20世纪汉译与研究*

曾 琼**

内容提要 印度文艺理论有自己独特的话语体系，与西方古典文艺理论和中国古代文艺理论均不相同。许地山先生在1930年出版的《印度文学》中介绍了几部重要的印度古代文论。1949~2009年，印度文艺理论的汉译与研究经历了一个从无到有、逐渐成熟的过程。美学与文论是两个既有联系又有区别的范畴，印度美学在我国学界也有一定的译介与研究。在21世纪的前十年，我国的印度文论研究，尤其是印度古典诗学研究获得了较大的发展，在原典翻译、研究范围、研究深度三个方面都有较大的进步，但其中也潜藏着一些问题。

关键词 印度文论 印度美学 翻译史

印度文艺理论，尤其是印度古代文艺理论，著述丰富，有自己独特的话语体系，与西方古典文艺理论和中国古代文艺理论均不相同。印度古代文艺理论著作，尤其是《诗镜》，对我国藏族古代文论有重要影响，这部著作的全文在13世纪末期由藏族著名翻译家匈·多吉坚赞与印度

* 本文是国家社会科学基金项目青年项目“印度文学中国20世纪传播史”（项目号：13CWW015）阶段性成果。

** 曾琼，天津外国语大学比较文学研究所。

诗学家合作翻译成藏文，是七个多世纪以来指导藏族古典文学创作的一部重要理论著作，也是藏族学者学习和研究诗学的基本材料之一。

近代文学史上，许地山先生在1930年出版的《印度文学》“雅语文学”的“学术”部分，介绍了几部重要的印度古代文论。书中提到“作满[①]底《歌舞论》[②]便是直接从波你尼底文法书写出来底形式修辞学底一种”，“诗学兼文法家檀丁（Dandin）”“他底《诗意》[③]是这类作品中很重要的一部”，“伐曼拏[④]所著讲诗歌原理底《诗庄严疏》[⑤]约成于公元第八世纪”，并指出从这些著作中可以看出，“讲文章体裁和格律底著作一直随着雅语文学进行”。[⑥]该书虽然是在介绍梵语文法的同时顺便指出这几部著作的，也没有明确将之界定为“诗学”作品，但对于著作的基本信息和它们历史地位的把握都是比较准确的。

1949~2009年，我国的印度文艺理论译介与研究经历了一个从无到有、逐渐成熟的过程。其中有几个标志性的事件，分别是1980年由金克木翻译的《印度古代文艺理论文选》出版，1993年黄宝生著《印度古典诗学》付梓，1997年倪培耕著《印度味论诗学》出版，2006年郁龙余等著《中国印度诗学比较》出版和2008年黄宝生译的《梵语诗学论著汇编》问世。以下将以这几本标志性出版物为点，并兼及当时的研究，分三个阶段对1949年以来的印度文论译介与研究情况进行论述。

新中国成立后到20世纪90年代之前，是我国印度文论汉译与研究的零突破时期。金克木先生是印度文艺理论汉译与研究的拓荒者。在初版于1964年的《梵语文学史》中，金先生单列了“文学理论”一章对印度古代文艺理论进行介绍，这一章又分为戏剧理论和文学理论两部分。戏剧理论部分重点介绍了最早的古典梵语戏剧理论著作《舞论》，指出“《舞论》的‘舞’并不是指舞蹈，而是指戏剧，指表演，所以书

---

① Bharat，即今译婆罗多。——引者注

② *Naṭya Sāstra*，即今译《舞论》。——引者注

③ *Kāvyadarśa*，即今译《诗镜》。——引者注

④ *Vāmana*，即今译伐摩那。——引者注

⑤ *Kāvyalamkarà Vṛitti*，即《诗庄严经》。——引者注

⑥ 此处引文均参见张星烺、许地山《欧化东渐史；印度文学》，时代文艺出版社，2009，第87页。

名也可译作《剧论》。从内容看，它包罗了古代戏剧工作的一切方面，应当是戏剧艺术已经发展到相当高的程度的产物”[①]，并列出了《舞论》各章名目，提到并简要解释了《舞论》之后的重要概念“色”和“味”。文学理论部分指出印度古典文学理论的独特性，它“照印度传统的说法，称为‘庄严论’（‘庄严’是妆饰之意），也可以说是广义的修词学，严格说来，它不是以关于文学艺术的理论为主，而只是着重讨论文学技巧（主要是诗）的学问”[②]，并介绍了《诗镜》《诗光》《文镜》三部作品，对《诗镜》的内容进行了重点说明，指出“《诗镜》大体上已经论到了所谓‘庄严论’的主要内容。后来的许多书多半是在这些题目上做文章，根据自己的意见加以增减”[③]。翌年，金先生为人民文学出版社出版的《古典文艺理论译丛》（第十辑）翻译了婆罗多的《舞论》、檀丁的《诗镜》和毗首那他的《文镜》三部著作的重要章节。后来，在这三部译文的基础之上，金先生又增译了两种梵语诗学名著阿难陀伐弹那的《韵光》和曼摩吒的《诗光》的重要章节，合成单行本《印度古代文艺理论文选》（以下简称《文选》），由人民文学出版社在1980作为“外国文艺理论丛书”之一出版。这部《文选》字数虽然不多（不足10万字），但无论是从所选的原文还是从译者对原文的理解和把握来看，都是一部高水准的译作。金先生还为这部《文选》撰写了一篇长序，对古代印度文艺理论中现存的、已刊行的、有较大影响的著作进行了词条式的说明，并对《文选》中包含的五部作品逐一进行了详细介绍，对印度古代文论的一些重要概念“味”和“情”、“味”与“情”的关系、“韵”等进行了解说，对重要的流派分支以及印度文论的哲学文化基础进行了介绍。对于译作的翻译，金先生采取了以直译为主的方法，并称这部《文选》算是从无到有的“问路石”，希望这些译作能使读者“稍微了解印度文化传统的一角，并同我国古代的文艺批评理论略作对照”[④]。黄宝生先生后来在《金克木先生的梵学成就》（《外国文学评论》2000年第3期）一文中写道：“金先生在这五篇译文中确定了梵语诗学一些基本术语的译

① 金克木：《梵竺庐集（甲）：梵语文学史》，江西教育出版社，1999，第361页。
② 金克木：《梵竺庐集（甲）：梵语文学史》，江西教育出版社，1999，第364页。
③ 金克木：《梵竺庐集（甲）：梵语文学史》，江西教育出版社，1999，第366页。
④ 金克木：《梵竺庐集（甲）：梵语文学史》，江西教育出版社，1999，第399页。

名，并在引言中介绍梵语诗学的一些基本著作及其批评理论，为梵语诗学研究指点了门径。我后来正是沿着金先生指点的门径，深入探索梵语诗学宝藏，写出了一部《印度古典诗学》。”金先生在前言中表达的希望也证明了他敏锐的学术眼光。印度文论的“韵”“味”，与我国传统文论的“韵”“味”在概念上有相似之处，两者又分别都是印、中两国的传统文化概念，有着类似的东方文化基因，在比较文学方兴未艾的20世纪80年代，二者的可比性引起了一部分中国学者的注意。而金先生的《文选》为这种比较研究提供了必需的文本基础。这一时期对印度当代文艺理论的译介，有印度当代著名印地语文学评论家纳姆沃尔·辛赫的《论影象主义》（薛克翘译），收录在1986年出版的《印度文学研究集刊》（第二辑）中。影象主义（即阴影主义）是现代印地语文学史上的重要流派，这篇文章指出并分析了这一流派诗歌的特点，并对诗歌中隐含和反映的社会现实予以揭示。对于了解印度现代文艺理论和文学批评的发展而言，这篇文章尤其有价值。

1985年《暨南学报》上刊登了《印度〈舞论〉与我国古代文论几个问题的比较》[①] 一文，以《舞论》为主要参考，对中印以及西方文论中的“文艺与现实的关系、文艺本源”“文艺在社会生活的地位和作用”“文艺作品的情调”三个问题进行了探讨，这无疑是学术上的有益探索，只是其分析仍比较流于表面，未能深入比较中印文论的内在差异。在中印文论的比较方面，20世纪80年代的《外国文学研究》上还有两篇相互磋商的文章：《中印“味说”同异论》[②]（下文简称《同异论》）与《中印“韵”“味”比较谈——兼与刘九州同志商榷》[③]（下文简称《比较谈》）。《同异论》一文考察了中印文论中的“味”的发展轨迹，剖析了“味”的内涵，并对“味”的来源进行了探讨，认为中印文论中的“味”在发展轨迹和内涵上都殊途同归，而中国文论对“味”的来源的思考比印度文论更接近本质。文章最后认为中国文化的“和谐统一”和印度文

① 连文光、陈邵群：《印度〈舞论〉与我国古代文论几个问题的比较》，《暨南学报（哲学社会科学版）》1985年第2期。

② 刘九州：《中印“味说”同异论》，《外国文学研究》1986年第3期。

③ 侯传文：《中印“韵”“味”比较谈——兼与刘九州同志商榷》，《外国文学研究》1989年第3期。

化的“分歧统一”这两种相似的文化是中印“味”论相似的根本原因。《比较谈》认为《同异论》从一对具体审美范畴的比较入手，探讨中印古代文艺理论的不同特色，方法是很可取的，但是文中的观点值得商榷。《比较谈》进而对中印文论中的“韵”“味”概念进行了细致的对比，指出两者在相同点外的相异之处。文章认为：中印“韵”来源不同、韵义也不尽相同；二者所指的范围和“韵”作为文艺批评的标准在运用上也不尽相同；中印两国“韵”的哲学思想依据有差异；中印两国文论“味”的重要差别在于表现和再现的侧重不同，从而形成了两种文艺理论体系的不同特色。《比较谈》一文认为中印古代文论有不同的发展道路，并体现了不同的特点，它们既有各自的独特性，又体现了文艺美学的普遍规律。文章对于印度文论的把握显示出作者对印度文学文化有较好的理解，其比较与论述也较为扎实。这两篇文章展现了我国中印文论异同比较研究逐步深入发展的过程，也体现了当时学界百家争鸣的氛围。1988 年，季羡林先也曾就这个问题撰写了《关于神韵》一文，文章后来收入《比较文学与民间文学》一书，由北京大学出版社 1991 年出版。在这篇文章中，季先生尝试运用印度古典文学理论中关于“韵”的理论来解释中国传统文论中“神韵”的含义，并认为“中国难以理解的神韵就等于印度的韵；中国的神韵论就等于印度的韵论”[①]。这应当是中印文论互证阐释的最早运用，但这一对概念的含义是否一致，仍是学界研究的问题之一。季先生还在文中对印度文论的重要性进行了强调，指出中印文论、文化相似性的深层文化原因是值得深究的问题。

20 世纪 90 年代，我国印度文艺理论的译介与研究取得了较为显著的发展。原典翻译方面，由曹顺庆主编、1996 年出版的《东方文论选》在收入金克木先生旧译的基础上，又约请黄宝生先生翻译了另外三部著作的片段，这三部著作分别是：婆摩诃的《诗庄严论》、胜财的《十色》、新护的《舞论注》。如此在《东方文论选》中印度文论部分具有了 20 万字左右的规模。仅以金克木先生和黄宝生先生师徒二人之力，在当时的条件下能得到这样的成果，可见二位先生在这方面用功之勤。

---

① 季羡林:《关于神韵》，载郁龙余编《中国印度文学比较论文选》，中国美术学院出版社，2002，第 157 页。

20世纪90年代我国印度文艺理论的发展更突出的表现是高水平研究成果的出现。1993年，黄宝生先生著《印度古典诗学》一书出版，这是我国第一部以印度文艺理论为对象的研究专著，无论对于我国的印度文论研究还是比较诗学研究来说，都具有弥补空白的意义。作者在全书序言中厘清了“印度古代文学理论”“梵语文学理论”“印度诗学”“梵语诗学”“印度古代诗学”几个概念之间的关系，指出：“从严格意义上说，印度诗学毕竟不等于梵语诗学，甚至印度古代诗学也不等于梵语诗学。印度诗学包含梵语诗学、中世纪诗学和现代诗学，前两个都属于古代诗学。梵语诗学的大致时限是公元初至12世纪，中世纪诗学的时限是12世纪至19世纪中叶。在中世纪，随着印度各方言文学兴起，梵语文学逐渐失去主流地位，梵语诗学也成为强弩之末。尽管梵语文学和诗学的写作活动依然存在，但只是作为印度中世纪文学的一个分支。”[①] 序言还指出了“诗学”与“文学理论”、“梵语戏剧学”与“梵语诗学”之间的联系与区别，并道明将书名定为《印度古典诗学》的缘由。《印度古典诗学》全书36万字，分上、下两编分别介绍了梵语戏剧学和梵语诗学。该著作具有坚实的文献基础，在充足的第一手资料上展开，尤其是两编各自的“梵语戏剧学论著概述”和“梵语诗学论著概述”两章，对戏剧学和诗学进行了系统的介绍和梳理，涉及印度古代文艺理论著作40余部，论述范围从印度古代文论的开篇之作《舞论》到其终结性著作《味海》，其中包括各流派、各观点的代表性作品和流行通俗的专题小论，这两章的内容对于读者和学界系统地了解印度古代文艺理论大有裨益。这样的安排与写法不但体现了作者对梵语诗学的熟稔，也实现了作者对该书的第一个学术想法：为不太熟悉印度文学文化的国内的比较文学家、文艺理论家和戏剧学家描绘关于印度文论的整体图画。在此基础上，全书在“戏剧学”一编中对梵语戏剧剧本创作中的味和情、戏剧分类、情节、角色、语言、风格以及剧本演出中的舞台表演进行了全面的论述；在“诗学”一编中，将梵语诗学概括为“庄严论”“风格论”“味论”“韵论”“曲语论”“推理论”“合适论”“诗人学”八类观点流派并进行了详细的解析，行文中以客观介绍为基础，处处杂以作者的评述和

① 黄宝生：《印度古典诗学》，北京大学出版社，1999，“序言”第3页。

点评，并对其中的重要观点如“庄严”进行了追根溯源的探索，探讨了它与印度宗教哲学思想的关系。全书夹叙夹议，既有助于读者理解相关知识，也彰显了作者的洞见。此外，作者在该书中为梵语戏剧学和诗学原著引文都注明了出处，将主要术语的译名也附上梵语原文，这也从另一个侧面显示了该书扎实的学术基础。黄宝生先生在序言中曾提道，这部著作的另一类读者是未来的，是为了将来有志于从事梵语古典诗学研究的梵文学者而作的，这种学术上的“为长远计”，赋予这部著作持久的学术生命力。此外，黄宝生先生在这期间还发表了一系列有关印度文论研究的文章，如《印度古典诗学和西方现代文论》（《外国文学评论》1991 年第 1 期）、《禅和韵——中印诗学比较之一》（《文艺研究》1993 年第 5 期）、《在梵语诗学烛照下——读冯至〈十四行集〉》（《中国现代文学研究丛刊》1994 年第 2 期）。《印度古典诗学和西方现代文论》一文将印度古典诗学中的“庄严”“味”“韵”三个核心概念与现代西方文论、文学中的形式主义、符号学、象征主义手法进行了比较，指出西方现代文学理论是螺旋式上升的世界文学理论中的一环，它不仅与西方古典文学理论，而且与东方古典文学理论，在横向上平行，在纵向上贯通。这篇文章对于西方现代文论的冷静思考，显示出在当时甚嚣尘上的西方文化热潮中一名学者的独立态度，同时也开了我国梵语诗学与西方文论比较研究之先河，打破了我国学者只注重中印文论比较研究的局面。《在梵语诗学烛照下——读冯至〈十四行集〉》则运用印度古代文论对冯至的诗歌进行了解读，文章视角独特，开启了运用古代印度文论阐释中国现当代文学作品之门。对于印度古代文论在中国语境下的生存和运用而言，其研究具有重要的学术启发意义。黄宝生先生曾指出，文学理论的翻译和研究工作者是不挂牌的比较文学研究者，其研究处处体现出一种比较文学学科的自觉“比较”意识。

20 世纪 90 年代印度文论方面的另一部著作是倪培耕的《印度味论诗学》（漓江出版社，1997）。这是我国第二部关于印度古代文论的著作，是一部编撰性而非论述性的作品。全书的框架来源于印度现当代著名味论家纳盖德拉的《味论》，因而整体的研究性不强。但这部著作的优点在于以下三点。第一，研究对象具有重要地位。“味”是印度古代文论的一个核心概念，因此，对于“味”的阐释无疑是对印度古代文论进行阐释的重要内容之一。第二，全书整体安排层层递进，涉及内容全面。全书以八章分别对味的“审美本质”“审美特征”“情愫构成”“生成原理”“普遍化理论”“味病”“味型”“味论的终结与重构”进行了阐释，每章对于涉及的概念均以较为翔实的材料勾勒出纵向的发展脉络，对于缕清“味”这一概念的流变和发展而言，该书的安排是较为有效的。第三，因为作者在编写的过程中引用了印度现当代学者的结构和观点材料，因此，这部著作也成为反映现代印度尤其是印地语学者在印度古代文论研究方面成果的一个窗口。这一时期对于印度古代文艺理论比较重要的研究成果还有:《中印味论面面观》[①]《东西方古典戏剧理论着重点的差异》[②]《浅论中、西、印三大诗学体系》[③]《印度戏剧的“陈之于目”和“供之于耳”的双美并重》[④]。《中印味论面面观》一文代表了之前中印古典文论比较研究的发展，文章分析了中印文论中“以味论诗”的依据，指出以味论诗的主要形态就是“以味喻诗”，以味觉快感和诗美的多重相通性为基础。在此基础之上，文章分析指出中印诗味的本体分别是韵味和情味，中印诗味的生成均有赖于比兴与暗示，诗味感知的方式有着“味道与品尝梵”的差异。《东西方古典戏剧理论着重点的差异》和《浅论中、西、印三大诗学体系》则代表着学界研究的一个新动向，即在中印古典文论和印西古典文论比较的基础上出现的中、印、西宏观比较。这种研究显示了中国学者在这一问题上的学术追求，但早期的研究，往往流于比较的表面化。如何在平行比较中突出文化内在的共通性和差异性，是一个需要解决的问题。《印度戏剧的“陈之于目”和“供之于耳”的双美并重》一文研究的是在印度文艺理论研究课题内较少人关注的戏剧理论问题，比较并指出了印、中、西戏剧各自在戏剧本体理论、题材理论和审美理论方面的特点，这种专门研究的开展是学界相关研究深化的表现之一。

---

① 龚刚:《中印味论面面观》,《外国文学评论》1997年第1期。

② 吴文辉:《东西方古典戏剧理论着重点的差异》，载吴文辉《东方采菁录》，中山大学出版社，1997。

③ 李淳:《浅论中、西、印三大诗学体系》，载《印度文学研究集刊》(第四辑)，上海译文出版社，1999。

④ 姜景奎:《印度戏剧的“陈之于目”和“供之于耳”的双美并重》,《河南教育学院学报》1999年第2期。

进入21世纪，我国的印度文艺理论研究进入了一个相对繁荣的时期。之所以说“繁荣”，是因为这一阶段出现了几个比较厚重的成果，而且有了一批有志于从事印度文论研究的年青力量；而“相对”是指相对于这一课题之前的研究而言，在横向上与西方文论和中国文论相比，这一领域的研究仍显薄弱。在原典翻译方面，黄宝生先生翻译的《梵语诗学论著汇编》（上、下册）收入“东方文化集成”丛书在2008年由昆仑出版社出版。这部汇编是一部真正意义上的翻译大作和精品，上、下两册共计83万字，在种类上，较之前的翻译增加了王顶的《诗探》和恭多迦的《曲语生命论》，共汇集了十部梵语诗学名著；在规模上，其中六部是全译，四部是选译，比之前的翻译更全面；在全书的编排上，译者为每一种著作都写了一个简短的介绍，对作者生平、原作的主要内容和观点进行说明，指出原作在梵语诗学中的地位，并给出翻译所依据的译本。此外，黄先生还为全书撰写了一篇长达十数页的“导言”，详细介绍了梵语诗学的起源和发展历程，对重要的诗学著作进行了点评。这样的安排有助于读者构建关于梵语古典诗学的整体知识框架，把握梵语诗学的全貌，同时也显示出译者严谨的治学态度。正如黄宝生先生在该书“导言”中所指出的，梵语诗学的研究和翻译，两者相辅相成，缺一不可。这部汇编，同时也是黄先生多年研究的心血结晶。在“导言”中，译者结合梵语诗学原著和中国文论所做的点评渗透于文，如论及欢增对味韵的阐释时指出“完全可以借用中国诗学的一句名言：‘不着一字，尽得风流’”①，这不但显示出译者对这一论点的深刻理解，而且有助于中国读者理解欢增的观点。对于我国的印度文论研究和比较诗学研究而言，这部汇编具有极重要的学术价值。

在研究方面，前期的中印文论比较研究在这一时期结出了硕果，其中最突出的代表成果是郁龙余等著的《中国印度诗学比较》（昆仑出版社，2006），这部著作也是“东方文化集成”丛书之一。对于中国学者来说，进行中国文论与他文学文化的文论比较是中国文论研究的应有之意，这是凸显中国学者独特立场的一个视角。但长期以来，与中西文论比较研究的热闹相比，中印文论的比较研究是一个冷僻的领域。《中

① 《梵语诗学论著汇编》，黄宝生译，昆仑出版社，2008，“导言”第21页。

国印度诗学比较》是对这种研究失衡局面的一次有力突破，也是我国学界第一部集中以中印诗学比较为研究对象的学术专著。这部著作洋洋 38 万字，分 12 章对中印诗学从“诗学发生”“中印诗学家身份”“中印诗学阐释方法”“中印诗学传播形式”“中印审美思维”“中印味论诗学”“中印韵论诗学”“中印庄严（修辞）论诗学”“中印艺术诗学”“中印经典诗例析”“中印诗学现代转型”“中印比较诗学”这些不同角度对中印诗学进行了比较和研究，其中既有宏观的观照，又有细致的经典解读，既有发生学的探讨，又有对“中印比较诗学”发展的思考，研究的范围从古典诗学一直延续到近代诗学，并以中印近代诗学的代表人物王国维和泰戈尔的诗学思想为主探讨了现代中印诗学的转型。在具体的写法上，每一章基本上都遵循了先分别论述中国和印度的相关诗学思想特点，然后对二者进行综合比较的写法，这种方法既比较好地体现了中国、印度两国文论面貌，又使得综合比较分析具有比较坚实的事实基础，摆脱了早期陷于“平行”比较中长于平行罗列短于综合分析的困境，真正体现了比较文论的精神。事实上，对于这部著作的写作，作者的确具有非常明确的学科意识：“我们撰写此书有着明确地动机，就是通过中国和印度诗学的比较研究，深入认知两国诗学的内涵和特质，进而观照西方诗学，确定中印诗学的正确位置，消解妨碍学术健康发展的西方中心论和狭隘的中华本位思想，为树立中国传统诗学、建构中国现代新诗学尽力。”① 在这种写作动机的指导之下，该书书名虽没有写入“西方”二字，但作者在写作中时常有意识地将西方文论作为中印文论比较的参照系加以考察，在实际上写作中部分地进行了中、印、西文论的比较。但该书时刻注意远离西方中心主义的立场，这显示出我国学者日益成熟的文化心态。该著作也较好地体现了作者所说的“求真不求圆的精神”，分析与结论都从文本出发，少有浮夸与虚荣的理论体系构建，对于这种宏观的诗学比较而言，尤显难得。最后值得指出的是在这部著作的写作过程中出现的年青学术力量，这部著作的“中印韵论诗学”（杨晓霞）、“中印庄严（修辞）论诗学”（汤力文）、“中印艺术诗学”（蔡枫）、“中印诗学现代转型”（刘朝华）四章均是由青年学者完成的，他

① 郁龙余等:《中国印度诗学比较》，昆仑出版社，2006，“绪论”第 3 页。

们是深圳大学南亚研究团队的生力军，显示了我国的中印文论研究和印度文学研究正在形成一支具有蓬勃的活力和朝气的新力量。21 世纪我国印度文艺理论研究相对繁荣，其重要原因之一便是出现了一批有志于印度文论研究的青年学者。此外，在同时期的一些诗学研究著作中，也有与印度诗学相关的专章专节，其中比较有代表性的是方汉文著《世界比较文学史》（西北大学出版社，2007）。该书分别以专章对上古、中古和近代的印度诗学进行了论述。在近现代印度诗学部分，该书以普列姆昌德、泰戈尔和伊克巴尔的文学理论思想作为代表展开论述，由于我国对近代印度诗学的介绍较少，这种以点的分析弥补面上空白的做法，具有可取之处。同时，此书名为《世界比较文学史》，因此在论述时往往将同一时期的中、西、印、日、阿拉伯—伊斯兰文化诗学理论并置，因而形成了比一般的中、印或中、西、印比较研究更广泛的参照系。对印度与南亚、东南亚其他国家文论关系的研究代表了我国印度文艺理论研究新发展的另一个动向。历来学界对印度文学与南亚、东南亚各国文学之间关系的研究均以具体文学作品的比较为主，就诗学进行比较研究意味着这类文学研究的深化。《印度诗学对泰国诗学和文学的影响》[①] 就是这个方面的尝试之作。文章解析出泰国文学传统中印度诗学的元素，指出印度巴利文诗学理论是泰国诗学的本源，其中影响最大的是味论和庄严论，并认为印度诗学的部分原理在泰国被接受并对泰国古典文学产生了深远影响，这是基于印、泰民族文化传统和文学传统的相似性的，而两国诗学的相异特征则体现了民族审美经验的差异，以及泰民族在吸收异质文化过程中对原创诗学的分解、融合、改造和发展。

这一时期的另一重要发展是对印度现代诗学的译介与研究。印度现代诗学并没有形成完整的体系，但其中也不乏优秀的文论作品。泰戈尔作为印度近现代文学的杰出代表，对文学的思考和阐述在某种程度上可以作为印度现代诗学的代表。我国学界有不少关于泰戈尔文论思想的研究文章，其中突出的成果是侯传文的《话语转型与诗学对话——泰戈尔诗学比较研究》（中国社会科学出版社，2010）。这是国内学界在系统地研究泰戈尔的诗学思想方面一部具有开创性的著作。在此书之前，国内

① 裴晓睿：《印度诗学对泰国诗学和文学的影响》，《南亚研究》2007 年第 2 期。

学界有过一些研究泰戈尔的文艺思想的文章，但尚未有专门的著作；且以前的论述多侧重于文艺思想，而该书将重点界定为“诗学”，将泰戈尔的文艺思想与他的宗教、哲学思想明确联系起来，将研究提升到了一个新的高度。全书在分析中原创性地将泰戈尔的思想体系分为本体和个体分别进行论述，将泰戈尔诗学思想中重要的概念，如人格、情味、欢喜、韵律、和谐与印度传统诗学中对应的观点联系起来进行分析比较，较透彻地分析了泰戈尔诗学思想与印度传统诗学思想既有继承又有创新的关系。对于个体分析，作者主要从文类的方面进行了研究，分类合理，论述有条不紊。该书突出的特色也就在于：第一，对泰戈尔思想与印度传统诗学思想的关系分析比较到位，系统地梳理了这些概念间的关系，分析了泰戈尔对传统文化的继承与发展；第二，对于泰戈尔与中国诗学思想和传统文化关系的分析到位，论述有理有据，资料翔实可信。其对泰戈尔诗学思想与印度传统诗学思想的梳理具有较大的实用价值，为将来的学术研究提供了新的平台。

美学与文论是两个既有联系又有区别的范畴，印度文学的美学思想主要体现在对“味”的思考和阐释上。关于印度美学在我国学界的译介与研究，必须提到的有一篇文章、一本译著和一部著作。

一篇文章是 1983 年金克木先生撰写的《略论印度美学思想》(《哲学研究》1983 年第 7 期)，该文后来收入曹顺庆主编的《东方文论选》作为印度文论部分的前言。文章对研究印度古典美学可供参考的资料进行了介绍，根据这些资料情况将印度美学的发展大致分为四个时期：从公元前一千几百年直到大约公元初《舞论》出现前是第一期，《舞论》到大约 11 世纪新护的理论出现前是第二期，11~19 世纪是第三期，20 世纪是第四期。在分别介绍了每个时期情况的基础上，文章对印度美学中几个重要的词汇“庄严”“情”“‘味”“韵”“艳情”“似”逐一进行了说明，并对印度美学的思维模式进行了研究，指出它有“分析计数”“综合同一”“感觉的内和外”“‘欲’的肯定和否定”四个特点。金先生对印度美学的系统研究开我国同类研究之先河，并为之后的研究奠定了良好的基础。此外，金先生还就印度与中国的绘画写过《印度的绘画六支和中国的绘画六法》(《读书》1979 年第 5 期)，对中印绘画理论进行了比较研究。金先生的另一篇文章《印度画家阿・泰戈尔的美学思想略述》(《外国美学》1985年第1期）对印度现代著名画家、印度现代绘画孟加拉画派领袖人物阿巴宁德罗纳特·泰戈尔——他同时也是罗宾德拉纳特·泰戈尔的侄子——的美学思想进行了详细的解说和分析。这两篇文章论及的绘画理论和绘画中的审美是中印美学研究领域中极少有人涉及的领域，是对中印美学研究的一个重要补白，这种研究同时也充分展现了金先生开阔的学术视野。

一本译著是1992年由中国人民大学出版社推出的《印度美学理论》，它是该社“东方美学译丛”的一种。这也是我国第一部关于印度美学的译著，原书作者伯德玛·苏媞（Padma Sudhi[①]）是印度现当代知名诗人和梵文学者，全书的重点仍是印度古典美学。该书对印度古典美学理论进行了整体介绍，并结合具体的古典文学名著如马鸣的创作、首陀罗迦的《小泥车》、迦梨陀娑的作品，以及从迦梨陀娑的创作中得到发展的美学概念，对印度古典美学进行了深入浅出的阐释。这部译作的一个重要价值在于，它介绍了古典梵语诗学之外的印度古代美学，如马鸣以及佛教文学中的美学观念，并对文学之外的艺术如绘画涉及的美学进行了介绍。这对于全面了解印度古典文论和美学思想而言十分必要。

一部著作是邱紫华著《印度古典美学》，由华中师范大学出版社2006年出版。事实上，早在《东方美学史》（2003年）中邱紫华就已经对印度美学进行了相关研究，这本《印度古典美学》是对之前研究的深化和总结。全书近40万字，研究的对象包括吠陀、《奥义书》、佛教、两大史诗、印度文论的相关范畴以及印度古典建筑、雕刻、绘画、音乐、舞蹈，还有近现代泰戈尔的美学思想。从内容上来说，这是我国目前唯一的也是最为全面的研究印度古典美学的著作。该书还配有大量插图，以说明和映证相关论述，能给读者以直观感受。全书对印度古典美学的分析建立在对印度哲学思想的理解之上，指出“印度思想是其美学的灵魂和筋骨，美学观念是印度思想在审美实践和艺术创造中的显现”[②]，认为印度古典美学思想中“美是和谐”的命题源自于深厚的印度哲学，是“印度思想总体特征在美学领域中的特殊化的显现”，其独特

① 该书误作“Pudma Sudhi”，译为“帕德玛·苏蒂”。本文现依照其原名“Padma Sudhi”及印地语发音将其译为“伯德玛·苏媞”。

② 邱紫华:《印度古典美学》，华中师范大学出版社，2006，第13页。

性在于“它所追求的和谐是无差别、无冲突的和谐，或者说这种和谐中包含着现象的（幻象的）暂时的差别与冲突”，它与西方美学的重要区别在于它“始终是在人与人之间、人与自然之间、人与神之间的审美关系上寻求和谐”。[①] 在印度哲学思想的基础上把握印度美学思想，无疑是十分正确的做法。宗教在印度古典艺术中起着决定性的作用，该书把握了这一原则，即找到了解读印度美学的钥匙，这是一部对于理解印度文学和艺术来说有启发性和引导性的著作。

总的来说，在 21 世纪的前十年，我国的印度文论研究尤其是印度古典诗学研究获得了较大的发展，在原典翻译、研究范围、研究深度三个方面都有较大的进步。但其中也潜藏一些问题，最大的一点是研究队伍的不齐整。目前研究中所取得的成绩大部分来自研究者个人的长期积累和努力，如《梵语诗学论著汇编》就是黄宝生先生近 20 年心血的结晶。在学科的发展中领头人固然是十分重要的，但学科的发展也需要有一支比较有层次、能够形成梯队的团队，这样才能保证学科长久、健康的向上发展趋势。在印度文论研究这一领域，我们仍然在期待更多具有语言优势，同时又能全心投入研究的青年学者的加入。

① 此处引文均引自邱紫华《印度古典美学》，华中师范大学出版社，2006，第 41~42 页。

中国百年旅日文学中的日本形象变迁

刘　舸*

内容提要　中国旅日文学在本文中主要指中国人到日本留学或旅游时写下的涉及日本的文学作品。从第一本《日本游记》到今天丰富多样的旅日文学，中国人看待日本人的视角出现了从俯视到仰视再到平视的一个变迁过程。甲午之前，中国人采用俯视的视角看待日本；甲午之后却转为了仰视视角，此时的留日学生对日本的情感更是复杂，在他们笔下也就出现了耐人寻味的"日本人"和"日本文化"的形象分裂。抗日战争时期，沦陷区出现了让中华民族耻辱的"御用游记"。新中国成立后，旅日文学经历了从简单的"游历日本"到"解读日本"的发展，以及从体验差异到抹平差异的过程。

关键词　中国旅日文学　日本形象　变迁

20世纪中国人纷纷走出国门，大量的海外游记由此孕育而生。旅日文学是其中重要的组成部分，它以日本作为描写对象或叙述背景，从各个角度向国人展示了日本的人情风貌。"每一种他者形象形成的同时伴随着自我形象的形成。"① 长期以来，文学研究界很少关注中国旅日文

*　刘舸，湖南大学文学院。

①　狄泽林克:《论比较文学形象学的发展》,《中国比较文学》1993年第1期。

学中日本形象这个问题，有鉴于此，本文拟以历时性的角度，结合各个时代的文化语境，对中国百年旅日文学中日本形象做出系统梳理，了解其形成的内在逻辑，从而反观不同时期中国人自己复杂的情感和潜在的欲望。

一　从闭关锁国到甲午战争时期的旅日文学

1. 近代第一部日本游记中的古朴日本

《日本日记》(1854 年）是我国近代最早的一部日本游记，同时也是一本珍贵的日本“开国”实录，具有重要的史料价值。作者是香港人罗森，他是作为美国人的翻译登上日本国土的。《日本日记》勾勒出了明治维新之前日本民风古朴的社会风貌，其中记录了身着传统服装的朝廷官员，裸体搬运的“肥人”，迂腐保守的老学者、大臣，还有横滨、下田、箱馆等处的风俗人情。当时的日本国民由于长期的闭关锁国，对于外国人多是陌生与疑惧的，从罗森的记录中我们看到的是日本普通百姓温顺的性格，这与明治维新之后的日本人形象有天壤之别。《日本日记》还记录了美国叩关、日美谈判交涉的过程。对于美国的第二次武力叩关，日本的反应如何？《日本日记》对此做了较客观的记录。日本虽然起初也有抵制反抗，但不像鸦片战争前中西交涉时清政府的反应那么激烈，日本官员也没有像清朝官员那样盲目自大，日本的转变调整相当迅速，很快把外交谈判作为与美交涉的主要策略和方式，两国很快达成和约，“由是两国和好，各释猜疑”。近代史上日本的“鸦片战争”，就这样未放一枪地结束了。

罗森在日本接触得最多的是日本官员、学者等上层人士，所以《日本日记》中对他们的描写较多。从与他们交往的描写中可以看到，罗森的思想与眼界要高出这些日本人许多。例如，一位叫平山谦二郎的学者，罗森评价他为“纯厚博学”。平山针对日本外交宗旨与各国交往的原则曾用汉文给罗森写过一封信，信中这样说道：“全地球之中，礼让信义以交焉，则大和流行，天地惠然之心见矣。若夫贸易竞利以交焉，则争狠狱讼所由起，宁不如无焉！……向乔寓合众国，而周游乎四海，由亲观焉者乎？若不然，请足迹到处，必以此通说各国君王，是继孔孟之志于千万年后，以扩于全世界中者也。”还有一位称其为“名笃”的人跟罗森笔谈的时候说道：“子乃中国之士，何归決舌之门？孟子所谓下乔木而入幽谷者，非欤？”罗森赋诗一首表达了他的想法：“日本遨游话旧因，不通言语倍伤神。雕题未识云中凤，凿齿焉知世上麟。璧号连城须遇主，珠称照乘必依人。东夷习礼终无侣，南国多才自有真。从古英雄犹佩剑，当今豪杰亦埋轮。乘风破浪平生愿，万里遥遥若比邻。”①

两位日本学者完全是迂腐的儒者形象，他们深受中国儒家文化影响，拘泥于孔孟之道，死守仁义礼志信这些封建道德原则，同中国当时的保守派如出一辙。相比而言，罗森的回答则颇具气势，视野较为开阔，有着“万里遥遥若比邻”的豪情。日本当时很少有像罗森这种具有西方背景的广博之士，对于外国的认识要比中国更落后，缺乏与西方人打交道的经验。罗森所见的日本乃是一个紧紧追随中国，但各个方面都逊色于中国，不入中国人眼的“复制品”形象。

2. 驻日公使笔下新旧交替的日本

鸦片战争后，中国被迫打开了国门。1877年，中国向日本派出了有史以来的第一批驻外使节。他们是驻日本国大臣何如璋、副使张斯桂、参赞黄遵宪等人。他们在参加各种外交活动的同时，对日本的风俗习惯、地理形势、社会变化也有细致的观察，都有记叙性质的著作留世，如何如璋《使东述略》《使东杂咏》、张斯桂的《使东诗录》和黄遵宪的《日本杂事诗》等。在罗森离开的24年中，日本拉开了明治维新的序幕，走上了“脱亚入欧”的道路。各种变革措施取得了立竿见影的效果，在何、张、黄三人的作品中有着突出的反映。他们所见到的日本与罗森笔下的日本有着天壤之别。罗森看到的还是一个尚未开化的日本，而驻日使节看到的是一个处于新旧交替、过渡时期的日本。首先，他们的游记作品中出现了许多新事物，如火车、轮船、邮政、电报、铁桥、学校等现代化的设施。这些清朝的使臣是传统士大夫出身，都是第一次见到这些东西。可贵的是作者没有像清朝的顽固分子那样，一味将其讥讽为“奇巧之玩”加以排斥，惊叹、赞扬的语气很自然地流露在作品当中。其次，作者还记录了明治维新之后日本社交礼仪的新变化，如

① 罗森：《日本日记》，岳麓书社，1985。

何如璋的笔下的日本天皇在正式的外交场合穿着西装，按照西方礼仪进行仪式。作为传统士大夫，何如璋表达了心理上的难以接受，但这也象征着日本义无反顾地走上了学习西方的道路。

黄遵宪的《日本杂事诗》是后世评价很高的一部著作。他善于运用中国传统文化去解读日本的“西学”，如把统计表与《周谱》之法、新闻纸与郑报、泰西之学与墨翟之学、留学生与唐代的遣唐使联系起来，或者从中国古代寻求渊源，或者同中国传统事物做类比。这种方法既有进步的一面，又有落后的一面。作者在先进的事物面前，特别是体会到它们优越性的时候，态度是接受的、欣赏的。他在不违反传统思路的情况下，将陌生事物引入人们所熟悉的视野，这在当时不失为一种好方法，为闭塞的中国人接受、理解这些新兴的事物找到了一条捷径。但是，它的负面影响也同样存在。虽然作者找出了当时西方科技与中国传统学问的种种联系，甚至是所谓的中国“渊源”，但是我们可以发现其牵强附会的地方。毕竟这两种事物的性质不同，作者站在中国固有的文化中去看待西方的新事物，必定不能深刻地了解西学，也不能打破中国人行为思考的老路子。因此黄遵宪对于日本新发展的资本主义文明的关注也仅仅是一种兴趣，不能转变中国传统的思维模式、正确地体会西学，如此更不会意识到这种异质的文明如洪水猛兽一般将给封建文明带来巨大的威胁。

3. 文化观光者眼中的异类日本

这时期，除了驻日使节外，还有很多中国人东渡扶桑，或经商为业，或留学求知。他们留下了一些描写日本的文字作品，如王韬的《扶桑游记》（1879 年）、王之春的《谈瀛录》（1879 年）、俞樾的《东瀛诗选》（1882年）、庄介袆的《日本记游诗》（1882年）、四明浮槎客的《东洋神户日本竹枝词》（1884 年）、黄增超的《东瀛游草》（1885 年）、李家麟的《东槎见闻录》（1887 年）、傅云龙的《游历日本馀记》（1887 年）、黄庆澄的《东游日记》（1893 年）等。他们以日本生活为基础进行创作，捕捉了日本人的生活细节，具体可感地再现了日本人的生活习俗，也留下了形形色色的日本形象。这些作品往往用一种文化优越的眼光看待日本，对日本的民俗惊疑不解，认为日本人有违“伦常大道”，如王韬认为男女裸体并入水中“如入无遮大会”，表示难以接受这一陋习。李圭见“国中船夫、车夫及工作之徒，多赤下体，仅以白布一条，叠为两寸阔，由脐下兜至尻际”，又见“男女数十人同浴于一室”而不嫌，“街旁巷口置盆桶，亦男女轮浴”，表现出极其的厌恶。[①] 在四明浮槎客的《东洋神户日本竹枝词》里甚至还出现“倭帮人兽真无别”的讽刺。

这些东游人士笔下的日本形象，折射出当时中国人普遍的对日心态。从留下来的游记中我们可以看出，当时中国人东游引起了极大的轰动。在日本方面看来，向来只有日本人西游，没有中国人东渡，中国人的到来打破了自古以来两国交流的单向性，意义非凡。同时，从中我们可以看出，古代的中日地位和关系仍然基本不变。虽然中国面对英美列强时无法以“天朝上国”自居，但是在面对日本、朝鲜时，仍然以这种高傲、优越的心态自居。他们眼中的日本如同缺少文化滋润的野兽一般，文化的差异造成形象的变形。这种现象在西方人的东方游记中大量存在。值得注意的是，此时日本的明治维新已取得初步的成效，在不少方面都超过了中国。是什么原因造成他们笔下怪异的日本形象呢？

这些东游人士都是以文化观光者的心态来审视日本的，这是日本成为异类形象的根源之一。“观光者的心态是一种寻求文化猎奇感的快感，寻求的是文化怪物，并在观赏文化怪物时获得居高临下俯视的快感。”[②] 他们完全凭主观感受去解读日本文化，日本的形象被随意地塑造。在这种观光者感觉方式的背后是文化中心主义心理。文化中心主义实则意味着话语的霸权，认为民族的文化具有无可争辩的绝对意义。在话语霸权的遮盖下，一些不合理的现象和认识具有了合理性，而某些合理的现象却被视为异端和异俗。“晚清大批中国人走进日本社会，尽管中国已经不及日本先进和发达，也已经完全失去中华帝国君临天下的优越性，但中国人没有失去文化上的自信，也相信文化的话语霸权仍然掌握在自己的手里。”[③] 正因为如此，四明浮槎客等人带着绝对自信，嘲笑日本，在描绘种种风俗的过程中，日本的形象越发地变形，最后被构造为没有人伦的异类形象。

---

① 李圭:《环游地球新录·东行日记》，湖南人民出版社，1980。

② 张哲俊:《东亚比较文学导论》，北京大学出版社，2004。

③ 张哲俊:《东亚比较文学导论》，北京大学出版社，2004。

二　从甲午战争到抗日战争时期的旅日文学

甲午一战，颠倒了千年以来形成的中日关系，也击碎了国人文化上的自大心态。甲午之后中国人纷纷东渡，掀起了东游大潮。这批东游人士分为以下几种。首先是清朝政府或者地方政府向日本派出的考察团。他们肩负的任务就是观摩考察日本，在归国之后向政府提交考察报告，这也就是我们今天见到的大量的“日本考察记”。其次是官费和自费留学生。1896 年，清政府首次派遣学生 13 人留学日本，掀起了长达几十年的留日热潮。很多留学生的日记记录了他们在日本生活、学习的经历，以及他们对日本的观感。最后就是以旅游为目的的游人。日本一跃成为亚洲的先进文明国度，去日本开眼界、见世面也成为时尚。这部分人跟官方的考察人士情形相似。这一时期东游日记的数量蔚为可观，从作者的身份来看，包括了官员、教师、学生、革命流亡者等各行业人士，因此在反映面上要比甲午之前更具广泛性。

1. 日本考察记中的“老师”形象

甲午战争之后，中国的各行业都派出考察团到日本参观学习。在学习记录行业知识的同时，生动的异域形象也在他们的考察游记中展现出来。人们对眼前这个现代化的文明社会发出了由衷的惊叹：“整齐严肃，无美不备，亦足令人健羡。”（傅廷臣《东游日记》）众多考察者认为日本是中国学习的最佳模式，在他们看来，日本达到了近乎完美的地步。首先是井井有条的社会秩序。在东游人士眼中，当时日本的秩序良好，要比中国好出很多。如傅廷臣在《东游日记》中记载日本道路上的情形：“如行人大抵右行，车行街中，无虞推挤，途无游民，市无乞，茶馆酒肆无满座豪华。通街行去，男女学生居十之六七，男帽以铜花为别，女概服绛裙，一望而知。”并且感叹“非我国所能及”。其次是优秀的国民。东游人士对日本普通国民评价都很高，他们大都惊叹日本下层民众都识书认字，国民都勤奋好学。云南的陈荣昌提到了一个日本少年，“儿玉春三，日本人，早稻田大学生。其母勤俭过于平常，为客具食，只一汤一饭。盖日人居家无不勤俭者，而报国则积极慷慨，成为风气。故日俄之战，其国中妇孺数钱之积，亦出以济军，此所以兴盛也。尚武之风，固日本旧习，而人人知爱国，则以教育普及之故。春三亦贵公子也，无纨绔习气，循循规矩，偕游三日，常持铅笔，记所见于册，每日不下二三页，可谓好学生"[①]。最后是求实尚利的氛围。明治维新之后，日本在学校里引入了英国的"实利主义"教育，进而整个国家都以求实求利为本。春州李士田在他的《东游日记》中写道："日本全国学校固注重实业，即以最上级之衙署，亦必有实地之讲习试验，以为改良社会之提倡，而不徒以案牍空文为号召，是以朝野上下，咸归纳于实业之一途。"东游者见到日本的一切，无论是普通百姓、各项规章制度，还是各种器物设施，都笼罩了一层实利的色彩。

东游者眼中的日本近乎完美，这与甲午战争之前游记中的日本形成鲜明对比。实际上，这些游记对日本国民性的认识存在很大的片面性。日本人的性格或许是世界上最令人费解的问题之一，中国人自古就不是非常了解日本人。经过短暂的游历，中国人只能看到日本国民性中极为表面的一面，而没有发现日本人尚武、小气、功利等特点，这为中国日后遭受日本的野蛮侵略留下了祸根。日本人形象的转变意味着两种文化地位的逆转。甲午之前，中国人看日本是用俯视的视角，或者平视的视角；而甲午之后东渡的中国人再看日本，采取的是仰视视角。即使日本成了中国最大的威胁，并且在现实中成为中国的敌人，中国人还是把日本当作老师。由此可见，民族与民族之间的利害关系虽然影响彼此的观念，但是在当时的中国，起决定作用的还是强势文明的吸引力。中国在刹那间丧失了文化上的优势地位，在审视彼此时也发生了巨大的偏颇：认同日本的一切，否定中国的一切。

2. 留日学生笔下"分裂"的日本形象

同期，中国派出了大量的留日学生。留日学生在日本生活、学习，长期与日本人接触，应该说，他们比东游人士更加了解日本。他们在日本一方面受到日本文化、日本教育的熏陶，另一方面又受到一部分日本人的歧视和虐待，因此大多数留日学生对日本又爱又恨，在他们笔下也就出现了耐人寻味的"日本人"和"日本文化"的形象分裂。

一方面，留学生笔下的日本人以负面形象为多。中国人有极强的自

① 陈荣昌：《乙巳东游日记》，云南官书局，（清）光绪三十一年。

尊心，尤其到强国去留学时，本身难免有一种自卑的心理，充满了维护祖国尊严和荣誉的责任感，对于哪怕是一点点有损于本国的不良言行都十分在意。而很多日本人生性狭隘，歧视中国人，对中国人很不友好，这导致留学生笔下的日本人以丑陋形象为多。狭隘、吝啬、自负、排外、势利是他们的共性。如《留东外史》中写到的日本人，从军官、警察、武士、绅士、商人、艺妓、暗娼、老鸨、大学生一直到下女，应有尽有，却没有几个正面人物。《沉沦》里的主人公对日本人怨恨之深，几乎达到被迫害狂的地步，他在极度孤独中，频频向祖国发出责难。郭沫若在《行路难》里，对势利的日本人发出火山爆发般的痛斥："日本人哟！日本人哟！你忘恩负义的日本哟！我们中国究竟何负于你们，你们要这样把我们轻视？"日本房东说"支那人"时的恶毒表情和语调，激起作者的民族优越感："你们究竟意识到'支那'二字的起源吗？在'秦'朝的时候，你们还是蛮子，你们或许还在南洋吃椰子呢！"还有东山《最初之课》中的先生、张资平《一班冗员的生活》中的Y博士，都是让作者极度讨厌的、歧视中国学生的日本人。当然，留学生笔下也会出现一些值得赞美、同情的日本人形象，但基本上是妇女儿童，或者是处于弱势的善良小人物，像鲁迅笔下的"藤野先生"那样的形象实在不多。

但另一方面，留学生表达出对日本文化、日本山水的喜爱。对于日本文化、日本山水，留学生表达的是一种美好情感。如郁达夫在《日本的文化生活》一文中，对日本文化大加赞美，认为在日本住得越久，越能体会到它的好处："滞留年限，到了三五年以上，则这岛国的粗茶淡饭，变得件件都足怀念；生活的刻苦，山水的秀丽，精神的饱满，秩序的整然，回想起来，真觉得在那儿过的，是一段蓬莱岛上的仙境里的生涯。"郭沫若更是陶醉于日本的湖光山色之中，甚至觉得天堂之喻的杭州都没有日本好，在《红瓜》中写道："假使生活能够安全，我就是老死在这儿也是很情愿的。"《留东外史》中的黄文汉，独自一人徒步到箱根，沿途观赏秀丽的景色，体验民俗风情，并对三弦演奏和"浪花节"有精深的修养，与艺妓也相处得十分融洽。"人情的日本"——这是周作人对日本的总体评价，很能反映出留学生对日本的认识。他们着眼的是日本的风景、饮食、衣服、节日、风俗、书籍、传统等文化生活方面，这是久居日本受日本文化熏陶的中国文人对日本的感受。

这种对“日本”的赞美含有难言之痛。“日本”的美因中国人在那里所感到的“冷”而蒙上一层阴影，又因“祖国”的不争气而显得可望而不可即。留日作家笔下的东瀛之美总是笼罩着一层虚无和伤感，挥之不去，其原因就在这里。“虽信美而非吾土兮”——缪崇群的《江户帖》的题签，准确地传达了这种意思。所以在留日作家笔下，读不到徐志摩的《翡冷翠山居闲话》《我所知道的剑桥》那样热情饱满的文字——它们只能出自单纯、健康的心灵和对该国文明的整体崇拜。

三　抗战时期沦陷区的旅日文学

随着1931年“九一八事变”的发生，中日两国的关系逐渐走向敌对状态。1937年中日进入战争状态。这时期国内的留日和旅日活动陷入低谷。由于部分战区的失利，东北、华北等地陷入了日军之手，成为沦陷区。在沦陷区内，仍有一些留日学生和东渡人士出现，尤其是一部分中国文人曾共同赴日参加大东亚文学者大会[①]，留下了一批耐人寻味的日本游记。从这些游记中可看到沦陷区的文人在多大程度上与日本文化侵略形成了“共谋”。

此类作品有柳雨生的《怀乡记》[②]，陶亢德的《东行日记》[③]，关露的系列游记《东亚文学家代表的感想》[④]《东京寄语》[⑤]《诗一样的国度——日本印象记》[⑥]《奈良的一夜》[⑦]《日本女作家印象》[⑧]《东京忆语：

① 第二次世界大战期间，追随日本军阀的法西斯文化势力为使文学“服膺”“配合”“大东亚圣战”，提出“大东亚文学”这一法西斯文学主张。大东亚文学者大会是实施“大东亚文学”的重要活动，系由“日本文学报国会”主办。第一次于1942年11月3~10日在东京和大阪召开，第二次于1943年8月25~27日在东京召开，第三次于1944年11月12~14日在南京召开。

② 柳雨生：《怀乡记》，太平书局，1944。《怀乡记》是柳雨生写的三篇访日随笔《异国心影录》《海客谈瀛录》《女画录》的汇集本。

③《古今》第34期，1943年11月。

④《新中报》1943年8月16日。

⑤《女声》第2卷第5期，1943年9月15日。

⑥《东京朝日新闻》1943年8月19日。

⑦《新中国报》1943年9月29日。

⑧《杂志》第12卷第1期，1943年10月15日。

神经病态的日子》[①] 等，予且于1943年前后发表在《中华日报》上的连载随笔《日本印象》，龚持平的《三岛》[②]，陈绵的《从日本归来》[③]，石木的《文学报国会中心人物印象》[④] 等。这些游记或是描述日本的美丽、幽雅，或是描绘日本人的可敬、高贵。如梁盛志在《东游心影录》一文里，记述了游日时拜谒日本文化界名人的经历。字里行间充满了对这些人为人、为文的钦佩之情，承领其“真情雅志”，称他们是“诤友”。[⑤] 王介人在《日本与我》一文中说：“回想年少时（届时“九一八”已爆发）到日本，沿途不但没有遭逢甚么‘浪人’，而且到处有陌生的同行者无条件地照应自己，亲切的态度，使我几乎不敢相信他们是所谓日本人。因之，我到日本的第一个印象，除掉山明水秀之外，还深感到自己对于日本人认识不足，日本的民众，其实是很可爱的——尤其是国内的日本人。”袁犀在他的《旅行的回忆》里说：“这次到日本，接触了许多日本的可敬的作家们，实在是我最大的欢喜；决战日本的巨大的姿态，也给了我极大的启示。”张域宁看到日本人送亲友到中国打仗时的流泪情形，说自己不明白“为何都是有感情的人类，竟拼死拼活打了七年，而且还不完！”（《到日本的一点感想》）

游记作者打着“亲见”“亲历”的旗号，塑造了美丽、可亲、可敬、可爱的日本，完全不同于当时乃至战后深植在中国人情感记忆中的“侵略者”形象。“这些游记以一种解构的方式，颠覆了时人的‘先入之见’——可憎的侵略者形象，导致了日本新形象的扩散和传播，这种传播的速度和广度都是别的文类难以企及的。”[⑥] 在殖民主义的权力结构里，受用着嗟来之食，被殖民者本身的文化特性、民族意识无疑受到了压制。在评价殖民者时，他们套用殖民者审视和评定事物的标准与理论，使自己的民族身份逐渐消弭。在这里，那些关于日本人在中国土地

① 《女声》第2卷第6期，1943年10月15日。

② 《中华日报》1942年11月26日。

③ 《中国文艺》第2卷第4期，1940年6月。

④ 《杂志》第12卷第1期（复刊第15号），1943年10月。

⑤ 《中国留日同学会季刊》第2号，1943年1月。

⑥ 陈言：《文学殖民与文学困厄——对1931—1945年间日本的殖民统治与中日文学关系的研究》，北京师范大学博士学位论文，2006。

上犯下的成千上万的强奸、抢劫、屠杀、“生物实验”的记忆，仿佛是很遥远的神话。“但是作为日本主流文化的‘他者’，这些东游者无法改变我们/他们、中心/边缘的对立关系，这决定了他们在日本时，始终只能处在一种游离于中心的边缘化状态。他们置于殖民者的注视之下，隐藏在意识或无意识深处的民族记忆，常常与他们对殖民地文化的认同发生冲突，这让他们有时表现为极度的困顿、苦涩和烦恼，甚至发展为心理创伤，疾病，乃至精神崩溃。”[①] 如关露的《东京忆语：神经病态的日子》一文用大量的文字描写了她自己在日本时对于“死”的一种感受。关露在这里所表现出的极度的无常感与暧昧感，是一种被殖民者的病态的、强迫性的特征。

上述游记的作者都处于被殖民者的地位，他们对日伪政权的态度虽然不尽相同，大体上可分为抵抗、疏离和勾结三种状态，但他们在游记中都记录着一个与侵略者形象相去甚远的日本。因为“历史并非像人们想象的那样简单化和定型化，在灭绝人性的极端恐怖状态，或当两种力量悬殊时，对于处在弱势的群体来说，模棱两可是他们唯一的本能回应。这时候，怯懦、矛盾和妥协以及尊严、道义、勇气并非处于不同的层面，而是混杂在一起，往往表现为灵魂上剧烈的冲突”。[②]

四　当代旅日文学

解放初期，日本游记呈现出新特点。这时期由于中日还没有建交，能去日本游历的中国人不多，大都是一些民间组织的友好代表团，他们写下的都是一些表现日本美丽自然风貌以及中日人民友好战斗情感的游记。如冰心的《樱花赞》（《人民日报》1961年6月5日）、《日本的浅草公园》（《人民日报》1961年11月18日），许广平的《仙台漫笔》（《人民日报》1961年6月20日），秦怡的《访日杂记》（《光明日报》1962年7月4日），刘延州的《江户知友春常在》（《文汇报》1965年1月24

① 陈言：《文学殖民与文学困厄——对1931—1945年间日本的殖民统治与中日文学关系的研究》，北京师范大学博士学位论文，2006。

② 陈言：《文学殖民与文学困厄——对1931—1945年间日本的殖民统治与中日文学关系的研究》，北京师范大学博士学位论文，2006。

日）、《勿忘广岛》（《光明日报》1957 年 11 月 13 日）、《友谊与怒火——访日见闻》（《解放日报》1961 年 5 月 2 日）等。① 这时期的旅日者把眼光投向外部世界时，由于政治、社会、情感等各方面原因，往往在游记中具有一种“本土优越”的眼光，带着一种本国人民已经进入幸福的社会主义而日本人民还处于资产阶级压迫的苦难境地的口吻。受当时时代背景的限制，这些旅游者看到的往往只是自然、物质等表层现象，对制度和观念等深层问题缺乏自觉的思索。

20 世纪 80 年代是中日友好的黄金年代，“文革”结束，中国人怀着寻求知识和友谊的心情，跨出了国门。这时期去访问日本的中国人，多数已没有世纪初旅日者那份强烈的忧国忧民、匡时济世的感情负荷，也没有 50~60 年代旅日者的那份心理“优越感”，而多是带着较为从容的心态，带着新奇、探索、审视的眼睛，观察和感受日本。这时期出版的日本游记非常多，如李连庆的《樱花之国》、柏苇的《东瀛杂记》、吴学文的《东瀛展望》、任光椿的《东瀛纪事》、曹禺等的《美好的感情》、梁潮的《日本万花筒》、邵长富的《东瀛随笔》、杨振亚的《漫话东京》、邓友梅的《樱花孔雀葡萄》、骆为龙的《日本面面观》、吴有恒的《异国风采》、李荣标的《旅日见闻》、刘延州的《旅日絮笔》。表现日本自然景观和中日友好仍是这时期日本游记的主旋律。但同时，“他山之石，可以攻玉”，一些中国人面对日本发达的社会经济、先进的都市文明，面对自己国家又一次被日本甩在背后的现实，开始对比和思考。当他们切实深入日本社会去观察时，制度因素和文化因素便彰显出来，本

① 此外还有《东京日记——和亚非作家在一起的日子》（《中国青年报》1961 年 5 月 27 日）、《樱花漫记》（《人民日报》1961 年 6 月 8 日）、《樱花精神》（《文艺报》1961 年第 6 期）、《访日记行》（《中国青年报》1961 年 6 月 9 日）、《日本杂记》（《人民文学》1961 年第 6 期）、《渔人——日本散记》（《北京日报》1961 年 6 月 3 日）、《日本归来》（《大公报》1961 年 8 月 16 日）、《重返日本》（《光明日报》1962 年 1 月 27 日）、《访日散记》（《美术》1962 年第 2 期）、《广岛的感受》（《光明日报》1963 年 5 月 14 日）、《广岛之忆——访问日本散记》（《羊城晚报》1963 年 8 月 12 日）、《北海道的血泪》（《雨花》1963 年 8 月）、《北海道邂逅——访日散记》（《羊城晚报》1963 年 10 月 20 日）、《五月鹃——访日漫记》（《文汇报》1963 年 10 月 9 日）、《富士雪——访日漫记》（《萌芽》1964 年 1 月 1 日）、《访日漫记》（《人民日报》1964 年 1 月 29 日）、《奈良鹿——日本记事》（《长江文艺》1964 年 6 月）、《友谊的行程——中日乒乓球访日杂记》（《羊城晚报》1964 年 6 月 28 日）、《北海道的血泪》（《雨花》1964 年 7 月）、《“燎原”访日本》（《解放日报》1964 年 10 月 25 日）、《颂战斗的友情》（《文汇报》1965 年 6 月 6 日）等。

土文化和社会的问题也自然显露出来。

20 世纪 90 年代中期以后，由于历史认识问题、台湾问题、钓鱼岛问题和经济贸易摩擦等问题的不断出现，中日关系和中日情感越来越复杂。中国人一些原本坚实的观念松动，新的空间体验造就了新的联想和意识。这时期一批学者教授的加入，使得很多旅日文学从简单的“游历日本”发展为“解读日本”，从体验差异到抹平差异。如《阅读日本》（陈平原）、《暧昧的日本人》（李兆忠）、《求错集》（孙歌）、《发现日本虫》（毛丹青）、《日知漫录》（李长声）、《透视日本人》（盛邦和）、《雪国的诱惑》（叶谓渠、《日本散记及其他》（李连庆）、《热眼近观》（雷海涛）、《东亚的想象》（程光伟）、《东瀛过客》（李兆忠）、《樱下漫读》（李长声）等。以上著作的作者大多是在国内较有名气的学者，有些虽非学日语出身、专门研究日本的人，但由于这样或那样偶然的机缘到了日本，对这个国家产生了兴趣，进而兴起了研究、著述的念头。这些游记大多兼有学术价值，可读性较强，雅俗共赏。作者大都从文化入手解读日本，同时反思本土文化。我们从中看到的是两种文化的相互交流、吸收、借鉴，是文化的对话而非文化的对峙，如毛丹青的《发现日本虫》。作者的写作策略是“以日本之箭，攻日本之心”，他做到了这一点，他让我们几乎已经觉察不出两种文化的差异。当我们读到书中的《蜂巢》《红点鲑》《蝉舞》《风铃抄》等篇章时，就可以感觉到他是在用一种大文化的眼光来审视日本这个国度的。他的感受虽然不那么强烈，有时恐怕还缺乏激情，但娓娓道来，新意迭出。忠实于自己的感受，用双脚走这个国家的路，而不是用大脑苦思冥想，这也许是作者本人走出书斋后的所悟与所知，但同时也为我们如何认识外国探索了一条新的现代性途径。

文化研究

菲律宾阿拉安人二元对立的神灵信仰与“阿格班萨沃德”巫术治疗*

史　阳**

内容提要　本文探讨了菲律宾民都洛岛山区中的原住民芒扬民族阿拉安部族的神灵信仰和巫术仪式“阿格班萨沃德”（Agpansawēt）。阿格班萨沃德仪式是人们通过呼唤神灵、向神灵宣誓，让危重病人得到善灵的救治的仪式。阿拉安人关于善灵、恶灵二元对立的神灵信仰很好地解释了这种巫术治疗的原理，即通过阿格班萨沃德仪式来呼唤善灵、驱赶恶灵。人类与神灵在仪式中达成某种交易，人们在誓言中承诺，若能治愈病人，就提供献祀作为对神灵提供帮助的回报。通过对仪式细节的深描和分析，可以看出阿拉安人的宇宙观、神灵信仰，以及如何采用具体的巫术仪式进行行为实践。

关键词　巫术　仪式　超自然治疗　菲律宾

---

* 本文是“北京高等学校青年英才计划项目”（Beijing Higher Education Young Elite Teacher Project）的阶段性成果。该研究的田野调查工作得到了菲律宾华裔青年联合会的大力支持。本文中的“芒扬神话”指称的都是芒扬民族阿拉安部族的神话，“芒扬人”则是阿拉安人的自称。

** 史阳，北京大学东方文学研究中心、外国语学院。

本文是对于东南亚地区原住民族“异文化”的个案研究，所涉及的是菲律宾民都洛岛（Mindoro）山区中的原住民芒扬民族阿拉安部族，即阿拉安—芒扬人（Alangan-Mangyan），下文简称作“阿拉安人”。阿拉安人是无文字民族，世代生活在民都洛岛北部的全岛最高峰——哈尔空山（Halcon）周围的广袤山地上，人口约1万。芒扬民族是民都洛岛上中央山脉及其附近山区的山地土著民族，一共分为八个部族[①]，总人口约10万。阿拉安是芒扬民族的一个部族，通常自称为“芒扬人”，因为“芒扬”（Mangyan）一词在阿拉安—芒扬语中的意思是“人”，“阿拉安”（Alangan）则是外界对其的称呼，以便区别于其他芒扬部族。阿拉安人在热带丛林山地中从事刀耕火种的游耕农业、果实采集及狩猎，富有流动性的村社是基本的群体生活单位，他们的村社散布在广袤的山区中，由于轮耕的需要每隔数年就会迁移。随着社会的发展和外界平地民族的影响，现在不少阿拉安人来到山脚及其附近的平地定居，逐渐建立起大型的村落，在这些山脚村社中又新增了给平地民族做雇农、拾稻穗等谋生手段。笔者于2004年7月、2006年4月、2007年1~2月、2009年1~2月、2010年7~8月、2013年8月共六次在该山地原住民中从事田野工作，在诸多阿拉安村社中，调查神话的流传形态和信仰方式，以及与神话密切相关的占卜、神判、神谕和巫术等。国际学术界对于阿拉安人的神话、传说等口承民俗或民间文学，尚未有系统搜集和专门研究。

一　阿拉安人善恶二元对立的信仰

“阿格班萨沃德”（agpansawēt）是阿拉安芒扬原住民众多巫术治疗仪式中的一种。在阿拉安语中“agpansawēt”是动词，指的是人发誓的行为；如果是指发誓的内容本身，则用名词“sawētan”，即誓词、誓言。阿格班萨沃德仪式是在病人疾病加重、其他巫术治疗都未奏效的紧急情况下，临时决定日期举行的。阿格班萨沃德治疗的本质是，人们

① 从北到南分别为伊拉亚（Iraya）、阿拉安（Alangan）、塔加万（Tadyawan）、巴达安（Batangan）、布西德（Buhid）、班沃（Bangon）、哈努努沃（Hanunóo）和拉达格农（Ratagnon）。

通过阿格班萨沃德仪式直接呼唤善良的精灵，它听到呼唤后会把人们发誓许下的“sawētan”（誓言）传递给至高神安布奥神，至高神及时听到“sawētan”后，派遣善良的精灵前来帮忙，战胜致人生病的邪恶的精灵，从而让病人渡过生死难关。病人若能起死回生或病情大大缓解，病人家庭会在事后献上祭祀、对神灵予以回报。所以说，阿格班萨沃德巫术治疗的原理，就是阿拉安人关于善恶二元对立的宇宙观，在此信仰基础上利用善恶对抗而进行超自然治疗。阿拉安人的神灵信仰为阿格班萨沃德仪式提供了一套完整的、逻辑性很强的解释和说明。

1. 创世神

阿拉安人的创世神话和宇宙观的核心是至高神、创世神灵安布奥（Ambuao）。阿拉安人认为，在遥远的过去，创世神灵安布奥创造了天空、大地、人类和自然界的万事万物，地震、台风、下雨、打雷、闪电等自然现象都是安布奥造成的。安布奥还是大地的背负者，他用手把世界顶在自己的头上，托举着整个大地，就好像头上顶了一个巨大的盘子。整个大地就像是一个巨大的盘子，在盘子里海水环绕着一些陆地，民都洛岛在世界的中心。岛上的布卡亚干（Bukayagan）山是世界的最高峰，位于世界的正中心。盘子的边缘就是世界的尽头，在那里有个叫布鲁旦（Bulutan）的洞。布鲁旦是世界尽头的分叉路口，一个方向往上，另一个往下。在布鲁旦洞口往下是大地的下方，那里是无边的深渊，叫杜由安（Tuyungan），是阿拉安人信仰中的地下世界。布鲁旦的洞口还是全世界的出水口，世上所有的江河湖海里的水都会流到那里，再通过洞口往下流到杜由安中，所以杜由安里面是黑暗、无边的大水。从布鲁旦往上，就来到大地上方的天上世界，叫巴拉巴干（Parakpagan），是阿拉安人信仰中的“天堂”。最初巴拉巴干距离大地很近，就在世界最高峰布卡亚干山上面一点，是神和灵生活的地方。那里完全是另一个世界，有着成片肥沃的旱田，也有树林、河流、村社等，人们可以随意地刀耕火种，有无数的高地稻米、肉、薯蓣、树薯、芋头等食物可供享用，那里没有饥饿和疾病，非常快乐、美好、富足。人是有灵魂的，叫“阿比延”（abiyan）。人死后，灵魂阿比延就会离开人体往上飞，所有善良的人的阿比延都会飞到巴拉巴干，在那里舒服地居住。世界创造之后，曾经发生过一场淹没一切的原始大洪水，洪水后一对幸存的兄妹重新繁衍了数个子女，这些子女就是今天各个民族的人类或者精灵的祖先。

阿拉安人的信仰是“万物有灵”，他们认为自然界中的各种草木、山石、溪水等都有其主人，而这些“主人”就是大大小小的神灵，阿拉安语称其为“kapwan”（主人），它们从根本上都由安布奥神控制。阿拉安人关于神灵创世、洪水神话、灵魂、善灵、恶灵、巫医治疗的各种信仰合在一起是一套完整的体系，即一整套以至高神安布奥为中心的信仰体系。这套信仰体系是阿拉安人的世界观，是他们精神世界中的思想和哲学，是他们核心的意识形态。因为安布奥神是一切的创造者和守护者，在精神思想的层面，信仰中出现的各种要素都与他有关；在实践的物质层面，所有仪式中出现的各种要素也大都与他有关，或者是可以追溯到他的，包括阿格班萨沃德在内的各种巫术实践也是以他为最高权威的。

2. 恶灵

阿拉安人相信，自然界中存在着各种各样邪恶的精灵，即恶灵。恶灵有很多种类，它们栖身在不同地方，攻击、侵害、残杀人类的方式各有不同，有的还有些迥异的特质。阿拉安人把所有恶灵统称为“麻冒”（mamao）。麻冒按照来源大体上可以分为两类：①来自于死者灵魂阿比延的亡灵“卡布拉格”（Kabulag）；②栖居在大自然各地的其他各种“麻冒”。

第一种亡灵“卡布拉格”是由死者的灵魂阿比延变成的。阿拉安人认为，人死后，人的灵魂阿比延会飞离人的身体，它们都想飞到天上世界，但有一些阿比延会从布鲁旦跌落入地下世界杜由安无尽的深渊中。这些落入杜由安的阿比延如果再回到人类世界中，就会成为亡灵卡布拉格。卡布拉格是伤害人的邪恶精灵，阿拉安人把它归为恶灵“麻冒”的一种。卡布拉格常会回到人们周围，寻机摄取人类的阿比延，尤其针对死者生前熟识的家人和亲属。第二种恶灵“麻冒”则是统称来自于自然界的各种恶灵。阿拉安人认为，在森林深处、泉水旁、巨石上、大树上、山洞里等各种幽静偏僻之地，都居住着害人的精灵，它们是自然界中的各种妖魔鬼怪。麻冒只是这些恶灵的总称，阿拉安人依据其来源地、害人方式对它们有一系列的具体称呼，包括“Bandilaos”“Libodyukan”

“Languayēn”“Tikbalang”“Epēr”“Panlibutan”“Tagayan”“Ulalaba”等，这些指称的都是具体某一类型的麻冒。阿拉安人相信，恶灵栖身在大自然中的各种地方，包括高山顶上、大森林中、洞穴中、高大的石头上、高大的树木上、泉水的源头、溪流或湖泊中等。平时他们在这些地方守候着，有时候也主动来到人类村社周围游荡，伺机攻击人类，摄取受害人的阿比延，并把阿比延带走。阿拉安人说，恶灵“就像我们打猎一样，伺机猎捕我们芒扬人”。

各种恶灵侵害人类的方式基本一致。恶灵从连接地下世界杜由安和人类世界的洞中钻出来，然后从世界尽头穿过一片片的大森林，来到村社周围。恶灵平日会在人们生产生活的各个地方——包括村社、森林、山峰、巨石、道路、溪流、泉眼等地游荡；一旦遇到人类，就会伺机摄取人的阿比延；当它摄取了人的阿比延之后，人们就会发现受害者生病了。病人生病的同时，麻冒会挟持着病人的阿比延，一同返回布鲁旦的那个洞口，以便最终能回到杜由安去。如果麻冒能够带着病人的阿比延顺利地从洞口进入杜由安，病人就会死去。所以，对于麻冒导致的疾病，必须依靠巫医举行呼唤善灵驱逐恶灵的巫术仪式来治疗，因为“人类很弱，打不过麻冒，只有巫医召唤来的善灵卡姆鲁安才能对付它们”。治疗时，要求巫医尽快召唤到自己所掌控的卡姆鲁安，赶在病人的阿比延被麻冒挟持到洞口之前截住它们，并迫使麻冒把病人的阿比延交出来，阻止其带走。“如果麻冒带着阿比延落入洞里的话，就彻底没救了。”巫医在巫术治疗中，必须反复嘱咐卡姆鲁安四处搜寻麻冒的行踪，去追踪它所挟持的病人的阿比延。一旦卡姆鲁安把病人的阿比延找回来，病人便会痊愈。

3. 善灵

在阿拉安人二元对立的世界观中，善良力量的代表是各种各样的善灵。阿拉安人把这些善良的精灵统称为善灵“卡姆鲁安”（kamuruan），本文中用“善灵”“卡姆鲁安”“善灵卡姆鲁安”来称呼它们。这些善灵栖居在最高的山巅之上，平时昼伏夜出，在山上、天上四处游荡，一旦听到人类的呼唤，就会从高处下来，到人们身边，按照巫医或其他人的指示，帮助人们打败恶灵。

阿拉安人认为善灵栖居在自然界中各种各样的地方，包括天上、河流、旱田、山坡、山谷、山峰和森林等，所以阿拉安人根据它们各自的来源地区为善灵命名。每个巫医掌握的善灵各不一样，巫医对自己所掌控的每个善灵都各起一个具体的名字，于是善灵几乎没有重名的。最常见的名字就是直接按照善灵所居住的山林、水流、土石的名字，然后区分一下该善灵是男是女，名字就是来源地和性别合在一起的表述，比如“从某片山地来的男子”“来自某片森林的女子”。在所有卡姆鲁安中，有一种善灵不同于其他卡姆鲁安，它名叫“比布用”（bibuyēn），是善灵中本领最强大的一种，是善灵的首领，其他的卡姆鲁安都听从它的指示去与恶灵麻冒对抗。巫医则把比布用称作“善灵之王”，巫医可以在梦中与它联络沟通。比布用不会随便听从人们的要求，只有经验丰富、水平很高的巫医，才能够把比布用呼唤出来给人治病。这就是为什么巫医也有水平高低之分，阿拉安人需要巫术治疗时，都尽可能请名声在外的高水平巫医。各种卡姆鲁安可以治疗不同的疾病，有的负责治肚子疼，有的负责治头疼，有的负责治腰疼等，即每个卡姆鲁安都是“专科医生”，有自己擅长之处。巫医在呼唤卡姆鲁安时，也会根据病人的病情，因地制宜地呼唤特定的卡姆鲁安前来治疗。

虽然阿拉安人把善灵分为不同类型、冠以多个名称，但它们的具体职责大同小异，都是负责驱赶恶灵，治疗各种疾病，始终在治疗第一线上“工作”。它们是阿拉安人赖以对抗恶灵的直接力量，因为人类自己无法与恶灵直接抗争，只有善灵能够发挥自己的神力去与恶灵斗争。恶灵麻冒和善灵卡姆鲁安是不共戴天的对头，于是人们要想驱赶、战胜恶灵就必须召唤善灵来与之斗争。但是善灵不是随随便便就能被请来的，通常要通过巫术仪式的方法进行召唤，善灵才会前来。召唤时，人必须向善灵祈祷，说出要求善灵做的具体事情，让善灵知道，某地的某人正在受恶灵侵扰，请求善灵前来相助驱赶恶灵。

4. 信使

卡姆鲁安中还有一类特殊的善灵，被称为“巴德巴丹之灵”（Taga-badbadan），其字面意思是“从巴德巴丹山上来的人”。这个名字完全符合阿拉安人用地名来给各种善灵命名的习惯。巴德巴丹之灵是众多善灵中极其特殊的一个，因为它不直接参与治疗，而是专门充当信息传递的使者——“信使”。不仅是阿格班萨沃德，巫医在为病人举行巫术和占卜仪式时，为了达到更好的治疗效果，直接呼唤的不是其他卡姆鲁安，而是巴德巴丹之灵。这是因为在巫术仪式中，人们都要呼唤至高神安布奥，把自己的请求告诉他，而巴德巴丹之灵是安布奥专门的信使，于是人们以祈祷的方式，把自己的请求先传递给巴德巴丹之灵，由它转告安布奥神，最终安布奥神会命令善灵前来帮助人们。安布奥神不是人可以随便呼唤的，也不会随意地答应人们的请求，所以在巫术仪式中，人们提出请求的同时，还要向安布奥神许诺，事成之后会用什么样的献祀来报答神灵，阿拉安语把这个过程叫作“piyagikawan”，意即做出承诺。巫医或其他人在仪式中呼唤巴德巴丹之灵，把人们的请求和承诺告诉它，它会把这两者都转达给安布奥，安布奥神会对人们的请求做出决定，即是否应允人们的请求，并且用神谕的形式把决定的信息反馈回来，阿拉安人会通过占卜获得神谕，知道神的决定。这是一个完整的信息发出、传递和反馈的过程，在这个过程中，巴德巴丹之灵充当了重要的中介，如果没有他，人们的请求和许诺都不会被安布奥神所知。

巴德巴丹之灵在阿拉安人中有多个名字或称呼，包括“Taga-badbadan”“Taga-silangan”“Taga-latayan”“Taga-bulod”“Tuliyon Bingkol”“Bangig Talinga”，而且每个名字各有特点。“Taga-badbadan”和“Taga-silangan”这两个最常用，字面意思都是指该神灵所居住的位置。“Badbadan”的意思是“山顶”“山峰”，指的是阿拉安人生活的山脉中最高的地方，今天爬上去还可以看到那里有成片的大森林，还有一个深水冷泉湖，名叫卡迪布里用（katibliyon），湖里面是源源不断的泉水，阿拉安人境内一切河流都以那里为源头，在那里的大森林中居住着一个长着人模样的精灵，就是“Taga-badbadan”，意即“从 Badbadan 山上来的人”。“Taga-latayan”和“Taga-bulod”这两个称呼相对用的少一些，其中的“latayan”和“bulod”也都是山顶的意思，这两个称呼意为从山顶来的人，这与“Taga-badbadan”一词的意思基本一致。同时阿拉安人还认为，所谓的 Badbadan 山顶在方位上位于东方，巴德巴丹之灵居住在太阳升起的地方，所以它也被叫作“taga-silangan”，即“从太阳升起地方来的人”；而且在巫术祈祷中呼唤它时，人们应该面朝东方太阳升起的方向，以表示面向着这位神灵。因为方言的音变，在有些阿拉安村社中也把其叫作“taga-sirangan”或“silangan”。“sirangan”的意思是“太阳升起的地方”。阿拉安人如此强调巴德巴丹之灵与东方有关是因为在阿拉安文化中，东方作为太阳升起的地方被认为是人的生命力、农作物健康生长的象征，而巴德巴丹之灵在巫术仪式中通常都与生命力有关。而强调它栖居在山上的高处，表明它和其他善灵卡姆鲁安一样是原始大洪水后兄妹俩再繁衍的后代，后来跑到山上成了精灵。

而“Tuliyon Bingkol”和“Bangig Talinga”这两个别名最好地解释了为什么巴德巴丹之灵可以充当人与神灵之间的信使。这两个称呼源自巴德巴丹之灵独特的体态特征，正是这一特征让它成为阿拉安人与神灵之间的信使。“tuliyon”这个词意为“耳蜡”，“bingkol”意为“聋子”，“Tuliyon Bingkol”的意思是“耳蜡（过多）的聋子”；“bangig”这个词意为“单一的”，“talinga”意为“耳朵”，“Bangig Talinga”的意思是“只有一只耳朵（的人）”。阿拉安人认为，巴德巴丹之灵只有一只耳朵是正常的，另一只耳朵则几乎聋了，原因是那只耳朵里的耳蜡（tuliyon）太多，堵住了耳道，所以“耳朵的洞非常小，只有针眼那么大”，于是它又得名“Tuliyon Bingkol”和“Bangig Talinga”。阿拉安人还认为，因为巴德巴丹之灵的耳洞只有一个细小的缝隙，所以声音一旦进去之后就再也出不来了；而且因为它的一只耳朵聋了而另一只耳仍能听到，所以他听见的东西绝对不会“左耳进右耳出”，只要听进去就再也不会出来，能够把听到的事情毫无遗漏地都告诉安布奥神。因为这个特点，巴德巴丹之灵在所有善灵卡姆鲁安中最适合充当人类与神之间沟通的途径，于是阿拉安人把它当作专门的“信使”，认为它“听见人们的祈祷之后，不会把祈祷辞忘掉，能够全部传给安布奥神”。

由此可见，阿格班萨沃德巫术治疗是建立在一套善恶二元对立的体系之上的。各种恶灵麻冒是二元对立体系中邪恶的力量，它们是导致人们生病受苦或遭遇厄运的原因。善灵卡姆鲁安和巴德巴丹之灵合在一起构成了善恶二元对立体系中的善良的力量，它们发挥各自的作用，帮助人们对抗恶灵，治疗疾病，驱邪禳灾。善灵卡姆鲁安和巴德巴丹之灵与至高神灵——创世神与“守护之主”安布奥（Ambuao/Kapwan Agalapēt）是主人和仆人的关系，巴德巴丹之灵和其他的善灵卡姆鲁安一样，都是由安布奥创造的——洪水后幸存的兄妹俩的后代，平日里为安布奥服务，听从安布奥的指挥，专门负责把人类有关治疗、驱邪等方面的信息报告给安布奥。它和其他善灵卡姆鲁安一样是人类的朋友，区别在于，普通的阿拉安人未必能把其他的善灵呼唤来，只有巫医平时有能力与各种善灵交朋友，在需要时请他们出来为人类治病。巴德巴丹之灵则是所有阿拉安人都可以呼唤的，只要进行阿格班萨沃德仪式，它就能够听见人们的呼唤。如果人们不进行阿格班萨沃德仪式，巴德巴丹之灵并不会知道有人生病；如果人们能成功地呼唤到巴德巴丹之灵，之后安布奥会来帮助人们实现他们的心愿。

二　阿格班萨沃德仪式的过程

病人在经过其他巫术仪式治疗无效之后，家属才会准备举行阿格班萨沃德仪式。举行的日期没有限制，因为它是在疾病加重的紧急情况下，临时决定日期举行的，但对于举行的具体时辰有严格的规定。它必须在黎明时分、天际破晓的那一刻举行，或者情急之下，可以在黎明前的暗夜中举行。阿拉安人的众多治疗仪式都是由巫医“巴拉欧南”（balaonan）来组织、主持或主导的，但阿格班萨沃德仪式通常由病人的长辈近亲属主持，偶有巫医陪伴，这本质上还是因为它在阿拉安人的巫术治疗中，是为了挽救垂死病人的最后一搏。成年的阿拉安人都知道应该如何进行阿格班萨沃德仪式，它和其他巫术仪式一样在阿拉安人的日常生活中很常见，是原住民人人皆知的地方性知识。

大约清晨五六点钟，仪式在太阳刚刚升起的时候开始，主持者、病人、参与者都要面对着东方，即太阳升起的方向。仪式非常强调初升的太阳这一要素，这是因为日出象征着生命的复兴和复活，正如报告人比那所说的，“日出对于我们非常重要，因为它有特殊的意思”。日出的时候，在病人家所在的高脚屋里，仪式主持者登高来到房子的坡顶（atēp）位置，把手伸进屋顶上覆盖的密密麻麻的“garaēn”（铺作屋顶的茅草）中，用力拨开草秆，扒拉出一条窄窄的缝隙，让初升太阳的阳光能够从隙缝中投射进房间。隙缝的具体位置并不一定，一年中会随着太阳轨迹的变化而变化，阿拉安人对此也没有特定要求，只要能确保让一缕阳光照射进来即可。

然后把病人移到这缕阳光能够照射到的地方，让病人躺在阳光照射而成的那个光斑之下。虽说阳光可以照射到病人身体的任意部位，但最好能让光斑落在病人的躯干上，然后就在病人身上的那个光斑上，放上一块手帕大小的布。随后仪式开始。和其他阿拉安仪式一样，主持者要先大喝一声，声音尖厉而悠长，在场的人们听见后会静默下来，专心听主持者说话。首先主持者要呼唤神灵，不同的人主持时祈祷辞会带有自己的风格，比如报告人马可尼称，自己呼唤时第一句话会说“Longlongo daypalang agpayronggo”，这是他对巴德巴丹之灵的称呼，原因是他认为“巴德巴丹”山峰具体的地名应该是“Longlongo”。马可尼还称，呼唤巴德巴丹之灵时心一定要诚，要用最熟悉的词去称呼他。“Longlongo daypalang agpayronggo”这个名字虽然比较长，其他人可能不用这个称呼，但他在吟唱和宣誓时，一定按此呼唤巴德巴丹之灵，因为他对这个名字最为熟悉，所以每次都这么叫，如果不这么呼喊，巴德巴丹之灵可能就听不见了。

呼唤的阶段结束后，仪式主持者会首先带领病人家属一起祈祷说：

Anuwa in Kapwan,
守护之主啊，你在哪里？
in kanyam Agalapēt,
我们的守护神，
nguna pag-umaga kami agpansawēt,
今天早上我们一起发誓，
anuwa in Taga-badbadan,
巴德巴丹来的人你在哪里？
kami paniwalaēn mamarēngēy,
听听我们（说的），（你要）相信我们，
bingkol talinga,
聋了耳朵的人，
bangig talinga.
只有一只耳朵的人。

这里“聋了耳朵的人”“只有一只耳朵的人”指的都是巴德巴丹之灵，在呼唤它之前，必须先呼唤守护之主（Kapwan Agalapēt）。呼唤完“Kapwan Agalapēt”（安布奥）和“Taga-badbadan”（巴德巴丹之灵）之后，主持者把布块往旁边一扔，边扔边继续说道：

Mibuswang wakay in apo maskit,
病人再次为你敞开，
mauraw wakay,
你可以再次（让他）康复，
kau piyagikawan buyok,
我们许诺给你献上了猪，
kau igbatay biyusli,
你（的态度）不要傲慢，
no kau maal,
如果你有能力把病治好，
no kami piyaniwala.
如果你仍是我们所相信的，
Nguna daan pagpasunsong wa.
现在这就是我们与你的约定。

这里，主持者首先要求巴德巴丹之灵和安布奥一起来听人们的祈祷。祈祷辞中，“biyusli”在阿拉安语中的意思是“傲慢”，这个词展现出阿拉安人与神灵之间的利用与被利用的微妙关系。平日在村社中，当一个人举止不够礼貌、不听他人意见、不顺从集体、过于自信、对人爱答不理时，阿拉安人会说，这是一个“biyusli”的人。长辈教育晚辈时，也常说对其他人要谦虚和善，不要“biyusli”。“biyusli”显然是个贬义词，但它并非是对一个人的完全否定，所指的仍是“人民内部的矛盾”：它从不用于形容敌人、入侵者、坏人、恶灵、鬼怪等敌对的一方，只用来说自己一方人的性格或行为上的缺点。也就是说，“biyusli”这个词在批评对方礼貌欠佳的同时，依然承认对方和自己是紧密相连的伙伴、同胞、朋友。阿拉安人在这里的祈祷中一方面告诉神灵会杀猪献祀、表示对它的感谢，另一方面又敢于用“biyusli”这个表示批评的词来明确地向神灵警示，告诉它不要摆出“biyusli”的态度而不理会阿拉安人的祈祷，要按照约定帮病人治病。“pagpasunsong”在阿拉安语中的意思是约定、契约、协议，是阿拉安人日常交易时经常使用的词，“pagpasunsong”涉及的双方是平等的，彼此一致同意同时享有某些权利和履行某些义务。比如在旱田的集体劳作中，相邻旱田的主人会说“我们约定好，今天我来你的旱田里除草，明天你来我的地里锄草”；村社集会惩罚肇事者时，首领会说“我们在这里约定好，某人因为损害了某人田里的甘薯，他要赔给对方一头猪”。阿拉安人在祈祷辞中使用“pagpasunsong”这个词，表明他们在试图通过祈祷与安布奥和巴德巴丹之灵达成一个关于病人的“协议”。

显而易见，阿拉安人虽把神灵视为神圣的，但绝不是简单的、五体投地的膜拜和敬畏，阿拉安人可以直接向神灵表示对他的不满和批评，可以对神灵指手画脚——直接提要求、谈条件，甚至还可以直接向神灵提出警告和威胁。神灵对于阿拉安人，并非庙堂之上高高供奉的、不可触犯的神，而是事事可以商议、讨论的伙伴，更是可以进行交易、达成契约的对象，也就是说，神灵是可以被利用的对象。阿拉安人在阿格班萨沃德仪式中进行的是一场人与神的交易，里面带有讨价还价的色彩，阿拉安人付出的是献祀品，神灵付出的则是出面帮助治病。阿拉安人通过祈祷，与神灵就这次交易进行谈判；祈祷结束，双方的契约就明确了。法国社会学家马塞尔·莫斯曾提出“礼物”的概念，馈赠和回礼互为义务的情况在人类社会中广泛存在，交换的范围不仅是人与人，还包括人与神灵。[①] 神灵是一切的拥有者，人与神灵交换再正常不过；神灵接受人的馈赠时，也必须要回礼。阿拉安人的巫术、占卜等种种实践行为实际上是他们在向各种神灵索取东西，他们主动提供祭品，是为了获得神灵的回礼——答应他们的请求，帮助他们治疗疾病。所以说，在仪式中宰杀的猪、鸡绝不是平白无故给神灵的，各种敬意、献祀绝不是简单地因为阿拉安人想向神灵表达敬意。在阿拉安人巫术、仪式背后是

① 马塞尔·莫斯（Marcel Mauss）:《礼物——古代社会中交换的形式与理由》，汲喆译，上海世纪出版集团，2005，第4~6页。

他们对待神灵的功利心理、利益交换。这些仪式虽然充满奇幻、诡异的色彩，参与者都在异常兴奋地激动地大喊大叫，但这绝不是原住民在通过理想主义的方式宣泄自己的宗教情感，而是非常现实、功利的实践行为，阿拉安人在祈祷中反复强调的是要与神灵达成治病救人的“协议”，献祀在仪式中成为促成契约的手段。

接下来主持者要和神灵具体商讨双方“协议”的内容，他祈祷说道：

Mamarēngēy in Taga-badbadan,
你们听着啊，Taga-badbadan
Kapwan Agalapēt,
和 Kapwan Agalapēt，
anda kanyam apo maskit pakaypiyawēn,
我们这里有病人需要医治，
palakasēn wakay,
让他强壮起来，
ayaw wakay apo maskit,
让他不要再生病了，
no kau dapo wakay maskit,
如果你能让他病愈，
kau piyagbunoan buyok,
（我们）给你杀猪，
pagpabogwayan taba.
（你）让猪的脂肪展现出来。

这里，阿拉安人不仅要明确与神灵“协议”的内容，还要求神灵对“协议”是否能够奏效及时给出回答，即要求当场求取神谕。具体的方法是“让猪的脂肪展现出来”，即宰杀了用于献祀的猪之后，开膛破肚，观察猪脾脏附近隔膜上脂肪的形状以进行占卜、获取神谕，从而告诉人们病人是否可以康复。

祈祷结束后，立即杀猪进行占卜，杀猪献祀并且进行祈祷。举行这次占卜的动作要非常快，因为此时病人已经奄奄一息，病人的家属都非常害怕，希望能够争取最后一线希望。杀猪占卜时，主持者会向安布奥神反复祈祷，强调病人已是命悬一线，祈求神灵前来解救病人。人们把猪牵到房中，捆好后放倒，主持者一边按着猪，一边祈祷说：

Kau pagbuyok,
你这头猪，
kau kanyam kyuwa,
我们把你拿过来，
kau in ag-upyas anda pagmaskit.
要靠你来医治我们的病人。
Anuwa in Agalapēt?
守护之主你在哪里？
kau mamarēngēy,
你要听着呀，
kami kaawaanēn,
怜悯我们吧，
anda pagtao alison wa in maskit,
这个人就要被病魔带走了，
kami kaawaanēn,
怜悯我们吧，
kami ayaw tē wakay,
我们很可怜，
kami agdaing anda
我们在此祈祷
pag-apo maskit paarawēn wa.
你能“治”好这个人的病。

宣誓之后就杀猪进行占卜，查验猪的脾脏的形状和薄膜上的脂肪，从而确定凶吉。主持者还会把先前扔到一边的布找回来藏好，以后不能让病人再碰到它，这块布将被作为这次为了病人向神灵发誓的凭证。

三　阿格班萨沃德仪式的结果

仪式结束之后，人们便等待病人的病情能否好转。如果病人最终康复了，等上整整一年，到一年之后的那一天，病人家庭要为履行当初的诺言而再次用猪举行占卜，并表达对神灵的感谢。待杀猪占卜仪式完毕，病人才可以去碰那块布。阿拉安人认为，总体上阿格班萨沃德仪式是值得信任的，一般情况下病人家属能够通过此仪式呼唤到安布奥，并且有效地医治病人。阿格班萨沃德仪式的具体效果还与病人及其家属对于所许诺的“sawētan”（誓言）的相信程度有关。巫医德尼休称，病人一家如果“相信为他所许下的‘sawētan’，那就会治疗得很好”；如果连病人“本人都不太相信‘sawētan’的话，他肯定活不下去”，可谓是“信则灵，不信则不灵”。报告人普遍反映，大多数情况下阿格班萨沃德仪式都是有效的，“十个‘sawētan’中，会有七个病人能够最终活下来，只有三个因誓言不能奏效而死去”。

阿格班萨沃德仪式是对病人进行的最后治疗。如果发誓之后病情依然不见好转，说明这次阿格班萨沃德仪式没有效果。当病人奄奄一息进入弥留状态，人们会来到濒死的病人面前，聚集在一起，非常悲伤。此时病人已经快断气，人们怎么呼唤都没有反应，病人的父母、兄弟或者巫医会站在病人身边，对神灵祈祷说：

> Dapo wa in sawētan,
> 誓言已经没有了，
> kangay pangako in agbuno buyok,
> 我们已经按照誓言（准备为此）杀猪，
> kau idwa maniwala.
> 你却不相信我们。

此时祈祷的人必须是当初在“pansawēt”仪式中发誓的同一个人，因为这时仪式已有了最终的结果，需要就当初仪式中的誓言最后做一个交代。这一次祈祷是处于悲伤情绪中人们发出的哀怨，因为此前人们已经进行阿格班萨沃德仪式杀猪献祀、向神灵发誓，但没有奏效。阿拉安人认为，虽然阿格班萨沃德仪式没有奏效，但必须要告诉神灵，阿格班萨沃德没有奏效不是因为阿拉安人的疏忽、不敬或者其他任何的人为过失，而是神灵没有履行自己的职责，不相信阿拉安人的誓言，没有前来帮助治疗病人。阿拉安人用这种方法将誓言无效的责任明确地交由神灵承担，表明自己已经尽了最大努力，逝者已去。这样，包括病人家属在内的其他阿拉安人的内心则得到了一些宽慰，从而得到释然。

如果后来病人没能撑过去病死了，以后就不用杀猪举行占卜仪式来履行诺言。在埋葬死者时，巫医和死者家属会聚集在一起祈祷说："kau dapo sawētan, kau idwa maniwala。"意为：你没有兑现诺言，你不相信（我们）。这是阿拉安人在向神灵抱怨和发泄，指责神灵没有相信他们为病人许的诺，最后也没有派善灵卡姆鲁安按诺言所言医治病人，结果病人死了。阿格班萨沃德仪式时不时会出现治疗失效、病患死去的情况，在阿拉安人的理解中，归根结底，并不是仪式不管用，而是因为神灵没有发挥作用，具体可以分为以下多种情况。人类祈祷时，巴德巴丹之灵不是每次都能听到，如果巫医的能力不够，巴德巴丹之灵就听不到人类的祈祷，安布奥也不会派善灵来救治。有时巴德巴丹之灵的态度不够认真，按阿拉安人的说法是"神灵傲慢了"，它自己没注意去听，或者安布奥神没有把事情放在心上，或者善灵没有积极出动，总之如果卡姆鲁安、巴德巴丹之灵和安布奥神这三方中有一方没有发挥作用，那么病人还是得不到救治或者社区仍会罹难。还有时，各环节都没有问题，善灵也按照安布奥的旨意来了，但是恶灵实在太强大，善灵根本斗不过恶灵，最终善灵被打败、逃走了，病人还是会死去，个人或村社遭遇的厄运还是无法结束。所以在阿拉安人看来，要想巫术治疗发挥作用，上述几个环节必须都配合得天衣无缝，否则，人类是无能为力的。

四　结语

本文考察了阿拉安人善恶二元对立的神灵信仰，以及在该信仰思想的指导下，原住民进行阿格班萨沃德巫术治疗的全过程。阿格班萨沃德以阿拉安人的神灵信仰为宇宙观基础，阿拉安人的神灵信仰为仪式治疗的原理提供了一整套解释。通过仪式中的种种细节，我们可以清楚地发现，阿格班萨沃德仪式在本质上是人们向神灵宣誓，希望神灵派遣善灵来驱赶恶灵，从而治愈病人。宣誓的内容主要是人向神承诺，如果达成目的，就会向神灵献上价值高昂的祭祀。从中还可以发现，阿拉安人把神灵视为平等的、可以交涉的伙伴，在仪式中完全是用一种实用主义的态度去对待神灵的，仪式中宣誓治疗的实质是与神灵谈判、达成协议、进行交易，神秘的巫术、神圣的仪式其实是由上述一步步普通的、生活化的步骤组成的，原住民是用一种朴素、平常的方式来看待神圣、神灵、仪式这些概念的。

菲律宾史诗《蓝昂的一生》的叙事形态学分析

许瀚艺*

内容提要 《蓝昂的一生》是菲律宾北吕宋地区少数民族伊洛哥族的英雄史诗，是伊洛哥族史诗歌手世代传唱的经典，同时也是民俗学、人类学研究的重要对象。本文试图运用结构主义的方法对史诗的结构和内容进行分析，找出史诗中的二元对立所传达的意义。

关键词 结构主义 二元对立 回归歌 通过仪式 菲律宾史诗

一 《蓝昂的一生》与结构主义

伊洛哥族（Ilocano）是菲律宾吕宋岛北部的山地民族，在当地流传着关于本民族英雄的史诗《蓝昂的一生》（*Biag ni Lam-ang*）。由于伊洛哥族是无文字（non-literate）民族，口头传统（oral tradition）成为当地文化的重要传承形式，其中包括史诗、民谚、谜语、故事以及传说等。而《蓝昂的一生》则是伊洛哥史诗中的代表作。1640 年前后，伊洛哥史诗演唱者佩德罗·布卡内格（Pedro Bukaneg）首次记录下了这一史诗的西班牙语文本，《蓝昂的一生》也成为最早由文字记录下来的菲律宾史诗。19 世纪末 20 世纪初，民俗学、人类学在世界范围内广泛兴起，作

* 许瀚艺，北京大学外国语学院。

为口头传统的史诗受到了学者们的重视。虽然有先前的文本流传下来，但史诗的一个重要特征即在传承和传播的过程中不断发展变化，旧有的一些组成要素随着社会文化的变迁或被保留或被替代，因此学者们不断前往伊洛哥人生活的地区寻找史诗演唱者，记录、整理并翻译出史诗的不同版本以作为研究的材料。除了伊洛哥语版本之外，学者们还贡献了诸多西班牙语和英语版本，其中包括19世纪末雷耶斯（Isabelo de los Reyes）所搜集的西班牙语文本、麦蒂纳（Canuto Medina）所记录的西班牙文版本、瓦尔代斯（Correlio N. Valdez）所记录的英译本等。此外，我国的刘浩然还根据邦板牙（Pampanga）诗人于逊（Amado M. Yuson）在1955年所发表的一个英文译本将《蓝昂的一生》翻译成了中文。《蓝昂的一生》在文本形式上有韵文体版、散文体版；在内容上有完全按照史诗表演所整理的演唱版，还有融合几个版本、润色整理的综合版。其中，1935年叶贝斯（Leopoldo Y. Yabes ）通过将赫尔马诺斯（Parayno Hermanos）的版本和其他三个版本进行比较而整理出的综合文本是目前被广泛认可的。本篇文章对于史诗的分析即建立在对几个现有文本的阅读的基础上，其中包括桑多斯（Angelito L. Santos）的译本以及叶贝斯的综合本。①

关于史诗《蓝昂的一生》目前学术界尚关注较少，仅有史阳所著的《内容与传统——伊洛哥史诗〈蓝昂〉研究》② 以及吴杰伟、史阳所著的《菲律宾伊洛戈族史诗〈拉姆昂传奇〉初探》③ 。整体来看，对于某一具体史诗的研究方法大致可以分为两种：① 根据某一定本采用民俗学、神话学的理论进行具体的分析，这种方法所针对的乃是史诗本身的结构、内容以及形式；② 根据不同时代的多个版本进行综合比较研究，通过观察不同版本中史诗要素的发展变化可以对史诗持有者的文化变迁有更为系统的了解。本文采用了第一种研究方法。

---

① 关于《蓝昂的一生》更多版本的信息参见吴杰伟、史阳译 / 著《菲律宾史诗翻译与研究》，北京大学出版社，2013，第115~118页。

② 史阳:《内容与传统——伊洛哥史诗〈蓝昂〉研究》，载史阳、吴杰伟《菲律宾民间文学概论》，菲律宾华裔青年联合会，2003，第170页。

③ 吴杰伟、史阳:《菲律宾伊洛戈族史诗〈拉姆昂传奇〉初探》，载裴晓睿等主编《东方研究》(2009)，阳光出版社，2010，第83~96页。

在进行分析之前，需要介绍一下本文运用的理论方法。瑞士语言学家索绪尔（Ferdinand de Sausure）指出，语言中一个词语的意义不是由它自身决定的，而是把它放在整个语言中通过它与其周围词语的结构关系来确定的，这样的分析方法被称为结构语言学。受此影响，20世纪人类学家列维－斯特劳斯（Claude Levi–Strauss）指出，在研究神话、传说、史诗时，它们的情节就像语言中的文字一样，只有把情节放在结构中去分析，才能理解情节真正的意义。通过分析，列维－斯特劳斯把叙事分解为一个一个的情节，并把这种抽取出来的情节称为神话素（mytheme）。列维－斯特劳斯认为作为情节的神话素本身的意义并不重要，而应该把每个神话素放在与其他神话素共同构成的结构中去考察。但是，列维－斯特劳斯同时也指出，神话素之间的确存在着逻辑关系。列维－斯特劳斯所谓的逻辑关系不是在叙事过程中体现的时间逻辑，而是隐藏于各个神话素之间的结构逻辑。① 列维－斯特劳斯认为，文本结构反映出来的是人类思维的结构，因此可以通过对文本的分析而达到对人类思维共性的探索。本文将通过这种方法对文本进行分析，探索史诗的内在意义。在展开具体分析之前，需要简单介绍一下《蓝昂的一生》的情节。

在很久以前的卡尔布安（Calbuan），男人胡安（Juan）与女人娜莫安（Namongan）结婚。娜莫安怀孕后，胡安从山中给娜莫安搜集了生孩子必备的物品。在孩子出生之前，胡安离开家去黑山之上与猎头民族伊戈洛特（Igorot）人决战。胡安一去不复返，娜莫安生下了一个男孩，男孩刚生下来就会说话，给自己取名为蓝昂（Lam–ang），而且蓝昂很快就长大了。长大后的蓝昂离家去黑山寻找父亲，得知父亲被伊戈洛特人害死之后施展神力杀死了伊戈洛特人。复仇之后，蓝昂回到家里，在家乡的河里杀死了巨大的鳄鱼。蓝昂梦到他将要娶卡拉努迪安（Calanudian）的女子坎诺嫣（Cannoyan）为妻，于是他精心准备，带上有神力的宠物助手踏上求婚的道路。在求婚的路上，蓝昂遇到了同去求婚的苏马让，面对苏马让的阻拦蓝昂轻松地打败了他。后来蓝昂又在

① 克劳德·列维－斯特劳斯:《结构人类学——巫术·宗教·艺术·神话》，文化艺术出版社，1989，第42页。

路上遇到了诱惑他的女人萨里妲旦，蓝昂毅然拒绝了她并继续踏上求婚之路。来到坎诺嫣的住处前，蓝昂与宠物助手施展神力吸引了坎诺嫣和她的父母。在求婚时，坎诺嫣的父母向蓝昂提出了考验，他要有足够多的聘礼才可以娶坎诺嫣。蓝昂回到家里，用两艘金船载着家人和乡亲们再次去求婚，这次坎诺嫣和蓝昂举行了婚礼，大家举行宴席庆祝。宴席结束，村长告诉蓝昂是时候去寻找拉让（Rarang）鱼了，蓝昂接到神谕并告诉妻子自己将在寻找拉让的时候被大鲨鱼迪奥安－迪奥安（Tioan-tioan）吃掉，而且他死的时候会有各种迹象发生。果然，蓝昂遇害时，坎诺嫣看到了蓝昂所说的迹象，坎诺嫣为此伤心欲绝。这时，蓝昂的宠物助手狗和鸡告诉坎诺嫣只要能收集齐蓝昂的骸骨就可以让他复活。坎诺嫣请村里的潜水者找到了蓝昂的骸骨，蓝昂的宠物助手同时施展法术使蓝昂复活，从此他们幸福地生活下去。

二　史诗的二元对立结构

按照列维－斯特劳斯的方法，先将《蓝昂的一生》的主干情节按照时间逻辑列出来：

（1）蓝昂要出生，胡安上山收集必需材料；

（2）胡安利用魔法成功带回了竹子等材料；

（3）胡安出发去黑山挑战伊戈洛特人；

（4）蓝昂出生后神奇地长大并去寻找父亲；

（5）蓝昂杀死了伊戈洛特人并回到村庄；

（6）蓝昂去水中与鳄鱼搏斗；

（7）蓝昂从水中归来，准备去求婚；

（8）蓝昂打败了求婚路上拦路的苏马让；

（9）蓝昂拒绝了萨里妲旦的诱惑；

（10）蓝昂与坎诺嫣相见，其父母提出了考验；

（11）蓝昂回家准备聘礼；

（12）蓝昂乘着两艘金船再次求婚；

（13）蓝昂将坎诺嫣娶回家；

（14）蓝昂去水中寻找拉让时被迪奥安－迪奥安吃掉；

（15）蓝昂神奇地复活。

史诗作为口头传统，除了其文学价值，还反映出史诗创作者、传承者的精神世界。在世界史诗杰作中，总有一些主题是被反复歌颂和传唱的，比如善恶、生死、战斗以及爱情等。反复吟唱这些主题，不仅能让史诗聆听者领略史诗本身的文学、美学价值，还能将一些社会文化观念传递给聆听者。特别是对于本民族史诗聆听者来说，聆听史诗的过程实际上也就是濡化的过程。《蓝昂的一生》也涉及伊洛哥人的世界观、宇宙观，其中包含了人们对于生与死、正义与邪恶、幸福与不幸的二元对立思考。按照结构主义的方法路径，本文把上述情节放在结构中分析。当情节本身的意义被剥离后，史诗变成了一组一组的二元对立。通过这种方法，可以把 15 个具有时间逻辑的情节变成具有结构逻辑的 15 条神话素。虽然前三个情节并非关于史诗主角蓝昂的情节，但是从结构主义的思路来看，史诗中每个情节的具体内容并不是最重要的，重要的是史诗的结构意义，因此本文把这三个情节也列入分析范围，具体如表 1 所示。

表 1

Ⅰ 赢得挑战 ——正义	Ⅱ 接受挑战 ——邪恶	Ⅲ 婚姻过程中的胜利 ——幸福	Ⅳ 婚姻过程中的考验 ——不幸
			（1）蓝昂要出生，胡安上山收集必需材料
		（2）胡安利用魔法成功带回了竹子等材料	
	（3）胡安出发去黑山挑战伊戈洛特人		
	（4）蓝昂出生后神奇地长大并去寻找父亲		
（5）蓝昂杀死了伊戈洛特人并回到村庄			
	（6）蓝昂去水中与鳄鱼搏斗		
（7）蓝昂从水中归来，准备去求婚			

续表

Ⅰ 赢得挑战 ——正义	Ⅱ 接受挑战 ——邪恶	Ⅲ 婚姻过程中的胜利 ——幸福	Ⅳ 婚姻过程中的考验 ——不幸
		（8）蓝昂打败了求婚路上拦路的苏马让	
		（9）蓝昂拒绝了萨里妲旦的诱惑	
			（10）蓝昂与卡诺嫣相见，其父母提出了考验
		（11）蓝昂回家准备聘礼	
			（12）蓝昂乘着两艘金船再次求婚
		（13）蓝昂将卡诺嫣娶回家	
	（14）蓝昂去水中寻找拉让时被迪奥安-迪奥安吃掉		
（15）蓝昂神奇地复活			

作为战斗主题，情节（3）（4）（5）（6）（7）（14）（15）中所包含的是正义与邪恶的二元对立。作为二元对立的一个方面，情节（3）（4）（6）（14）中一次次挑战的出现所表达的结构意义是邪恶力量的上升；而情节（5）（7）（15）中英雄赢得挑战所表达的结构意义也就是正义力量的上升。通过观察我们可以发现，情节（4）和（5）、（6）和（7）、（14）和（15）作为三组二元对立是成对出现的〔其中并没有情节与（3）形成对立，这点将在后面部分进行讨论〕，这意味着正义与邪恶这对二元对立的制约与平衡，一旦一个代表邪恶的情节出现，就会有一个代表与其对立的正义的情节出现。由此，我们可以得出：史诗通过这三组情节想要表达的意义并非英雄一次次地战胜了对手（时间逻辑的），而是正义与邪恶的二元对立（结构逻辑的）。

作为婚姻主题，情节（1）（2）（8）（9）（10）（11）（12）（13）中

所包含的是幸福与不幸的二元对立。情节（1）（10）（12）所表达的意义是一次次对于婚姻的考验，意味着婚姻的不幸；而情节（2）（8）（9）（11）（13）所表达的意义则是英雄通过了婚姻的考验，意味着婚姻的幸福。同样的，情节（1）和（2）、（10）和（11）、（12）和（13）作为二元对立的双方成对出现，这意味着幸福与不幸这对二元对立之间的相互制约和平衡。由此我们可以得出：史诗想表达的并非英雄通过考验赢得了幸福的婚姻，而是生活中幸福与不幸的二元对立。其中情节（8）（9）可以一并看作第一次求婚的考验，而情节（10）则代表通过这些考验。

通过分析我们发现，二元对立的神话素在大多数情况下是交替出现的，一旦一个象征着二元对立中一个方面的神话素出现，随后便会有一个与之对立的神话素出现。通过这种钟摆式的程式，史诗的意义不会倒向某个极端，而是在二者之间不断摇摆往复，而这种摇摆往复的终点，又往往是积极的那方面。民间文学承载着人们对于残酷现实的反抗和对生活的美好愿望，因为生活中事情的结局并不一定总是好的。当人们无法在现实中获得所期盼的东西时，他们就会诉诸其他的方式，此时民间文学就成为这种心理的诉诸对象。在民间文学作品中，人们在现实中无法获得的东西都可以寄望于文学作品中的人物，现实中虚幻的东西在民间文学作品中反而成了真实的。因此，民间文学中所表现的往往是现实中人力无可奈何的主题，如前文所说的生死、战斗、爱情。在神话、传说、史诗中，主人公往往可以战胜死亡获得永生，主人公所在的世界里正义总是战胜邪恶，而主人公最后总会与心爱的人幸福地生活在一起。民间文学除了提供给人一个含有情节的文本之外，更重要的是给人提供了另外一种可能性，而这种可能性使得人们的心理在现实与理想的张力之间得到平衡。

三　史诗的场景转换与叙事形态

通过分析史诗的叙事结构，可以整理出史诗中一对对的二元对立。如果从史诗的场景转换来分析，又可以得到整个史诗的叙事形态。如果我们观察史诗情节的特征，可以发现史诗实际上由若干个冒险情节的单元组成。如:(1)和(2)共同构成了胡安去森林中收集材料的冒险单元;(4)和(5)则共同构成了蓝昂为父报仇的冒险单元等。在这一个一个的单元当中，通过分析场景转换来探索史诗的叙事形态，是本节研究的主要内容。

《蓝昂的一生》中的场景转换可以分成两种，主人公接受某个冒险的召唤，然后踏上了冒险的征途：完成了冒险的主人公再次回到最初的地方，成为英雄（蓝昂）；没有完成冒险的主人公则不能回来，也不会成为史诗中的英雄（胡安）。在史诗《蓝昂的一生》中，冒险开始的地方往往是主人公的家，而冒险地则多是深山、水底，或者两个城镇之间的无人之地，我们可以称之为野外，完成冒险后英雄则又会返回家中。因此史诗中实际上出现的场景只有两个：家和野外。而史诗中的所有情节都发生在这两个场景中。

具体来说，在（1）和（2）、(14）和（15）这两个情节单元中，英雄从家里出发，去野外冒险，然后成功地返回家中。经过前文的分析我们知道，这两个情节单元表达的真正意义是正义与邪恶的对立，所以家和野外这两个场景在此有其深层的象征意义：家象征了正义的存在；而野外则象征了邪恶的存在。因此，正义与邪恶的对立通过家和野外两个场景之间的转换被宏观地表现出来：主人公离开家进入野外就象征着史诗情节对邪恶力量的肯定，而主人公再次回到家中则象征了对正义的肯定。与此相同，在幸福与不幸对立的情节单元中，家的象征含义即为幸福，而野外则象征了不幸。主人公来到野外就是史诗情节对生活不幸的肯定，而主人公回到家中则是对生活幸福的肯定。所以，如果从宏观的场景变化来分析史诗的意义，我们发现家的象征意义是正义、幸福，而野外的象征意义是邪恶、不幸。

家与野外的场景转换的象征意义通过一个个情节单元得到强调，在这个过程中体现出来的则是史诗的叙事形态。首先，胡安离开家去山中，冒险之后回来，然后再次去山中，但这次没有回来。这部分的叙事形态是“家—野外—家—野外”，通过前文总结可以得出，以野外作为结束代表了邪恶的胜利与生活的不幸，史诗中的角色也就不能成为英雄，其结局是死亡。其次，蓝昂出生之后，去深山，复仇后归来；潜入水中，杀死鳄鱼后归来；第一次去求婚，回到家中完成考验；第二次求婚，将坎诺嫣娶回家；潜入水中被吃掉，复活回到人世。这部分的叙事形态是“家—野外—家—野外……—家”，在这次场景转换中以家作为结束代表了正义的胜利与生活的幸福，主人公蓝昂也成为英雄。更进一步的，如果我们把蓝昂第一次离家与之后的冒险的场景转换看作一个整体，也就是说可以把史诗的核心情节看作蓝昂历经一次大冒险并获得了幸福生活的过程，则整个史诗的宏观叙事形态就是“家—野外—家”。在这里，家、野外也可以被看作一组二元对立。综合上述三个形态学的解读，则可以得出《蓝昂的一生》的结构形态（见图1）。

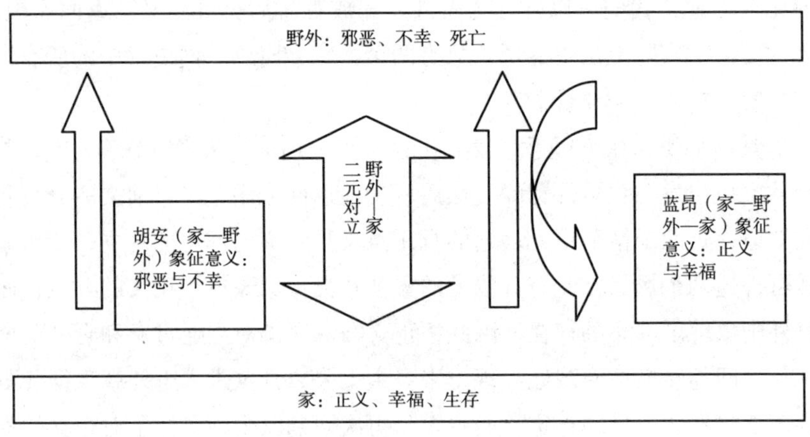

图1

四　史诗的隐喻

通过前文的分析，我们对史诗进行了叙事形态的解读，对隐藏在叙事形态背后的史诗的意义解读是本节的主要内容。

美国人类学家、民俗学家阿尔伯特·贝茨·洛德《故事的歌手》[①]一书的附录中列出了一系列的“回归歌”（return song），所谓回归歌就是指大多数的英雄史诗都涉及的一种程式，那就是英雄的离开与回归。凡涉及这种程式的史诗，洛德都称之为“回归歌”。约瑟夫·坎贝尔在

① 阿尔伯特·贝茨·洛德:《故事的歌手》，尹虎斌译，中华书局，2004，第352~379页。

其《千面英雄》一书中也提出了类似的程式："英雄从某处离开进入陌生的世界—英雄通过冒险获得了神力—最终英雄从陌生的世界返回到原来的地方。"[①] 史阳在其文章中写道，在众多民族的英雄史诗中，英雄远行去异常世界，如地狱、地下等各种阴森危险之地—经历各种考验和战争，最终获得成功，重返人间，即正常世界，这些过程表明英雄经历了成年礼的洗礼而最终获得成功。[②] 也就是说一部英雄史诗的情节往往是与现实中的成年礼对应的，所谓成年礼即世界上大多数民族的年轻人成年的时候都会举行的一个表明身份转换的仪式，主持仪式者会对将要成年的年轻人进行考验，这种考验往往是到部族居处之外完成某个任务并返回，如果年轻人可以完成则意味着步入成人阶段。在成年以后，年轻人会获得以前所不具备的权利和履行相应的义务，比如两性交合的权利或者是从事某种特定劳动的义务；并且，会有某种外显的特征来标志着他 / 她的成年，比如古代中国的男子戴冠、女子及笄意味着他 / 她已经成年，大多数山地民族会用特定的躯体纹饰来象征成年。由此，我们可以将《蓝昂的一生》的叙事形态理解为对成年礼的隐喻：史诗通过胡安失败的成年礼以及蓝昂成功的成年礼所导致的不同后果来强调成年礼的重要性，而这种重要性则体现在了生死对立的两种结果中。正义战胜了邪恶意味着主人公得以生存，蓝昂正是一次次代表正义战胜了邪恶从而获得了生存，而胡安则未能战胜邪恶而死亡。幸福与不幸的对立同样也代表着生存与死亡，最终的死亡正是不幸的挑战，而蓝昂复生归来意味着幸福的获得。所以《蓝昂的一生》所强调的最根本的一对二元对立是生与死。正如前文所提到的，一部史诗的各个部分之间的联系不仅可以是时间逻辑的，也可以是结构逻辑的。结构主义的核心思想认为，处于结构中的个体存在着彼此对应的关系，所以将叙事功能的情节放到结构中去分析可以得到它们在结构上的意义，也即史诗的隐含意义。通过前文的分析可以看出，蓝昂所面对的邪恶的挑战就相当于对最终幸福生活的挑战，而每次蓝昂战胜了邪恶就预示着蓝昂距离幸福越来越近。因此，正义与邪恶对应着幸福与不幸，二者实际上是一种平行关系。更进

① 约瑟夫・坎贝尔:《千面英雄》，张承谟译，上海文艺出版社，2000，第 24 页。

② 史阳:《印度尼西亚的"俄狄浦斯"故事——〈覆舟山故事〉的叙事结构分析》,《国外文学》2009 年第 1 期，第 115 页。

一步来看，每一次邪恶与不幸的挑战都有可能带来死亡，只有战胜邪恶赢得幸福最终才会得到永生。因此，正义与邪恶的对立、幸福与不幸的对立都映射到了生与死的对立上。所以，正义与邪恶的对立、幸福与不幸的对立以及生与死的对立实际上是同构（isomorphic）的。

在《千面英雄》一书中，坎贝尔把异世界的考验称为“阈限”（limino），也就是“过渡状态”。如果通过了考验，英雄就会回归；倘若没有通过，英雄则会永远地停留在异世界。① 在《蓝昂的一生》中，每当蓝昂身处野外时即处于阈限状态，野外中充满了通往邪恶和不幸的可能，这时英雄所面对的成年礼的考验就是战胜邪恶、维护正义，战胜不幸、维护幸福。在史诗《蓝昂的一生》中，蓝昂通过了一次一次的考验最终得以维持正义和幸福，获得生存；然而，胡安并没能战胜伊戈洛特人，所以其结局是不能回到家中，而是留在了异世界，也就是死亡。由此我们可以解释前文遗留的一个问题，即为什么没有与情节（3）对立的情节，因为在胡安去黑山的情节单元里，胡安并没能通过他的阈限考验，所以他就不能返回原来的地方，其隐喻的是成年礼失败所导致的后果。

如前所述，生死问题是大多数文学作品无法避免的主题。人在无权左右自己的生死的时候，总是希望能够有人可以摆脱生死的束缚，史诗、神话、传说中的主人公的形象往往就符合人们这种向往生存的愿望。人们将这种自己难以实现的愿望在潜意识里寄托在了这些主人公身上，因此，在世界各地的史诗、神话、传说中都会有关于生死的主题。

五　余论

史诗不仅是人类文学性和美学性的表达，更是人类思想的载体。史诗中的情节不仅蕴含了史诗持有者的宇宙观、世界观以及社会文化，其结构上的相似性更体现了人类思维在某些方面的一致性。然而，这种纯粹从文本出发所进行的分析也有其局限性。通过结构主义方法分析出的

① 史阳：《印度尼西亚的“俄狄浦斯”故事——〈覆舟山故事〉的叙事结构分析》，《国外文学》2009年第1期，第111~119页。

意义，往往是史诗持有者自己难以意识到的，这些意义往往是研究者通过学术方法分析构建出来的。史诗在其持有者那里作为一种具有实践意义的文本而存在，对于这种文本形式的分析则需要长时间的实地参与和观察来完成。对于文本的分析是我们理解史诗意义的第一步，而田野观察则可以让我们的理解更加生动与丰满。

古代埃及观念中的传承与突破*

——以古王国至新王国时期的文献为研究对象

高　伟**

内容提要　古埃及文字的破解使得我们有幸能够重新认识这一悠久的文明，其文学作品更是我们了解古埃及人思想观念的重要渠道。一方面，教谕文本体现出的恪守传统似乎已根深蒂固；另一方面，自传体文本却毫不掩饰地宣扬对于前人的超越。这两者之间是否存在矛盾？在古埃及人眼中，传承之物与突破之物具体表现在哪些方面？本文试图通过对古埃及文献的阅读与整理，探明在古代埃及观念中，"传承"与"突破"之间的关系。

关键词　传承之物　突破之物　古埃及文学　传统　超越

自 19 世纪圣书体文字被商博良破解以来，再加上随后众多天赋卓越的语言学家的努力，古埃及文字的书写系统逐渐清晰地展现在世人面前。这一文字的成功释读，使消失了上千年的埃及文明重新为世人所知。那些被欧洲藏家出于猎奇心理搜集而来的埃及藏品突然间具有了

* 本文根据笔者硕士毕业论文"Conformité à la tradition et impératif de surpassement dans les Biographies, les Enseignements et les Inscriptions Royales de l'époque pharaonique"整理而成。

** 高伟，法国蒙彼利埃第三大学（Université Paul Valéry）。

更重要的历史价值和文化价值。欧洲一些国家开始有计划地在埃及开展科学的考古工作，使得古代埃及文明的研究如今成为一门正规的人文学科。随着考古材料的积累和发掘的深入，越来越多的古埃及文献片段被翻译出来，整理汇编，为重建尼罗河流域的社会文化、历史和宗教信仰提供了必要的证据。当然，这样大量的文字工作最直接地开辟了一个研究领域——古埃及文学。

20 世纪许多埃及学者相继出版了有关古埃及文学的书籍，① 书中将具有文学性的文献整理分类，并且附上翻译，形成了类似文集一样的合集。其中翻译的风格虽各有不同，但都把古埃及文学的类型大致分为自传体文本、教谕文本、皇家铭文、诗歌、赞歌等。②

在这几个主要的类型中，只有教谕文本在古埃及语中有对应的专属词汇，即“*sb3y.t*”，也称作说教文。文本的内容一般为规范言行、保持操守等生活忠告。负责说教的角色都是身居高位并且受人尊敬的人，同时也是文本的署名作者，③ 他常以“父亲”的形象出现，对受教者“儿子”在之后人生中可能会遇到的问题发表经验之谈。例如《普塔霍泰普教谕》中的父亲预设了许多种具体的情况，尽可能地使他的儿子避免犯错。其实，教谕文本中的角色并非真正的血缘上的父子关系，而更多地代表了老师与学生、前辈与晚辈，甚至上级与下级的从属关系。这种教科书一样的经典被历代埃及的预备官员誊写背诵，是成为精英阶层的必修课。对于“儿子”而言，已经拥有相当社会地位的“父亲”就是完美的榜样，自己所要做的事情就是虚心受教，依照他的忠告行事。换言之，如果将忠告置若罔闻，便不是一名“好儿子”，也就无法拥有像父

① J. Breasted, *Ancient Records of Egypt*, vols. I–V, Chicago, 1906; A. Erman, *Die Literatur der Ägypter*, Leipzig, 1923; M. Lichtheim, *Ancient Egyptian Literature. A Book of Readings*, 3 volumes, 1975–1980; W. K. S impson（ed.）, *The Literature of Ancient Egypt*, 3rd edition, New Haven & London, 2003; S. Quirke, *Egyptian Literature 1800 BC. Questions and readings,* London, 2004.

② 需要说明的是，这是比较现代的分类方式，古埃及人对自己的文学并没有如此系统的分类。有时一段文字同时具有两种甚至三种不同的特征，比如在一些自传体文本中经常插入死者对众生的劝诫之言；国王梅丽卡拉（Mékykarê）的教谕文本也可以看作皇家铭文。所以在一些文集中会忽略这一点而将相关文献归到特征最明显的那一类里。

③ 只有少部分作者被证实确为原作者，大部分为虚构的、借用姓名的或者无法证实的作者。

辈一样的幸福的生活。这种父子关系的设定其实暗示着一种传承关系，所以有关尊重传统的句子在教谕文本中大量出现，从中我们也可以嗅到一些古埃及文化中保守的气味。

而在另一种文体，即自传体文本中，这种对于父辈们近乎顽固的尊重依然存在，但并没有表现得非常强烈。自传体文本是叙述往生者生平的文字，往往以第一人称或第三人称的口吻成文并刻在其墓室、石碑或者雕像上，以供后人瞻仰和阅读。最早的自传体文本[①]可以追溯到古王国时期早期，不过篇幅都非常短小。在第五王朝到第六王朝期间，自传体文本发展成为一种长篇的形式，并且由两部分组成[②]：第一部分为死者的生平简介，如父母姓名、寿享几何、担任过何种要职、有过哪些重要功绩等，这些介绍并不涉及太多细节而且大量使用一种既定的套话，所以有些内容并不属实；第二部分往往列举死者生前的善举，比如给予饥饿者食物、保护弱小、从不撒谎等。区别于第一部分全部为职业上的描述，第二部分是死者在道德上的自我展现。如帕斯卡尔·凡努斯（Pascal Vernus）在书中所说，自传体文本通过“姓名”这一对古埃及人非常重要的要素，来强调某个个体的表达，追求个人身份的认同。[③]这与教谕文学所强调的一个集体的共同榜样大相径庭。“姓名”是区分人与人的关键，它显示的不仅是字面上的信息，还有其背后所承载的年代上、地理上、社会及政治地位上的信息，它所暗示的是一个人的声望。在自传体文本中，通常在一段功绩的描述后面还要缀上一句“这是前人从没有做过的事”，通过指出“前人的空白”以展现死者生前的突破或者创新。整理自传体文本后发现，这种相对于前人的突破之物体现在诸多方面。那么，它会不会和教谕文本中的传承之物发生矛盾呢？如果不会，那么这两种文体所表现的对前人不同的态度，即对榜样的复制传承与强调独特性的突破之间，究竟有着怎样的关系？

本文拟以从古王国到新王国时期的自传体文本和教谕文本为研究对象，分别对涉及传承和突破两方面的内容进行举例分析，从而试图阐

---

① 第四王朝的 Mejten 与第五王朝的 Debehen 的自传文本。

② M. Lichtheim, *Ancient Egyptian Literature. A Book of Readings* Ⅰ, 1975–1980, p. 3.

③ P. Vernus, *Essaissur la conscience de l'histoire de l'Égyptepharaonique*, Paris, 1995, p. 50.

明这一问题。为了完善研究的角度，所分析的文献中还增加了皇家铭文，[①] 以此来了解有着国家视角的统治者向世人昭示的传承与突破与一般精英阶层有何不同。

一　传承之物

在所分析的三种文体中，只有自传体在中王国时期之前存有大量的记载。所以，我们可以从中了解到古埃及人早期对于传承之物的描述。例如在第六王朝的 Herkhouef 的自传中保留了一段文字，记载国王下达给他的任务，派遣他去亚姆地区（Yam）带回一些侏儒舞者以用于祭祀表演。其中有这样一句：

> *wn.t in.n=k dng ib3w nṯr m t3 3ẖty.w*
> *mi.t dng in ẖtmw nṯr b3-wr-ḏdd m pwnt m rk issi* [②]
> 你将为神舞蹈的侏儒舞者从亚姆地区带回，
> 就像伊赛斯国王时期的掌印官 Baouredjed 从蓬特带回侏儒那样。

从这段话中可以得知，派遣人员去外地寻找非常罕见的侏儒舞者，在第五王朝时的伊赛斯国王 [③] 就已经做过了。此时的国王（佩皮二世）依照前人的方式命令同样身为掌印官的 Herkhouef 去完成这一使命，无论对于佩皮二世还是 Herhouef 来说，这都是一种使命的传承。

在另一段第六王朝的自传体文本中记载着这样一段话：

> *iw qrs.n=i it=i…sš.n=i is=f sʿḥʿ.n=i twt.w=f*
> *mi irr(w).t iwʿ iqr mry it=f qrs it=f* [④]

---

① 关于皇家铭文的资料众多，笔者学力和精力有限，故将本文所分析的皇家铭文锁定在新王国时期，因为此时的铭文无论在数量上还是在多样性上都超过中王国时期的铭文。同样的，对于另外两种研究文体的搜集研究，笔者也无法做到穷尽所有例句，但力求有较少的遗漏。

② *Urkunden des aegyptischenaltertums* I, 128, 15–129, 1.

③ 即第五王朝的倒数第二位法老——杰德卡拉（Djedkara Isesi）。

④ *Urkunden des aegyptischenaltertums* I, 267, 12–13.

我埋葬了我的父亲……我整理了他墓室中的装饰，把他的塑像立起，

就像一名出色的后人应该做的那样，受他的父亲喜爱，为他的父亲送终。

这里所表现的人物关系是父与子而并非国王与大臣。作为一名出色的后人应当做的事情是为父亲养老送终，这体现出了古埃及人的孝道观念。“受他的父亲喜爱”这一句意味着一名出色的后人还应当按照父亲说的去做，这样才能得到他的喜爱。

随着孟菲斯政权势力的衰弱，到第一中间期，自传体文本中提及国王的文字越来越少，而关于父子关系血浓于水的文字开始增多。一些句子开始强调血缘的传承，以显示他们获得地位的合理性，例如：

it.w=i nb.w ḏr tpy-ᶜ.w msw pr.t n(y).t imy-ḥ3.t sr.w ḏr rw tpy ①

我所有的祖先都是达官显贵，从他们的先辈那时便是如此，他们是创世之初那些贵族的后裔。

在同一个人的自传里，还记载着这样一句话：

in ib=i sḫnt(w) s.t=i sn.n=i r ir(w).t it.w=i ②

是我的思想使我身居高位，这得益于我遵循了祖先们所做的事情。

前人的成功经验可以复制，传承其掌握的知识，就可以获得与之相同的成就，这是古埃及人一直坚信的事情。到了新王国时期，同样的内容被Inni用一种信誓旦旦的方式说了出来：

ḥs=tw=i ḥr rḫ=i m-ḫt rnp.wt

① K. Sethe, *AegyptischeLesestücke*, Leipzig, 1928, p. 73, line 10–11.

② K. Sethe, *AegyptischeLesestücke*, Leipzig, 1928,p. 72, n° 15a, line 15.

in nty.w r sn r ir(w).t.n=i ①

多年之后人们将因为我的知识而敬仰我，

他们将会竞相模仿我所做过的事情。

上文提到，在第五王朝到第六王朝期间，自传体文本的篇幅开始逐渐变长，除了叙述生平以外还加入了另外一部分表现道德品行的内容。道德品行在最早的套话中被高度概括为“践行玛特”（faire Maât）②，到了第一中间期，“玛特”一词在自传体文本中消失，取而代之的是一些更加详细的内容。在第十二王朝期间，这部分内容已经完善成为一套“美德目录”（catalogue des vertus），在自传中占有重要的位置。它也成为后来《亡灵书》第一百二十五章“无罪声明”（Déclaration d'Innocence）的文本基础。③ 显然，自传体文本努力为死者塑造的这种道德上完美的形象，与玛特有着密不可分的关系，也与最后审判时称量心脏的仪式有关。玛特所代表的公平、正义、真理，包括了一切美好的品行，践行玛特是通过最后审判获得永生的必要条件。虽然这一部分里没有类似“我像我的前人一样行善积德”这样明确的句子，但对于热衷于追求永生的古埃及人而言，其中的传承关系无须赘言。“美德目录”频繁地出现在许多埃及人的自传中已经是最好的证明。另外，在教谕文本还没有成熟的古埃及早期，这一部分展现道德品行的自传内容也起到了一些宣传教化的作用。

在教谕文本中，因为要起到说教的作用，所以提到传承方面的内容比自传体文本更加明显。文中频繁地使用否定句和祈使句以起到强调的作用。例如，不能遗忘古代的文字和父辈的话语：

wn.in=sn ḥr šd.t s.t mi nt(y).t m sš ④

他们按照之前记录的文字阅读。

---

① *Urkunden des aegyptischenaltertums* IV, 58, 2–3.

② 玛特的解析详见王海利《失落的玛阿特》，北京大学出版社，2013，第94~106页。

③ M. Lichtheim, “Maat in Egyptian autobiographies and Related Studies,” *Orbis Biblicus et Orientalis* 120, 1992, p. 125.

④ A.H. Gardiner, “Instruction addressed to Kagemni and his brethren,” *Journal of Egyptian Archaeology* 32, pp. 71–74, pl. XIV,II, 6.

ir r ḏd(w).t nb(.t) ink r=k ①

要按照我对你说的去做！

并且还提到，一旦前人把规定确定，就不能越雷池一步：

m sn ḥ3.w ḥr š33w.t ②

不要做决定之外的事！

nḏr m3ᶜ.t m sn s ③

遵守玛特，不能逾越！

类似的例子不胜枚举，在许多教谕文本中都有体现。其中大部分内容强调的是“倾听—行动—表达”三者之间的关系。倾听前辈的忠告，将言语化作符合玛特的行动，并且将它继续传承给后代，这是一个“好儿子”应该做的事。这种关系蕴藏着古埃及人一种实用主义的观念，即玛特的最终表现并不是言语，而是落在实处的行动。这种切实可见的行动在皇家铭文中体现得尤为突出。

由于国王身份的特殊性，加上拥有的资源和权利，他所传承的内容除了与一般精英阶层相同的部分外，还体现在国家层面上，比如建筑、宗教仪式、国家局势等。例如：

sm3w pr=f n(y) ḏ.t=f ḥw.t-nṯr=f n(y).t p3w.t tp.t

mi irr n(y)-sw.t w3ḥ mnw ④

翻新最初时代的神庙和这片神域的外观，

---

① *Ptahhotep*，p. 628.

② A.H. Gardiner, “ Instruction addressed to Kagemni and his brethren,” *Journal of Egyptian Archaeology* 32, pp. 71–74, pl. XIV, II. 5.

③ *Ptahhotep,* p. 151 et 155. Z. Zaba, *Les maxims de Ptahhotep*, Prague, 1956, p. 28, 124; B. Mathieu, “L’Enseignement de Ptahhotep,” *Prissed’Avennes. Égypte de papier*, Bibliothèquenationale de France, Paris, 2011, pp. 62–87.

④ 蒙图霍特普二世在一件门楣遗存上的铭文，见 F. Bisson dela Roque, “Tôd,” *Fouilles de l’InstitutFrançais du Caire* 17, p. 69。

如同当年建造他们的国王那样。

建筑的类型可以是举行仪式的宗教建筑，也可以是皇家的寝宫。依照当年建造的样子在废墟上重新翻修建筑，是法老应当履行的众多职责之一。通常翻新后的建筑在外观上一定要比之前的更加美轮美奂，在后文中笔者将详细举例。从更深层的意义来看，这一重建翻新的过程也是驱赶混乱秩序（*isf.t*）重新恢复玛特的过程，其最终的目标依然是追求上古时代的盛世昌明。建筑与国家和玛特之间的关系，在拉美西斯二世的铭文中有明确的表述：

srwḏ n=f nt(y).t ḏᶜm(=w) m mnw ḥnty ḥḥ
dr n=f isf(.t) ẖt t3.wy m3ᶜ.t mnty m s.t=s
d=f wn grg m bw.t t3 mi sp=f tpy ①
（我是）为神把破败不堪的建筑加固，使之永世不倒的人，
为神把混乱从两土地驱赶出去的人，以使玛特可以重新建立，
使心怀不轨之徒战栗，国家盛景如同创世之初。②

虽然传承的观念在教谕文本和皇家铭文中有较为明显的表达，但从数量上讲，远远少于我们接下来要谈的有关突破之物的例句。不过，这并不意味着传承对于古埃及人不重要，恰恰相反，遵循传统的观念已经深深地扎根于古埃及人的思想，正如自传体文本表现出来的那样，其重要性已经无须多言。当然，在教谕文本中大量出现的祈使句，是教育青年人的必要手段。

二　突破之物

关于突破的语句，在古埃及文献中屡见不鲜，其数量之多也许会使深信古埃及保守的人感到诧异。埃及学家拜恩斯（J. Baines）认为，文

① *Urkunden des aegyptischenaltertums*. IV, 2026, 16–19.

② 创世之初（La Première Fois），*sp tpy*，详见 S. Morenz, *La Religion Égyptienne*, Paris, 1962, p. 220。

字的出现使古埃及人意识到个体的重要性，是引起今人不断超越前人的根本原因：

> Thus, from the time when texts were written, their commemorative potential was exploited and they were measured against "antiquity": to the elite they displayed status for the present, recorded the past and created an absolute mythical past for the present to emulate or to surpass.①
>
> 从文字被书写的那一刻起，它们的纪念性的潜能就被开发出来，并用来与"古代"相抗衡：精英阶层用它们描绘出当下，记录了过去，并且创造出一个虚幻的历史，以供当下效法或者超越。

超越的对象，对于一般精英阶层而言有两个，一是前人，二是与其同时代的人。但对于法老这样的统治阶层而言，超越的对象只有之前的法老。按照顺序，我们先讨论一般精英阶层的突破都表现在哪些方面。

最早的相关记录出现在第五王朝，Hetep-her-akhet 在他的自传中写道：

> *ir.n(=i) is pw ḥr rmn imnt*
> *m s.t wab.t nn wnt is im n(y) rmṯ nb* ②
> 我在西面建造了这座墓地，
> 这是一块任何人都不曾有过的纯洁之地。

第六王朝的 Weni 用大量的篇幅描述他奉命去国外远征归来后的成果，他带回了大量的金银和稀有矿石，然后说：

> *n sp p3(w).t ir(w).t mit.t n b3k nb* ③
> 以前从没有哪位官员做过类似的事。

---

① J. Baines, in J. Layton（ed.）, *Who needs the Past*, Routledge, 2nd edition, 1994, p. 135.

② *Urkunden des aegyptischenaltertums.*I, 50, 13 ; *Ancient Egyptian Literature,* I, 1975, p. 11.

③ *Urkunden des aegyptischenaltertums* I, 100, 1.

他还提到了法老对他的信任：

> *ib=f mḥ im r b3k=f nb…* ①
> *n sp p3 mitw(=i) sḏm sšt3 n(y) ip.t n(y)-sw.t ḏr-b3ḥ* ②
> 国王对我比对任何仆人都更加信任……
> 之前从没有人像我一样知道、听到过皇室后宫的秘密。

第一中间期到中王国早期，国王信任的主题不再是主流，更多的是家庭财产方面的主题，如儿子在自传中炫耀比父辈拥有更多的财产。随着第一中间期的结束，埃及重新统一，在中王国时期，许多官员重新提到自己是国王最好的朋友，国王的赏赐和信任超过其他所有的官员。总的来讲，这一主题在社会相对稳定的时期出现的频率最高，一直到新王国时期还有相关的记载：

> *ꜥ3(=w) ir(w).t.n=f n=i r imy.w-ḥ3.t* ③
> 法老对我的重视超过了前人。

除此之外，在个人的能力和思想方面也可以找到一些例子，比如：

> *n ꜥ3.t n(y).t iqr ẖr=f r ky mḏḥw n(y)-sw.t* ④
> 我比其他所有的皇家建筑师都更有效率。

在第十二王朝时期，一名叫 Ity 的贵族提到他拥有比其祖先更杰出的思想（*ib*）：

> *sꜥ3(=w) ib(=i) r it.w=i ḫpr.w r-ḥ3.t* ⑤
> 我的思想比之前存在的先祖们的思想更加杰出。

---

① *Urkunden des aegyptischenaltertums* I, 99, 4–8.

② *Urkunden des aegyptischenaltertums* I, 101, 4.

③ *Urkunden des aegyptischenaltertums* IV, 59, 3. 图特摩西斯三世统治时期。

④ *Urkunden des aegyptischenaltertums* I, 220, 12.

⑤ B. Poroter，R. L. B.Moss, *Topographical Bibliography of Ancient Egyptian Hieroglyphic Texts, Reliefs, and Paintings* I (2), Oxford, 1927-1951. 2nd éd., 1960-, p.807.

另外，还有一些特例值得我们关注，比如第一中间期一名地方长官Ankhtifi在他的自传中以前无古人后无来者的口气说过这样一段话：

ink ḥ3.t(y) rmṯ pḥt(y) rmṯ
nt(y).t nn ḫpr(w) mit.t nn sw r ḫpr
n ms(w) mit.t n ms=f ①
我是众人中的唯一，
因为和我相提并论的人不存在，也将永远不会存在，
和我相提并论的人没有出生，也将永远不会出生。

这段话同时把前人、今人和后人当作超越的对象，在众多的自传体文本中仅此一例。实际上，看似自命不凡的语句与当时的历史背景有着密切的关系，Ankhtifi在中王国统治埃及的前夕的确扮演着非常重要的角色。

法老在皇家铭文中提到的突破主要体现在以下几个方面：建筑、宗教仪式、国土面积以及新发现。

除了文字，古埃及人的思想还表现在他们的建筑上。这也是法老和一般精英一样都非常重视建筑的原因之一。而提及建筑的个人文献少之又少，大部分为皇家铭文，尤其以新王国时期为最多。首先是在建筑质量上的突破，例如用更加坚固的石砖代替泥砖，用宝石作为装饰等：

nfr(=w) sy r wn=s m-ḥ3.t
ist gm.n ḥm=f r(3)-pr pn m ḏb.t m sḫt n imy.w-ḥ3.t
wḏ ḥm=f ir.t n=f ḥwt-nṯr tn m inr rwd ②
它比之前更加漂亮，
国王发现前人建造的时候使用的是泥砖，
于是便下令用坚固的石头为他重建这座神庙。

---

① J. Vandier, *Mo'alla, Bibliothèque d'Étude* 18, 1950, p. 185, n° 5, II,a,2.

② *Urkunden des aegyptischenaltertums* IV, 879, 4–7.

m3ᶜ wḏḥw.w m ḥḏ nwb bi3 ḥsmn bi3.ty m ḫsbḏ mfk3.t m ᶜ3.t nb.t dmḏ.t nfr.wy ᶜš3.wy r ḫ.t nb m33 m t3 pn ḏr-b3ḥ

m b3k.t ḫ3sty.w smnty.w ḫns.w t3.w ①

用银、金、青铜、黄铜、青金石、绿松石以及所有的宝石装饰这些祭坛。

真是华美无比！比我们之前在这个国家见过的所有宝物还要多。他们是来自外国的税收和供品。

另外还有在建筑面积上的扩大：

ḏ.n=f 3w wsḫ n(y) iwnn=i m-ḥ3w ir(.t).n ḏrty.w ②

与前人相比，他增加了多柱厅的长度和宽度。

在宗教仪式上面，主要表现在祭品数量上的增加：

q3b(w) ḥtp-nṯr m-ḥ3w wn m-b3ḥ ③

他放置了双倍于前人的祭品。

国土面积的增加一方面是通过向外扩张边境线获得的，法老可以从征服的地区获得经济利益，例如哈舍普苏特女王对于蓬特地区的记载；④ 另一方面，因为尼罗河的改道，新的土地也会出现在国土内部。⑤

另外，皇家铭文还会记载一些重要的矿产资源和水资源的新发现，如：

---

① Ch. Barbotinet J. J. Clere, " Inscription de Sésostris I à Tôd ," *Bulletin de l'Institutfrançaisd'archéologieorientale* 91, 1991, fig. 3, line. 26.

② Kitchen（K. A.）, Ramesside Inscriptions, Oxford I, 203, 5.

③ Kitchen（K. A.）, Ramesside Inscriptions, OxfordV, 233,8 ; cf. 244, 6.

④ *Urkunden des aegyptischenaltertums.* IV, 344, 11–345, 2.

⑤ L. Gabolde, " Les origines de Karnak et la genèse de la théologie d'Amon ," *Bulletin de la Sociétéfrançaised'égyptologie, Paris* 186–187, 2013, pp.13–35。他认为卡尔纳克神庙所在地就是因尼罗河改道而形成的一片新土地。

ꜥḥꜥ.n gm.n ḥm=f wꜥ bi3.t ꜥ3 n gm.n=tw mi-qd=f ḏr rk rꜥ [①]

国王发现了一块巨大的石英岩，从拉神时代起，没有任何一块能与之相比。

通过上文，我们简单地总结了在古埃及文献中有关传承与突破的具体表现。这两种行为都与玛特有着密不可分的关系。古埃及人自己给玛特的定义为："做事之人得到的奖励是大家为其做事，神认为这就是玛特。"[②] 另外两个例句对其也有侧面的描述：

ḥr-nty.t 3ḫ(=w) n irr(w) r irrw n=f [③]

做事之人比吩咐之人更加有益。

mryw rmṯ mryw tw rmṯ [④]

爱人，而后人人爱你。

古代埃及观念中所推崇的做事方式并不是索取爱，而是给予别人爱。这与孟子的"爱人者，人恒爱之；敬人者，人恒敬之"[⑤] 有异曲同工之理。任何行为只有符合这一准则，才能被广泛认可并且记录下来流传于后世，否则就会被教谕文本认为是"不能模仿的恶行"。[⑥] 所以，在自传体文本中，符合这一准则而获得的利益（财富与声望）并不是一件不可接受的事，而死者所炫耀的"突破"还可以留给他的后代。在教谕文本和皇家铭文中所表现的"传承"更是古埃及人民共同的认知。因此可以说，在古埃及人民的观念中，任何被广泛认可的行为，无论是前

① Kitchen（K. A.）, Ramesside Inscriptions, Oxford II, 361, 3–4.

② J. Assmann, "ÉgypteAncienne– La mémoiremonumentale," *Bibliothèque des Hautes Études, Sciences Religieuses*, Vol. XCI, Louvain–Paris, 1988, p. 52.

③ Enseignement Loyaliste 14§, 11.

④ Papyrus Chester Beatty IV. A. H. Gardiner, *Hieratic Papyri in the British Museum, Third Series Chester Beatty Gift*, London, 1935, p.41, pl. 19, 4.7.

⑤ 出自《孟子·离娄章句下》。

⑥ Ashmolean Museum 964.489。参考 J. Barns, "A New Wisdom Text from a Writing–board," *Journal of Egyptian Archaeology* 54, 1968, pp. 71–76, pl. Xaet X。

文提到的传承之物还是突破之物，都属于符合玛特准则的范围，毋宁说，传承和突破就是玛特本身。传承之物即是符合玛特的传统（包括观念、风俗、宗教信仰、制度等）中值得坚守的那一部分，比如前文提到的高尚的品德、父辈的言行、神在创世之初所定下的制度等；突破之物即上述传统中可以超越的那一部分，比如家庭财产、祭品的数量、建筑的质量和国土面积等。具体到教谕文本来讲，一方面，有一些言行是必须要遵守的，而另一方面，某些言行则是人们鼓励去突破的，比如《普塔霍泰普教谕》中有这样一段话：

> *mk s3 nfr n dd nṯr*
> *rd ḥ3w ḥr ḏd(w).t n=f ḥr nb=f ir=f m3ᶜ.t* ①
> 看，这是神赐予的好儿子，
> 他突破了别人对他说过的话，在他的主人看来，他所做的就是玛特。

《梅丽卡拉的教谕》则更加直接地呼吁：

> *m33=i qn sn=f r=s ir.n=f ḥ3w ḥr ir(w).t.n=i* ②
> 请让我见到这样一位英才吧，他能在传承我所建立的基础上有所突破！

这句话清晰地表达出，突破并不是凭空的，而是建立在传承的基础之上的。另一段埃斯那（Esna）的文本可以更清楚地解释这一问题：

> *m p3 nty r ᶜḥᶜy ᶜ3 n mn-ḫpr-rᶜ ḏḥwty-ms* ③
> （节日的流程）依照图特摩西斯三世时期大石碑上的记载。

这里所遵循的传统并不是创世之初神明定下来的文本，而是图特摩

---

① *Ptahhotep,* pp. 629–635。见 Z. Zaba, *Les maxims de Ptahhotep*, Prague, 1956。

② *Mérykarê*, p. 90.

③ *Esna* V, p. 42, n°344, line 12. P. Vernus, *Essaissur la conscience de l'histoire de l'Égyptepharaonique*, Paris, 1995, p. 162.

西斯三世时代的一块石碑。从某种意义上讲，这可以看作图特摩西斯三世时代创新的一种延续。[①] 所以说，一名古埃及人在某一方面相对其前人做出了超越，并被社会广泛认同，这对于他所传承之物是一种突破，同时，对于他的后人而言，这也是一种需要遵循的传统。用著名史学家刘家和先生的话来解释："我们从历史上或现实生活中所看到的一切具体事物，当其发生时都是创新之物，但是，随后就变成为传承之物，以后又或早或晚变为陈旧之物而被新创新之物所代替。所以，历史上的一切有限的具体之物，都有其由新而旧的过程，同时也就产生了以新代旧的过程。传承之物与创新之物之间的相互转化，正是传承之流与创新之流得以延续的充分必要条件。这真如《易系辞上》所说'日新之为盛德，生生之谓易'。"[②]

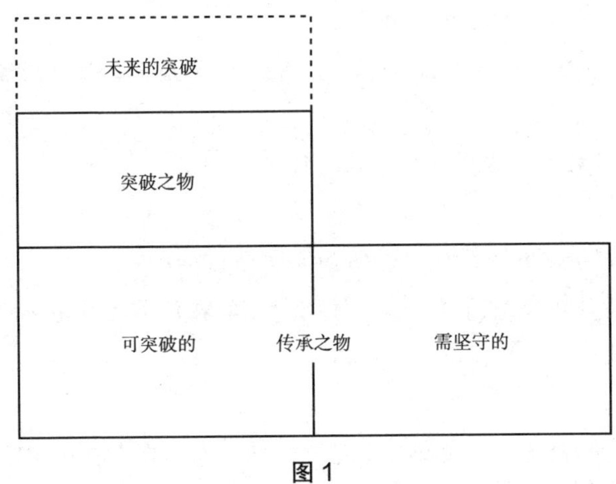

图 1

传承与突破的关系如图 1 所示。

通过上文的分析，古埃及文献中提及的传承与突破之间，非但不是相互矛盾的，反而有着相互依存、相互转化的关系。两者在古埃及人的观念中都是玛特的具体表现。所有具有独特性的表现最终都将归于传统，不仅如此，所有的行为都被用传统的标准去解读，古代埃及文明总是给后人一种保守的印象，原因也就在于此。

① P. Vernus, *Essaissur la conscience de l'histoire de l'Égyptepharaonique*, Paris, 1995，p. 163.

② 刘家和:《传承和创新与历史和史学》,《北京师范大学学报（社会科学版）》2014 年第 2 期，第 61~62 页。

波斯文学专栏

本集集刊即将确定刊用稿件之时，惊闻北京大学原东方学系张鸿年教授驾鹤西归，令我们哀悼不已。张鸿年教授是中国研究与翻译波斯文学作品最早的开拓者之一，学术上一生成就斐然，著作宏富，其《波斯文学史》一书至今仍是研究波斯文学、东方文学的最重要的参考书。其学术成就亦曾获得伊朗方面的多次嘉奖，其中包括 2000 年伊朗总统哈塔米所授予的中伊文化交流杰出学者奖。张鸿年教授去世后，他的多名弟子致电或致函，欲借本刊园地以表达哀思。经商定后，各位编委特组数篇研究波斯文学的稿子，编成专栏，以此纪念张鸿年教授对波斯文学翻译与研究的巨大贡献。

伊朗女性小说写作发展进程

穆宏燕*

内容提要 从20世纪初直到当前，伊朗女性一直在为自我价值的实现而努力奋争。这种奋争在不同的时代又有不同的表现，伊朗女性小说的写作可以说是与之相伴随，并且在一定程度上走在了伊朗妇女社会现状的前列。伊朗女性小说的写作经历了男权制话语下的写作，到与男性对立抗争，进而转入思考女性自我价值的真正内涵的过程，当前转型为内倾化写作，不再将男性作为对立面，只关注女性的自我内心世界。

关键词 伊朗女性小说　女性解放　女性自我价值

一　伊朗20世纪女性解放运动概况

伊朗立宪运动（1905~1911年）是伊朗现代史的开端，它既是一场政治运动，也是一场思想文化的解放运动。对于伊朗妇女来说，立宪运动更是一场妇女解放运动。在这场运动中，2000多年来深居简出的伊朗妇女第一次走出家门，走向社会，与男人一样奋不顾身地投身其中，积极参加游行示威活动，既为支持男人的政治愿望，也为争取自身的解

* 穆宏燕，中国社会科学院外国文学研究所。

放。“然而，男人们为之奋斗的自由与妇女们为之努力争取的自由的差别是多么地大。男人们为了民主、言论自由、选举权等而投身立宪运动，而妇女们渴望的自由是学习的自由，以使自己能够读书写字，能够在社会中发表自己的观点和看法，而不仅仅是烹饪和照看孩子。”① 立宪运动中涌现出一批妇女积极分子，随后在德黑兰陆续建立了几十所女子学校，帮助妇女进行文化扫盲。另外，立宪运动中知识文化界的精英知识分子积极支持妇女解放运动，他们在报刊上发表大量文章，积极倡导妇女解放，捍卫妇女的权益。虽然宪法最终未能赋予妇女选举权和被选举权，但通过这些有识之士的不懈努力，伊朗男权社会最终基本上认可了妇女半日工作和学习的权利。就这半日的权利也给伊朗妇女的社会地位带来了巨大的变化。大量的妇女，尤其是年轻妇女走出家门，进入半日制女子学校学习。文化知识使越来越多的妇女解放了思想，提高了认识，打开了视野，接受了现代教育的伊朗女性开始逐渐在社会生活的各个方面发挥作用。“戴面纱的伊朗妇女没有太多的政治社会经验，然而她们一个晚上走完了一百年的历程，开始从事教学、撰稿、成立妇女组织和政治斗争等工作。经过几年的努力就取得了西方妇女经过几十年甚至一个世纪的努力才取得的成果。”②

立宪运动之后，伊朗的妇女解放运动仍持续发展。首要原因是社会主义思潮在伊朗的迅速传播促进了妇女解放运动。社会主义主张“实现男女平权”③，伊朗人民党（共产党）建立后，将妇女解放问题作为自己的工作重心之一，“对于妇女，要为她们谋求政治权利，帮助贫穷母亲，实现男女同工同酬”④。人民党各级领导人的妻子或姐妹成为当时妇女解放运动的领导力量，“尽管妇女党员人数不到人民党党员总数的百分之

① Zīnab Yazdānī, *Zanān dar Shi'r-i-Fārsī,* Tehran: Intishārāt–i–Firdows, 1378, p.118.（泽纳布·亚兹当尼:《波斯诗歌中的女性》，德黑兰：菲尔多斯出版社，1999，第 118 页。）

② Zānat Āfarīn,*Sāzmān-iNīm-Zīrzamīnī-yi Zanān Dar Mashrūtiyat*, Tehran：Intishārāt–i–Zazān, 1377,p.7.（让纳特·阿法林:《立宪运动中的妇女半秘密组织》，德黑兰：妇女出版社，1998，第 7 页。）

③《马克思 恩格斯 列宁 斯大林论妇女》，中国妇女出版社，1987，第 197 页。

④ Yervand Aburāhmīyān, *Iran:Bīn-i-Du Inqlāb-Az Mashrūtiyat tā Islāmī*, Tehran：Intishārāt–i–Markaz, 1378, p.256.（叶尔万德·阿布罗哈米扬:《两次革命之间的伊朗——从立宪运动到伊斯兰革命》，德黑兰：玛尔卡兹出版社，1999，第 256 页。）

三四，但人民党是伊朗唯一持续不断地动员妇女力量，并且全力以赴地为妇女的权利而斗争的政党”[①]。人民党及其妇女组织为全面争取妇女的政治和社会权利、为伊朗妇女获得尽可能多的解放，做出了极大的努力。社会主义思潮在相当长的一段时间内在伊朗广为传播，并一度控制伊朗的思想文化领域，因此女性解放思潮也随之得到相当程度的发展。

另一个重要原因是巴列维王朝两代国王在社会经济方面实行的改革措施促进了女性解放思潮的深入发展。1925 年建立巴列维王朝之后，礼萨王在经济和社会生活方面大力推行现代化改革和世俗改革。在解放妇女方面，礼萨王全面肯定了妇女受教育和工作的权利，使妇女可以全日制学习和工作，职业妇女开始大量走进学校、医院、机关等单位工作；礼萨王还建立师范学院，使伊朗妇女能够享受高等教育；礼萨王还废除了妇女戴面纱和头巾的习俗，要求着装西化；礼萨王还对伊斯兰教所规定的男人可以取四个妻子的教规做出种种补充规定和限制，使男人要取多个妻子成为比较困难之事，使一夫一妻制逐渐为社会所普遍接受。礼萨王采取的这些改革措施，使 20 世纪伊朗妇女的解放在伊斯兰世界算是走在前列的。第二代巴列维国王采取全面西化的改革方式，意图使伊朗进入西方国家行列。在解放妇女方面，巴列维国王将其父亲的改革进一步深化，将妇女的各项权益法律化，20 世纪 70 年代伊朗的女大学生几乎相当于男生的 1/5。[②] 妇女各项权益的法律化有效地削弱了教法对妇女的种种制约，这对妇女解放具有非常重大的意义。这些措施使 20 世纪后半叶伊朗妇女的社会地位发生了天翻地覆的变化，尽管在广大的农村地区，伊朗妇女的状况还比较落后，但在城市中男女在政治和社会权利上的平等为人们普遍赞同。在巴列维王朝时期，“伊朗妇女是中东地区解放程度最高的”[③]。伊朗妇女获得的解放，应当说并非巴列维王朝的两代国王的个人行为所致，而是多方面的综合因素使得两代巴列维国王及其政府对妇女解放持支持和肯定的态度。从 19 世纪末开始，通过一代又一代伊朗妇女的不懈努力和斗争，加上政府的支持，女性解放思

① 叶尔万德·阿布罗哈米扬：《两次革命之间的伊朗——从立宪运动到伊斯兰革命》，德黑兰：玛尔卡兹出版社，1999，第 305 页。

② 王新中、冀开运：《中东国家通史——伊朗卷》，商务印书馆，2002，第 319~320 页。

③ 阿什拉芙·巴列维：《伊朗公主回忆录》，许博译，新华出版社，1984，第 196 页。

潮成为20世纪后半期伊朗整个社会中针对妇女问题的主流思潮，并使男女在政治和社会权利上平等的观念深入人心。

1979年，伊朗爆发伊斯兰革命，推翻巴列维王朝，建立伊朗伊斯兰共和国，开始了伊朗历史的新篇章。革命之后，妇女虽然在着装方面被要求伊斯兰化，从教法角度对妇女多了一些限制和约束，但妇女的各项政治和社会权利依然被肯定。现在，很多人对伊朗伊斯兰革命之后的妇女状况的认识存在较大误区。本文认为，尽管伊朗妇女的解放还有很漫长的道路需要走（其实整个世界妇女的解放又何尝不是一条漫漫长路），伊朗妇女所获得的解放是比较具有实质性的，而着装只是一个外在方面。然而，我们也应当看到这种实质性的解放也仍然是一种初步的解放，它主要体现为为女性争取具体的政治权利和社会权利，但尚未从整个社会的思想意识中根除男尊女卑的观念，实现女人与男人在“人”的意义上的平等。这也是目前大多数国家尤其是第三世界发展中国家的妇女解放的普遍状况。

对于伊朗伊斯兰革命之后的文学状况，由于种种原因，中国读者了解不多，而伊朗的妇女权益状况才是国际舆论关注的焦点。然而，值得深思的一个现象是，在巴列维王朝统治时期（1925~1979年），杰出的女作家并不多，除了西敏·达内希瓦尔之外，很难找到第二个能与之比肩的女作家。然而，在伊斯兰革命之后，伊朗涌现出一批优秀的女作家。这批女作家大都是1950年前后出生的，几乎都是伊斯兰革命之后在文坛上崭露头角、获得声名的。伊斯兰革命之后，伊朗妇女权益状况在某些地方的确发生了一些改变，加之国际舆论的关注，这似乎在一定程度上促使女作家主动在自己的作品中对此进行探讨，从而使伊朗女性小说在思想倾向方面实际上超越了伊朗社会女性的现状。

二　男权思维框架内的女性小说写作

西敏·达内希瓦尔（1921—2012），伊朗20世纪最杰出的女作家，出身于知识分子家庭。西敏·达内希瓦尔从小就读于设拉子当地的英国学校，接受的是西式教育，成绩优异，毕业终考摘得全伊朗状元，进入德黑兰大学学习，并最终获得德黑兰大学波斯文学博士学位。1948年初，西敏·达内希瓦尔的短篇小说集《熄灭的火焰》出版，这是伊朗现代第一位女性作家出版自己的小说集，标志着伊朗女性小说写作的崛起。

1961年，西敏·达内希瓦尔第二本小说集《天堂般的城市》出版，赢得广泛赞誉，其中短篇小说《天堂般的城市》是伊朗现代小说的经典篇章。在该小说中，作家以细腻的笔触、简洁流畅的语言描写了黑人女仆梅赫朗基兹凄婉的一生，整个故事可谓希望与绝望的交响曲。真正奠定西敏·达内希瓦尔在伊朗文坛崇高地位的是其1969年出版的长篇小说《萨巫颂》，该小说被誉为伊朗现代小说中最优秀的作品之一。小说以1941年盟军为开辟一条从波斯湾到苏联的运输通道而出兵占领伊朗为时代背景，描写了一位逆来顺受的普通伊朗女性扎丽的觉醒过程，以扎丽的丈夫优素福宁折不弯的精神和行动为衬托，反映了盟军占领伊朗引发的民族冲突和社会矛盾。小说把世界反法西斯战争的需要与伊朗的民族尊严之间的对立冲突纠结糅合在一起，显示出作者前所未有的思想深度和力度，反映出作者内心对国家民族命运的深切关注，对救国救民之路的主动探索。这种关注与探索，纠结着深深的彷徨与迷惘，成为西敏·达内希瓦尔作品的主旋律。

1993年，著名的“彷徨三部曲”第一部《彷徨之岛》问世，引起巨大反响。2001年，“彷徨三部曲”第二部《彷徨的赶驼人》出版。之后，西敏·达内希瓦尔以耄耋高龄埋头于“彷徨三部曲”第三部《彷徨之山》的创作，直至去世。西敏·达内希瓦尔的《萨巫颂》与“彷徨三部曲”旨在对伊朗知识分子阶层从1941年以来的三次寻路历程进行反思。《萨巫颂》是“寻路”的序曲，在各种政治力量的较量中，男主人公优素福认为主张社会主义的革命者“至少给人们提供了一种重要经验的可能性”[①]。《彷徨之岛》以年轻女画家哈斯提与主张社会主义救国的革命者莫拉德和主张传统宗教文化救国的青年萨里姆之间的情感纠葛为主线，对伊朗社会主义运动进行了深刻的反思。小说以莫拉德带着对哈斯提和萨里姆的真诚祝福踏上继续革命之路而结束。《彷徨的赶驼人》讲的是莫拉德牺牲了，萨里姆也未能与哈斯提终成眷属，而是娶了另一个他并不喜欢的女子，主张传统宗教文化救国的萨里姆处在新的彷徨迷

① 西敏·达内希瓦尔:《萨巫颂》，穆宏燕译，重庆出版社，2012，第147页。

惘中。在西敏·达内希瓦尔看来，伊朗的知识分子一直处在彷徨迷惘中。但是，西敏·达内希瓦尔并未对任何一种道路选择本身进行是非曲直的价值评判，而是着眼于彷徨迷惘的寻路历程中寻路者的精神魅力，这令读者可歌可泣，可叹可感，可思可想。无疑，这正是西敏·达内希瓦尔的深刻之处，也是其睿智之处。

西敏·达内希瓦尔的作品基本上都以女性作为故事主人公（当然故事中也有男主角），但是其作品中的女性，一是传统女性，完全生活在男权制的樊篱之中，比如《天堂般的城市》中的数位女性根本没有女性的自主意识；二是知识女性，比如《萨巫颂》中的扎丽，受过良好的教育，会讲一口流利的英语，但依然生活在男权制的樊篱中，以相夫教子作为自己的生活目的。但是，因为是知识女性，又对女性的自我价值有所意识，当她看到水工在庄园里用脚不停地蹬水车时，进行了反思："我的整个生活也就是这样度过的。每天，我都坐在水井车后面，蹬着生活的水车，把水浇在花丛的根部……"[①] 同样，在《彷徨之岛》最后，经历了政治斗争与爱情挫折的知识女性哈斯提梦见自己被"囚禁在七重枷锁的房间内，禁锢在牢笼的最底层"[②]。然而，作者将女性价值的自我实现体现在投身关乎国家民族命运的运动中。《萨巫颂》最后，扎丽改变了过去的那种逆来顺受的懦弱，投身于与军警的对立冲突，焕发出一种抗争精神。对女性自我价值的这种"高大上"的认知，在"彷徨三部曲"中更加显著，这无疑与西敏·达内希瓦尔自己的人生经历密切相关。对国家民族命运的关注，当然是一种崇高的精神，可歌可泣，这也是一个国家一个民族中个体的人的道德情怀，无关乎男女性别，因而不是对女性自身价值的关注。因为女性自我价值是一个性别范畴，而国家民族命运是一个政治范畴。因此，从这个角度来说，西敏·达内希瓦尔的小说缺少对女性自我价值的关注。

噶扎勒·阿里扎德（1948—1996）的成名正好在伊朗伊斯兰革命前后，因此成为伊朗现当代女性小说承前启后的一位代表性作家。革命时期的特定氛围使其作品富含宗教情感质素。其小说集《无法逾越

① 西敏·达内希瓦尔：《萨巫颂》，穆宏燕译，重庆出版社，2012，第141页。

② Sīmīn Dānishvar, *Jazīra-yi-Sargardānī*, Tehran：Intishārāt–i–Khārazimī, 1372,p.326.（西敏·达内希瓦尔：《彷徨之岛》，德黑兰：花剌子米出版社，1993，第326页。）

的旅行》（1977年）中的同名小说描写一群浪漫主义者为了抵达一个崭新而奇异的世界而踏上陌生的旅途，在绝望的激动不安中寻找心中的神圣城市。旅途结束时，他们并没有实现自己的梦想，只好开始一段无法逾越的旅行，前往另一个世界。故事没有明确的时间地点，但从中不难读出对革命的好奇、向往与疑惑。伊斯兰革命之后，噶扎勒·阿里扎德出版了其代表作《两道风景》（1984年），小说从神秘主义的视角揭示了投身于伊斯兰革命的人的心理动机。主人公麦赫迪·奥特菲从小到大生活在偏远的小城镇，当他进入大城市上大学时，依然战战兢兢，谨小慎微。爱情给他的精神带来了奇妙的改变，他与塔丽埃相爱结婚。新娘却在新婚之夜讲述她以往的爱情——一个名叫巴赫曼的小伙子，此刻已移居欧洲某城市。妻子在生活中处处以巴赫曼的标准来要求奥特菲，使奥特菲一直处在巴赫曼完美形象的阴影中，感到十分的无助。随着女儿玛利亚的出世，妻子的心稍稍从梦想中回归于现实。在令人筋疲力尽的生活挣扎中，奥特菲苦苦寻求精神力量的支撑，为此耗尽青春岁月。一天，奥特菲在朋友的办公室里遇见一个名叫塔瓦索利的人，他给奥特菲讲述自己的往事。奥特菲发现，眼前的这个酒鬼男人就是巴赫曼。奥特菲心中关于巴赫曼的美好形象轰然坍塌。女儿玛利亚因参与政治活动被捕，之后屈节背叛，奥特菲的精神世界再次坍塌。这时，伊斯兰革命的洪流滚滚而来，又老又病的奥特菲在虚度一生光阴之后，决定投身革命，他与年轻人一道参加游行示威，呼喊口号，感到自己又重新焕发了生机。这是一部契合伊斯兰革命主旋律的小说，但作者的高明在于没有将之写成一部政治意识形态的小说，而是与伊朗传统的神秘主义文化密切结合，以伊朗的传统文化底蕴衬托主人公的精神探索，参与革命就如同一种神秘主义的体验，可以改变一个人的精神面貌，让人重新焕发出活力。

西敏·达内西瓦尔接受的是西式教育，可以说是伊朗20世纪妇女解放运动与西方接触的第一批受益者；噶扎勒·阿里扎德受过系统化的高等教育，可以说是伊朗巴列维王朝倡导妇女解放以来的直接受益者。良好的教育使她们的小说写作一开始就表现了良好的文学修养和语言造诣，但或许正是她们所受的教育使她们更加关注国家民族的命运，将个人命运与家国政治密切关联，而不是关注女性的自我价值。倘若说在西敏·达内西瓦尔的小说中尚能见到些许女性朦胧的自我意识，那么噶扎勒·阿里扎德基本上是从伊朗男性文化人的价值认识体系去看待事物的，小说中所表现出来的思想观念完全是男性化的，并且显得极其成熟，仿佛是一位传统的智慧长者在对人们进行谆谆教诲。

三　对男权制社会的反抗

沙赫尔努西·帕尔西普尔（1946—）是伊朗当代享有盛誉的一位女作家，其作品被翻译成多种外语，她在美国召开的第十八届世界女性研究大会上被选为年度女性。帕尔西普尔在法国巴黎苏尔本大学获中国语言文化系本科文凭，与中国有缘。帕尔西普尔16岁开始在各种刊物上发表作品，1974年出版第一部长篇小说《狗与漫长的冬季》。同年，因参加抗议巴列维政权对作家的政治迫害而被捕入狱，被关押了54天。1981年，尽管她没有参加任何政治组织，但因随身携带违禁出版物而被捕，入狱四年。出狱之后，她靠开书店独自谋生，同时从事文学创作和翻译。1989年，她出版长篇小说《没有男人的女人们》，受到“异端审判委员会”的传唤审判，最终被判监禁。出狱之后，帕尔西普尔移居美国。在很多反响很大的访谈中，帕尔西普尔对临时婚姻[①]持赞成态度，同时认为如果男人滥用这一教法，则是另一个问题，应当分别讨论对待。帕尔西普尔出版有小说集《水晶吊坠》（1977年）、《自由的体验》（1978年），长篇小说《图芭与夜晚的意义》（1988年）、《没有男人的女人们》（1989年）、《蓝色理智》（1992年）、《树灵的简单小奇遇》（1998年）、《喜娃》（1999年）、《御风而行》（2002年）等。其中，《没有男人的女人们》和《图芭与夜晚的意义》是她影响最大的两部长篇小说，前者创作在前，出版在后。因此，从作家创作的心路历程来看，我们先讨论前者。

《没有男人的女人们》是一部非常优秀的作品，堪称反映伊朗妇女权益的代表作，被翻译成瑞典语、荷兰语、法语、意大利语、西班牙语、英语。小说还被改编成同名电影，获得第六十六届威尼斯电影节银

① 伊朗什叶派的一种特殊婚姻。男子可以在自己的原配妻子之外，另娶一个临时小妾，婚姻存续时间的长短由事先约定，双方只要履行相关教法程序即为合法，男方按时间的长短支付女方相应的聘金。该婚姻法在巴列维王朝时期被废除，伊斯兰革命之后被重新恢复。

狮奖。小说以1953年夏天伊朗石油国有化群众示威游行为背景，讲述了动荡不安的局势中五个不同年龄段女人的人生经历：马赫朵赫特、法耶泽、慕内丝、扎琳库洛赫、法罗赫拉高。前三人是未婚处女，20多岁，在人们眼中她们是嫁不出的老姑娘。随着故事的发展，这五个女人不约而同地聚集在德黑兰郊区县卡拉季的法罗赫拉高家中。

马赫朵赫特是一位年轻女教师，性对她来说是禁忌，是野兽行为。马赫朵赫特在卡拉季自己兄长的园子中度暑假，一天无意中撞见家里15岁的女仆法媞与已经谢顶的园丁在花房里性交，她恶心得呕吐了。马赫朵赫特要保护她的处女之身如树一样碧绿长青，因此她决定把自己种在园子中，变作一棵树，自行长出花蕊，借助风之手（即无性繁殖），飘向世界。

法耶泽与慕内丝是好朋友，法耶泽一直暗恋慕内丝的哥哥阿米尔汗，但阿米尔汗是个思想保守且具有家长制作风的男人。法耶泽看过一些性启蒙的书籍，便向慕内丝炫耀自己的性知识。慕内丝尽管比法耶泽大十岁，却很闭塞，对性一无所知，第一次从法耶泽那里听到处女性不在处女膜这样的“高论”。之后，她在一家书店买到一本名为《探索性的奥秘或如何认识自己的身体》的书，读后深为震动。她整整一个月置身于大街上的群众游行示威队伍中，思索女性自身的价值。一个月后，慕内丝回到家中，她的哥哥阿米尔汗大骂她“无耻，丢尽了脸”，“一个女孩失踪一个月就意味着她已经死了”[①]，并用皮带抽打她。盛怒之下，阿米尔汗把水果刀捅进了慕内丝的身体，之后把她埋在了自家后花园中。法耶泽来找阿米尔汗，却听见了慕内丝在地下的声音！慕内丝重新活过来之后，变得坚强不屈。慕内丝和法耶泽决定逃出德黑兰，她俩拦车前往卡拉季，却被司机和他的学徒强奸。这里，作者将悲剧当作滑稽剧来写：“事情也就不过一刻钟。司机和他的学徒就如同在树那边撒了一泡尿，掸掸衣服上的土，很快就回来了。”[②] 更具有讽刺意味的是车上还

---

① Shahrnūsh Pārsīpūr, *Zanān-i-Bidūn-i-Mardān*, Tehran：Intishārāt–i–Nughra, 1368，p.46.（沙赫尔努西·帕尔西普尔：《没有男人的女人们》，德黑兰：诺格勒出版社，1989，第46页。）

② 沙赫尔努西·帕尔西普尔：《没有男人的女人们》，德黑兰：诺格勒出版社，1989，第87页。

有一个搭车的男乘客在打瞌睡，迷迷糊糊中他问："发生了什么事儿？"司机说："我们在灌溉土地。"①

扎琳库洛赫是一个26岁的水灵妓女，每天络绎不绝的嫖客、繁重的身心压力、妓院老鸨的威逼，让她处于精神崩溃的边缘，总是看到自己接待的嫖客是没有脑袋的人，却从不敢对人说出自己内心的幻觉。一天，一个15岁的小姑娘被卖到了这家妓院。扎琳库洛赫大着胆子对这个小姑娘说出自己的幻觉，小姑娘天真地说："他们本来就没有脑袋啊。"扎琳库洛赫说："如果他们真的没有脑袋，别的女人也该看到啊。"小姑娘说："也许她们全都看见了，只是像你一样不敢说出来罢了。"② 这是一段十分巧妙的对话。小姑娘的话把扎琳库洛赫从疯癫的边缘拉回来，她到澡堂去沐浴做净礼，欲通过洗涤来获得身体的纯洁。然后，她一个人在圣陵旁默默地哭泣，哭尽自己一生的凄凉。一番痛彻肺腑的哭泣之后，扎琳库洛赫决定离开德黑兰的妓院，走向卡拉季，想自谋生路，重新开始生活。

法罗赫拉高51岁，是五个女人中唯一结过婚的女人，寡居多年，依然风韵犹存。她的丈夫古尔切赫勒在世时，夫妻感情不融洽，丈夫总是用刻薄的言语打击她，压制她，因此，她一直生活得十分压抑。丈夫去世之后，她仿佛得到喘息之机，有了自己的一片安宁。因此，她的孀居生活过得风生水起。她在卡拉季买了一处园子（正是马赫朵赫特哥哥的园子，马赫朵赫特将自己种在这个园子中变成了一棵树），既开展文学艺术活动又庇护无依无靠的女人。由此，卡拉季花园如同天堂花园一般，成为受尽欺凌与侮辱的女性的庇护所。

五个女人齐聚在了法罗赫拉高的园子中。在法罗赫拉高母亲般的呵护下，慕内丝和法耶泽对女性的贞操有了崭新的认识。当法耶泽痛哭自己失去了处女之身时，法罗赫拉高慈爱地说："不是处女之身就不能活了

① 沙赫尔努西·帕尔西普尔：《没有男人的女人们》，德黑兰：诺格勒出版社，1989，第88页。司机的这句话中暗含《古兰经》2：223经文："你们的妻子好比是你们的田地，你们可以随意耕种。"（《古兰经》，马坚译，中国社会科学出版社，1996。）

② 沙赫尔努西·帕尔西普尔：《没有男人的女人们》，德黑兰：诺格勒出版社，1989，第80页。

吗？我不是处女已经 33 年了，不也活得好好的吗？”[①] 她们在法罗赫拉高家商议成立“没有男人的女人们”同盟，即“反兄长专制同盟”“反性侵犯同盟”，反抗男权制社会的压迫，要让天下不再有兄长杀害姐妹的事情发生，要让女人能够平静安宁地生活，不惊恐于男人的暴力与侵犯。

《没有男人的女人们》因对处女性的讨论而在伊朗引起轩然大波，作者帕尔西普尔被宗教道德法庭判处监禁，后因舆论压力而获释。实际上，作者在《没有男人的女人们》中对女性权益的思考不及后来的《图芭与夜晚的意义》一书深刻。在《没有男人的女人们》中，作者对女性权益的思考还仅仅停留在“性别”不平等的层面上，似乎女人只要走出家门，就会遭遇男人的强奸，因此女人为保护自己的贞洁就只能待在家中，而在家庭中则应当敬畏父兄的家长权力。其实，正是这样的思维逻辑禁锢着女人自身。从女性解放思潮的发展来看，女性自我意识的觉醒，首先表现为对男权制社会的反叛，从而颠覆了男权制的权威。在现今看来，这种将男性置于女性对立面的女权主义思想，具有一定的局限性和狭隘性，但从女性解放思潮的历程来看，这是女性在争取自身的解放过程中，以及对这种解放的实质的认识过程中，必然要经历的一个阶段，是具有一定积极意义的，显示了女性强烈的自我意识。因此，可以说，帕尔西普尔的《没有男人的女人们》完成了女性自我意识的觉醒。

四　对女性自身价值的思考

沙赫尔努西・帕尔西普尔的另一部长篇小说《图芭与夜晚的意义》（1988 年）更为优秀，对女性权益的思考比《没有男人的女人们》更加深入，至今已经被翻译成德语、意大利语、波兰语、英语。该小说的时间跨度是从立宪运动（1905~1911 年）到伊斯兰革命（1979 年），描写了金发女子图芭一生经历的几次重大社会变革，探讨女性在社会变革中的角色与价值，作者以魔幻现实主义的手法将神秘主义与神话传说融合，在回归最初源头的探索之旅中寻找安宁。作者在小说中写道：“女人

---

① 沙赫尔努西・帕尔西普尔：《没有男人的女人们》，德黑兰：诺格勒出版社，1989，第 105 页。

带着圣洁的本质降世，是一面映照深渊的镜子。在这个深渊中，谁是污浊，她就呈现为污浊；谁具有光明的本质，女人就呈现为光明。”[①] 作者也力图把主人公图芭塑造为圣母麦尔彦（玛利亚）式的圣洁女性。

图芭的父亲阿迪布是一位宗教学者，直到50岁时才与一个没有文化的女人结婚，生下爱女图芭。“图芭”是《古兰经》中天堂之树的名字，寄托了父亲对女儿的殷切期望。父亲对图芭倾尽心血，竭力想把女儿培养成一个麦尔彦那样的圣洁女性。因此，图芭的童年生活可谓幸福。父亲阿迪布满怀抱负，却生不逢时，壮志未酬地死去，图芭母女一下变得无依无靠，靠马赫穆德伯父的接济度日。为了将母亲从伯父儿子的纠缠中拯救出来，图芭主动牺牲自己，做他的临时婚姻小妾，从而从教法的角度使母亲成为伯父儿子的不可亲近者。图芭在伯父家的四年临时婚姻生活中，身心备受折磨，除了男人的家暴之外，别无其他。一天，图芭为烤制馕饼外出，被两个喝醉酒的男人纠缠。一个名叫西亚邦尼的男子把她救了出来。从此，西亚邦尼成为她生活中的一个光明，深深地印在她脑海中，但她难以了解更难以企及他，这也促使她思考夜晚的意义，思考女性的自我价值。由此，图芭开始反思自己四年的临时婚姻生活，四年之间对男人唯命是从、噤若寒蝉的高墙轰然倒塌。她不再畏惧，不再俯首听命，主动结束临时婚姻约定，也由此获得了身心的双重自由。

图芭的父亲曾效力于宫廷，因此图芭家与王室人员多少有一些来往。图芭离开马赫穆德伯父家之后，遇上王子费力东·米尔扎，不久二人结婚。王子与苏非教团的长老和苦行僧来往密切，与他们一起读苏非大思想家莫拉维（1207—1273）的诗歌，一起做苏非修行仪式，图芭由此也深受苏非哲学的影响，开始从更深的层面思考女性的价值和意义。图芭与丈夫去另一个王子基尔家做客时，世界向她打开了另一扇窗户。基尔与他的妻子蕾拉正在排演一部剧作，在该剧作中神话、历史与现实交织在一起。基尔给图芭讲自己构思的神话剧，王子自比剧中苏美尔英雄吉尔伽美什，演绎着自己改天换日的理想。蕾拉则代表了女性对

① Shahrnūsh Pārsīpūr, *Tūbā-va-Ma'nī-yi-Shab*, Tehran：Intishārāt–i–Shīrīn, 1367，p.168.（沙赫尔努西·帕尔西普尔:《图芭与夜晚的意义》，德黑兰：席琳出版社，1988，第168页。）

男权社会的叛逆与反抗。在剧作中，蕾拉雅特是阿丹（亚当）的第一个妻子，在伊甸园中二人是平等的，阿丹代表了白天，蕾拉雅特代表夜晚（蕾拉一词的本意即是“夜晚”），女人是男人夜晚的梦。阿丹被逐出伊甸园之后，神用他的肋骨创造了女人好娃（夏娃）作为阿丹的妻子，让女人成为男人的扈从，由此才有了男女的不平等。戏剧是现实，现实如戏剧。图芭深受基尔、蕾拉夫妻二人的影响，思考女性自我的命运与价值。可以说，图芭的一生是思考女性的人生角色与女性价值的一生，她的思考非常具有苏非神秘主义色彩。小说结尾，图芭年长色衰，她丈夫弄了一个14岁的小姑娘来做临时婚姻小妾，就如同当年的图芭。图芭主动与丈夫离了婚。在围绕自我的一番思考之后，图芭回到自己家，开始回忆自己的一生。

《图芭与夜晚的意义》堪称伊朗女性文学的杰作，揭示了伊朗女性真实的生存状况和社会地位，以及她们思想变迁的轨迹。这并非一部旨在张扬男女性别平等的女权主义小说，而是更深层次地思考男女之间由性别差异所必然带来的诸多差异，小说认为：男人是白天，女人是黑夜；男人是天空，女人是大地；男女之间，天壤之别，阴阳互补，不能片面地追求性别的平等而忽视这种差异性。因而，男女平等应是基于人格和人权之上的平等。《图芭与夜晚的意义》将男女之间的差异上升到了哲学思考的层面，因而更加深刻。

美国著名的女权主义批评家爱莲·萧华特将女性文学分为三个阶段：第一阶段很长，在此阶段中，女作家模仿主流文学的流行模式，并吸收其艺术标准和社会角色观点；第二阶段，女作家开始反对这些标准和价值，并为女性的权利、价值、自主的要求进行辩护；最后一个阶段是自我发现的阶段，即不再依靠对立面，而是向内转，转向寻求自我的同一。[①] 西敏·达内西瓦尔和噶扎勒·阿里扎德的小说写作更多属于女性文学的第一阶段；帕尔西普尔的《没有男人的女人们》更多属于女性文学第二阶段，是对男性价值认识体系的反叛，在与之对立中凸显女性文学自身的价值;《图芭和夜晚的意义》则属于女性文学从第二阶段向第三阶段的过渡，在一定程度上实现了精神上的超越。图芭先是女性

① 转引自康正果《女权主义与文学》，中国社会科学出版社，1994，第92页。

自我意识觉醒，反抗男权制的权威，然后进一步思考女性自身的价值与意义，争取与男人在人格上的平等，实现女性的自我价值。在《图芭与夜晚的意义》中，帕尔西普尔对女性权益的思考虽然超越了单纯的男女两性的对立与反抗，然而其文本本身却显示女作家对男权制社会的“抗争”意识。

五　对女性价值思考的内倾化及转型

在帕尔西普尔之后成长起来的20世纪50年代出生的女作家在对女性权益的思考上更进一步。这代女作家与上一代女作家在两方面存在明显差异：上一代女作家大多出自上层知识分子家庭，家世优越，从小受到良好的传统文化教育，从作家的绝对数量来看不是很多；20世纪50年代出生的女作家大多来自新生的中产阶级家庭，相对优裕的生活与宽松的时间使她们热衷于文学作品的阅读与创作，以提高自身的文化修养。由于基数较大，这代女作家在数量上明显多于上一代。这使得伊斯兰革命之后，女性作家群成为伊朗当代文坛上一股不容忽视的力量。

在创作思想上，20世纪50年代出生的女作家的青春期和思想成熟期与伊朗20世纪60~70年代的经济飞速发展和社会全面西化相伴，因此她们比上一代接受传统教育的女作家更具有女性的独立意识。上一代女作家更关注国家民族方面的宏观问题，但她们作品中的女性几乎都是传统女性，完全生活在男权制的藩篱之中，缺乏女性的独立自主意识，文坛泰斗西敏·达内西瓦尔的代表作《萨巫颂》即是这方面的典型。20世纪50年代出生的女作家更关注女性自身的内心世界，因此在她们的作品中女性的自我意识是自然而然地呈现出来的。另外，这代女作家的思想成熟期又与伊斯兰革命紧密相随。她们大多数在革命进程中是拥护者，在革命之后成为置疑者，她们的思想成熟轨迹使她们的作品必然烙印上她们那个时代成型的价值观，因此她们的作品更加向内转，探索女性的内心世界而非外部周遭的社会问题。

佐娅·皮尔扎德（1952—）出生于南部石油大城市阿巴丹，是伊朗亚美尼亚族作家，是伊朗当代最享有盛誉的女性作家之一。她的小说集《如同所有的下午》（1991年）、《柿子的涩味》（1997年）、《离复活节还有一天》（1998年）很受读者欢迎。其2001年出版的长篇小说《灯，我来熄灭》，以清新流畅的故事风格赢得广泛的好评和巨大的成功，横扫当年伊朗各项文学大奖，被翻译成德语、土耳其语、法语和中文。皮尔扎德也是最受欧洲读者青睐的伊朗当代作家之一，她的作品全部都被译成了法语。《灯，我来熄灭》通过女主角克拉丽斯的口吻叙述，描述了20世纪60年代在伊朗阿巴丹市生活的几个亚美尼亚族家庭之间的故事，其核心是一个中年女性遭遇情感危机，故事含蓄婉转带着一丝丝伤感：女主人公克拉丽斯是一位年近40的家庭主妇，她的丈夫奥尔图什是伊朗国家石油公司的工程师，整天工作繁忙。他们已经结婚17年，有一个正处在青春期的儿子和一对双胞胎女儿。平淡琐碎的家庭生活让夫妻间昔日的热情渐渐消散，每天的交流就只剩下临睡觉前的一句话："灯，是你关还是我关？"这句话的内在含义颇为丰富。新搬来的男邻居西蒙尼扬掀起了克拉丽斯感情上的波澜。该小说描写了中年女性的情感危机，含蓄委婉，温馨中带着一丝伤感，很具有东方韵味。

《灯，我来熄灭》于2001年获得第一届"胡尚格·古尔希里文学奖"之后，法丽芭·瓦法（1963—）也以类似题材的小说《我的鸟儿》（2002年）深受评论家和读者的喜爱，获得了2002年年度最佳小说奖、第二届"冬至文学奖"，并于2003年获第三届"胡尚格·古尔希里文学奖"最佳长篇小说奖。故事以一位已婚妇女的自述展开，讲述了女人平淡无为的日常婚姻生活，丈夫没有对她不忠，也不乏体贴，但是没有温情，更没有激情。女人在这样不冷不热的婚姻生活中纠结挣扎，渴望飞翔。

《灯，我来熄灭》和《我的鸟儿》两部类似题材的小说在21世纪伊始相继获奖与热销，说明人们对女性权益的关注重心已从"对立反抗"这种貌似重大的问题挪移到婚姻生活中平平常常、普普通通的琐碎小事上，更接近女性日常生活的本质。这两部小说之所以在伊朗引起很大反响，在欧洲也不乏好评，很重要的一个原因在于小说十分真实朴素地揭示了中年夫妻面临的情感困境，没有任何花里胡哨的渲染，一如伊朗电影，宁静而致远，带着淡淡的忧伤。小说对女性内心情感的微澜描写得十分细腻，显示出伊朗女作家创作走向内倾化。在这方面，莫妮璐·拉旺尼普尔（1954—）的短篇小说《灰色的星期五》更为突出。星期五为伊斯兰国家的休息日和礼拜日，即周末。该小说描写了德黑兰大都市中一位丧偶单身知识女性周末的寂寞时光，“对她而言，星期五总是漫长而灰色的，仿佛凝固了一般，有时又显得迟疑拖沓”[①]。通常有关女性权益的小说都将女性的工作权利视为女性解放的象征。然而，在《灰色的星期五》中，女主人公是位出色的话剧演员，在经济上完全是个独立自主的职业女性。但是，工作并不能慰藉她内心的寂寥，反而成为一种负担，“工作，她如此热爱的工作，她为它放弃了女人的生活，此时就好像沉重的铅制秤砣压在她的生活上”[②]。该小说堪称内倾化写作的经典之作，关注的是女性的内心世界和精神生活，而不是外在权益。

马赫纳兹·卡丽米生于1960年，按照公历年算，她是20世纪60年代出生的作家的开端人物；按照伊朗历来算，她是20世纪50年代出生的那一代人的终结。因此，她可谓是承上启下的一位标志性作家。其主要作品有：小说集《太阳仙女》（1991年），长篇小说《如此舞蹈……》（1991年）、《云和风之家》（1991年）、《香橙与香橼》（1992年）、《迷茫的夜莺》（2004年）、《伊朗式园林》（2005年）、《季节的两个乐章》（2009年），小说集《狗与人》（2009年）。《如此舞蹈……》是一部让马赫纳兹·卡丽米赢得声誉的心理小说，也是一部纯女性作品，描写了一位性格分裂的女人，她的脚被传统所束缚，脑子却充满自由的幻想。她在幻想中十分大胆、放肆、无畏，而在行动中却十分谨小慎微。她想挣脱传统生活的束缚，却又找不到付出最小代价的可行之路。因此，行动上的无能导致她出现精神分裂的病态，时常在对丈夫孩子微笑的同时却渴望他们死去。该小说堪称伊朗女性小说的转型之作，从关注女性的外在权益转入关注女性的内心世界。果然，进入21世纪后，马赫纳兹·卡丽米以长篇小说《镲钹与冷杉》（2003年）再次备受关注，该小说获得“胡尚格·古尔希里文学奖”提名，获得2003年“伊斯法罕文学奖”最佳小说奖。《镲钹与冷杉》讲述了这样一个故事。一个侨居国外的伊朗裔女人，在手术中接受了一个黑人男孩的输血。术愈之后，她欲将这个黑人男孩收作养子，但她未婚。为了能收养男孩，她必须建立一个真正的家庭，因此她开始寻找能够做丈夫的男

---

① Munīrū Ravānīpūr, *Kanīzū*, Tehran：Intishārāt–i–Nīrūfar, 1380, p.133.（莫妮璐·拉旺尼普尔：《卡妮茹》（小说集），德黑兰：莲花出版社，2001，第133页。）

② 莫妮璐·拉旺尼普尔：《卡妮茹》（小说集），德黑兰：莲花出版社，2001，第133页。

人。她回忆自己年轻时期的几段恋情，读者跟随她的回忆走进她以前的生活，每一段恋情都是她生活的一个侧面。

对女性权益思考的内倾化，其内在底蕴其实是一种迷惘，即女性不再进行“性别对抗”之后，专注女性内心的“自我”，而这“自我”究竟应该怎么办，女性却是茫然的。这在《灰色的星期五》中表现得十分突出。《镲钹与冷杉》则走出了这种迷惘，女主人公不仅在女性的外在权益方面完全独立自主，在内在心理方面也完全独立自主，自己主宰自己的精神生活。只是，作家将女主人公的身份设定为侨居海外的一位伊朗女性。这尽管显示出某种意识形态的影响，但也显示出新一代伊朗女作家对女性权益的新思考。

正如法国著名女权主义批评家西蒙·波伏娃在《第二性》中所言：“艺术、文学和哲学的宗旨都是让人自由地发现个人创造的新世界。要享有这一权利，首先必须得到存在的自由。女人所受的教养至今仍限制着她，使她难以把握外在的世界，为在人世上给自己找到位置而奋斗实在太艰辛了，要想从其中超脱出来又谈何容易。倘若她要再次尝试把握外在的世界，她首先应当挣脱它的束缚，跃入独立自主的境地。这就是说，女人首先应该痛苦而骄傲地学会放弃和超越，从做一个自由的人起步。”① 超越单纯的性别分野的狭隘性，是20世纪50年代出生的伊朗多数女作家的一个明显倾向（当然也有不在此倾向内的优秀作家作品），她们不再将男性作为女性的对立面，而是从女性自身觉悟、女性作为“人”的同一、女性自身的特点去建构和实现女性的自我价值。这既是创作上的飞跃，更是思想上的飞跃。她们真正进入了爱莲·萧华特所说的第三阶段，在“第三阶段，妇女既反对对男性文学的模仿（与男性认同），也超越了单纯的反抗（与男性对立），她们把女人自身的经验看作是自主艺术的根源，试图建构真正的‘女性化’文学”②。

① 转引自康正果《女权主义与文学》，中国社会科学出版社，1994，第81页。

② 胡亦乐：《女性的回归》，《外国文学评论》1991年第2期，第120页。

《库什王纪》在伊朗史诗传统中的独特价值初探

——兼与《列王纪》比较研究

刘英军*

内容提要 除广大读者耳熟能详的《列王纪》外，在伊朗还有多部达里波斯语次生史诗作品存世。其中，《库什王纪》以其主角是与伊朗人为敌的异族英雄和有大量涉及中国的情节这两大特点而显得格外与众不同。考虑到《库什王纪》完全可以嵌到《列王纪》的叙事历史参照系里考察，而且广大读者对《列王纪》相对比较熟悉，本文借助于对《库什王纪》和《列王纪》的比较研究，并基于对《库什王纪》这部史诗的介绍，同时结合参照其他一些伊朗民族史诗，着重探讨《库什王纪》在伊朗史诗文学传统中的独特价值——叙事者以不同的视角记录下来一些相对“原生态”的伊朗民族上古传说。

关键词 伊朗史诗 《库什王纪》《列王纪》 比较 独特价值

伊朗史诗文学创作传统历史悠久，在漫长的达里波斯语古典文学时期，有数量繁多的史诗作品问世。其中，最著名的是菲尔多西

* 刘英军，北京大学外国语学院亚非学院。

（Firdawsī）作于公元 980 年至 1011 年间的《列王纪》（*Shāhnāma*）。[①] 本文探讨的对象——《库什王纪》（*Kūshnāma*），是一部成书稍晚于《列王纪》的伊朗民族史诗，[②] 目前中国学界尚无人涉及对其的研究。然而，对于中国读者来说它具有特殊的意义，因为其主角在作品中有“中国首领”（Sālār–i Chīn）和“中国王”（Shāh–i Chīn va Māchīn）等称号，这部史诗也曾在行文中把自身称为“中国王的故事”。随着对《库什王纪》考察的逐步深入，我们发现其叙事者的视角不同于绝大多数其他伊朗民族史诗，在这部作品中可以看到较多上古伊朗人集体记忆中的苦难片段。由此，《库什王纪》在保存伊朗口传故事中的另类素材方面凸显出其独特价值。鉴于《库什王纪》的叙事历史背景与《列王纪》的传说历史脉络之一段相吻合，将二者结合在一起比较考察，可以让我们更加全面地了解那段传说的全貌。

一 《库什王纪》的创作背景及情节概述

《库什王纪》序言部分明确写道，诗人把诗作献给塞尔柱王朝（Saljūqiyān，1037~1194 年）的苏丹——吉亚苏丁·阿布·薛乔厄·穆罕默德·本·马利克沙（Ghiyāṣ al–Dīn Abū Shujā‘Muḥammad b. Malikshāh），即穆罕默德一世（Muḥammad I），他在位的时间是 1104~1117 年。诗中还提到这位苏丹攻克位于伊斯法罕的保坦尼耶派（Bāṭaniyān）的肖赫迪兹（Shāhdiz）城堡，战胜阿米尔·赛伊夫·杜乌

① 伊朗的史诗书名大多以“nāma”结尾，意为文书。本文给出这些史诗汉译名称的基本原则是，主角是君王的名之以“纪”，主角是其他英雄人物的名之以“传”，除这两类之外的均名之以“书”。这其中又有一特例，因有多部 *Shāhnāma* 存在，为了把菲尔多西的 *Shāhnāma* 从中区别出来，按其已有汉译本译作《列王纪》，余者皆译为《王书》。

② 根据伊朗文学史家扎毕胡拉·萨法（Ẕabīḥ Allāh Ṣafā）的主张，达里波斯语次生史诗可被分为民族史诗、历史史诗和宗教史诗三类。伊朗民族史诗植根于民间口头传说故事，经由文人收集整理，通过融合一些散佚的萨珊时期书面资料以及作者本人的文学再创作而成；历史史诗指文人仿照民族史诗的形式，赞颂当时在位君王的功业以及记载重要历史事件的作品；宗教史诗的内容主要包括宗教史（多为伊斯兰教史）、宗教故事和对教义的宣讲。参见 Ẕabīḥ Allāh Ṣafā, *Ḥamāsasarāyī dar Īrān*（《伊朗史诗创作》）, Tehran: Amīr Kabīr, 1954（H.S.1333）, pp. 160–390。

拉·本·萨达伽（Amīr Sayf al-Dawla b. Ṣadaqa），以及艾哈迈德[①]·奈扎姆·莫尔克（Aḥmad b. Niẓām al-Mulk）被任命为瓦齐尔（vazīr）[②]等事件，这些事件都发生在1106年和1107年。而艾哈迈德·奈扎姆·莫尔克在公元1110年被免职，据此推断，《库什王纪》全诗的创作完成于1107年至1110年之间。

根据《库什王纪》的孤本抄本和出自同一诗人之手的另一部史诗《巴赫曼王纪》（*Bahmannāma*）[③]，以及由佚名作者编纂于公元1125年前后的《历史与故事辑要》（*Mujmal al-Tavārīkh va al-Qiṣaṣ*）一书提供的信息综合来看，《库什王纪》作者的名字是伊朗尚·本·阿比尤黑尔（Īrānshān b. Abī al-Khayr）[④]。《库什王纪》的第108~109联这样写道："以前我曾讲述一个故事，就如或多或少我所听说的那样。那是一个色彩缤纷气味芬芳的故事，巴赫曼为王的一切都在它里面。"[⑤]《历史与故事辑要》中则有这样的记载："达拉（Dārā）[⑥]的时代：在这段日子里，黄金扎尔（Zāl）故去了，除了在那部由Ḥakīm[⑦] Īrānshān b. Abī al-Khayr整理成诗的《巴赫曼王纪》中，我没有在[其他]任何一本书中

---

① 《伊朗通史》（阿宝斯·艾克巴尔·奥希梯扬尼：《伊朗通史》，叶奕良译，经济日报出版社，1997）将其译作"阿赫默德"。

② 意为"大臣之首"。

③ 主角是埃斯凡迪亚尔（Isfandiyār）之子巴赫曼，即传说中的凯扬王朝的第六位王。

④ 由于《历史与故事辑要》几个存世抄本中的记录有所不同，《库什王纪》作者名字的确切拼写尚存争议。争议的焦点在其名到底是"Īrānshān"还是"Īrānshāh"。巴哈尔（Malik al-Shu'arā' Bahār）在其于1939年校注出版的《历史与故事辑要》注释中倾向于"Īrānshāh"的拼写。贾拉尔·马提尼在他为自己于1998年校勘出版的《库什王纪》所作"导言"中主张写作"Īrānshān"。欧米德萨拉尔（Maḥmūd Umīdsālār）于2005年在《伊朗大地的文化》（*Farhang-i Īrānzamīn*）上发表《〈库什王纪〉札记》（"Yāddāshthā-yi *Kūshnāma*"）一文，他提出不能轻易认定《库什王纪》诗人的名字是"Īrānshān"，"Īrānshān"不优先于"Īrānshāh"。

⑤ Īrānshān b. Abī al-Khayr, *Kūshnāma*（《库什王纪》）, edited by Jalāl Matīnī, Tehran: 'Ilmī, 1998（H.S.1377）, p. 151.

⑥ 除非特殊注明，本文中出现的史诗人名和地名等专有名词，若在《列王纪》中文全译本（菲尔多西：《列王纪全集》，张鸿年、宋丕方译，湖南文艺出版社，2001）中有提及，就直接使用其中文译名；若未有提及，则按笔者自行翻译的中文译名。——引者注

⑦ "Ḥakīm"是贤哲的意思，常被加在著名文人学者的名字之前作为尊称使用。——引者注

见到提及此内容。”[①] 由于《巴赫曼王纪》中有赞颂先知穆罕默德和什叶派第一位伊玛目阿里的诗句，诗人可能是一位有什叶派倾向的穆斯林。除了《历史与故事辑要》，以及《库什王纪》和《巴赫曼王纪》两部诗作本身，迄今没有发现其他文献中有关于诗人生平的记载。《库什王纪》和《巴赫曼王纪》两部史诗均是长逾万联的长篇大作，有关它们作者的资料却如此寥落，不能不说是个遗憾。

《库什王纪》在开篇部分介绍这部诗歌写作缘起的时候，把诗中故事称为“中国王的故事”与“库什的作为”；在《历史与故事辑要》中，它以“象牙库什（Kūsh–i Pīldandān）的故事”之名被记载；近代以来，一些著名的东方学家和研究者，诸如 Jules Mohl、Charles Rieu 和扎毕胡拉·萨法（Ẕabīḥ Allāh Ṣafā）等，直接将其称为 *Kūshnāma*。千百年来，《库什王纪》在民间的流传相对不广，只有一份抄本传世，直到 1998 年才被贾拉尔·马提尼（Jalāl Matīnī）整理成书并出版。

《库什王纪》的篇幅超过 1 万联，即 2 万诗行。其情节大致可分为七个部分，依次是序言、库什[②] 与玛努什（Mānūsh）[③]、象牙库什与阿贝廷（Ābtīn）[④]、象牙库什与法里东（Firīdūn）、象牙库什征讨马格里布（Maghrib）、法里东三分天下和象牙库什在西方开疆拓土。序言部分包括赞美真主、赞颂伊斯兰先知和献给塞尔柱苏丹穆罕默德一世的颂词等内容，符合当时叙事长诗创作的惯例。第二部分库什与玛努什的故事是全书主体故事的引子，由发生在伊斯兰时代伊朗与鲁姆（Rūm）[⑤] 两国

---

① *Mujmal al-Tavārīkh va al-Qiṣaṣ*（《历史与故事辑要》）, edited by Malik al–Shu‘arā’ Bahār, Tehrān: Chāpkhāna–yi Khāvar, 1939（H.S. 1318）, p. 92.

② 传说中与《库什王纪》主角象牙库什名字相同的一位伊斯兰时代的伊朗王。

③ 传说中的一位鲁姆王。

④ 贾姆希德的曾孙，逃亡在中国的贾姆希德家族的首领。

⑤ “Rūm”一词在现代波斯语中意为“罗马”。但在波斯语兴起的时代，伊朗文化大陆的西北方是东罗马，即拜占庭帝国，因而在古典波斯语文献和文学作品中，“Rūm”一词主要指东罗马。另外，更早的亚历山大帝国在伊朗文化中留下了深刻的印记，因此中古时期的波斯语“Rūm”有时也指马其顿亚历山大时期以及之前的希腊。在未提及具体时代背景的情况下，“Rūm”在波斯语文学作品中一般特指以安纳托利亚高原为主体的小亚细亚地区。本文中按原文将其音译为“鲁姆”。王治来在《世界境域志》汉译本［转译自米诺尔斯基（V. Minorsky）的英译本］中将其译为“罗姆国”。参见佚名《世界境域志》，王治来译注，上海古籍出版社，2010，第 186 页及脚注①。

统治者之间的故事引出上古传说中象牙库什的故事。后面五部分是以象牙库什为主角的诗作主体部分。

在《列王纪》的叙事中，上古君王贾姆希德（Jamshīd）由于骄傲自大而失去灵光（Farr）——神的佑护之后，其统治分崩离析。伊朗人迎立阿拉伯人（Tāzī）首领佐哈克（Żaḥāk）为王，佐哈克随即率兵讨伐贾姆希德，贾姆希德逃亡百年仍不免为佐哈克擒杀。贾姆希德败亡后，其后裔阿贝廷逃亡和被杀的情节在《列王纪》中仅被以寥寥数联诗句记载："法里东的父亲名叫阿贝廷，那阿贝廷算是交上了背运。他东躲西逃自己也感厌倦，一天突然落入捕狮陷阱失足深陷。那一伙日日捕人的凶奴，一见正中下怀立即把他捉住。捉住他上绑如同捆狗一般，推推搡搡拖到佐哈克面前。"[①]《库什王纪》则用4000多联诗句详述了阿贝廷逃亡的经历。与《列王纪》的记载稍有不同，贾姆希德在《库什王纪》中因天命轮转、时运变迁的不可抗力而败亡，并非由于自己犯了骄傲自大的错误才失去灵光。

据《库什王纪》载，贾姆希德失去灵光之后，阿拉伯人首领佐哈克攫取了至高王权。贾姆希德在被佐哈克擒杀之前，将妻子和家人送往秦（Chīn）[②] 的丛林中躲避，他的妻子是秦王玛汉格（Māhang）之女。佐哈克派遣他的兄弟库什去做秦的王，并追杀贾姆希德家族的逃亡者。库什在秦击败了皮尔古尚（Pīlgūshān）[③] 部落之后，娶了该部落的一位美女为妻，她为库什生下一个长有象牙和象耳的极为丑陋的儿子，即本书的主角象牙库什。孩子被库什遗弃在丛林里，后为阿贝廷的妻子所收养。象牙库什长大以后，帮助阿贝廷屡次击败库什的军队，直到库什意识到这个丑陋而勇猛的敌人可能是自己的儿子后，库什父子相认，象牙库什倒戈转而与阿贝廷为敌。阿贝廷只好经由马秦（Māchīn）[④] 避往东

① 菲尔多西：《列王纪全集》（一），张鸿年、宋丕方译，湖南文艺出版社，2001，第70页。

② "Chīn"这个词在波斯语中意为中国，在中古时期的波斯语文学作品里，它实际上通常指伊朗东方的突厥人居住的地区，大致包括今天的中亚地区和中国西北部地区。

③ 意为"象耳者们"。

④ "Māchīn"是梵语"Mahācīna"进入波斯语之后略微发生音变而成的，原意为"广大的秦"，古印度人用以指古代中国。在波斯语古代文献中，"Māchīn"多指与"Chīn"（中国西北地区）相对而言的中国东南地区。

海中一个名叫巴希拉（Basīlā）的岛屿，该地在诗中曾被称为“另一个马秦”。库什死后，象牙库什成为秦王，一直与阿贝廷以及巴希拉王醍醐尔（Ṭīhūr）敌对战斗。某天，阿贝廷梦见贾姆希德令其回伊朗，他便遵照梦谕行事，不久之后被佐哈克擒杀。阿贝廷与巴希拉公主所生的儿子法里东长大成人，他击败佐哈克并令贾姆希德家族重夺王权，象牙库什随即在河中地区（Māvarā' al-Nahr）[①] 逃亡。后来法里东击败并俘获象牙库什，把他同佐哈克一起囚禁在达马万德 [②]（Damāvand）雪山上。

《库什王纪》的情节随后进入另一个阶段。法里东启用象牙库什去对付进犯马格里布的布加（Bujja）和努比亚（Nūbī）黑人，但象牙库什借机背叛了法里东，并参与了法里东长子萨勒姆（Salm）和次子图尔（Tūr）谋杀三子伊拉治（Īraj）的阴谋。待到玛努切赫尔（Manūchihr）击败他们三人并继承王位后，象牙库什再度逃亡。这段故事在《列王纪》中也有记述，即被研究者称为《列王纪》四大悲剧之一的“伊拉治悲剧”。其情节梗概是，法里东在其当政时期三分了天下——他让长子萨勒姆做鲁姆王，亦称为西方之王；令次子图尔做土兰与中国（Tūrān va Chīn）王，亦称为东方之王；把大地中央之地——伊朗交给三子伊拉治。萨勒姆和图尔认为父亲分封不公，出于嫉恨，他们合谋害死了伊拉治。法里东转而培养伊拉治的外孙玛努切赫尔，最终玛努切赫尔击败并杀死萨勒姆和图尔，为伊拉治报了仇，并继承了法里东的王位。

象牙库什逃亡到伊朗东方的河中地区时，在那里建造了一座名为贵霜（Kūshān）的城市，宣称自己为真神并推行偶像崇拜；逃亡到伊朗西方的马格里布地区时，他再一次推行偶像崇拜。最后，他受到身为贾姆希德后裔的一位智慧长者的教诲，在自己统治的地区做了一些善事。到这里，《库什王纪》在没有提及象牙库什最终结局的情况下就结束了。

---

① 阿拉伯语原意为“河外地”，即向东北过了阿姆河的地域。此处采用国内通用的转译自英语“Transoxiana”的汉译——河中地区。

② 《列王纪全集》将其译为“达玛温德”。

二 《库什王纪》对《列王纪》的侧面补充

《库什王纪》成书比《列王纪》晚了近一个世纪，它的创作明显受到《列王纪》的影响。《库什王纪》的整理者——贾拉尔·马提尼认为，《库什王纪》诗人运用的夹叙夹议叙事手法就是受了菲尔多西的影响；他还在《库什王纪》中发现了一些与《列王纪》某些诗句相似甚至相同的诗句。① 除此之外，在《库什王纪》中还可以见到其他一些与《列王纪》密切相关的内容，这些内容在两部史诗中表现为既有相通之处又不尽相同。

《列王纪》可谓伊朗民族史诗中的集大成者，“按史诗的故事情节，时间跨度在4600年以上”② 。把《列王纪》作为研究《库什王纪》的叙事时间参照系，我们发现《库什王纪》讲述了《列王纪》记载的自俾什达迪王朝（Pīshdādiyān）第四位君王贾姆希德败亡直至凯扬王朝（Kayāniyān）第二位君主卡乌斯（Kāvūs）时代的故事，叙事时间跨度为2000余年，核心情节围绕着象牙库什的一生展开。

两部史诗对贾姆希德、佐哈克、法里东以及玛努切赫尔等上古君王之间继承关系的描述完全一致。占《库什王纪》近半篇幅的“象牙库什与阿贝廷的故事”，是对《列王纪》中几乎没有描写的贾姆希德后裔逃亡数百年间经历的补充；法里东三分天下直到玛努切赫尔为伊拉治复仇并登基为王这段故事在两部史诗中也如出一辙，只是在《库什王纪》中，萨勒姆与图尔阵营中多了象牙库什作为同谋。甚至可以说，《库什王纪》就是把《列王纪》4000多年叙事时间中的2000余年，从不同的观察角度做了再叙事，即《库什王纪》对《列王纪》在叙事内容上有突出的侧面补充作用。

《库什王纪》的主角在诗中常被称作“象牙”（Pīldandān），这个称呼在《列王纪》、《法拉马尔兹传》（*Farāmarznāma*）③ 和《巴赫

① 参见 Jalāl Matīnī, “Muqadama”（前言）, in Īrānshān b. Abī al-Khayr, *Kūshnāma*（《库什王纪》）, edited by Jalāl Matīnī, Tehran: ‘Ilmī, 1998（H.S.1377）, pp. 104–109。

② 张鸿年:《波斯文学史》，昆仑出版社，2003，第54页。

③ 也有伊朗学者主张标音为 *Farāmurznāma*。其主角是鲁斯塔姆之子。

曼王纪》等几部伊朗民族史诗中都曾被提及。[①]《列王纪》里凯霍斯鲁（Kay Khusraw）时代“中国可汗的故事”讲到中国可汗派勇士胡曼（Hūmān）[②] 出战鲁斯塔姆（Rustam）时有这样的诗句：“胡曼对他说道：我不是铁砧，在战斗中我不是象牙。”[③] 胡曼对可汗说这句话的意思是，他自己没有强大到能与鲁斯塔姆匹敌的地步。“象牙”在这里可能是指坚实致命的巨兽攻击性武器——大象的獠牙，也可能是伊朗古代传说中某位广为人知的勇士之绰号。“象牙”之名在《巴赫曼王纪》中的指向则更为明确：“正是那脾性颠倒无常的象牙，在战场上那好战的王……你把他称作库什王，身披钢甲的边疆战士的首领。”[④] 这些诗句表明，象牙是名叫库什且英勇善战的边远地区统治者。《库什王纪》使我们对其他伊朗史诗中含义模糊的“象牙”这个词有了全新的、更准确的认识。

另外，《库什王纪》对《列王纪》中含混不清的秦和马秦的地理概念做了清晰的界定。前文在介绍《库什王纪》的故事情节梗概时，曾频繁提到秦和马秦这一对地理概念。《列王纪》和《库什王纪》都把秦与马秦作为对中国地域的称呼。在《列王纪》中，作为地理概念的秦和马秦没有被明确地辨析开来，比如讲到鲁斯塔姆击败阿夫拉西亚伯（Afrāsiyāb）而占领土兰时有这样的诗句：“鲁斯塔姆在土兰登基为王，消息飞传，传遍了秦和马秦城乡。”[⑤] 类似的例子在《列王纪》中还有多处，即秦和马秦并列在一起，笼统指代与土兰有关的位于伊朗东方的大片地域。而在《库什王纪》中，秦和马秦则有各自明晰的指向。

在伊斯兰时代波斯语文献中，秦和马秦常常被用作对当时中国疆域的称谓，但在不同时代的不同著作中，它们所指向的区域范围并不完全

① 参见 Jalāl Matīnī, “Muqadama”（前言）, in Īrānshān b. Abī al-Khayr, *Kūshnāma*（《库什王纪》）, edited by Jalāl Matīnī, Tehran: ‘Ilmī, 1998（H.S.1377）, pp. 39-40。

② 《列王纪》中的土兰（Tūrān）勇士之一，皮兰・维塞（Pīrān Vīsa）的兄弟，阿夫拉西亚伯（Afrāsiyāb）的军队将领之一，在战斗中被伊朗将军比让（Bīzhan）杀死。

③ Abū al-Qāsim Firdawsī, *Shāhnāma*（《列王纪》）, Volume I, A Reprint of Moscow Edition, Tehran: Hermes Publishers, 2003（H.S.1382）, p. 546.

④ Īrānshāh（n）b. Abī al-Khayr, *Bahmannāma*（《巴赫曼王纪》）, edited by Raḥīm ‘Afīfī, Tehran: ‘Ilmī va Farhangī, 1991（H.S.1370）, pp. 433-434.

⑤ 菲尔多西：《列王纪全集》（二），张鸿年、宋丕方译，湖南文艺出版社，2001，第266~267页。

一致。大体上来说，有两类相对常见的用法。一类著作，例如由佚名作者著于公元10世纪的《世界境域志》（*Ḥudūd al-ʻĀlam: Min al-Mashriq Ilā al-Maghrib*），把伊朗、印度和突厥之地以东直至东洋大海的广大区域都统称为秦；[①] 另一类著作，以纳吉布·巴克兰（Muḥammad b. Najīb Bakrān）著于公元13世纪初的《世界志》（*Jahānnāma*）和拉施特（Rashīd al-Dīn）在公元14世纪初主持编撰的《史集》（*Jāmiʻ al-Tavārīkh*）为代表，把阿姆河以东，在东方与伊朗毗邻的地域称作秦，把位于秦之东南方经由海路可抵达的地域称为马秦。[②] 在波斯语文学作品中，比如大量的史诗和文人叙事诗里，秦和马秦或分别指向不同地域，大约可理解为中国的西北部和东南部，或并列在一起连用，共同泛指伊朗东边的中国地域。即便在同一部作品中，秦与马秦同它们各自的所指也可能不是严格的对应关系。

《列王纪》在神话时代部分更多用土兰与秦指代伊朗以东的广大地域；在英雄和传说时代以及历史时代的故事经常单独使用秦这个地名；而马秦，在《列王纪》中的每一次出现几乎都在与秦并列的词组中。《库什王纪》成书早于《世界志》100年，早于《史集》200年，然而其中的秦和马秦已经明确指向两块并列的地域，即秦是紧邻伊朗的区域，马秦是经由秦可以到达而与伊朗不相邻的滨海国度。这对学界厘清秦与马秦这两个地理概念具有重要参考价值。

三 《库什王纪》对伊朗口传故事文学传统的继承

按照学界现有观点，伊朗民族史诗都有继承伊朗口传故事文学传统的特点。格雷戈里·纳吉（Gregory Nagy）认为，尽管《列王纪》是经文人整理的次生史诗，但它的自我反射（self-reflexiveness）显示出，这是一部与伊朗民谣吟唱文化中的口头传统完全一致的作品，而

---

① 参见 *Ḥudūd al-ʻĀlam: Min al-Mashriq Ilā al-Maghrib*（《世界境域志》）, edited by Manūchihr Sutūda, Tehran: Kitābkhāna–yi Ṭahūrī, 1983（H.S. 1362）, pp. 59–63。

② 参见 Muḥammad b. Najīb Bakrān, *Jahānnāma*（《世界志》）, edited by Muḥammad Amīn Riyāḥī, Tehran: Ibn–i Sīnā, 1963（H.S. 1342）, p. 9 & pp. 71–72；王一丹：《波斯拉施特〈史籍·中国史〉研究与文本翻译》，昆仑出版社，2006，第114~116页。

且这部史诗本身也成了口头传统的一个驱动性象征。[①] 菲尔多西创作《列王纪》采用的资料主要包括成书于萨珊王朝（Sāsāniyān，224~651年）晚期的巴列维语文献《帝王纪》（*Khudāynāma*）、成书于萨曼王朝（Sāmāniyān，892~999 年）时期的曼苏尔散文体《王书》（*Shāhnāma*），以及其他一些流传在民间的传说故事。可被算作萨珊王朝史的《帝王纪》里包含大量历代流传的神话、历史传说和英雄故事；曼苏尔《王书》更是阿布·曼苏尔·迈玛利（Abū Manṣūr al–Ma'marī）奉萨曼王朝呼罗珊（Khurāsān）总督阿布·曼苏尔·本·阿卜杜列扎格（Abū Manṣūr Muḥammad b. 'Abd al–Razzāq）之命，从锡斯坦（Sīstān）和呼罗珊等地召集数位熟悉古代典籍和民间传说之人来口述，同时命人记录整理成书的。[②] 可见《列王纪》采纳了非常广泛的口传故事作为其创作素材。

显然，《库什王纪》也有基于民间传说吟诵成诗这样的特点。这部史诗一开始就说到，诗人家乡城中的一位长者教导诗人知悉了“中国王的故事”，亦即“库什的作为”，并把这些故事的散文文本提供给他，诗人据此进行了诗歌创作。同时，扎毕胡拉·萨法认为，象牙库什等佐哈克家族之人以及所有与伊朗敌对的“邪恶者”，原形大都是阿拉伯人（Tāzī）、迦勒底人（Kaldānī）、亚述人（Āshūrī）等闪米特（Sāmī）人种各部族中对伊朗的入侵者。[③]《库什王纪》的故事“是对一个似乎曾深入到伊朗高原内部很大一部分地区并征服了一些伊朗人部落的闪米特人和对伊朗的英雄入侵者的多重印象集合。基于该想象，关于伊朗人对闪族君王们的起义并推翻他们在伊朗的统治，以及击败他们的记忆也增多了。渐渐地，如同其他的历史观念一般，说书人和故事创作者们的传说和故事也从这些想法向周边衍生，并且把它如同其他伊朗史诗故事一样以新的面貌呈现出来，甚至赋予其民族 [史诗] 的性质。”[④]

① Gregory Nagy , "Foreword," in Olga M. Davidson, *Poet and Hero in the Persian Book of Kings*, Ithaca and London: Cornell University Press, 1994, p. ix.

② 参见张鸿年《列王纪研究》，北京大学出版社，2009，第 36~40 页。

③ 参见 Ẕabīḥ Allāh Ṣafā, *Ḥamāsasarāyī dar Īrān*（《伊朗史诗创作》）, Tehran: Amīr Kabīr, 1954（H.S.1333）, p. 298。

④ Ẕabīḥ Allāh Ṣafā, *Ḥamāsasarāyī dar Īrān*（《伊朗史诗创作》）, Tehran: Amīr Kabīr, 1954（H.S.1333）, pp. 298–299.

伊朗大量口传故事素材是伊朗民族史诗创作共有的肥沃土壤，这在《库什王纪》等不同作品具体情节的关联中可见一斑。《库什王纪》的后半部分不止一次提到了法里东时代伊朗人与进攻马格里布的布加和努比亚黑人作战，这一情节与玛斯乌迪（Mas ‘ūdī Marvazī）的《王书》（*Shāhnāma*）有共通之处。《库什王纪》花了大量笔墨讲述贾姆希德的后裔族人在秦和马秦的流亡生涯；《列王纪》中相应也有贾姆希德的妻儿后代逃亡于印度和中国的描述；阿萨迪·图西（Asadī Ṭūsī）在《戈尔沙斯帕传》（*Karshāspnāma*）① 中也提到贾姆希德带领残存族人逃亡于印度和中国的情节，虽然并不十分详尽。综合上述多种证据，我们可以得出这样的结论，《库什王纪》与《列王纪》这样的伊朗民族史诗在素材资料的收集和整理上可能有相当大的交集，至少具有得益于伊朗口传故事文化传统的共性。

四 《库什王纪》在伊朗民族史诗中的独特价值

《库什王纪》无论从叙事历史脉络的参照系还是从素材来源的角度来说，都毫无争议地从属于伊朗民族史诗这个集合。它的独特之处在于，绝大多数伊朗民族史诗都是传说中上古伊朗君王和著名英雄的传记，其主角或属于伊朗正统王族，或是勇士鲁斯塔姆家族的成员，少有例外，而贯穿这部作品始终的主角象牙库什却是个与伊朗人为敌的异族——其父是阿拉伯人，母亲出自中国地区某部落。这令《库什王纪》在众多伊朗民族史诗中显得格外与众不同。

《库什王纪》的主要正面角色，是同属于贾姆希德后裔的阿贝廷、法里东和玛努切赫尔等人，这部史诗的主要情节是围绕伊朗正统王族复位为伊朗君王和天下之主这个核心展开的。正如捷克学者吕浦卡（Jan Rypka）主持撰写的《伊朗文学史》（*History of Iranian Literature*）一书中所说的："在众多的伊朗次生史诗中，《戈尔沙斯帕传》和《库什王纪》具有突出的特点……《库什王纪》的突出特点是：它不是把斗争，而是

① 又作 *Garshāsbnāma*，其主角是贾姆希德六世孙，鲁斯塔姆高祖。

把正统合法世系继承线的概念作为形成情节驱动力的基本元素。”[①] 而有1500年的长寿、作为叙事者目光一直追踪的被观察者和贯穿全书情节发展的第一主角——象牙库什却是个“大反派”。这个与伊朗族群敌对的象牙库什，最大的特点是丑陋到恐怖骇人的地步，我们来看两例诗句。一例是他刚出生时，诗中对其外貌的描写：“他有两颗野猪的牙齿、两个大象的耳朵，红色的头颅和头发，双眼靛蓝。”[②] 另一例是某次作战后，敌人对他的描述：“讲述者这样说道：暴躁的魔鬼，正是自大象夺取了双耳。伸展在又宽又长的脸上，骆驼给了他双唇，野猪给了他牙齿。前面的两颗獠牙如同象牙，两颊漆黑，双眼湛蓝。”[③] 魔鬼一般的外貌使他在战斗中占得便宜，因为对方士兵见到他就不禁胆怯欲逃。象牙库什的其他人格特点还包括尚武好斗、强壮善战、诡谲狡诈、铁石心肠、暴虐无度和好色无厌等。他在一生中数次宣称自己是真神，不止一次在自己统治的地区推行偶像崇拜。站在伊朗人的立场上，象牙库什的形象具有浓重的“邪恶”色调，且其暴虐而强大，以至于属于正统王族的贾姆希德数代后裔或受其欺凌而东躲西藏，或在重夺天下王权后仍降他不住。主角是与伊朗族群为敌、邪恶而强大的异族统帅，使得《库什王纪》与其他为伊朗历代先王与传说中诸英雄颂德立传的众多伊朗民族史诗截然不同，这大概也让着重关注伊朗往昔荣耀的伊朗本民族读者对《库什王纪》不那么感兴趣，这或可作为对这部史诗为何长期以来流传不广这个问题的一种解释。

《列王纪》在伊朗史诗文学中地位高、影响大，有多方面的原因。首先，《列王纪》是一部“通史性”的6万联鸿篇巨制，其叙事时间范围上起创世之初，下抵萨珊王朝亡于阿拉伯的征服。其次，《列王纪》收集并采用了部分散佚的巴列维语文献，用纯粹的波斯语整合了阿拉伯征服之前的一些伊朗正史材料和大量民间传说。伊朗在被异族征服之后

---

① Jan Rypka, *History of Iranian Literature*, edited by Karl Jahn, Dordrecht-Holland: D. Reidel Publishing Company, 1968, p. 164.

② Īrānshān b. Abī al-Khayr, *Kūshnāma*(《库什王纪》), edited by Jalāl Matīnī, Tehran: ‘Ilmī, 1998（H.S.1377）,p. 202.

③ Īrānshān b. Abī al-Khayr, *Kūshnāma*(《库什王纪》), edited by Jalāl Matīnī, Tehran: ‘Ilmī, 1998（H.S.1377）, p. 217.

仍得以保有自己的语言和族群文化之根，广为伊朗人传唱的《列王纪》功不可没。还有一个原因可能更为重要，即进行再创作的过程中，菲尔多西对手头掌握的神话、传说和史料等文献进行了有倾向性的选择，最终使《列王纪》成为一曲反映伊朗古代文明荣耀的恢宏赞歌，这在伊朗民族尊严和民族自豪感亟待重塑的时代背景下，最大限度地符合伊朗族群的社会需求。相较而言，《库什王纪》中保存了一些未见于《列王纪》的民间传说，尤其是它一反其他伊朗民族史诗中伊朗人战无不胜的惯常套路，展示出一些伊朗人噩梦般的集体记忆，这都显示诗人在创作这部史诗作品时对材料选择的倾向性不那么强烈，令这部作品以更加“原生态”的面貌呈现在读者面前。

《列王纪》以外的其他伊朗民族史诗在材料选取上经常与《列王纪》形成互补的关系。以《库克·库赫扎德的故事》（*Dāstān-i Kuk-i Kūhzād*）[①] 为例，按照扎毕胡拉·萨法的观点，当伊朗民族史诗创作兴起之时，在锡斯坦和呼罗珊地区流传着一些关于鲁斯塔姆的长短不一的故事。这些故事在当时既处于口口相传的状态，又被记录在一些文人笔记里。菲尔多西创作《列王纪》时，从中选取了一些有助于他编纂古伊朗历史的材料，把它们作为对曼苏尔《王书》内容的补充。其后，另有几位诗人把这些与鲁斯塔姆相关的传说一起吟诵成诗，并相继编纂在一起，这就形成了《库克·库赫扎德的故事》这部史诗。[②] 其他伊朗民族史诗大多与其类似，它们所讲述的未见于《列王纪》的故事，仍是对伊朗人赫赫战功与英雄业绩的渲染。比如在《戈尔沙斯帕传》中，贾姆希德六世孙戈尔沙斯帕四处征伐从无败绩，诗人阿萨迪甚至认为他塑造的这一形象比《列王纪》中的第一英雄鲁斯塔姆还要完美。《库什王纪》则与这类作品有着根本的不同，这部以面相凶恶、勇武善战的异族首领为主角的史诗，存留了伊朗人被“邪恶”的异族欺凌压迫，以及伊朗正统王族曾被入侵之敌击败、驱赶和追杀的记忆，并把这些情节详细地记述下来。由于党同伐异的天性，人类种族之间自发地产生彼此敌视和歧视的态度，于是，丑化、兽化和妖魔化异族之人的现象自古屡见不

① 又名《鲁斯塔姆与库克·库赫扎德的故事》（*Dāstān-i Rustam bā Kuk-i Kūhzād*）。

② 参见 Ẕabīḥ Allāh Ṣafā, *Ḥamāsasarāyī dar Īrān*（《伊朗史诗创作》）, Tehran: Amīr Kabīr, 1954（H.S.1333）, pp. 318–322。

鲜。[①] 当有强大敌手曾给本族群造成重大灾难而本族群又无力反抗之时，集体创伤记忆就产生了，在代代相传的过程中，强大残暴的压迫者往往以被妖魔化甚至超自然的面貌呈现出来。《库什王纪》中象牙库什魔鬼般的容貌、反复无常的脾性以及强大的战斗力，极有可能是这个人物形象在有关他的传说流传于伊朗人族群的过程中被不断妖魔化的结果。正因为《库什王纪》不回避伊朗族群相对屈辱和痛苦的记忆，我们有理由相信，它更客观地反映了上古伊朗人群体与其周边族群的关系。

《库什王纪》与《列王纪》在叙事历史脉络上一脉相承，但《库什王纪》的大部分情节是在《列王纪》等其他伊朗民族史诗中不曾见到的，即它们在对传说素材的选取和保存上形成了相互补充的关系，这有助于我们更好地了解以《列王纪》为代表的伊朗民族史诗的整体面貌。更重要的是，《库什王纪》以一位异族首领作为贯穿整部作品并推动故事情节发展的主角，这在众多伊朗民族史诗中是鲜见的。达里波斯语史诗并非上古原初性史诗，而是经由文人整理与再创作的中古次生史诗，诗人们进行再创作之时，都人为预设了不同的作品核心主旨，因此，这些伊朗民族史诗在资料的选取和运用上各有侧重。《库什王纪》的独特价值恰恰体现在其叙事者的视角异于绝大多数伊朗民族史诗，诗中的主要被观察者是曾给伊朗人带来深重苦难的异族英雄，这部史诗从而记述了较多在其他同类作品中难以见到的上古伊朗正统王族遭遇挫败和受到欺凌的传说。这体现了《库什王纪》在对民间传说素材的保存上有其独到之处，使那些被大多数伊朗史诗整理者们有意无意忽略的、令伊朗人感到“不愉快”的传说中的一部分，通过这部作品被保存下来，不致全部湮没无痕。简言之，《库什王纪》的独特价值在于它以独特的叙事视角，相对客观地保存了一些伊朗民族上古传说和较为“原生态”的伊朗古人集体记忆。

① 参见叶舒宪《文学与人类学：知识全球化时代的文学研究》，社会科学文献出版社，2003，第 6 页及注释③。

从《萨巫颂》中的女性形象看西敏·达内希瓦尔的女性观*

姜　楠**

内容提要　《萨巫颂》是伊朗现代著名女作家西敏·达内希瓦尔的经典代表作品。该小说在爱国主义背景下被进行过充分解读，本文尝试从女性主义角度入手，对小说中三个层次的女性人物形象及其命运进行剖析，探讨小说作者的女性观及其特点，并结合文化及历史背景对这种女性观的形成进行分析。

关键词　《萨巫颂》　西敏·达内希瓦尔　女性观

西敏·达内希瓦尔（Sīmīn Dānishvar，1921—2012）① 是伊朗现代文坛第一位波斯语女性作家，第一位翻译出版外国文学作品的伊朗女性。她的多部作品在伊朗文坛，乃至世界文坛享有盛誉。伊朗被称为诗歌的国度，优秀诗人层出不穷，而西敏则独树一帜，以小说写作见长，共创作出版过短篇小说集《熄灭的火焰》（1948 年）、《天堂般的城市》（1961 年）、《我该向谁问好》（1980 年）和《向迁徙的鸟询问》（1997

* 本项目受到“对外经济贸易大学中央高校基本科研业务费专项资金”的资助，项目编号：14QD24。

** 姜楠，北京大学外国语学院、对外经济贸易大学外语学院。

① 本文对波斯语的转写采用 IJMES（International Journal of Middle East Studies）转写系统。

年）、长篇小说《萨巫颂》（1969 年）及系列长篇《彷徨岛》（1993 年）、《彷徨的赶驼人》（2001 年）和《彷徨山》（尚未出版），被誉为“伊朗小说王后”。她的作品以关注伊朗女性，特别是社会底层女性的生活境况、社会遭遇为主，对研究伊朗现代女性文学具有重要意义。她还与帕尔温·埃特萨米（Parvīn Ī’tisāmī，1906—1941）、福露格·法罗赫扎德（Forūgh Farukhzād，1934—1967）和西敏·贝赫巴哈尼（Sīmīn Bihbahānī，1927—2014）共同成为伊朗现代女性文学最具代表性的四位女性作家，而她是其中唯一一位小说家。

《萨巫颂》是西敏·达内希瓦尔的巅峰之作，是伊朗现代小说中最优秀的作品之一，至今已在伊朗再版过十余次，并被翻译成 18 种语言。目前，该小说已由中国社会科学院穆宏燕研究员译为中文出版，为《萨巫颂》在国际文坛的传播和研究增添了中国声音。小说讲述了 1941 年反法西斯盟军以开辟从波斯湾到苏联的运输通道为名出兵进驻伊朗时期，在伊朗南部地区设拉子的一户地主家庭中发生的一系列故事，表现了男主人公优素福面对外国势力欺压的英勇无畏和顽强抵抗的民族气节。小说的名字“萨巫颂”也是取于伊朗古代民族英雄“萨巫什”的故事，因此该小说一直因其积极的爱国主义教育意义而被充分解读。然而，作者所记录的男性英雄故事，实际上是通过贯穿始终的一系列女性人物形象来完成的。其中女主人公扎丽的女性意识觉醒历程，对于伊朗女性群体来说具有普遍意义。伊朗相关的评论文章《〈萨巫颂〉，沉默时期的女性宣言》说：“西敏创作的扎丽这一形象，向我们展示了一个独立的、全新的伊朗女性，这在之前的文学作品中是非常少见的。”[①] 因此，对于《萨巫颂》的女性主义解读也是一个十分重要的赏析角度。

《萨巫颂》中的女性人物主要有三种：伊朗传统女性，如优素福的母亲、姐姐法蒂玛和艾扎特·杜勒等；无法与社会接轨的女性解放先锋佛图西小姐；以及由传统女性向独立女性逐步觉醒的扎丽。其中，作者着重突出了扎丽在丈夫抵抗外国势力的整个故事情节中，由不理解不支持到赞成和参与的态度转变，并在女性意识上经历的女性身份意识的失

① Muhtāb Salārī, “Savūshūn, Zannāma-yi Rūzhā-yi bī Faryād, Rushd-i Āmūzish-i Zabān va Adab-i Fārsī”（《萨巫颂，沉默时期的女性宣言》）, *Pāyīz*（《秋天》）28, 2014, pp. 44-46.

落、女性主体意识的觉醒和女性民族意识的升华三个阶段。作者通过对人物形象的成功塑造及其内心刻画，准确地反映了伊朗女性在传统男权思想束缚下所承受的痛苦与挣扎，激发了女性群体的现代女性意识，并将这种意识逐步升华到民族意识的高度，使《萨巫颂》这部小说不仅成为现代女性文学的经典作品，也成为一部传承伊朗民族精神的历史名著。

一　传统女性的悲凉境况

西敏·达内希瓦尔在《萨巫颂》中刻画了很多伊朗传统女性人物形象，主要包括正面人物优素福的母亲、姐姐法蒂玛和反面人物艾扎特·杜勒，以及她的女佣菲尔杜斯。然而，不管是正面的还是反面的，在作者的笔下她们都是伊朗传统男权社会的牺牲品。

优素福的母亲由于丈夫对第三者的钟爱而悄然离开家，到宗教圣地卡尔巴拉寻找内心的平静；姐姐法蒂玛因丈夫去世终身守寡，面对生活的艰难也想一走了之。她们都是传统价值观定义下的贤良女性，但也正是因为传统思想的约束，虔诚善良的她们在面对生活的不公和困惑时，如大多数传统女性一样没有选择斗争，而是在宗教信仰中寻找心灵的归宿。即使有些人做出了反抗，例如选择离婚或背叛婚姻，结果可能会更加糟糕。在传统观念里，适龄未婚的女性会被周围的人看不起，而离婚的女性不仅无法获得丈夫的帮助，有时更是被自己的家人所唾弃。伊朗传统社会并没有为女性提供一个能够容纳她们独立生存的空间，也没有给予她们能够谋求独立生活的知识和经济基础。因此，传统女性的悲凉处境不是天生的，而是社会环境强加给女性的。

艾扎特·杜勒在《萨巫颂》中是一个特点鲜明的反面人物。其特点在于她既是传统观念束缚的承受者，也是借助权势对其他女性进行压迫的施暴者。她出身官宦世家，养尊处优、精通世故、见风使舵、“损人利己”、“中饱私囊”（第68页）[①]，似乎总能在夹缝中立于“不败”之地，拥有男人一般的生意头脑和投机手段。然而在传统婚姻中她仍是一

① 西敏·达内希瓦尔：《萨巫颂》，穆宏燕译，重庆出版社，2012，第68页。本文所引《萨巫颂》均出自此版本，下文引用时只在正文注明页码，不一一注出。

个受害者。用她自己的话说，她在丈夫那里连 40 天的好时光都没有过（第 104 页）。他们结婚第三天就吵架，一个月后丈夫就爱上了有夫之妇。但她依旧维持着这份婚姻，并极力地掩盖丈夫的苟且之事。作者试图通过艾扎特·杜勒告诉我们，女性尽管具有一定的经济基础，若没有精神上的女性主体意识，仍旧不能解放自己。她的悲哀不仅在于她自己所经受的凄惨婚姻，更在于她将社会施予女性的这种不幸，如同男性一般，再次施向其他女性，形成了女性群体内部的恶性循环。由于为儿子向扎丽求婚不成，她抓住一切机会报复扎丽；计划将与她丈夫或儿子有染的女佣菲尔杜斯"连哄带骗"地以三土曼卖给"秃子阿巴斯"（第 108 页）。男权社会造成了女性的悲哀，而一些女性一旦掌握了男人一般的权利，不是为更多的女性争取平等自由，而是转而向其他女性施加这种压迫，这是女性群体更大的悲哀。

艾扎特·杜勒家的女佣菲尔杜斯期望因怀上主人家的孩子能够从佣人变成主人，而在流产之后便安于现状了。"母凭子贵"在很多地方都被女性当成一种提高家庭社会地位的途径。女性对男性的依附从父亲到丈夫，再到儿子，形成了女性走不出去的精神怪圈。波伏娃说过，在男权社会制度下女性只是男性继承人的生育工具，[①] 而悲哀的是女性却把这种被强加的用途当成拯救自己的办法。女性从未像男性一样拥有过自主权，其主要原因在于她们不能认清自身的主体地位，从未像男性一样去思考过自己是谁，应该得到什么样的尊重，应该怎样生活。

哈桑·米尔·奥布迪尼（Ḥasan Mīr Ābdīnī）在《伊朗小说百年》（*Ṣad Sāl Dāstān Nivīsī-yi Īrān*）里对《萨巫颂》中的女性人物有过这样的评价："《萨巫颂》中的所有女性，即便是负面的，如艾扎特·杜勒，她们每一个人都在不同层面上是被压迫者，无可逃遁，无可奈何，自我牺牲，将伊朗女性所承受的种种遭遇都表现了出来。"[②] 作者通过描写这些传统女性的悲凉境况告诉我们，宗教信仰和金钱都不是女性获得解放的有效途径。如果不能获得精神上的独立自主，她们只能在这种恶性循环中继续成为男权社会的帮凶。

---

① 西蒙·波伏娃:《第二性》，舒小菲译，西苑出版社，2009，第 44 页。

② Ḥasan Mīr 'Ābdīnī, *Sad Sāl Dāstān Nivīsī-yi Īrān*（《伊朗小说百年》）, Tehrān: Nashr-i Ċhishma-i, 1998, p. 194.

二　进步女性的艰难处境

随着西方女性思想的传播，伊朗传统女性群体中也逐渐出现了一些追求女性解放的进步女性，但维持数千年的男尊女卑氛围使她们的处境异常艰难。《萨巫颂》中精神病院里的“疯女人”佛图西小姐是作者笔下一个鲜明的女性解放运动先锋形象。她“写过一些关于妇女权益和反对男权压迫的文章，还运作过一本旨在唤醒姑娘们的杂志”（第124页），是“第一个穿上蓝色连衣裙，把黑裹尸布扔在一边的人”（第125页）。作者在塑造这个女性形象时明显采取了一种策略性表达方法，即将人物置于精神病院之中。作者通过人物之口说出一些看似疯狂却又令人深思的语言，对男权社会对女性群体的压迫进行了尖锐的批判。美国女性主义文学批评家桑德拉·M.吉尔伯特和苏珊·格巴在《阁楼里的疯女人》中认为：“女作家把她们的怒愤和不平投射在恐惧的形象之中，为她们自己和她们的女主角创造出阴暗的副本。这种做法既是在鉴定又是在修正那个父系家长制文化强加于她们的‘自我界定’。”[①] 在此，我们可以将佛图西看作《萨巫颂》中的“阁楼里的疯女人”。换句话说，她是作者在女性问题上的自我镜像，表达了作家本人无法公开表达的一些思想，如对破除服饰、思想对伊朗传统女性禁锢的强烈渴望，同时也表达出作家自己对女性权利、女性平等的理想与现实之间存在差距的愤怒。佛图西小姐发出的呐喊正是作者的心声：“没有人知道我的价值，男人们都没有接受我这样一个女人的准备。”（第125页）

在佛图西小姐身上我们看到，女性解放思想的先锋们是无法被当时的伊朗社会所接受的。当她们试图反抗传统社会加于女性身上的固有身份时，“他们就开始嘲笑我，或者对我视若无睹”（第125页）。男性不允许女性反抗，一旦如此，他们便用男性特有的社会权利对女性实施制裁，直到把她们逼疯，以使其他的女性能够更好地屈服于自己的男性权威。作者通过佛图西小姐之口表达了自己对男权社会的批判：“是他们把我逼疯的！是他们把我逼疯的！”（第125页）

① 柏棣主编《西方女性主义文学理论》，广西师范大学出版社，2007，第104页。

女性仅凭借知识和新观念并不能让自身获得解放，因为如果没有一个公正的社会环境，女性主义者们所做出的斗争只能成为徒劳的牺牲品。正如佛图西先生说的那样，当社会变得正常有序，就不会有人疯狂，所有的地方都会成为花园（第 147 页）。只有社会得到改变，女性处境才能得到真正的改变，只有实现社会公正，男女才能获得真正的平等。

三　觉醒女性的自我救赎

《萨巫颂》的女主人公扎丽是作者笔下最成功的女性人物形象之一。在众多的女性形象之中，扎丽既是传统的继承者，也是女性解放的开拓者。她完成了女性在主体身份上的自我改造，又将个体命运与民族兴衰连为一体，成为伊朗女性的典范式人物。扎丽的女性意识觉醒主要经历了三个阶段：女性身份意识的失落、女性主体意识的觉醒和女性民族意识的升华。

1. 女性身份意识的失落

与众多伊朗传统女性一样，女主人公扎丽在婚后自然而然地接受了社会赋予的固有身份——妻子和母亲，于是她的城市、她的国家便都是这个家（第 19 页）。在家庭生活中，她也和众多传统女性一样，“用脚蹬着她生活的辘轳，没用空空的双手为自己做过任何事情”（第 225 页）。在精神上，扎丽用丈夫的字眼去说话，用丈夫的思想去思考，是他手中的“洋娃娃”、眼中的“小猫咪”，受过教育的她在丈夫面前却总是“看不清事物的本质”。西敏·达内希瓦尔在刻画这个阶段的扎丽时有意地强调了“就像尤素福说的那样”“正如尤素福所说”等字眼，强化了男性对女性在话语权上的无形控制和女性的集体失声。正如戴锦华在《浮出历史地表》中说的那样：“男性创造了女性的词、字，创造了女性的价值、女性形象和行为规范，因之也创造了有关女性的一切陈述。”[①] 扎丽对男性权威的屈服从丈夫延伸到其他男性身上。借马事件中，在优素福不在场的情况下，身为在场的唯一男性，大伯提出的建议理所当然地获得了女人们的认可，打消了扎丽内心本已燃起的反抗情绪。这表现出女

① 孟悦、戴锦华：《浮出历史地表》，中国人民大学出版社，2004，第 12 页。

性在男性权威面前的不自信。

传统婚姻在爱的名义下，在话语、精神和行为这三个方面对扎丽进行着二次塑造，使婚后的扎丽与婚前那个反抗的、斗争的青年扎丽形成鲜明对比。而传统婚姻只是传统社会价值观的一个表现形式，它悄无声息而又强烈地奴役了女性的思想，使她们彻底地失去对自我身份的认知。这也正印证了波伏娃的名言：女人不是天生的，而是后天形成的。

2. 女性主体意识的觉醒

扎丽将儿子心爱的马匹借给了英国军官，以平息可能给家庭带来的不幸，而因此受到丈夫的责怪和儿子的蔑视。优素福将她称为一个稻草人，责怪她面对外国人的无理要求时只会顺从；儿子霍斯陆也公然批评母亲的懦弱，认为女人在面对压迫时就只会掩埋和哭泣。两代男人的责备将扎丽的反抗情绪推向高潮。她首先对丈夫发起了反抗："如果我想要不屈服，最先做的，应该是在你面前不屈服……是你夺走了我的勇敢……我那样顺从你，顺从已经成了我的习惯了。"（第 151 页）其次，她对女性群体中的反面女性人物艾扎特 · 杜勒提出的无理请求进行了直截了当的拒绝。扎丽的反抗从精神到意识，再到行为，开始逐渐地影响着她的生活。小说全篇最具女性主义进步意义的一句话是由扎丽说出的，"我是人，不是可爱的猫咪"（第 153 页），这是她女性主体意识觉醒的明确标志。这句话与《玩偶之家》的女主人公娜拉说的那句"首先我是一个人，跟你一样的人，至少我要学做一个人"有异曲同工之意义。如果说娜拉的这句话和她离开家庭寻找自由解放的行为是资产阶级女性的独立宣言的话，那么扎丽的话无异于伊朗现代女性的独立宣言。

扎丽在屈从和矛盾挣扎中所经历的觉醒历程对于伊朗传统女性来说具有相当的普遍意义。她所经历的束缚、压迫和觉醒都是伊朗传统女性正在经历的事情。同时她身份的特殊性和优势还在于，她既继承了伊朗民族传统的优秀品质，又连接了具备女性觉醒能力的新知识女性群体，是伊朗女性发展史上一个承上启下的典型人物形象。更重要的是，她的出现给传统女性的觉醒带来了启迪和勇气。

3. 女性民族意识的升华

《萨巫颂》这本书之所以成为一本经得起历史考验的经典名著，其原因还在于，作者并没有将女性意识的觉醒和解放局限于女性群体本身，而是将其置于国家民族命运的宏大主题之下，将女性解放与民族命运紧密地联系在了一起，使女性意识得到极大的精神升华。

优素福的被害成为促成扎丽思想升华的直接动因。这种升华在思想上体现在她对“萨巫颂”理解的转变上。萨巫颂是伊朗人民纪念古代民族英雄萨巫什（又译为“夏沃什”）而举办的宗教仪式。萨巫什代表了伊朗民族高贵不屈的优秀民族品质。在《萨巫颂》这本小说中，优素福就是此时的萨巫什，是民族英雄。扎丽“一开始并不知道他（萨巫什），还讨厌他”（第 320 页），而觉醒后的扎丽突然明白了萨巫什对于伊朗民族的深远含义。她对丈夫进行的抵制外国势力的态度转变也是如此，由不理解到支持，再到钦佩和感动。优素福的姐姐法蒂玛也改变了当初要去卡尔巴拉寻找内心归宿的想法，她说：“我的烈士就在这里。我的兄弟就在这里。我去卡尔巴拉做什么？”（第 354 页）扎丽和法蒂玛被优素福的死激发了自身潜在的女性主体意识，并将其升华为对国家命运的关注和对民族责任的承担。她们意识到，与其选择宗教的逃避，不如选择自主的抗争。随之，思想指导了她们的行为。在优素福葬礼上与警察发生冲突的时候，扎丽毫不犹豫地选择了直面对抗。在小说末尾，作者将女性意识的觉醒升华为民族意识的觉醒，将女性命运与国家民族命运自然地联系在了一起，提升了小说的思想高度，从而使之成为一本弘扬民族不屈精神的名作。同时，作者将女性置于历史的语境，使其与男性一样，成为历史中的一部分。她们要走进历史，从而书写历史，这本身就体现出作者的女性主义诉求。

从女性主义的宏观角度看，《萨巫颂》是一个伊朗传统女性冲破思想藩篱，在生活的磨炼中逐渐成熟的成长史。扎丽从沉默到呐喊、从屈服到勇敢、从依附到独立，诠释了一个普通妇女觉醒的心路历程，成为伊朗女性的标志性人物。《萨巫颂》也以其独特的女性视角将伊朗现代女性文学提升到了一个新的高度。

四　西敏·达内希瓦尔女性观的特点及其形成

总体来说，西敏·达内希瓦尔的女性观宣传了一种独立自主、坚强勇敢、主体意识明确的新时代女性精神，这与传统观念中女性那种屈服、隐忍和以男性为中心的特点十分不同。在作品中，作者并没有对传统女性身上那些勤劳善良的优秀品质予以否定，而是结合了新女性的精神，使她们能够在传统与现代中实现完美融合。这种女性观的形成受到了来自社会背景、性格、教育经历和婚姻等一系列因素的影响。

在传统伊朗社会，女性的“第二性”地位是由来已久的。写于10世纪末的伊朗古典名著《列王纪》中曾有过这样的描述：

> 希琳道：“各位尊者请听我说，你们世事洞明知识也渊博。
> 世上女人以三样东西为贵，可使人美化提高人的地位。
> 第一个是知耻和爱惜名声，有了它可为丈夫光耀门庭。
> 第二个是要多生贵子，这样丈夫欢喜妻子更欢喜。
> 第三当是容貌和身材，秀发深藏从不会轻易显示。……”①

由此可见，古代伊朗对于优秀女子的定义全都是围绕着男性利益而做出的。女性的廉耻、容貌、生育能力都是维护丈夫荣耀的因素。在古代名著中诸如这样的例子还有很多。这些传统思想在现代作家的思想中，虽被现代女性解放思想逐步瓦解，但仍旧持续发挥着强大影响力。例如，西敏·达内希瓦尔在塑造佛图西这个先锋女性形象时便采取了策略性的表达方式，在某种程度上也可视为作者对男权社会压力的一种妥协。另外，作者本人在婚姻中也感受着这种传统观念对一个普通家庭施加的压力。她在纪念亡夫的作品《贾拉勒的陨落》（*Ghurūb-i Jalāl*, 1981年）一书中表达了如同扎丽一样的情感体验，即生活在男权家庭中的女人的矛盾和挣扎。②

尽管如此，西敏的性格和教育背景决定了她笔下的女性人物必然要从传统的藩篱中出走。她本人是一个具有较强女性自我意识的现代知识分子女性，以富布莱特学者身份成为美国斯坦福大学第一位伊朗留学

---

① 菲尔多西：《列王纪全集》（第六卷），张鸿年、宋丕方译，湖南文艺出版社，2001，第549页。

② Kamran Talattof, “Iranian Women’s Literature: From Pre-revolutionary Social Discourse to Post-revolutionary Feminism,” *International Journal of Middle East Study* 29, 1997, p.550.

生。良好的教育背景赋予了她广阔的文化视野。在生活上，她也是一个追求独立自由的女性。在父母定终身的传统社会，她通过自由恋爱与身为伊朗现代著名政治活动家、文学家的贾拉勒·阿勒·艾哈迈德（Jalāl Āl Aḥmad，1923—1969）结婚。尽管那时西敏还是一个不知名的小说作家，但她在婚后保持了高度的思想独立性。她没有使用贾拉勒家族的姓氏，并在家中保持着高度的经济独立。[①] 她将自己的这种女性主义精神投射于作品之中。作为为数不多的伊朗现代女性小说家，她在作品中关注女性生存环境，宣扬男女平等的观念，对造成女性不公待遇的社会现象进行批判，探讨了离婚、生育、子女监护权、女性独立等关乎女性切身利益的问题，并试图通过作品中的女性人物激发女性群体的主体意识觉醒。她笔下的女性人物，从扎丽到后期作品中的哈斯提，无不表现出日益鲜明的女性主义情怀。

西敏的女性观还受到了兴起于20世纪40~50年代的伊朗左翼社会主义思潮的影响。她的丈夫便是这场思潮中的核心人物之一。另外，西敏在其大多数作品中更多关注社会底层的女性，对上层社会女性的描写较少。《萨巫颂》中的女主人公扎丽受过教育，生活在地主家庭，伊扎特·杜勒出身高级官宦世家，有着优厚的生活条件，这样的人物在西敏的全部作品中是不太多见的。在《萨巫颂》中，作者记录了地主家庭吸食鸦片的情节，还对女主人公们高级奢华的土耳其浴进行了极为细致的描写，与底层妇女食不果腹的艰难处境形成鲜明对比，表达了作者对上层社会追求奢华的享乐主义的批判，体现出作者早期的阶级观念。

更进一步言之，作者的女性观的一个重要特点还在于她十分看重女性与民族责任的关系。她认为女性不仅应该得到独立解放，更应该在国家事务中发挥“如同男人一样，甚至比男人们更多”[②] 的作用。而只有将女性群体的利益置于民族利益之中才是女性实现真正独立解放的前提。西敏作品中所体现出来的这种民族责任感和革命精神也是她与同时期的女性作家作品中那种自怨自艾风格的最大不同。例如在《萨巫颂》

① Sīmīn Dānishvar, Shinākht va Taḥsīn Hunar（《艺术的认知与完善》）, Tehrān: Intishārāt-i Kitāb-i Siyāmak, 1996, p. 399.

② Sīmīn Dānishvar, Shinākht va Taḥsīn Hunar（《艺术的认知与完善》）, Tehrān: Intishārāt-i Kitāb-i Siyāmak, 1996, p. 399.

这本小说中，作者向我们展示的三类女性各自代表着她们所属的群体，具有鲜明的群体特征和普遍性。对她们的遭遇和命运的故事情节设置印证了以上观点。对于优素福的母亲、姐姐等传统女性来说，作者十分同情她们的遭遇，但同时也看到除了以宗教作为逃避手段之外，她们别无选择，她们是无法带给女性解放的；其次，以佛图西小姐为代表的现代女性具有独立解放意识，但是她们的想法因没有公正的社会土壤而只能成为徒劳无功的牺牲品，并在男性的权威压迫下走向极端；而只有经历了女性意识觉醒和民族意识升华后的扎丽才可能为女性群体解放带来曙光。

西敏·达内希瓦尔的这种具有民族意识的女性观是有其历史渊源的。第二次世界大战时期，英、苏军队进驻伊朗，为了遏制这两个外国势力对伊朗的吞并，伊朗巴列维王朝第二任国王穆罕默德·巴列维（Muḥammad Riżā Shāh Pahlavī,1919—1980）将美国势力引入伊朗。在美国的干预下，英、苏从伊朗撤军，而国王也很快成为美国势力的傀儡。英、苏、美三股外国势力对伊朗的挟持极大地损害了伊朗人民的利益。20 世纪 50 年代，伊朗民族主义领导人摩萨台领导的民族阵线发起了“石油国有化”的运动，宣布实施石油国有化法案，并接管了英伊石油公司。摩萨台任首相期间，与腐朽的伊朗王室和剥削的外国势力做着艰苦斗争，并因此而过早去世。他的死将人民与王室、外国势力的矛盾推向高潮。在小说发表的 20 世纪 60 年代末，伊朗民族与外国殖民势力的矛盾成为社会的主要矛盾。民族命运成为有责任的知识分子群体最为关注的问题。西敏·达内希瓦尔的丈夫、伊朗政治活动家贾拉勒·阿勒·艾哈迈德就是其中的一个代表。西敏也是有感于民族振兴、人民疾苦而创作了《萨巫颂》，以激发伊朗人民心中的爱国主义热情。她将伊朗古代民族英雄的故事与抵抗外国势力、捍卫民族尊严的现代故事相结合，再次唤醒了伊朗人的民族气节和斗争精神。在历史的语境下，西敏的这种女性观向读者展示了作者无比宽广的胸怀和气魄。

就女性主义本身而言，《萨巫颂》在倡导女性主体意识的同时，对女性主义的直接表达又存在着一些局限。例如，美国学者 Kamran Talattof 在《伊朗女性文学：从前革命时期的社会问题到后革命时期的女性主义》一文中指出：“作为一本社会主义小说，《萨巫颂》中所有人物所经历的所有阶段都是为了实现一个伟大的目标——辅助革命（helping the movement）。”[①] 即整部小说是在革命的话语体系下完成的，而在当时，这个话语体系是属于男性的。从女性主义角度来看，作者此时的创作仍旧是在男性话语体系下完成的，没有创建女性主义独立的话语体系。同时，Karman Talattof还认为，革命前的作家们以关注社会问题为主，对女性问题的讨论只是一种附属品，女性意识的表达也没有超越男性主导的文学框架，缺乏独立的女性文学表达。[②] 他的这一观点在西敏的创作历程中也有着明显的体现。令人欣喜的是，我们看到从《萨巫颂》开始，西敏笔下的女性人物显得更加独立而坚强，人物形象和性格也更加丰满，作品中的女性主义思想也表达得更加鲜明有力，这体现了作者女性观的不断深化。例如，她晚年作品中的女主人公哈斯提，参与反对国王的游行，静坐，蹲监狱，在爱情面前从不依附；而她的母亲尽管因为婚外情而受到质疑，却又因为丈夫的谅解二人重修静好。这种情节设置虽不是作者对婚外情的褒扬，但对于伊朗文坛上的女性人物形象来说也是一种突破，即她赋予了女性做一切她们想做的事情的权利。西敏·达内希瓦尔中后期的女性人物将女性的柔美和男性的阳刚结合在一起，呈现出“雌雄同体”的人物风格。

西敏·达内希瓦尔的女性作品可以说是作者女性观日趋成熟的发展史，也是伊朗女性从传统走向现代的见证。与民族责任相融合的女性主义精神更是将作者的女性观推向了新的高度，使之成为伊朗女性文学历史上的一座丰碑。

---

① Kamran Talattof, “Iranian Women’s Literature: From Pre-revolutionary Social Discourse to Post-revolutionary Feminism,” *International Journal of Middle East Study* 29,1997, p.535.

② Kamran Talattof, “Iranian Women’s Literature: From Pre-revolutionary Social Discourse to Post-revolutionary Feminism,” *International Journal of Middle East Study* 29, 1997, p.550.

沉潜波斯文学　沟通世界文明

——张鸿年先生访谈录*

王东亮　罗　湉　史　阳**

访谈时间：2011 年 5 月 7 日 (星期二) 上午 9~12 时

访谈地点：北京大学中关园张鸿年先生寓所

中国著名波斯文学研究者、翻译家张鸿年教授因病于 2015 年 3 月 2 日上午 8 时 30 分仙逝，享年 83 岁。张鸿年先生是北京大学东方语言文学系波斯语言文学专业的创始人之一，是中国高校中最早教授波斯语的中国籍教师。几十年来，张鸿年先生始终辛勤耕耘，教书育人，著译等身，桃李满天下，对中国波斯文学的翻译与研究、东方学学科建设、中伊文化交流做出了巨大的贡献，可谓鞠躬尽瘁，无怨无悔，奉献一生。本刊谨以此“波斯文学专栏”表达对张鸿年先生的悼念之情。

张鸿年，原籍河北省永清县。1931 年 12 月生于山东省临清，北京大学东语系教授，曾任北大东语系波斯语教研室主任，北京大学伊朗文化研究所文学组负责人，中国外国文学研究会理事，获国务院颁发政府特殊津贴。1956 年毕业于北京大学俄罗斯语言文学系，

* 本文系国家社会科学基金重大项目“新中国外国文学研究 60 年”（09&ZD071）子课题“新中国外国文学研究 60 年分类考察口述史”的阶段性成果。

** 王东亮、罗湉、史阳，北京大学外国语学院。

1960年结业于北京大学东语系波斯语言文学专业，1986年在伊朗进修。长期从事波斯语言文学的教学和科研，1996年退休。主要研究成果有:《波斯语汉语词典》(1981年,编写组组长)，《中国百科全书》“波斯文学”“伊朗现代文学”词条(1983年)，《波斯文学故事集》(1983年)、《蕾莉与马杰农》(1986年)，《简明东方文学史》波斯文学部分(1987年)，《果园》(1989年)，《鲁拜集》(1989年)，《波斯文学史》(1993年)，《波斯古代诗选》(1995年，编选者，译者之一)，《东方文学史》波斯文学部分(1995年)，《列王纪全集》(2002年)，《蔷薇园》(2002年)，《列王纪研究》(2009年)，《伊朗文化及其对世界的影响》(2011年)，《四类英才》，《中国史纲》(汉译波)，《中国故事》(汉泽波)，《中国伊朗关系史》(汉译波)等近20部专著、译著和多篇学术论文。1992年获伊朗德黑兰大学国际波斯语研究中心文学奖，1998年获伊朗阿夫沙尔基金会第六届文学历史奖(国家级奖)，2000年获伊朗总统哈塔米授予“中伊文化交流杰出学者奖”，2004年获中国翻译家协会“资深翻译家奖”，2005年入选伊朗国家文化交流名人堂，2011年获中国人民对外友好协会和伊朗伊中友好协会授予中伊友好贡献奖。

采访人(问)：张老师好！感谢您接受我们课题组的采访，我们在《学路回望》中看到过对您的采访，那是在“北京大学外国语言文学学科史”的框架下进行的。这次我们是在“新中国外国文学研究60年”这一项目背景下对您进行采访，侧重点略有不同，我们希望您能从时代见证和个人贡献两个方面多跟我们讲讲，也让未来的读者能了解到您的丰富经历与学术人生。我们首先就从求学经历和专业选择开始吧。您原先学习俄语，后来是如何转到波斯语，成为最早一批的波斯语的学生和教师的呢？

张鸿年先生(答)：我在北京待了60年，小学四年级就在北京上了，初、高中都在北京。小学在方家胡同小学，很有名，老舍曾经做过校长。中学上的是北京一中和五中。初中三年没有好好学习，就是打篮球，当时算是高个儿，1. 82 米。打到了高中曾经备选中国青年队，但后来生病没去成。1949~1951 年上高中，当时刚解放，各种政治活动非常多，几乎没工夫坐下读书。后来我生病了，高中毕业得了肺病，1951~1952 年就去天津养病一年。

1952 年考大学。按我的水平来看，我都是考不上大学的，因为我的理科一塌糊涂。赶上 1952 年大招生，学校大开门。我们班 50 多个人，华侨、退伍军人和调干生占大部分，应届毕业生只有 4 人。当时高中生很缺乏，国家发通知，适龄青年想考大学，任何单位不得阻拦。

我本来想考师范或者中文。当时学俄文风气很盛，和现在学英文差不多，虽然没有像现在英文这么普及，但老老少少，很多人都学。后来我看了北大俄语系的招生简章，它说前两年和中文系合班上课，我想干脆学两个专业也好，就报了俄语系。当时学俄语的很自豪，甚至于西语系和中文系的学生课余都跑到我们宿舍来，向我们学点儿俄语。当时学俄语受到重视，也确实需要。我初高中没学好，上大学了，感到失去的时间要补回来，所以念书很用功。那是最平稳的四年，虽然批判胡风啊、俞平伯啊，但是没影响我们的学习，那时政治运动还没有太冲击教学，就是开开会听听报告。1955 年肃反有震动，开了些批判会也就过去了。1957 年就不行了，坐不住了，所谓没有平静的书桌了。1952~1956 年这四年是相对平静的，像我这样的学生，本来考不进大学的，由于念书时间比较多，所以弥补了一些。

我 1956 年毕业留校，自己很不满意，想到外面去。我很羡慕人家分到人民文学出版社或者文学研究所的，自己却留校做政治工作，不安心。教了一年书，也做了点政治工作，1957 年调到东语系波斯语专业，帮助专家搞教学，因为专家懂俄语，需要翻译。我不懂什么是波斯语，完全是服从分配，就是完成任务。刚开始工作时比较困难，波斯语用阿拉伯字母拼写，圈圈点点多，分不清。而且我晚来了两个月。所以我来东语系很偶然。我到东语系时一开始工作很困难，人家已经学了两个月，这两个月很重要，教字母语音什么的。我请班上的同学给我补补课。后来找到一本苏联的波斯语教材，用俄文编写的，对我来说就驾轻就熟了。在那儿待下来其实心里并不安定，想回俄语系，因为两种文字很不一样，我对东方文学、对波斯文化也不了解，心里浮躁。这一年很匆忙也很痛苦地过去了。后来我参加了一些教学工作，慢慢也能看波斯语报刊和书籍了。

我 1960 年波斯语结业。直到 1965~1966 年都是有教学工作的，当然还是帮助专家，我自己也参加一点。专家是三个人，照顾两个班，一个班 19 人，一个班 12 人。一个班是学了两年英语或俄语调来的，是外交部选送来培养高级翻译的，5 年毕业，研究生待遇；另一个班 1960 年正式招生，19 人，我做辅导员。整个波斯语创立的时候就三个专家，中国老师就我一个，也是第一个。直到“文革”前，从苏联和阿富汗留学回来几个人。中国以前懂波斯语的很少，北大有一个，是历史系的邵循正教授。他在剑桥学的波斯语，搞蒙古史的必须懂波斯语。后来季羡林先生请他教课，他说教不了，因为他不太熟悉现代波斯语发音，他学的是公元 9 世纪以后的波斯语。

问：您同时作为学生和教师，亲身经历和见证了我国波斯语言文学学科兴起、发展的历史过程，能否给我们介绍一下当时的情况，包括师资配置、招生规模、课程设置等情况？

答：第一个班是 1958 年，学生都分配到外交部或军委，现在也都退休了。1960 年正式招生。1962~1963 年从阿富汗回来一位曾延生老师。后来又从苏联回来一个，现在调走了。1964 年或者 1965 年叶奕良老师从阿富汗学习回来了。现在北外刚开波斯语专业，上外、北外、洛阳外院都有波斯语，新疆有些班，当时只有北大有波斯语专业。本来东语系留下三个人，一个是张殿英，后来做政治工作去了，成了东语系书记；还有一个，反右时学不下去，就清理了，劳改了，后来到云南教英文去了。

最初招生计划是五年两届。到了“文革”时期，1965 年或是 1966 年招了一届。“文革”时就串联武斗，后来有的回炉，大批人没毕业就散了。1960 年那届毕业了。1968 年毕业的那届学生，实际上五年只学了三年，有两年都在搞“文革”。1970 年该毕业的那个班，1966 年刚入学就遣散了，那些学生很优秀，经过严格筛选的，入学作文、墙报水平都很高，可惜了。有些学生很痛苦，到专家住的宾馆门外徘徊，想继续学，后来这些学生都很有成就。虽说我还是教了一些书，但大部分时间就搞政治运动了。

“文革”开始之后，我被调到外文局待了四年，翻译《毛选》。我觉得搞外文的还是应该把外文学好。《毛选》翻译对我来说太重要了，算是在外文局补课了。当时我刚刚打个基础，教了几年课，口语还可以，但阅读、翻译就不行。出版对语言要求很高，尤其是汉译外。那时候我们俄语系的老师说过，水平高低关键就看汉译外。我把外文局的工作当作政治任务完成的，但是工作对于提高语言水平也帮助极大。我举个例子，比如我一去，外文局就把七届二中全会的稿子交给我，从头至尾，直到出书都要我一个人负责，要签名的。当然主要还是靠外国专家，我负责核对中文，我看了 17 遍，还不算查资料什么的。到第十遍以后，我看中文就完全可以把外文写下来，每看一遍都要签名，错了就是政治问题，人家外国人译，我拿译稿对中文，先看俄文翻译，再看英文，再看波斯文，所以对我三种语言的提高都有好处。像波斯文看到第十遍就知道了，就像下盲棋一样。到第十七遍发稿定稿，书印好后，第十八遍还要看了签名才发。这段经历对我太重要了，扎实的语言很重要，在外文局四年相当于在国外留学，语言学习和实践能力得到很大锻炼。从外文局回来后，1971 年我开始独立教课，编教材，因为过去的教材都不能用了，要教日常生活、拉练和“上管改”等内容，所以要重编，自己打字跑印厂，拿来发给同学，还要做生活辅导员，给同学们买饭票什么的都干，那时候主张“师生打成一片”。

当时波斯语班招收一届工农兵学员，只招了一个班，都是小学程度，说是初中三年毕业，其实初一就开始大串联了，没上啊。教这个班很困难，比教正常的高中毕业生困难多了，而且客观上还有很多限制，一开始就得对初学者教很难学会的“毛主席万岁”。除了这一届，“文革”期间一直没有招生，直到改革开放后，1982 年重新正式招生，一切走上正轨。

问：在北大东语系中波斯语专业是什么地位？当时是怎么想到要建立这个专业的？

答：东语系领导和季先生一直想建两个重要的专业——土耳其语和波斯语。土耳其语到现在都没有建立。季先生他们一直在想，因为这两个专业太重要了，没有这两个专业东方就缺三分之一。1957 年正好有三个波斯语专家从国外派来，就建立了波斯语专业。季先生他们很高兴。波斯语有了，和阿拉伯语并列了，从文化和文学上讲，波斯不比阿拉伯差。季先生让我别回俄语系，说我这个专业太重要了，我当时不懂，不懂得伊朗在文化、政治、社会上有多么重要。伊朗在世界上很有影响，还有文学也非常繁荣，古代阿拉伯文学跟波斯文学不好比。波斯建立起帝国萨珊王朝和完整的政治体系和文化体系的时候，阿拉伯的古莱氏族，也就是先知的家族只有 17 个人能念书写字，差太远了。阿拉伯的第一部语法和词典都是波斯人编写的。毕业教课后，季先生让我考虑文学史怎么办，写不出自己的就翻译，因为我们太需要了。后来开东方文学课的时候，波斯、印度、阿拉伯、日本文学四部分是重点，在课程计划中各占 16 小时，比例最大。其他东方国家的文学课，都是 8 小时或 4 小时。季先生很有战略眼光，经常催我搜集些俄文材料。俄国人研究波斯文学很深入，他们的东西现在看都是不落后的，因为当时塔吉克斯坦、乌兹别克斯坦都是他们的加盟共和国，这些地方都是受波斯文明影响的地区。当时波斯帝国很大，从河中地区到波斯湾，信德河到地中海，包括巴比伦、亚述等地方都它被征服了，一直到北非，波斯帝国横跨三大洲。

问：改革开放以来，波斯语言文学专业迎来了新的发展机遇，您本人也开始了大量的翻译和研究工作，具体的研究方向、课题的选择都是怎样形成的呢？我国学界包括青年学生通常对波斯语言文学缺乏具体了解，而您长期从事波斯语言文学的教学和翻译，并且著有《波斯文学史》，您是从对文学史的兴趣出发，继而开始比较全面的翻译和研究工作的吗？

答：不完全是，语言教学占用了我大部分精力。季先生组织编写全国文科教材，觉得波斯文学史不能缺，写不出就翻译。我觉得自己不在行，翻译都未见得合适。改革开放之后，我也开始讲点文学史了。学校开设了印度、阿拉伯、日本文学课，也逼着我去讲波斯文学。除了给全校开东方文学课，还要去北京市业余大学、党校开课。那是 1982 年以后的事情。所以 1982 年系里提出任务，《国外文学》杂志要介绍东方各民族文学，我这块也是重点，要尽量多写，能写多少写多少。1982 年《国外文学》杂志一、二、三期连载波斯文学介绍，我写了 3 万多字。因为没有基础，写得很累。平常名著也读过，但是要论文学史上的地位、文本分析，还得从头学起。磨了几个月，写了 3 万字，只能算有一个粗粗的框架，很不成熟。后来东语系开设东方文学研究生班，让我去讲课，学时比较多。同时从王一丹老师那届开始，也要上文学史课，学制一年，164 学时。这就得从头开始备课，对学生对我都是学习的过程。那是正式课程，需要一个字一个字地去琢磨，必须写下来。一节课 1500 字，两节课 3000 字，100 多个学时，后来整理整理就成书了。1986 年伊朗有位教授（这个教授比较有名，地位相当于郭沫若这样的学者）觉得应该培养一些懂波斯语言文化的中国人，他来信请我去德黑兰大学做访问学者，我就去了半年。当时恰逢两伊战争，比较艰苦，我被安置在高级宾馆里，也是一种礼遇。我把文学史讲稿带去了，同时听三位教授的课，和本科生研究生一起，边听边学。下课后我把笔记跟自己的讲稿进行比较，辅导的时候虚心请教，听同学、老师发表意见。他们特别把我安排在德黑兰大学大百科编写处的办公室，那里的小型图书馆非常实用，所有名著随便取阅，随时提问，太方便了。那半年期间，我的语言文学水平都大有提高，这对作家作品、生平研究都有帮助。回国后经过两三年的加工，1989 年北京大学出版社定了东语系出版计划，1993 年《波斯文学史》就出版了。2001 年《文化集成》要重印，季先生让我再增补些内容，我就在伊朗人的帮助之下，增加了一章伊斯兰革命后的文学，当然比较简单，因为资料不是很多。

问：您编写文学史采取了哪种体例？

答：既按照朝代时期，也分出流派。古代部分，萨珊安息时期的资料比较少。后来就不按朝代了，之后有三个风格：从伊朗的东方开始，转到西方，西方转到南方，各方分别有几个大作家，按照地理和创作风格发展。几个重要大作家，从鲁达基开始，到菲尔多西的《列王纪》和海亚姆的《鲁拜集》。西部诗人是哈冈尼和内扎米。南部是萨迪和哈菲兹，最后回到东方。各方诗的风格又不同，东方原始、朴实、平易，西方比较华丽，南方在东方和西方的基础上，最为成熟，达到最高峰。歌德就十分佩服哈菲兹。波斯诗歌发达，散文不发达，他们说诗歌是国王，散文是农夫，地位不一样。所以我就没有在一起叙述，重点讲诗歌，另加了一章波斯散文，也是从头到尾的叙述。波斯文学从 10 世纪到 15 世纪这 500 年很繁荣，可以说是高峰时期。

1905 年到 1911 年立宪运动，文学出现了第二个高潮，和人民生活相结合。古代更多的是风花雪月，1905~1911 年间兴起立宪运动，近似我们的“五四”，文学更趋向现实主义，作家来自民间，写的也是社会问题，跟我们的白话文运动几乎同步。因为都有反封建的要求，也可能受到了俄国革命的影响。

问：这种结构和体例是否借鉴了伊朗同行的一些文学史书籍？

答：没有。他们都是按照时代或者朝代叙述的。现在你们问我，我才意识到，应该说我的结构布局有一些根据，不自觉中这样写下来了。散文部分我就没与诗歌同步写，而是专列散文一章。这种体例是在写的过程中慢慢形成的。时期上分为两大块：古代和立宪运动。古代诗歌包括三个时期、三个地区，后来又加上散文。

后来社科院几个同志写了现代波斯文学史，作为东方现代文学史的一部分。那套“波斯经典文库”的翻译者共有七人，军委一个，文化部一个，外文局一个，社科院两个，北大两个（我和王一丹），就这么几个人。1997~2002 年，湖南文艺出版社出的“波斯经典文库”收录了波斯六大诗人不同朝代的主要作品，一共 18 本。这是在《波斯文学史》之后中伊文化交流史上的一个大工程。

出版社最初想出一套“阿拉伯经典文库”、一套“波斯经典文库”。后来“阿拉伯文库”没做成，所以就特别重视“波斯经典文库”了。我们几个译者很识大体，整个协作工程很让人感动，最后用了五年半完成。这套书在中国的影响不算大，在伊朗的影响却很大。伊朗颁发了国际优秀图书奖，伊朗驻华文化参赞在江泽民访问伊朗时请两国领导人签字，书由两国国家图书馆分别保存，伊朗有专门的颁奖仪式，我们还去人了。伊朗很重视，因为这对于他们来说相当于我们的唐诗宋词整个全有了，所以他们特别重视。据我了解，把这么多波斯诗人的诗集中翻成汉语，以前还没有过，等于是填补了空白。以前都是一些分散的作品，最早的像郭沫若翻译海亚姆的《鲁拜集》，胡适也翻译过一点，都是从英文译的，新中国成立前的个别介绍星星点点，新中国成立后介绍的多点，但仍属个别。《世界文学》介绍了波斯第一位诗人鲁达基，他被称为“波斯诗歌之父”；1958 年又介绍了萨迪的《蔷薇园》。我们这套书成了系列，虽然只有七个译者，但把能找到的主要诗人都翻译了。举例说吧，《列王纪全集》，12 万行，6 万个联句，至今中国是第七个把全文翻译过来的国家（另有德文、英文、意大利文、法文、拉丁文、阿拉伯文译本，俄文译本尚缺一卷，因为翻译工作在第二次大战时期被打断了，现在或许补齐了）。所以这套书应该说真是补充了一个空白。这套书很贵，800 块钱一套，开始我觉得卖不出去，现在据说都卖完了。有人想再版，但据说版子坏了。现在细看起来，译本应该说还有很多值得改进的地方，不过普通读者如果想了解一下伊朗文学还是可以读的。比如史诗，宋丕方老师和我翻译，太大的错误不会有，因为我们第一卷至第五卷对了俄文版，第六卷对了英文版，每到犹豫的时候一定要对外文，没外文根本翻不了。这套“波斯经典文库”后来获得了全国外国文学图书奖，我们译者获得文学翻译一等奖，出版社获得图书出版一等奖。

问：在这个系列里《列王纪全集》分量很重，您从 1983 年就一直从事这方面的研究。您的《列王纪研究》已经出版了，可否谈谈它最吸引您的地方和它的文学价值?

答:《列王纪》创作于 10~11 世纪，写的是开天辟地、宇宙洪荒到阿拉伯人入侵。根据我粗浅的了解来看，这是世界级巨著。与印度、希腊史诗相比,《列王纪》内容并不算少，规模不小，比希腊史诗要长。它的内容毫不逊色，只是我们对它了解不够。它的思想是“三善”，也就是古代琐罗亚斯德教（也叫拜火教）的善思、善言、善行。实际上拜火教徒不同意被称作拜火教，这个称呼把他们的信仰范围缩小了。他们不光拜火，也拜自然各种现象：水、天、山等。但现在全世界都这样叫。他们自称琐罗亚斯德教，提倡善思、善言、善行。《列王纪》整个思想都可以归为善。具体到史诗里，古代写的列王（50 个国王）的善就是对人民善；及至波斯帝国与其他民族冲突，善就是抵抗外族。前者是统治阶级和本民族人民的关系，后者是统治阶级和外国统治者的关系。抵御外国，善待人民，这个思想在古代是进步的。另有其他很多具体的思想，比如提倡事情不能做绝，要考虑各个方面，类似中庸。作者通过故事讲哲理，也常常撇开故事发表精彩深刻的感想，有很多插入语，表达一个大诗人对人生、社会、自然现象的感想。他不仅是伊朗诗人，还是世界诗人。他把民间传说加以搜集整理，涉及范畴包括日常生活、民俗、战争、社会、人际关系、统治阶级和人民的关系、自然现象……所以他不仅是诗人，更是思想家、哲学家。《列王纪》的鲜明特色就是有明确的对人生哲理和为人之道的论述。在讲述历史的同时，作者把思想贯穿在人物中，比如一个人物牺牲了，他就会发表感想。有时则完全撇开叙述内容，由一个因由引出感慨，比如看到一棵树生机勃勃，就讲到人也要像树一样长得笔直，自然地发表出哲理性极强的论述。

问：对于您的其他译作，您最满意的是海亚姆的《鲁拜集》吧？

答：研究者对《鲁拜集》的看法不一样。因为海亚姆不仅是诗人，而且是世界知名的数学家，还是哲学家和医生。他去世 50 年后，人们才发现他是诗人。有 13 首诗确定无疑是他的作品，另外 66 首有可能是他的，收他的鲁拜最多的版本有上千首，因为他出名了，所以伪托之作非常多。他生活在 11 世纪到 12 世纪之间，作品里有些模糊的反伊斯兰教色彩，后来反伊斯兰的伊朗人就伪托他的名作诗。有些很激烈地反对真主的诗歌，如质问真主：你为什么把人创造得满身缺点？还有的骂教长比妓女还下贱，口是心非……这些都伪托是他的作品。有的研究者说这些不能说是海亚姆的诗，研究时暂且称为海亚姆的诗。鲁拜就是四行诗，像我们的绝句。有人研究说绝句是从那里传来的，也有人说他们是从我们的绝句学去的。没有确切证据，很难知道到底谁影响了谁。中国和波斯交往密切，绝句又很容易使用，很多国家都有类似的形式。

问：是不是也因为菲茨杰拉德的翻译，加之海亚姆确实很重要，所以英语世界的人都知道他了？

答：对。菲茨杰拉德的翻译是海亚姆走向世界的起点。在哲理方面，确定无疑的 13 首诗表达的就是人生短暂、人生几何、对酒当歌的意思。比如看见地上的草，它可能是从一个美人的尸首上长出来的，将来我们也会变成这样的草；看见一个酒壶，可能是混合前人骨殖的泥土做的；你喝酒的时候接触酒杯的唇，可能是亲吻一个美人的唇——这种就是循环往复、物质不灭的思想。我翻译的出了三个版本，分别是文津出版社、湖南文艺出版社和台湾的出版社出的。台湾出的特别好，很精致，艺术性很强，我非常喜欢。《鲁拜集》原著是 11 个音节，四行，处理的时候我没有管音节，念出来通顺就行了，但押韵注意了，1、2、4押韵，跟我们的绝句一样。这是波斯最古老的诗歌形式。

问：海亚姆的诗非常有名，因为菲兹杰拉德的英译，也因为胡适、闻一多等人的一些汉译，您对前人的翻译怎么看，您自己的翻译理念是什么？

答： 我写过一篇文章，在《文汇读书周刊》上发表，谈的就是这个问题。我比较了一下，比如海亚姆的诗虽然翻译的不多，但四个大师都翻译过：郭沫若、闻一多、徐志摩、胡适。闻一多有专文评郭沫若的译本，认为他的翻译是空谷足音，就是说很难得，但是说海亚姆的味道没有被翻出来，他改正了郭沫若的翻译。胡适翻译了一首，徐志摩认为不行，加以改正。这方面可以参考《鲁拜翻译漫谈》和《文汇读书周刊》上的文章。他们四个翻译的是同一首诗，很有意思，就是要比赛。他们是从菲茨杰拉德的英文诗转译的，其实已经脱离海亚姆了，转译是不行的。海亚姆在西方有些被夸大，说他的诗是《圣经》之外被翻译得最多的，不过影响确实比较大。菲茨杰拉德翻译的时候只学了三年波斯文。他自己提到就是意译，自己理解消化，再用英文诗表达出来。他翻译了101首，其中50多首大致贴合原意，有40多首离得比较远，进入了引语，相当于他是读了之后自己创造的，还有2首是别人的诗他拿来了，另有2首是他自己写的。但是他的译本影响很大，比忠于原著的译本影响大，因为他本人也是英国诗人。

问： 您是直接从波斯语翻译的，做的是贴近原典的工作，和郭沫若等人的情况完全不同。您翻译的时候是否有自己坚持的一些原则和理念？

答： 我没有什么翻译原则理念，非要说有的话就是忠实原文，这是翻译的第一个责任。在忠实于原文的基础上要读得顺口，符合汉语习惯。要说原则的话就这两点。翻译讲究信达雅，我的翻译雅可能达不到，起码要信、达吧。一般我翻译要找外文，否则不敢翻译。像海亚姆的诗，苏联出了一个很好的校对本，它那个叫科学翻译，就是不一定要美，但要绝对忠实，在忠实基础上略有加工，所以对我来说那是非常好的参考。

问： 我们知道诗歌翻译很难，有人说诗歌就是不可翻译的，诗歌就是“在翻译中丢掉的东西”。但也有译者很自信，甚至认为译作可以高过原作，您怎么看？

答： 我觉得有些夸大了。英国人也认为菲茨杰拉德的译作高过海亚姆的原作，伊朗人很生气，我就用波斯文写了篇文章，在伊朗杂志上发表了。我也比了一下，不可能，不要说语言了，菲茨杰拉德在思想上就不见得比得上海亚姆，怎么可能超越他呢？现在汉诗外译很少人做，很难做，有些可以翻译有些不能翻译。诗里有故事的比较好翻译。我曾跟几个伊朗专家讨论过这个问题，比如陆游怀念唐婉的诗，那个是可以翻译的，但是也很难，“红酥手”的“酥”就很难翻译。

问：《列王纪》这样的史诗是不是像其他史诗一样是民族文化的源泉，在民族成长史上起到很大作用？它是否有利于我们理解伊朗文化内核，包括当今伊朗政治文化现状？

答：那当然了。学界存在两派观点。一些人否定《列王纪》，说国王有什么好，我们就是推翻国王的。这些人不懂文化，10 世纪创作的《列王纪》宣扬伊朗文明、民族精神，国王更多的只是一个代号。另一些人比较开明，认为菲尔多西写出了伊朗的精神。应该说开明派和大多数知识分子提起菲尔多西时不亚于我们提起孔子，认为他是民族精神的象征。他是哲学家，他的阐述非常全面，人际关系、人鬼关系、天人关系、统治阶级之间的关系、父母子女关系等，道德传统全包括在内，12 万行，太长了。这是波斯民族文化最精彩的体现。《列王纪》也进入了伊朗课本，是教育的一部分，今天也是如此。第一流和第二流诗人提起菲尔多西，都尊称他是哲人。海亚姆也是哲人。他们确实是两座丰碑，很了不起。但是海亚姆在国内没有菲尔多西的地位那么高，海亚姆在世界上比较有名，他的作品甚至比《列王纪》的地位还要高。我去伊朗的时候是两伊战争时期，海亚姆是不敢卖的。我去书店找，店主从书架后面给我拿出来，因为有人说海亚姆有反伊斯兰教的倾向。

问：一般读者对波斯文化了解不多，如何把握波斯人、波斯文化、伊朗人，从哪些角度理解比较好？您长期从事波斯语言文化的研究和翻译，能否给我们概括介绍一下伊朗波斯文化的特质？

答：伊朗民族环境比中国复杂。中国比较封闭，伊朗是亚非欧枢纽、交通要道，也是当今矛盾冲突的焦点。从文化上讲，所有宗教都在那里汇集：摩尼教、琐罗亚斯德教、佛教、伊斯兰教、基督教。基督教的天堂地狱说就是他们先提出来的，琐罗亚斯德教的天堂地狱啊，人死后，过那个区分善恶的桥啊，终审啊等内容被基督教接过去了，伊斯兰教也有同样的传说。伊朗在地理位置上是世界的中心，伊朗人善于经商，很会精打细算。另外，整个世界没有一种文化不进入它的国土，而且他们善于吸收，最早和希腊关系非常密切，常年战争（比如伯罗奔尼撒战争）。海亚姆就是希腊哲学专家。它是各种文化的融合体，将之加工后再传播出去。基督教即景教，是不同政见的教派传到伊朗，然后东传的。中国伊斯兰教有浓厚的波斯色彩。还有佛教，当时几个高僧都是从阿富汗那边来的，当时阿富汗属于伊朗，16 世纪才分出去。所以世界几大宗教与伊朗的关系密切。虽然宗教文化占主导地位，但非宗教文化也非常发达，吸收了印度和希腊的文化。它是“二传手”，是各种文化、学术、宗教的中介。我们翻译了一本《文化简史》，他们对于希腊哲学、印度数学、阿拉伯宗教学的叙述是世界一流的。印度数学都是从那里传到西方的，后来阿巴斯王朝的时候，它和阿拉伯有点不分了。西方人说阿拉伯人的政府是完全按照伊朗的萨珊王朝构建起来的。阿拉伯人是贝都因人，草原民族，只有部落，没有国家体制，没有税收政策，没有文化，文明发展程度不高。阿拉伯人到波斯完全接受了波斯那套文明和政治体制，税收政策的文件用的都是波斯文，而且由波斯人收税、记账，连帽子、衣服都是波斯的。后来波斯人接受了伊斯兰教，但他们只接受了属于伊斯兰教内的少数派，即什叶派，跟埃及、沙特的教派都不一样，他们是逊尼派，但伊朗是什叶派掌权。中国穆斯林是逊尼派，但是带有浓厚的什叶派色彩，所以教派之间的矛盾不激烈。

问：关于欧洲的文艺复兴，也有人认为，实际上不是阿拉伯人而是波斯人保留了一些古希腊罗马的文化典籍，促成了欧洲的文艺复兴……

答：对，比如西方人把阿维森纳称作“点燃了文艺复兴之火的人”，他是伊朗人，伊朗地方王朝的首相、名医、大学者。比鲁尼也是伊朗人，世界级大学者。阿维森纳是10~11世纪的人，与比鲁尼是同时代人。当时阿拉伯已占领了伊朗，但他们的文化一二百年都没跟上去。波斯人文化程度很高，很快掌握了阿拉伯语，用阿拉伯文写科学、宗教著作，成果不计其数。很多人不了解，总是提阿拉伯。以前波斯和古希腊经常交战，交流频繁，保留的肯定也多。阿拉伯的古代文化不行，没有史诗。伊斯兰教进入阿拉伯之前，阿拉伯处于黑暗时代。有一个著名的阿拉伯故事，情节类似《罗密欧与朱丽叶》，还是波斯人给他们写的。阿拉伯人只写了个小故事，波斯诗人把它拿过来，写成 8000 行的爱情叙事诗《蕾莉与马杰农》，情节类似，但比《罗密欧与朱丽叶》早几百年。作者是西部诗人内扎米，俄国人说没有把他列入世界第一流诗人是不公平的。波斯民族是个诗歌民族，他们在南方有两大诗人墓，我亲眼看到许多人排长队抢着献诗，高声朗诵或是低声吟唱。还有很多自费出诗的人。伊朗的叙事诗很繁荣，在叙事中也抒情，语言美极了。还有哈菲兹也是世界一流诗人。

问：您在波斯文化研究方面有独到的优势，可以同时借助俄语和英语，后人大概很难超越了。再给我们介绍一下您翻译的《蔷薇园》吧。

答：《蔷薇园》很有名，是伦理道德教育的名篇，被看作全世界穆斯林道德教育的一个课本。13 世纪的时候，萨迪用简单的故事来弘扬伊斯兰道德。早在明末，中国伊斯兰教就用《蔷薇园》来教育穆斯林。就是用很简单的故事引出几句诗来。但这部作品在当地对人民的教育影响很大，相当于伊斯兰教的启蒙和普及。萨迪比海亚姆晚一点，被称为至圣先师、道德完人。“波斯经典文库”这套书里《蔷薇园》和《果园》卖得最好，《果园》是诗体的《蔷薇园》，伊斯兰教的主要思想、道德都在里边。故事非常简单，文字很好，而且便于普及宗教。

问：最后请您谈一谈在治学方面的总的体会，对年轻教师学者有何期待？

答：我只谈一点吧，不要急于求成。从我自己这些年看，“文革”前上面急急忙忙地催，后来又有职称压力，老是在赶。我觉得赶和做学问是两码事，做学问千万不能急于求成。一定要沉稳，厚积薄发。不妨搞一些小的练习曲，先做练习曲将来再做乐章，或者先做素描，或者多写小题目的文章，这样积累得越多将来越能成画、成章。这就是我最大的体会。如果我再有十年的健康，再看一些书，我会写得比现在更好一些。当时是没办法，形势逼得紧。要对得起自己的教学、科研，要有自己的思索，出来的东西要有质量，那是不容易的。我看过一本荷兰人写的书，其中提到我们越往东方去寻踪东方文化，就越感到文艺复兴植根于东方，确实是这样的。哈菲兹、萨迪、海亚姆，更早的鲁达基，他们的著作影响都很大。波斯有很多大学者，像阿维森纳这些。波斯是几大文明的交会点，所以我把它比作排球的二传手，他们的文化水平是很高超的，他们也很重视文化，到现在某些方面还是比我们强。

图书在版编目(CIP)数据

东方文学研究集刊. 第8集 / 王邦维主编. —北京：社会科学文献出版社，2016. 1

ISBN 978-7-5097-8243-9

Ⅰ. ①东… Ⅱ. ①王… Ⅲ. ①文学研究－东方国家－丛刊 Ⅳ. ①I106-55

中国版本图书馆CIP数据核字（2015）第250776号

东方文学研究集刊（第8集）

主　　编 / 王邦维
执行主编 / 林丰民

出 版 人 / 谢寿光
项目统筹 / 高明秀
责任编辑 / 许玉燕　沈　艺

出　　版 / 社会科学文献出版社 · 全球与地区问题出版中心（010）59367004
地址：北京市北三环中路甲29号院华龙大厦　邮编：100029
网址：www.ssap.com.cn
发　　行 / 市场营销中心（010）59367081　59367090
读者服务中心（010）59367028
印　　装 / 三河市尚艺印装有限公司

规　　格 / 开　本：787mm×1092mm　1/16
印　张：17. 5　字　数：276千字
版　　次 / 2016年1月第1版　2016年1月第1次印刷
书　　号 / ISBN 978-7-5097-8243-9
定　　价 / 69. 00元